頹廢主義者的春天

——敬文東隨筆集

敬文東　著

自　序

　　收錄在這本小書中的文字，是我最近八、九年來在讀書、教學和所謂的學術研究之餘抽空寫出來的。它們中的大多數是我主動寫的，但也有不少是應朋友之約隨手塗鴉而成的。儘管如此，沒有任何理由把這些文章在質量上的慘不忍睹歸罪於約稿，歸諸於我的朋友們。我覺得與其為尋找託詞煞費苦心，不如乾脆爽快地承認自己能力有限。

　　在整理這本小書的過程中，我又將這些文章仔細讀了一遍。我得坦率地說，這的確不是一件愉快的事情。我為自己的魯莽、大膽過頭、放肆、輕率和胡言亂語感到了有限的慚愧。雖然將這些歷時八、九年的文字放在同一個平臺上，也讓我從中看到了某些令我欣慰的變化，但它們在總體上的糟糕確實讓我沮喪。不過，這種糟糕在相當長的一段時間內，卻對我十分有用和有效。至少在我炮製這些文章的時候情形就是這樣：這些文字基本上可以算作我在瑣碎、無聊的生活當中的一次次喘氣，在艱辛而又徒勞無功的勞動間歇內的一次次休息，或者乾脆說，一個個懶腰、一個個呵欠。我一向把隨筆性質的文字只看作「正事之餘」（請嚴肅的隨筆作家原諒）。之所以要這樣說，僅僅是因為隨筆允許我放肆、張狂和不負責任。或者說，我認為隨筆有義務讓我放肆、張狂和不負責任。對於一個喜歡胡說八道、善於胡說八道而又沒有足夠能力為自己的胡說八道負責的人，隨筆的這一特性真是可愛極了。更為重要的是，它還允許我說出在其他場合不便說出和不敢說出的話。我從中得到了莫大的快樂。在這個意義上，隨筆就是僅僅屬於我個人的「宗教的放假」。而我一貫喜歡文本領域內的天下大亂，一貫鍾情於文本領域內的春秋戰國、五胡十華，因為這給了我這樣一個在現實中一無是處的人以混水摸魚甚至打家劫舍的機會。所以，不幸見到這本書的讀者，最好不要用任何型號的審美標準去待見它。美

學不適合我的文字。或者說，我有自己的美學，但它太渺小，太無聊，太低級趣味，不符合通行的美學交通規則，因而完全不足為外人道。

裝在這本小書中的文字，基本上都在鬆鬆垮垮地談論慾望和快感。明眼的讀者能夠一眼看出，在這些文章中，有的是正面談論慾望與快感，有的採取了迂迴包抄的方式，還有的則使用了離題萬里的放風箏的方式。「正面的」可以被稱作攻堅戰，「迂迴包抄的」可以大而化之地叫做游擊戰，「離題萬里的」則可以叫做空襲或者偷襲。就我的本性來說，我比較喜歡游擊戰，但尤其喜歡偷襲。因為在我看來——也僅僅是在我看來——，這兩種戰術的目的都不是為了侵佔別國的領土，也不是為了消滅別國的有生力量，僅僅是為了向鄰國示示威、開開玩笑，順便為自己找點樂子。我承認，我就是這樣看待歷史上眾多類似行為的。攻堅戰的目的基本上完全與此相反。一般來說，我幾乎從來沒有侵佔別人領土的大志，也沒有這樣的癖好。當然，最主要的原因是沒有這個能力。不過話說回來，有一般就有例外，如果自覺實力超群，核武器庫存又足夠充足，再加上某些具有極大殺傷力的生化武器的幫襯，就是侵佔了別國的領土，也沒什麼要不得的。恕我大膽，這也是我偶爾採用攻堅戰術的原因。畢竟佔領了別人的家園更是實力的體現，當然也就更有成就感。我對此實在是仰慕已久。因而在沒有實力、沒有核武器和生化武器的情況下，有時也禁不住不自量力地手心發癢。這裏先給那些膽豪氣壯的朋友們打個招呼，我這樣做並不是要搶他們的地盤，僅僅是出於對他們的仰慕。

在我看來，慾望、快感就是一個龐然大物，就是一片巨大的國土。雖說它一直就在我們身上，但往往只在我們身邊，甚至有時候離我們還挺遠。自從造化把猴子弄成沒毛的人以來，不管我們同不同意，我們對這片國土始終知之甚少。我們對它的「瞭解」，在大多數情況下被反覆證明為莫大的「誤解」。慾望和快感的如許特質帶來了與本書的文字相關的兩個後果，我認為有必要在這裏提一提。一，它可以讓我面對這片神祕的疆域胡說八道、信口開河而又不承擔責任。二，我可以在大多數情況下，採取空襲和游擊戰的方式面對這片疆土，在亂放了

一陣機關槍和亂投了一陣「愛國者」導彈後，自以為還打中了幾個目標，從而能夠洋洋得意地上床睡覺，做自己的春秋大夢去。

若許年來，我們都生活在慾望以及和慾望有天然連帶關係的快感組成的天羅地網之中，但因為五花八門的心理作用和各種怪模怪樣的立場的廣泛干擾，我們往往看輕了這個「天羅地網」的用途和意義。我們對慾望和快感的誤解，最終導致了我們的若干失誤。我承認，慾望和快感確實是難以準確瞭解和精確分說的；同時我也相信，正因為這樣，我們對它的誤解也就有了深刻的、「不以人的意志為轉移」的理由。這一點當然也給我帶來了好處：它使本書中的胡說八道、大放厥詞和膽大妄為有了較為堅實的理由——既然允許別人去誤解慾望和快感，那也得允許區區在下去犯錯誤。我贊同阿Q同志的主張：和尚動得，老子也動得。誰也不比誰更有權力。

慾望和快感是我的隨筆寫作——假如我的寫作被允許稱為隨筆寫作——的重要話題。這個話題是如此巨大，以致於我在大多數情況下不敢採用攻堅戰的方式。不過，無論是採用哪種戰術，我的目的還是想將快感和慾望拉向人本身，想趁機把它瞧個仔細，搞清它的線條、命脈、胎記、五官、腸胃甚至充滿激情的三角區。如果能在此過程之中給我的目光增加一點犀利度，從而能夠更加有效和更加準確地看待我們的時代、我們的生活，那簡直就是額外的收穫了。當然，這只是我的奢望。

不管你承認還是不承認，奢望恰好是慾望的一部分，同樣能給人帶來快感。這也是我敢如此奢望的重要原因。只不過我的斗膽，又給不幸見到這本書的讀者憑添了若干口實，當然，也不幸正中了慾望和快感的下懷。我承認，我這是明知故犯。但處在今天這個幾乎沒有標準的世界上，即使是明知故犯，歸根到底又有什麼好說的呢？

這些文章發表於如下報刊：《讀書》、《莽原》、《天涯》、《十月》、《青年文學》、《粵海風》、《黃河》、《中華文學選刊》、《布老虎散文》、《時代文學》、《文學界》、《青年作家》、《書屋》、《綠葉》以及《長沙晚報》、《南方都市報》；它們的發表和如下人士有關：葉彤、李洱、李靜宜、

李少君、周曉楓、邱華棟、祝勇、徐南鐵、謝泳、奉榮梅、王幹、遠人、寧肯、劉煒茗、曾蒙、白倩、雪媛、顏煉軍。願女士們先生們接受我微薄的謝意。

2007 年 5 月 1 日，北京魏公村

目　次

第二輯　感謝的聲音

第三輯　一些疑問，一些隨想

第四輯　虛構的和真實的

第一輯

豐益橋筆記

豐益橋，北京西南三環上一座普通橋樑的名字。幾年來我一直居住在它身邊，我忙碌、卑微的形象被它所目睹，它沉默而近乎偉岸的身軀也為我所瞻仰。它在暗中教育了我：就在它身邊，我寫下了不少粗疏的文字。為了表達對它的敬意，我要把其中一些文字獻給它，並以它的名字來命名。

34 歲的 34 句話

——豐益橋筆記之一

一、作為一個沒有太大力量的人，我需要從我不屑的人與事身上尋找勇氣。

二、我厭倦了，但為了活下去，我必須從厭倦中獲取養分。

三、寫作不是拯救，寫作也許是拯救，寫作肯定是拯救。——這需要再試一試才能下結論。

四、所有形式的煽情都是極端的修辭行為，都是修辭世界得以形成的主要建築材料。但修辭世界不是真實的世界。

五、尋求事物的真相是我今後的努力方向，而我在修辭世界中已經生活了將近三十四年。

六、我每天做出的動作有百分之九十九是垃圾動作，我需要把非垃圾動作提高一個百分點。

七、作為一個懷疑主義者，我不配有任何信仰；對於一個懷疑主義者，任何信仰都配不上我。

八、快樂就是絕望，或者說，快樂就是絕望的可能形式之一。對於一個懷疑主義者尤其如此。

九、從此以後，我要把曾經敞開的後背和胸膛護住。

十、不要輕易相信因果關係，但要同情動用因果關係的人：因果關係在絕大多數時候是絕望的人、無可奈何的人或者不可救藥的人的救命稻草。

十一、保持記憶的真實性。記憶沒有權力把它主人的小傷口上升為愛滋病，更沒有權力把「一個女店員的焦慮上升為形而上學」。

十二、對轉彎處保持好感——它是奇蹟的集散地；對轉彎處保持警惕——它是危險的密謀處。

十三、由於神經衰弱或者過於興奮，你是一個天天做夢的人。記下它們。把它們記在筆記本上。

十四、不要為自己的見解總有人捷足先登而沮喪，那正好說明你是一個正常人，既不是天才，也不是白癡。

十五、爭取發明一種可以承載夢想的非修辭性的學術方式；爭取發明一種懂得羞澀和能夠承納羞澀的學術方式。

十六、我討厭所有人盡可夫的貌似高貴的辭彙，我較為相信方言。

十七、熱愛父母是一切道德的最低限度。

十八、一定要把自己的房間處理為誠實的空間——既然你不能排除別人房間中的虛偽。

十九、解釋生活可以，但不能犯「用肥料去解釋鮮花」的錯誤。

二十、要學會寬容自己與他人身上的自相矛盾；要學會感激自己身上的自相矛盾帶給你的滋養。

二一、用右手作惡，但保持左手的清潔。

二二、慢慢吃飯，慢慢走路，慢慢寫作，慢慢生氣。

二三、努力抱怨是為了努力排除內心的黑暗。

二四、拋棄所有的美女，去愛那些醜姑娘，猶如愛風景中的黑暗部分。

二五、瞭解一個源頭和兩個結尾，就算完成了任務。實際上，一個源頭和一個結尾也不瞭解，你也完成了任務。

二六、不要相信任何型號的英雄，但可以相信英雄尤其是充氣英雄身上的喜劇性。

二七、一個長了一雙全平足的人，卻被強迫著走很遠的路。這就是能力和目標之間的巨大差距。

二八、一條小河，河中的一條蛇，蛇口中的信子，是我對故鄉和童年的永恆記憶。

二九、喜歡劍走偏鋒的人，只是一個道德上和寫作上的技術主義者。

三十、往前走，不如往暗地裏走；往人多的地方走，不如回家睡覺。

三一、我不配充當任何人的敵人，任何人也不配充當我的仇家。

三二、夢是呈陰性的，房間是呈陽性的，這就是夢能夠和必須在房間裏進行的原因。

三三、他真像一個人！而我不過是一個犬儒。

三四、爭取依靠寫作把無聊的日子進行到底。

2002 年 6 月 19 日

非典，五月，每天一條佐餐筆記[1]

——豐益橋筆記之二

第 1 天：現在（之一）

現在是五月一日。我只剩下一個視窗、一次五十公尺之內的遛狗、一個夜晚、一個白天、二十支香煙、三瓶啤酒、幾毫克的怒火與五盎司的等待。當然，還有一個居民住宅小區。都五月了，它還渾身無毛，卻竟敢號稱「××花園」。

第 2 天：口罩及其他

口罩，白色的口罩，黑色的口罩，內褲顏色的口罩，像保護理論大廈的邏輯，蒼白地保護我們。還有出入證，還有貼在出入證上陡然蒼老的面孔，還有得自童年時期的悲觀和根深蒂固的絕望，還有被禁閉的狗、狗的憤怒和怯怯的吶喊，還有鬆鬆垮垮的陽光——它漫不經心地照進了我幽閉多日的書房。從今天起，我開始寫那篇註定不會發表的文章。

第 3 天：偶然之間

也有偶爾到來的揪心想念，偶爾到來的脆弱興奮，偶爾到來的雷聲、雨水、冰雹、上天的震怒，還有偶爾到來的遠方、運動、問候、

---

[1] 非典即「非典型性肺炎」，醫學名為 SARS，曾在 2003 年春夏之交的北京和華北大地廣為流行，一時間人心惶惶，學校放假，商店關閉，令人有幽閉之感。

呼喊、小小的善意的疾病、幽暗的囈語以及呻吟。今天，我終於願意說：讓我們活在勝利中，讓我們活在遙遙無期的慶祝中，哪怕是讓我們活在無期徒刑中。

第 4 天：四種性質的夢

但更多的是夢境。它們不請自到，天天光臨我神經衰弱的臥室：一個夢讓我欣喜，另一個夢讓我恐怖，還有一個夢在前兩者之間起到了平衡作用。但它讓我醒來後心如枯井、萬念俱焚。所以我只能期待下一個夢：它號稱第四種夢。

第 5 天：今天或現在（之二）

今天可以隨便修改格言、篡改語錄。今天允許每一個人隨便修改格言、篡改語錄。但今天不允許任何一個人隨便製造謠言、傳播蜚語。今天，又有了新的規定：任何人都不得隨便信任謠言，否則重者收監，輕者罰款。

第 6 天：名句選輯

豎子成名，遂使世無英雄。（阮小二）
天地玄黃，臉蛋洪荒。（無名氏）
我不入洞房，誰入洞房。（釋老大）
唯君子與男人為難養也。（孔老二）
吾善養吾渺然小氣。（孟老三）
人定勝蒼蠅！（荀老四）
師者，所以傳謠、授受、解不惑也。（韓老五）
滅盡天理，復盡歡慾。（朱老六）
立志成瘤則瘤也，立志成豬則豬矣。（王老七）
為腸胃立心，為臉蛋請命，

為情婦繼絕學，為腎臟開太平。（張老八）

老子的隊伍才開張。（臭老九）

通往茅房的道路是黃金的道路。（吳老十）

五月就要過去，非典就要結束，

所以不認識非典的三月就會到來。（鄙人）

向口罩致敬，但主要要向肛門致敬。（還是鄙人）

第 7 天：談談自己

我終生的朋友：失敗、無聊、自殺、出家的念頭和破罐破摔。

我終生的愛好：寫作、發脾氣、喝啤酒以及抵抗終生的朋友。

我終生的渴望：平靜、安靜、清淨和潔淨。

我終生的敵人：狡詐、弱智、卑鄙、偽善、既不要臉又不要命，最後一定還要再加上一部分人的所謂好運。

第 8 天：新增的條文

必須要制定新的法律，以便保證任何文章都拖有一條光明的尾巴。

第 9 天：髒話或現在（之三）

現在，我最喜歡說狗日的、日你媽，日你媽、狗日的。今天，我聽見自己在夢中都在說這樣的髒話。今天，又是今天，我寫完了那篇起始於第二天的文章。它確實又臭又長。

第 10 天：不期而至的白髮

第一根白髮讓我心驚，第二根白髮讓我有點心驚，第三根白髮讓我感到驕傲，第四根白髮讓我感到沮喪，第五根白髮卻讓我感到它來得太不舒暢，彷彿它竟然是從天而降。

第 11 天：關於照片

照片：傻瓜的紀念品。照片：青春的垃圾場。照片：情人的性慾替代品。照片：老年癡呆症的商標！

第 12 天：偷自一篇小說

我夢見我正坐在一間幽暗的教室裏。我們的老師楊××正在教我們學習四則運算。他使用了大括弧、中括弧和小括弧，也給我們講明了大括弧、中括弧、小括弧的用途和各自的權力。按照尊老愛幼的倫理學傳統，楊老師說，計算的順序應該是小括弧第一、中括弧第二、大括弧第三。為了提醒我們，也為了便於我們理解四則運算，楊老師強調說：還不是把你們這些祖國的花朵放在了第一位，你們這些兔崽子！但我們理解不了楊老師的幽默，因為我們遇到的實際情況剛好相反：我們天天在家挨打，我們每天都要受到父母——也就是人民群眾——的欺負。於是我們七嘴八舌地反對楊老師的意見。但楊老師揮舞著教鞭，最後還是成功地鎮壓了我們試圖對數學舉行的起義，消滅了我們對數學的不滿和不敬。然而，令我們更為驚訝的事情還是出現了：楊老師在黑板上演算了大半天，粉筆費了一打，那道帶有大括弧、中括弧、小括弧的四則運算題的答案卻居然為零。坐在我身邊的張大順同學終於忍不住了。這個一年後得了小兒麻痺症、二十年後在打工的養雞場觸電身亡的哥們站了起來：忙了半天，屁都沒有，老師，你究竟想要我們幹什麼？

第 13 天：偷自一首詩

親愛的美眉，親愛的小密
親愛的小妹，啊消化我精力的腸胃
你是我的腰花、蔥花、玫瑰花
你是我的補丁我的襯衣以及活見鬼……

第 14 天：偷自一篇散文

當上帝吐掉牙齒縫隙中的肉屑，魔鬼是否也需要拔出植物纖維？因為它一貫擺出讓我們看到的兇惡，竟然讓我們忘記了一個重要的事實：魔鬼其實是個素食主義者。魔鬼一直是個素食主義者。它表面上的兇神惡煞，只是為了掩蓋這一事實，而我們居然被它欺騙了數千年。

第 15 天：偷自一封信

啊，王老五，我的心肝，我的哥們，我在自殺前又一次想起了你。我彷彿又一次看見了你行屍走肉般的生活，我彷彿又一次看見了你的不思進取。有那麼多的山──比如乳頭山──在翩然起伏，有那麼多的洞──比如水簾洞──在流水丁冬，你為什麼偏偏要埋首在墳墓一樣的書房中？你為什麼不埋著頭直接就往那裏邊拱？

第 16 天：偷自一則日記

我要去自願上當，我要去長征，我要去殺人，我要去當和尚，我要去割包皮，我要去流浪，我要入黨，但我現在的一門心思是搶銀行……

第 17 天：啤酒的優點

對付時間、空虛、死亡、怒火、夜晚、詩歌、仇恨、官僚、秦始皇、非典、愛滋病、二萬五千里和偽學術，啤酒都是最好的武器。啤酒是它們最好的朋友或最差的天敵。

第 18 天：香煙的用處

香煙最大的用處體現在歷史學上。香煙在人世間所有的學問中，只看重歷史學。依照它的本意，它願意把我們的歷史分為兩半，然後供我們研究：有香煙陪伴的歷史和沒有香煙陪伴的歷史。我們認為：前者是不幸的，後者是悲慘的。但香煙斷然否決了我們的膚淺看法：它的結論剛好相反，但又最終和我們的意見完全相同。

第 19 天：詞語

詞語，我虛擬的食物。詞語，我真實的情人。詞語，讓我暗中勃起的詞語！你是我的墳場，我的葬身之地，我的來世和今生，我的死亡和一小把骨灰！

第 20 天：臆想中的官司或口福

我的小學老師賈××，在我當年冒死從河中捉了一條鯉魚，碰巧成功地消滅了他老婆身上某種久治不癒的怪病後，馬上讚揚我以後有可能當上國家主席。現在我準備和他打官司：我拼了多年命，才有機會坐在一所大學的班主任的寶座上──據說相當於行政二十二級。他調戲了我，他欺騙了祖國當年的花朵。現在我申明：如果仍然拿不出一個主席的職位，我就要讓他請我當賠罪宴上的主席──當然以他還活著為前提。

第 21 天：童年片段

我穿過一片墳林時，聽見墳墓中一連串的竊竊私語。說話人自稱是我的祖先。其實他們根本就沒有見過我。當然我也不曾見過他們。但我清楚地聽見他們說，這孩子，哎，他媽的這孩子……我嚇了一跳，

不知道他們說的究竟是個什麼意思，也不知道他們為什麼對我如此失望──畢竟我是一個幼童，還沒有機會去辱沒祖宗。我於是大喊了一聲：喂，你們他媽的說清楚一點！當我摒神靜氣等他們再次說話時，卻什麼聲音也沒有了。結果那天晚上我哭爹叫娘，高燒不止。奶奶認為我被祖先們嚇著了，冒著黑暗去祖先們的墳頭叩拜、嘮叨、申說她的困難、叫喊她的苦命，順帶替我賠罪，並擅自給我帶回了兩塊卵形的小石頭，要我揣在貼心的口袋裏。

第 22 天：祖父

我無數次夢見過他，我的祖父，我的爺爺，我終生最熱愛的人。我在他的背囊裏，坐碎了他親愛的酒瓶子，因為他背了我六十里地！我也堅信他會夢見我，天天夢見我。但直到有一天，在中關村的人流中，我看見一個和他一模一樣的老人，我才確信他真的已經死去了。夢也不再屬於他，夢只屬於我。實際上，我是看著他咽氣的。我用左手替他合上了右眼，我用右手替他合上了左眼。那一年我十三歲。從那以後，我再也不怕任何死亡。從那以後我見到了太多的死亡。而再一次看見和他長相相像的人時，我已經人到中年，渾身是病，已不再為這樣的巧合感到驚訝。但我仍然想追上那個人。我想看個究竟，就彷彿一個大盜前往目的地踩點。當我在車水馬龍的中關村追趕那個人時，搖搖擺擺的老者已經走到了街對面。與此同時，能夠把我裝載回家的公共汽車，停在了我眼前。偌大的北京啊，堵車是最常見的事情，而我的家居然錯誤地離中關村足足有十公里。我最後一眼看見那個老頭，當然是在擁擠的車上。我拼命往窗口擠：在我用拐了好幾個彎的目光尋找到那個老頭時，他正在街對面的人流中，趁著夜色偷竊錢包並被人當場抓獲。我為此暗自熱淚滿面，為沒有機會搶救他後悔不已。

第 23 天：回憶十五年前的一個下午

那天下午，天氣很好
太陽是深秋的太陽
如奶奶鍋裏的紅苕
我跳進河裏
那天下午，河水很清
污染躲得遠遠的：
我又是一尾鯽魚了
眼睛似櫻桃。
那天下午，我學會了寫詩
關於陽光，關於愛情
那天下午，我忘記了
晚上在一步步走近
那天下午，我和人打球
輸了很多
那天下午，我想起了
更遙遠的一個下午
爺爺牽著我
給自己找墳地
那天下午，我想起了你
我遠在天涯的愛人
長著一對白白胖胖的乳房
……

第 24 天：奶奶

　　每當她老人家拿著黃荊條，邁著小腳癟著嘴唇，趺趺撞撞、罵罵咧咧準備收拾我的時候，我總會攔腰抱起她，把她舉得高高的。無意中還撞見了她羞澀的、蒼老的乳房。每當她覺得被我舉得高過了我的

頭頂時，她總會大笑不止，罵我長得快，比她想像的還要快。然後就在笑聲中和喘息中，忘記了我的一切罪行。她真輕！也許不足六十斤，以致於我十歲的時候就敢將她攔腰舉起。她死於我十四歲那年的十二月。是我把她抱進了棺材。我感到她比她準備收拾我的時候還要輕、還要飄忽、還要……高興，以致於讓抬棺材的人都感到吃驚。

第 25 天：一個推理示範

歷史從來都不僅僅是事實，或者，歷史的重要性並不在於事實——事實是一個烏托邦。歷史只是解釋。歷史從來只仰仗解釋。

解釋的目的是為了說明眼前的生活。因此，一切解釋都要遵循下述定律：「凡存在的，就一定是合理的。」

合理的生活對大多數人來說，並不需要歷史和解釋。但沒辦法的是：生活一直需要理由。更沒辦法的是：理由就是信仰。

信仰不過是解釋的副產品。但信仰的最高形式是自成體系的信仰。

體系使信仰理性化、規範化、條理化、法則化和經典化，體系讓信仰得到了完整地表述和說明。但體系最後無一例外地總會讓信仰弄丟了自己。因為信仰只是對生活的一種特殊解釋。

任何解釋都要以解釋者的自身生活需要為出發點，所以任何體系之間都是互相矛盾的。矛盾在它的終極處產生了戰爭。

戰爭就是一種解釋和另一種解釋之間的鬥毆、謾罵、互相吐口水。按照和平主義者的期望，要想免除戰爭，要想節約口水，就必須開除解釋。

但任何和平主義者都知道，開除了解釋，也就沒有了歷史。

第 26 天：天涯

天涯的十分之一是良心，十分之二是推理，十分之三是好運，十分之四是你。

第 27 天：論解放

偉大的紅衣主教紐曼（Cardinal Newman）讚揚拿破崙說：「因為他懂得火藥的語法，所以他能解放全世界」。「因為」是紐曼給出的，「所以」是我──一個非典時期被迫幽閉的中國人──捏造的。

第 28 天：夾在上海時期的筆記本中已經六年的一個小片段

夢的涵義是什麼？哲學家胡梭發道斯基院士在他那本有名的小書《夢想研究》裏說，自亞里斯多德以來，西方最偉大的哲學家幾乎都曾碰到過這個小小的難題。胡梭發道斯基院士的哀歎，其實可以概括如下：夢雖然是個小如跳蚤的問題卻又不免具有跳蚤的機靈度。它總能從那些號稱特大號的哲學家眼皮底下開溜，拒不對他們提出的所有論據、論點負責。不用說，這中間也包括我們大名鼎鼎的胡梭發道斯基院士。這讓我想起了《伊索寓言》裏打敗獅王的那隻小小的蚊子。當然，小東西洋洋得意之餘最後又不免陷身於蛛網，毫無悲壯色彩地填飽（？）了蜘蛛大人的肚皮。這是你我早就聽說過的「寓言」故事了。小米也知道。小米是一個人的名字。這傢伙長得和我一模一樣，簡直讓我都無法分辨。比如說吧，我額頭有一條傷疤。那是我在調試錄夢機的時候不小心劃傷的。當時我忙得手腳無措。因為事情已經到了關鍵時刻，根本沒有時間去管一個小小的傷口，更沒有想到這個小小的傷口，會給我其後的「愛情」──假如它真的算愛情──帶來那麼大的麻煩。當時我想的是，和我一生的理想──錄夢機──比起來，我寧願捨掉一條腿，額頭劃傷又算個雞巴。按照規律，傷口後來結了痂。撕去那個叫做痂的東西後，我也算是為理想掛了彩。有趣的是，小米額頭上的同樣位置也有一條傷疤，像一根拉長了的蚯蚓。照他的說法，他是在唐朝的宮廷裏，為楊玉環寫那首「雲想衣裳花想容」時，不小心被高力士的硯臺砸傷了。──按照小米的意思，高力士是因為嫉妒才假裝失手傷害他的。小米還說，高力士後來專門向他道過歉，請他泡過妞，其中一個妞，「簡直比他媽楊玉環還要風騷一百倍」。聽

他說完，我哈哈長笑了。我說小米你在做夢吧，唐朝早他媽下了地獄，唐朝早就成了一個素食主義者，像那個狗日的魔鬼一樣，你還以它為驕傲呢。小米不屑地看了看我，帶著夢幻般的眼神對我說：你知道個狗屁！小米接下來問了一個至關重要的問題：你知道我們現在在哪裏嗎？我說，你最好不要裝瘋賣傻，你最好弄清楚點，現在咱們不就在社會主義中國的局子裏嗎。小米鄙夷地一笑：錯了，哥們，我們現在在他媽大唐的監獄裏！我們就快被處死了！見我無話，小米停了幾分鐘，又憤憤地說，怎麼還不給老子們送啤酒來？

第 29 天：父親

我父親一直是個命運愛好者、神蹟收藏家。但在我看來，他收集到的神蹟都是些二手貨。他頂多只能算個業餘收藏家。——他從來都沒有弄明白，神蹟也是要錢買的。但他每年都要洋洋得意地給我畫一道珍貴的符。按他的說法，這道符能保我一年平安無事。他命令我：必須要把那道符帶在身上，哪怕去參加黨代會。我前前後後帶了差不多二十年，但我至今還沒有成為我黨的黨員。在我看來，即使從最有孝心的角度說，父親給我畫的符也是二手的。因為他畫的符來自他收藏的二手神蹟。我暗中嘲笑過他無數次，當著他的面也嘲笑過很多次。但他每次都執迷不悟地痛斥我的執迷不悟，甚至還威脅我說要和我斷絕父子關係。我聽了他煞有介事的威脅之後，總是笑著對他說，那就去他個娘的，你要真不承認我是你兒子，我也沒辦法。當然，每一次我都妥協了。為了表達孝心，我還幫他威脅過另一個「受害者」——我的小妹。我說，天要下雨，娘要嫁人，你就隨老爸去吧。

第 30 天：想起十四年前的聲音

置身人海
有一種聲音不斷傳來
那是在一輛破舊的長途汽車上

有一個少年告訴我
他剛從新疆回來
那裏雪真大
看不見房屋
狼的眼睛像兩扇窗戶
他告訴我
北方的狼冷得打抖
他在那裏做小工
如今賺了一筆冷錢
正準備回家購買春節
他給我抽新疆的煙
我吸著像在吸新疆的雪
可我感到很溫暖
畢業時我曾申請去新疆工作
聽說那裏大漠孤煙
風景不錯，落日很圓
卻沒被父親批准……
被他拽回了故鄉
於是我終生難以用手指
觸摸世界的邊緣了
那個少年勸告我
還是家鄉好
死在家鄉
不會拋屍異地
他的笑很年輕
幸福肥肥胖胖
……
置身人海
那聲音不斷傳來
我緊塞耳朵

我把它堵在門外
原打算去流浪
今夜有風七級
家鄉的風七級
我得想想
好好想想……

第 31 天：總算熬過去了

今天是 31 號了，我還活著。這是一個了不起勝利。是一個可以寫進人民英雄紀念碑的勝利。那麼多人死去了，他們的姓名我一個都不知道。與死者不相干的其他人也不會知道。但我還是為剩下的晚上買好了香煙和啤酒。我早已將它們放在了茶几上。在等待中，在幾盎司的憤怒和更多的絕望中，我準備和誰喝一壺？和 X、Y、Z 還是 S？當然，不多不少，我買回的依然是香煙二十支，啤酒……三瓶。要是有人來，要是你來，那我再下樓去買。

2003 年 5 月 22 日

小評注

——豐益橋筆記之三

有若黃河魚，出膏以自煮。

——蘇東坡

壹

一個單純依靠內心生活的人，其生命最多只能持續十年或者十五年。

貳

「不能永久生活，就迅速生活。」這是依靠內心生活的人一貫崇拜的座右銘。從能夠看清楚事物眉毛的角度進行觀察，這種局面之得來，仰仗以下兩種情況：依靠內心生活的人受到了時代快速之箭的誘發卻又無力自拔；依靠內心生活的人想儘快耗完自己的一生，因為他不願意長期忍受外部世界的無聊。因此，依靠內心生活的人最終和速度相關，而速度歸根到底是一個時間概念。依靠內心生活的人最終依靠的依然還是時間。只不過相較於我們，時間給了這種人特殊的外形結構而已：時間包納了這種人的心臟，時間始終在要求這種人的心臟能夠適應快速的時間本身。依靠內心生活的人最後無一例外要死在時間之前：他撤退，他前進，他原地踏步，但他最終只得到了一個微不足道的視窗——通過這個視窗，只需要一個跳躍和倒栽蔥，他就能得到他所需要的解脫。

參

解脫取決於中途退場的決心，但由於依靠內心生活的人天生膽小，他最終連一個微不足道的視窗也得不到。

肆

依靠內心生活的人通常對外部事物不屑一顧，只偶爾對他感興趣的人和風景投以一瞥。他就這樣把用於解脫的視窗，處理成了可以盛納視線的暗中通道。和我們不一樣，依靠內心生活的人與外部世界的分裂是徹底的、決絕的。他一廂情願地認為，外部的一切都只不過是內心反芻的材料，即使是通過視窗映入眼簾的一堆牛糞、一朵殘花、一枝敗柳，也能在他的反芻中成為內心的有機養料。他堅信自己內心的足夠強大。但他沒有注意到，危險正是在他的妄自尊大中一步步靠近他的。當他只顧消耗內心而不能有效地補充內心所需要的能源時，內心正在以加速度的方式趨於老化。可以設想，一部高速運轉了十年或十五年卻又從未從外部獲取有效營養的機器，要是不老化，就只能依靠奇蹟。對這個人來說，唯一可能的結局就是突然衰老、內心坍塌。在這種時刻，他有一張足夠年輕的面孔，卻有一頭白髮和過早酸軟的四肢。

伍

內心是一架具有濃厚的形而上學性質的機器，但它又不是虛擬的機器：它是一部需要真實的力量去滋養和啟動的機器。依靠內心生活的人從一開始就有一個重要任務：不斷開動這架機器，加大它的馬力，讓它高速運轉起來。這種人就是從完成這個重要任務的過程當中，才獲得了生存下去的活力。

陸

　　從字面聽上去，依靠內心生活的人，其步伐和心跳都應該是從容的，但這種人必須要完成開動機器的重任卻使他格外性急。因為如果沒有急躁，機器就會停頓下來，生存的活力也就會不復存在。憑良心說，形而上學性質的機器從某種程度上確實拯救了他，但天地良心，這架機器同時也對他構成了傷害。在所有可能的傷害當中，心臟受到的損害也許最大。這就是說，依靠內心生活的人最有可能得心臟病，哪怕他從前的心臟是如此健康，搏動得如此有力。但這確實怪不得他，因為沒有任何心臟能夠長期適應包納心臟快速的時間本身。

柒

　　對於依靠內心生活的人，有兩種情況值得充分考慮：依靠急躁使內心機器高速運轉，其結果肯定是毀滅——因為它得不到有效的休息；依靠從容讓內心機器慢慢趨於靜止，其結果也是毀滅——因為靜止意味著生存活力的徹底消亡。這兩種情況的根源就在於：在解除了外部拯救的所有可能性時，內心機器的高速運轉就是生存活力的唯一來源；而隨著機器的不斷老化，要讓它保持高速運轉的態勢，就必須給它施以更大的助力。一個重要的問題就這樣在悖論中出現了：運轉和使運轉得以產生的力量實際上都來源於這架機器本身。這無疑再度加快了機器的老化。因此，接下來的問題必然是：一旦停機，這種人又該怎樣生存下去呢？他還有力量從活力的徹底喪失中站起來嗎？

捌

　　依靠內心生活的人確實是傲慢的：他鄙視一切，除了內心的力量，他不屑於相信任何其他的東西。但在一度時間內，這種人懷著可笑的、戰戰兢兢的心情願意相信愛的力量。但他終於沒有看見什麼是愛。他不過是看見了幾根愛的鞭毛——這和我們大多數人把鞭毛當成天使遺

落的羽毛迥然有別。依靠內心生活的人思慮再三，在終於否決了愛之後，接下來他就不再需要相信來世。因為像他這樣的人肯定沒有能力作惡──當然也不屑於作惡。因此，假如有來世，他必定還會是人。這恰好是他萬難忍受的事情。這種人因此從心底裏就不再相信任何型號的拯救，他甚至把不信任的態度推廣到每一個穿白大褂的醫生身上。依靠內心生活的人根本就看不起醫生。他認為醫生是這個世界上最無聊、最可恥的人，在幹著一些偽善的事業，竟然在採取各種方式割斷人的解脫之路。從各種可能的角度上說，依靠內心生活的人都是醫生和醫學的天敵。按照這種人的真實想法，他傾向於看不起任何人，其中也包括他自己。

玖

但又確實不能將純粹依靠內心生活的人視作狂徒。這種人歸根結底只不過是於人無害的悲觀主義者罷了，也基本上不會對他人構成實質性的傷害。他唯一能夠傷害的人只是他自己。依靠內心生活的人都是一些無聊的自虐狂。

拾

這種人不相信外部的一切。他認為外部的事物不過是假相，是毫無意義的塵土。但從任何一種意義上說，依靠內心生活的人又決不是佛教徒。這種人甚至把生活本身都看作是外在的、異己的事物。生活不過是給了他一個必不可少的存身場域。當然這種人從一開始就對自己的悲觀主義瞭解得十分清楚。他深陷其中，無力自拔。他把這一局面的到來全歸功於命運在從中作梗。而對於命運，這種人向來無話可說。他拒絕談論命運。正是因為對外部的徹底否定和不信任，依靠內心生活的人，才在無奈和絕望中轉向了內心。這又是一個悖論。當從內心生活中得到少許安慰時，依靠內心生活的人會暗自興高采烈，甚至還會愚蠢地認為這一回很可能是真的有救了，也因此忘記了厄運輕

輕的腳步聲。但當他聽見厄運的腳步聲時，才發現大勢已去。他最後能聽見的，只是他胸膛深處發出的一聲轟鳴。

拾壹

依靠內心生活的人最大的愚蠢是：他居然無條件地相信內心的力量。

拾貳

依靠內心生活的人一個比較大的愚蠢是：他在被逼無奈中，竟然動用了內心的悖論和內心的闡釋學循環。為了應對包納自己時間的快速，這種人竟敢把自己的生存活力的來源，建立在一個由無數個相互支持、相互依賴的點所組成的圓圈上。但他忘了，這是一種致命的圓圈。在這個圓圈上，原因就是結果，結果就是原因。無論是從邏輯的角度看還是從經驗的角度看，這個支撐生存活力的圓形構架都稱不上穩當。它的坍塌是必然的。想要避免坍塌的命運，除非仰仗奇蹟。

拾參

對於依靠內心生活的人來說，避免坍塌的奇蹟需要以下三個條件的幫襯：一，奇蹟確實是人間的「事物」；二，構成這種人的生活的時間可以是靜止的；三，這種人的內心坍塌必須要先於圓形構架的坍塌。但這裏面的難處在於，第一個條件萬難成立，第二個條件根本不可能成立，第三個條件也許可以成立，但又需要另一個條件的幫助：依靠內心生活的人一出生就死去。

拾肆

依靠內心生活的人為了拯救自己，為了奇蹟真的可以現身，也曾暗暗將目光轉向了各種可能的學說。他把他能想到的各種宗教──從

基督教到絕種教──都挨個打量了一番，試圖從中找到借力打力的武器。但依靠內心生活的人不僅是悲觀主義者，而且在悲觀主義的長期哺育下，還最終成了不可救藥的懷疑主義者。因此他根本不可能相信任何一種天花亂墜、口吐白沫的宗教。這種人只願意站在毀滅的邊緣，站在內心的廢墟中央，為宗教居然不能拯救他暗自歎息。這是他對宗教的唯一敬意。

拾伍

但這是一種必不可少的敬意。正是依靠這一點，這種人最終獲得了一湯勺的虔敬感。

拾陸

虔敬感最終也被證明是微不足道的，因為恐懼才是依靠內心生活的人最值得認真考慮的問題。

拾柒

實際上，恐懼才是這種人必須天天面對的「事物」。前者是後者最親密的朋友和最可口的食物，但從各種意義上說，前者又都是後者的敵人和仇恨的淵源。時間長了，這種人簡直就成了恐懼的化身。他走向人群。雖然他看起來和我們並無二致，他的同類卻一眼就能將他從人流中認出，並把他從我們之中分離出來。因為我們和那種既悲觀又妄自尊大的人有著根本的不同。但作為同類，所有依靠內心生活的人都絕不會互相喜歡，儘管他們相互間的關係就是人和鏡子的關係。走在大街上，他們中的一個人就是另一個人跳動的心臟，但他們中沒有誰會把這種局面真當一回事。對此，他們早就見慣不驚了，唯一的願望就是掉頭而去，把那些討厭的同類盡可能拋到一邊。

拾捌

　　遺憾的是，依靠內心生活的人隨時隨地都能遇見他的同類，無論是在大街上、廁所邊、書店還是食堂或睡夢中。因為我們時代太容易生產這些物種了。我們時代就是生產這種人物的優質培養基。

2003 年 6 月 10 日至 11 日

頹廢主義者的春天

——豐益橋筆記之四

壹

一個真正的頹廢主義者從表面上是看不出所以然的。淺薄的人會以為頹廢者就是蓬頭垢面者、無精打彩者、破罐破摔者。這其實是莫大的誤解。對頹廢主義者做如是想的人，很可能是被地攤上的「相術」手冊給搞糊塗了。真正的頹廢主義者，恰恰是那些多多少少有些飛揚跋扈的人。真正的頹廢主義者絕不輕易暴露自己的真面目。他懂得如何保護自己。因為我們的時代始終在提倡高歌猛進和人定勝天，輕易暴露自己的本來面目，從根本上說，就意味著頹廢主義者的立即完蛋。頹廢主義者堅決拒絕他的時代，他只願意成為這個時代的旁觀者和觀察者。而要完成這一身份的構建，有兩個必須的條件：足夠長的觀察時間以及被足夠多的人愉快地接納。因此，表面上的興高采烈始終是頹廢主義者的一貫標記。他的風趣和幽默使他得以吸引更多的人。良心不壞的頹廢主義者在心裏也有偶爾的歉意：他玩弄了那麼多人，那些人卻始終把他當作朋友和妙人，並給了他足夠多的掌聲和笑聲。

貳

與頹廢主義者形成鮮明對照的，是那些真正的無精打彩者、破罐破摔者和蓬頭垢面者。和頹廢主義者大不相同，他們是因為高歌猛進的勢頭被打斷後，才做出了這副悲慘兮兮的模樣。這夥人從來都不是旁觀者，也不屑於做一個旁觀者。他們自始至終都想做一個勇於進取者。這類人一旦被他人或者命運招斷了支撐高歌猛進的生長點後，悲

痛欲絕的神態就出現了。不管他們從前是多麼的幽默和有趣，到此刻都會原形畢露得令人同情或遭人厭惡。頹廢主義者早已洞穿了這種境遇，所以他從來不把人世間的事情真的放在心上。他來到人間，僅僅是為了儘量多地領教眾生相，當然也包括無精打彩者、破罐破摔者和蓬頭垢面者的所有做派。

對我們來說，頹廢主義者始終是一個謎。他是怎樣成為一個頹廢主義者的？他為什麼要成為一個頹廢主義者？成為一個頹廢主義者又有什麼好處，尤其是在一個以積極進取為時髦的時代？成為一個頹廢主義者的目的是什麼？這都不是我們能夠理解的事情。曾經有不少故做深沉的學者和哲人給出了諸多解釋，但他們的解釋如果說不是可笑的，起碼也是言不及義的。因為他們不能令人信服地說明如下問題：即使是領教眾生相，又對頹廢主義者有什麼好處？因此，對我們來說，這是一個永遠沒有謎底的謎語。不過，我認為，在一個什麼事情都能在我們的智力中得到清晰呈現的時代，有幾個小盲點簡直是太好了。──我樂於看到智力的失敗，也樂於看到各種學說的最終破產。

肆

真正的頹廢主義者是真正的隱士。但這是一種特殊的隱士：他不是居住在終南之巔或渭水之濱，而是穿行在眾人之中。哪裏人多，哪裏就有頹廢主義者的身影。他衣冠楚楚，口若懸河，無非是想換取活命的口糧──實際上，頹廢主義者離開了人群，也就喪失了自己的身份：時代和他人的滑稽可笑，始終是頹廢主義者的養料和補給品。沒有值得可笑的人群和可歎的做派，就很難想像頹廢主義者還有存在的可能。但頹廢主義者並不是要以他人的可笑來證明自己的高明和不可笑。恰恰相反，頹廢主義者正是從他人的可笑、可歎上，看到了自己有可能滑向可笑、可歎的危險，並借助這種「看到」把自己的隱士身

份保持到底。所以，頹廢主義者離不開人群。他感激人群。但他也在骨殖深處看不起人群。

伍

　　在所有的頹廢主義者當中，釋迦牟尼可能是最極端的人物。此人所組建的佛教教團則很可能是最大的頹廢主義者群體。和所有頹廢主義者一樣，喬達摩·悉達多在成為釋迦牟尼之後，依然穿行在人群之中。他甚至拒絕接受所有形式的佈施。釋迦牟尼看到了勇於進取者的荒唐、可笑、可歎和可悲，更加堅定了進一步成為釋迦牟尼的決心。很難設想，要是喬達摩·悉達多像後起的沙彌或僧眾那樣拋卻眾人、深山靜修，是否還會成為釋迦牟尼。這樣說起來我們都錯了，因為我們以為釋迦牟尼真的是超越生死輪迴的佛，而不是人。事實上，釋迦牟尼始終是一個人，是人中的頹廢者。而且正因為他是一個徹底的頹廢主義者，所以才能成為世世代代被人頂禮膜拜的佛。但徹底的頹廢主義者不可複製。他的行為是一次性的。即使今天仍然有人願意成為徹底的頹廢主義者，也是不可能的。喬達摩·悉達多是第一個洞明了這個祕密的人，所以他搶了先，率先佔領了這個後人永遠不可企及的高度。除此之外，喬達摩·悉達多的聰明還在於：他確實不是一個自私自利者，相反，由於他的善良，所以他才預先創立了一個教團，以迎候那些嚮往徹底頹廢的人。完成了這一工作後，釋迦牟尼還給那些嚮往徹底頹廢的人，安慰性地制定了頹廢所能達到的各種果位：沙彌、和尚、菩薩……或者羅漢。

陸

　　任何一個頹廢主義者都喜歡另一個時代。他只把自己的時代當作隱居靜修之地，而把另一個莫須有的時代當作家園。從這個意義上說，釋迦牟尼之後的和尚們徹頭徹尾地錯了：他們一步跨往深山，卻悲劇性地忘卻了自己更應該和可悲、可歎、可笑的人群集中在一起。許多

和尚有偷情、喝酒、吃肉、還俗、娶妻、生子、貪財……的毛病。這不能被看作意志不堅，而要歸因於他們忘記了人群對於頹廢者的重要性。和尚們看似荒誕不經的行為，實則是人群對他們的愚蠢或性急的報復。沒有觀察對象的旁觀者是不存在的，同樣的道理，沒有人群可供穿越的隱居者也是不存在的。逃往深山還號稱修道，在真正的頹廢主義者看來，只能是怯弱的表徵。歸根結底，頹廢主義者的家園就是他寄居的時代──只不過通過他的觀察和冷眼旁觀，他修改了他存身的時代的涵義。釋迦牟尼沒有把這層至關重要的頹廢理論告訴他的弟子，既有可能是他高估了弟子們的悟性，也有可能是要故意留一手，以便在他死去後，依然可以作為一個旁觀者，觀察他的弟子們在如何丟人現眼。此人就這樣在陰曹地府也在繼續他的頹廢主義行徑。他也因此成為唯一一個徹底的頹廢主義者，至少是給他的唯一性增添了讓人信服的籌碼。

柒

　　任何一個真正的頹廢主義者，都能很快從人群中認出自己的同類，就像當年的喬達摩・悉達多一眼就認出了阿難。這是一件神祕的事情，其具體的操作方法早已失傳，但又被無數的頹廢主義者暗中運用。有多少頹廢主義者就有多少種運用方式。但也有偶爾的失誤。我願意講一個小故事來說明這種失誤。有一天，我因為無意間冒犯了我的領導，正失魂落魄地走在魏公村的街上。這時迎面過來一個衣冠楚楚的傢伙。此人一臉訕笑。他從很遠的地方就開始看我，搞得我以為他是一個同性戀者，因此對他怒目而視，想把領導發在我身上的邪火發到他身上。沒想到此人在經過我的一剎那卻對我說：哥們，你可以加入我們的隊伍，讓我們一起放聲大笑那些可笑的！我以為他是個瘋子，於是不理不睬，徑直揚長而去。過了許久，我才明白過來：這是一個頹廢主義者，而且是一個還沒有入門的頹廢主義者。現在我還明白了另一個事實：在這個假貨橫行的年代裏，頹廢主義者當中也有贗

品。只是我弄不明白，在一個高歌猛進的時代，頹廢主義者還值得冒充嗎？這又是一個謎。

捌

我之所以說邀我入夥的那個傢伙是個剛剛入門的頹廢主義者，除了他的衝動和故意暴露自己的身份外，還因為他喜歡揀各種邊緣開走。要知道，魏公村那條街在我走的時候，僅僅是一條小偷出沒、販毒份子十分猖獗的小巷子。的確，頹廢主義者喜歡人多的地方，但同時也喜歡邊緣。沒有人知道他是怎樣把這兩件看起來相互矛盾的事情統一起來的。邀我入夥的那個傢伙在喊我的時候，很有些裝腔作勢的做派，本身就是頹廢主義者觀察和調笑的對象。但更值得調笑的是，他不能同時既行走在邊緣，又行走在人最多的地方。他還沒有來得及掌握這一技術。他居然以為人少的地方就是邊緣。此人的如許行為表明：如何成為一個頹廢主義者的祕訣看起來已經洩露了。但這正好是真正的頹廢主義者故意性的陰謀：他拋出了一點皮毛，讓喜歡附庸頹廢的人上當受騙，促使他們以頹廢者的面目到處招搖撞騙。此等行徑剛好給真正的頹廢主義者提供了新的風景、新的觀察對象。但真正的頹廢主義者這樣做確實是出於無奈：我們時代的人太乏味，太沒有趣味了，頹廢主義者如果不自己給自己創造可以繼續觀察的有趣對象，就難以把頹廢的行為進行到底。

玖

頹廢主義者差不多都是些食量很小的人。由於頹廢是這個世界上最花力氣的事情之一，所以，絕大多數頹廢主義者都是些乾筋瘦骨的傢伙，也許只有唯一徹底的頹廢主義者釋迦牟尼是個例外。如果你在人群中看見一個胖子，我建議你首先要把他從頹廢者的行列中清除出去。胖傢伙們最有可能是政府官員。因為在我們時代，成為政府官員的條件之一就是能盡量多地攝入山珍海味。頹廢主義者對此不感興

趣。他們是食物的退讓者，是各種動物的朋友。在通常情況下，同時行走在邊緣和人最多的地方，使得頹廢主義者疲憊不堪，畢竟他從餐桌上攝入的熱量實在太少了。但頹廢主義者之為頹廢主義者的訣竅就在這裏：他從人群的可笑、可歎中，得到了熱量上的必要補充。這種補充讓他們神采奕奕，滿面紅光，完全能將過於耗費熱量的幽默和嬉皮笑臉做得更為逼真。

拾

　　頹廢主義者離不開人群並不表明他不能獨處。恰恰相反，夜晚才是頹廢主義者最鍾愛的時間段落。夜晚是頹廢主義者的春天。他躲在屋子裏，開始動用某種只有頹廢主義者才能理解的語言，動用只有頹廢主義者才具有的特殊口吻、語調，記下白天的一切。因此，夜晚給頹廢主義者提供了播種和發芽甚至收穫的美好想像。頹廢主義者就這樣在語言中和文字中，得以讓自己很輕鬆地既行走在人最多的地方，同時又行走在邊緣上。他從中又一次補償性地獲得了必要的能量，以便他在天亮之前的睡夢中，有足夠的力量拜會各種各樣的神祇。他甚至夢見自己成了一個徹底的頹廢主義者，佔有了喬達摩·悉達多的高度。頹廢主義者也只有在夢中才能窺見這一高度。這就是為什麼這些食量很小的人經過一個疲勞的白天，還要在晚上進行記錄的原因。順便說一句，每一個頹廢主義者一生中都寫下了無數本日記，但由於他們的語言和我們的語言絕不相同，所以他們記錄的具體內容始終不為我們所知。他們的記錄只在頹廢者的陣營中暗中流傳。這就是頹廢主義者為什麼最終不可能被假冒偽劣的真正原因。那些附庸頹廢的人就這樣被真正的頹廢主義者當作長槍使用了無數回。

拾壹

　　但真正的頹廢主義者都是骨子裏的失敗者。他也不相信這個世上有任何成功的可能。和其他樣態的失敗者不同，頹廢主義者是笑著的

失敗者。他失敗得越徹底，就越接近徹底的頹廢主義者。正是這一點，把真正的頹廢主義者和假冒偽劣的頹廢主義者最終區分開來。後者不過是想通過冒充，去博取別人的同情，或者乾脆把冒充當作韜光養晦的手段，以便在關鍵時刻施以絕殺，從而有效地獵獲成功。真正的頹廢主義者對此了然於胸，而且這也同樣出於他的詭計：真正的頹廢主義者就是想看見那些附庸頹廢的人的如許行徑，以便從中獲得能量。實際上，這是頹廢主義者獲取能量最不費力的方式。頹廢主義者就這樣笑著，等待者，觀察著，一步步走向他的終點，走向他終極的春天。

2003 年 6 月 12 日

我喜歡的……

——豐益橋筆記之五

我喜歡有水的山脈、有紋路的歷史、有灰塵的舊書、帶輪子的風景、充氣的道路、革命前的夜晚、解放後的一小塊春天以及一部分經常摸著腦袋的地主份子。

我喜歡不完美的、略嫌臃腫的女人，骯髒和清潔雜呈的孩子，滔滔不絕的飲者，沉默的瘋子，夜晚中的一小片光明，和太陽有關的黑子以及沉默。

我喜歡各種各樣的結尾；我喜歡琢磨可能存在著的各式各樣的結尾。

我喜歡各種偉大學說的破產。

我喜歡各種冒牌的英雄必然要露出的各種型號的馬腳。

我喜歡人民群眾中的一小撮。

我喜歡二分之一的一分為二的看、三分之一的三陪女、四分之一的新四軍、五分之一的紅五月、六分之一的閏六月、七分之一的七月十四、八分之一的建軍節、九分之一的重陽節、十分之一的雙十節和整個的正月初一。

我喜歡我老家那個女瘋子，她和另一個不是她丈夫的男瘋子在奔向瘋癲的道路上，一起炮製了一個聰明乖巧的兒子。我喜歡她專注地看著兒子時的平靜表情。

我喜歡曾經痛罵過我的小學女老師，只因為她的女兒長得甚合孤意。

我喜歡靜止的時間，橢圓形的吶喊，充滿壓力的長方形，武松的哨棒，潘金蓮向她的矮丈夫將投未投的砒霜。實際上，我喜歡的是那個妖冶的女人腫脹得快到爆炸的猶豫和猶豫帶給她的充滿恐怖的美。

　　我喜歡在曠野上旁若無人一路高歌的孩子、四、五個比賽罵人孩子、七、八個歌頌祖國的孩子。

　　我喜歡沒有父親的「成功」。

　　我喜歡各式各樣的楊柳腰和水蛇腰，更喜歡楊柳腰和水蛇腰按照某種比例混合而成的那種腰。

　　我喜歡夜半才點燃的燈盞。

　　我喜歡一雞兩吃，更喜歡允許我兩吃的那隻雞。

　　我喜歡露珠、紅色、碎片、隔夜的話題、夏雨雪、天蒼蒼和野茫茫。

　　我喜歡有歷史感的魚、穿褲子的雲、帶噴嚏的湯、早瀉的烏托邦、落後的道路、先進的死亡、昨天陰沉的念頭以及蓋了公章的貞節帶。

　　但我最喜歡沉默、青草、花生、過路人、錯誤的理想和偷偷摸摸爬上來的半個月亮。

2003 年 10 月 7 日

起於偶然的回憶

——豐益橋筆記之六

行行重行行，與君生別離。

——《古詩十九首》

壹、開封：童年和比例之城

揚子江支流的支流從鎮前蜿蜒繞過。鎮名叫開封[1]，支流為西河。太陽落山之前，男人們在河中洗澡、釣魚，婦女們淘米、洗衣，偶爾還將乾枯的經血殘片傾倒在河中。一大群幼小的魚苗密匝匝地追逐著那些殘剩的、頗有些言不及義的紅色。差不多平均兩條幼魚分食一個沒有完成著床任務而又令人肅然起敬的紅細胞。這一切，似乎是在公開證明被大自然隱藏起來的物質不滅定律的無懈可擊。物質如此這般的奇妙循環，讓開封鎮從頭到腳都充滿了生機。總之，西河是開封的後院。開封人民把自己的穢物和歡娛的殘渣，通過這條身份卑微的小河奉獻給了東海。

站在玉蘭山頂，小鎮的全貌盡收眼底。如果視力不錯，你甚至會看見鎮中學漂亮的女老師——你的女老師——李小艾正在戴乳罩。你那時還小，視力還沒有受到任何污染，但仍然看不見那些充滿激情的動作細節。細節被距離吃掉了，細節填進了距離貪婪的血盆大口，剩下的只是距離吐出來的森森白骨，就像你成年後，在大庭廣眾當中見到的陰謀的大綱——它正在等待動作的填充。站在玉蘭山時，你只有十二歲，僅僅知道李老師年輕、漂亮，理應充滿激情，理應對自己身

---

[1] 川北的一個小鎮，與做過首都的河南開封名同而實大不同。

體的各個部分感到滿意。乳白色的胸脯，鴿子樣的胸脯，也只能是李
老師的私人財產，卻依然是你夢中的花園。實際上，站在玉蘭山頂的
你只能依照感覺，依憑方位，才能準確地判斷出：那個遙遠的窗口確
實屬於李老師。但那個視窗同時也屬於你，屬於你充滿好奇心和想入
非非的童年。

　　鎮上有刁民五百，你只是他們的候補選民。你那時還小，你想成
為刁民的雄心壯志屢遭刁民們的嘲笑。鎮上有良民五千，你只是其中
的一個小角色。因為你還不夠資格成為刁民，只好委身於良民的行列，
混跡於良民們充滿善意而又鮮活生動的污言穢語、家長裏短之中。鎮
上有妓女二十，不過要等到最近，童年時代的你無緣瞻仰她們的風姿，
因為妓女下凡落草到開封時，你早已離開那裏了。從輾轉而來的各種
傳說中，你只知道，那些妓女和鎮上的所有刁民都熟悉，和所有的良
民也熟悉，和所有的良家婦女卻結成了仇人關係。她們是開封鎮的帽
子公司，其產品一概呈綠色。

　　依據各種管道會聚而成的小道消息來計算，妓女和刁民的比例是
二十五比一；和良民的比例不多不少，剛好是二百五十比一。現在你
終於知道了，那確實是個合乎人性的比例，和人性中的良民成分與刁
民成分的比例恰好相當。在你心中，開封和其他所有面貌不一、性質
不一、身份不一、規格不一、型號和美醜不一的城鎮相似，適合一個
人的成長；開封能給每一個寄居在它腹腔內和胸腔中的童年，提供充
足的、必須的養料和乳酪，提供高聳的胸脯、充盈的奶水以及眾多的
想入非非和顛三倒四。

　　你有感於刁民們的做派和威風，本想立志成為一個刁民，但你的
父母不同意。有很長一段時間，他們都在和你的古怪想法、罪惡念頭
做堅決的鬥爭。那麼多的拳頭、棍棒、充滿善意的威脅以及珍貴的糖
果，落在了你的頭頂、背部、耳朵和嘴巴裏。它們都在或殘暴或溫柔
地強迫你敵視、遠離刁民，放棄成為刁民的理想。但父母肯定沒有想
到，你按照他們的心願終於成了一個表面上的正人君子，仍然天天幻
想著成為一個刁民，天天在夢中操練刁民的基本功課，並把諸如此類
的念頭弄成了白日夢。那都是開封留給你的遺產。現在，你理所當然

地長大成人了，鬍鬚漫長得足夠親近地上的雞糞。在某些時刻，你被有些人刻意視作痞子；在另一些搞笑的場合，你又被看成君子。但他們都錯了。他們都沒有見過開封，不知道那是最適合一個人發育和成長的城鎮，更不清楚那個小鎮身上有著互相矛盾的、永不改變其性質的時光。那是完全靜止的時光。它始終在以逸待勞，它輕而易舉就能將合乎人性的比例，安放在它每一個子孫後代的頭上。和開封鎮幾乎所有人民群眾一樣，當你被視作痞子的時候，恰好最像一個君子；當你被看成君子的時候，正是你內心深處最痞子的時刻……

貳、普安：矛盾之城

　　普安鎮是我認識的第一座大城市。在見到它之前，我從未見過那麼多的人，那麼光鮮的燈火，那麼漫長而曲折的街道。第一次走在它古怪、狹窄、迂迴而又起承轉合的街面上，迎頭撞見那麼多風塵僕僕的人群，我激動得差點暈了過去。現在，它的人口已經暴漲到五萬。這應該歸功於普安人民旺盛的生殖力。而旺盛的生殖力，則要部分地歸功於普安人民娛樂生活的長期匱乏。娛樂生活的嚴重缺失，最終讓普安人民有機會為人類奉獻出那麼多價廉物美的勞動力。如今，這些可以直立行走、巴望著美好生活的勞動力，通過逐漸囂張起來的交通，被輸送到了世界各地。他們在以被迫的勤勞和卑微賺取活命口糧的同時，也在怒火沖天、罵罵咧咧地建設世界，改造山河。

　　我熱愛普安鎮的人民群眾歪戴帽子斜穿衣的翩翩風度。他們習慣性地、遺傳性地愛好標新立異。憑著這一愛好，數千年來，普安鎮為人類貢獻出了那麼多傑出的民間學者、口若懸河的演講家、技藝高超的業餘謀士、無師自通的修辭大師、熱愛閒情逸致的隱士、偷雞摸狗的幽默天才、令人潸然淚下的罪犯。我經常看到普安人民打架、鬥毆，為某一個只有三分姿色的女人爭風吃醋、刺刀見紅。有一天，我起得絕早，啟明星還在天邊對我擠眉弄眼，並大肆嘲笑我的無功勞碌。就在我準備向啟明星投擲石塊的當口，在順城街僻靜的拐角處，我看見了一個赤身裸體的女人。她迅速捂住了自己的私部，只把白晃晃的屁

股對準了我隨時準備暈厥的目光。我理解導致她赤身裸體的複雜原因，也理解她見到我時依據某種道德準則做出的身體反應。在普安，這都是無比正確的事情。還有一天，我看見一大群人圍著一對正在交配的狗。他們為那兩隻熱情洋溢的狗瘋狂地鼓掌，幸福地吶喊。每個人都激動得滿臉生輝。街道上頓時明亮多了。而站在冬天的河沿上，我看見了淘沙的老嫗老翁。他們躬身立在刺骨的河水中。我看見疲憊不堪的老頭子直起腰來，在仍然躬身的老太婆腰間按捏了幾下。我猜想老太婆腰間的疼痛可能消失了一大半。當然，你不能奢望疼痛會這麼簡單地完全消失……

　　我少年時代的尾巴部分全部遺棄在了普安鎮。在普安，我無師自通地學會了莫名其妙的傷感：自己摟著自己的脖子顧影自憐，自己附在自己的耳邊竊竊私語；而揚起頭，又迅速做出了極度滑稽的傲慢樣。迄至今日，我也沒有弄明白，為什麼我的少年時代會和普安鎮如此格格不入。普安鎮歷史悠久，飽經滄桑，成熟得一塌糊塗，完全是一隻城牆上的麻雀。它早已學會了以超然的眼光看待事物，以謙卑的姿態面對時間，以逆來順受的不變面孔，對付它早已見慣不驚的災難、痛苦、蹂躪、難以預料的命運和不公。在它身上，沒人能夠找到一絲一毫的傷感、傲慢、顧影自憐和驚慌失措。它平靜、木訥、謙卑得有如夜晚，只偶爾發出一兩聲夜貓子般的慘叫。那是起義的聲音，是壓抑到了極點的呼喊。我闖蕩江湖多年，終於理解了這種聲音的性質和涵義。而在暈暈乎乎的少年時代，我就這樣以深入普安的方式，游離在普安之外；我撲進了普安鎮溫暖、碩大的子宮，卻始終站在它的理智和風度的裙裾外邊。我和普安構成了一對徹頭徹尾的矛盾。

　　我無意中花費了整個少年時代的尾巴部分，細細打量過普安鎮。在其他地方，我從未濫用過這麼多的時光和熱情。普安的全部形象，它每一個可以想見的細節，都因此座落在我心上。它給我留下的深刻遺產，就是讓我無論走到什麼地方，都要和這個地方構成本質上的矛盾。普安鎮不允許我和別處友好相處。它願意和所有別的地方爭風吃醋。它殘酷地愛著我，威嚴地注視著我。它始終試圖從所有別的地方爭奪對我的所有權和統治權。遵照它的旨意，我像一支恆用恆新的矛

或一張歷久彌新的盾，無可奈何地尋找與我相匹配的那面盾或那根長
矛。但另一方面的情況我也必須如實說出：收留我少年時代尾巴部分
的普安鎮至今還挺立在原處，但我已經令它遺憾地不再年輕，不再停
留在當年的時間刻度上，以致於它連刻舟求劍的機會都沒有；收留我
的那間小屋仍然健在，但早已換了主人。而在普安鎮不無偏狹的意識
裏，主人從來都是個時間概念。只有那些在春秋兩季發情的狗一仍原
貌，還在向我發出殷切的邀請，直如同生活邀請激情，新年邀請鞭炮，
寂寞的黑夜呼喚貓頭鷹悠長的尖叫。

參、廣元：殘破和唯美之城

　　嘉陵江大力一掃，在綿延千里的崇山峻嶺之間，為廣元開拓出了
一塊平坦而碩大的地盤，用以安置廣元不斷成長的軀幹。因此，廣元
是奇蹟，是神話。它體現了上天的仁慈和好生之德；大自然的鬼斧神
工也能在這塊奇蹟般平坦的地盤上安家落戶。
　　站在廣元的市中心，向南望去，是則天皇帝的紀念館。許多世紀
以前，廣元人民為自己酷愛標新立異的同鄉修建了這座廟宇。從古至
今，每天都有三、五位生養了女兒的父母來這裏朝拜。他們希望中國
歷史上唯一的女皇帝看在同鄉的份上，保佑故鄉的女兒大富大貴、長
命百歲。如果也能當上女皇，那就再好不過了。向北望去，則是佛教
的後花園。千百年來，上千尊佛像不知疲倦地屹立在嘉陵江邊的峭崖
絕壁上，和則天紀念館隔江相望。武皇紀念館經過反覆重建，顯得雍
容大度；而千佛崖上的佛像的腦袋，早已被欽命的紅色歹徒一一扭掉，
再也無法復原。在許多時刻，物質不滅定律都會如此這般地迎頭撞上
它在解釋學上的大限；物質的奇妙循環並不是沒有條件的。因此，曾
經完美的小城，如今變作了殘缺的廣元；曾經和諧的歷史大廈，如今
看上去竟是如此的漏洞百出。
　　站在廣元的市中心，向東望去，是被阻隔的嘉陵江。大壩上面是
豐滿、風騷、豐腴和故作淑女狀的江水。遊艇在水面上緩緩移動，滿
載著遊客的慾望和悠閒。遊客們極盡誇張的行為與動作，也只是讓遊

艇的吃水線下滑了五釐米。而在大壩下邊，則是幾乎乾涸的江水，像一行悠長的眼淚。向西望去，是蔥郁的鳳凰山。傳說中珍貴的鳥兒在這裏鳴叫過三次，差不多歷經了三十個朝代。人們為它修建了巍峨的高塔，等待著它第四次鳴叫，也準備將第四次鳴叫儲存在高塔內。廣元人民為高塔賦予了別致的造型、迷宮般的內部結構。這是為了讓鳳凰的鳴叫聲一旦進入迷宮般的塔內，就再也無法逃逸出去。如果能將那隻鳳凰鎖閉在高塔裏，簡直就是額外的收穫了。不過，廣元人民都知道，這是根本不可能的事情。

廣元希望以幾近唯美主義的方式，重新修復和諧的歷史大廈，將歷史大廈身上的漏洞一一排除。物質不滅定律就這樣以某種奇妙的妥協方式，改頭換面來到了新時代的廣元：人們在極盡現代化之能事的高樓前，擺放了古老的石獅子；在寬闊豪邁的大街上，用永不褪色的油漆寫滿了繁體字。你穿行在廣元的身體中，會油然滋生出某種離奇、怪誕的感覺；你在驚訝中，也許會確信歷史真的在這裏復原了，物質不滅定律又一次爭得了自己的生存空間。但你卻萬難想到，製造石獅子的石料，無法為被扭去腦袋的佛像打造新的司令部。廣元人民太聰明了，他們知道，古老的佛像一定會拒絕新生的、偽造的、仿製的腦袋。沒有腦袋的佛身一如既往地具有強烈的排異能力。它排斥異己的、被人推薦而來的腦袋。何況沒有腦袋，佛也能平靜地活下去。它們會用僅存的軀幹打量腳下的江水。實際上，它們全身上下都長滿了眼睛，每一個部位都是司令部。它們根本不需要任何二手的腦袋。

我偶爾也會回到廣元。那裏有我的親人、朋友和父母。我也曾多次上過鳳凰山，妄圖聽到鳳凰的鳴叫；我偶爾也會坐在遊艇上觀賞市容，傾聽那些無傷大雅、最多只是言不及義的甜言蜜語。但我無力為廣元打造任何像樣的東西，做出任何像樣的貢獻。更沒有能力修補它的任何一個漏洞。面對廣元，我只有唯一一個值得稱道的能力：平靜地走在它充滿現代色彩的街道上，迎面遇到那麼多的人、那麼多的燈火、那麼多的車輛，卻不為此驚慌失措、面色如土。而有一天，我穿過寬闊的嘉陵路、建設路和則天大橋，來到有如蒼蠅的目光般迂迴、蜿蜒曲折的海嚎街，拜訪一位我認識了多年的朋友。他差不多已經六

十歲了。房門打開後，我發現我的朋友已經變作了一位英俊少年。他很親熱地拉著我，用我熟悉的聲音向我噓寒問暖，以我熟視無睹的姿勢端茶送水，並吩咐他頭髮花白的夫人翻箱倒櫃，張羅著要為我的遠道而來接風洗塵。

肆、喬莊：幾乎之城

喬莊，我陰陽差錯中進入的城市。我青春時代幾個美妙難忘的時刻在這裏靈光乍現。那時我剛過二十，年輕得能擰出水來，足以讓滿臉滄桑、心如枯井的今天嫉妒不已。那時我正發瘋地熱愛世界、擁抱生活，真誠地仇恨歲月、厭惡人生，多次想到過上吊和抹喉。那很可能全是因為無望的愛。今天，我不再想到自我了斷，卻絲毫不說明我還熱愛什麼，還能熱愛什麼。而一下長途汽車，我馬上就看見了喬莊安靜的人群，悠閒的腳步，空氣中慢吞吞遊動的聲音泛出的綠色。我幾乎不相信這是真的。我到的那一刻，喬莊剛好是暴雨初歇，沒有流盡的雨水在街上悠閒地踱步。我甚至從街道側邊一個透明的小水窪裏，看見了三條幼小的魚苗。它們在安靜地吞吐雨水。不可思議的小城啊，我幾乎是一眼就愛上了你。

我很快就被幾個完全不認識的人拉進了酒館。我從未到過這個城市，我不知道有誰會認識我。但我一點詫異感都沒有。我相信這不會是假相。我旋即就和他們喝了個天昏地暗，把心窩子掏了個底朝天。我還和一個最多只有十八歲的女孩乾了滿滿一缸子高度白酒，足足有三兩之多。仗著酒興，我口若懸河地說著，聲淚俱下地說著，幾乎沒有一絲酒意。喝完酒，他們不知從哪裏聽說我是一位業餘詩人，正在奮力塗鴉，杜撰一些莫須有的情節、催人淚下的故事，就簇擁著我去拜見他們的詩人。

那位慈眉善目的詩人看起來有五十多歲。他連我的名字和籍貫都沒問，就直截了當地為我的到來表示了高興，為我們剛才的瘋狂面露寬厚的笑意。他甚至還拍了拍與我乾杯的女孩的額頭，說以後可以多喝點。他要送我一本詩集。他說那本詩集寫有喬莊的一切，喬莊的每

一滴眼淚、每一片烏雲和許多絲縷的陽光都記錄在案。他說，陽光是記不完的，眼淚和烏雲總會有一個限度。我趁著還未發作完的酒興問：有魚嗎？他怔了怔，快活地說，當然有，怎麼會沒魚呢。他準備到院子對面的房間取書，卻怎麼也找不到鑰匙。他幽默地一笑，然後摸出一把斧頭，像隨手掏出的一個詩眼，三下兩下就把門弄開了。

接下來的幾天，那位與我乾了一缸白酒的女孩陪我走遍了喬莊。我閱盡了喬莊的春色。我翻看了它的腸腸肚肚。我走過了它的心臟、肺、膽囊和粗糙的脊背。我幾乎愛上了那個長有雀斑而又善飲的姑娘，琢磨著怎樣才能把她帶往海角天涯，到一個沒人的地方生兒育女。她噗哧一笑，罵我是不是有神經病。隨著她口開口閉，我聞見了槐花的香味；而順著她的手指，我看見了掩藏在大山叢中的小村落。那是她的家鄉。村前有一條小河，兩岸長滿了野菌子。暴雨初歇，正是野菌子撒野、做夢、抒發感情、懷孕的大好時節。我有些不飲自醉，很想把軟軟的身體軟軟地靠向她。

那位長有雀斑而又善飲的女孩很快就消失了。我喪魂落魄地走在街道上，勉強向迎面而來的人點頭、致意，勉強保持了風度。我很快又遇見了幾個熱情得近乎悲傷的人。他們邀請我去慰問一個奄奄一息的病人。懵懵懂懂之中，我隨他們到了醫院。躺在床上的居然是陪我遊玩的女孩，野菌子生養的女兒。她面色蒼白，幾乎沒有血色；僅有的幾根血絲整齊地排在她臉上，像我初到喬莊時看見的魚苗，在安靜地、孤零零地張望。但我不知道它們在張望什麼。人們告訴我，她已經病了很久，在這裏已經躺了很久。我聞見了病房裏藥水的清香，我隱隱嗅見了小小的疾病散發出的槐花味。我不是一個脆弱的人，但我有了哭泣的念頭。我願意仁慈的上天給她一個健康的身體，賜予她茁壯的命運，和我一樣，她也應該茁壯成長，吞食寧靜、綠色、火、大米與塵埃。我真願意她馬上爬起來與我喝一盅。就像她與我乾杯是假相一樣，她的疾病、離她只有三十公尺之遙的死亡也是杜撰的、捏造的。

我離開喬莊也是暴雨初歇的時刻。我期待著有人來為我送行。但我終於失望了。汽車緩緩駛過寬闊、潔淨的街道，似乎是不願打擾小

城的寧靜。從車窗望出去，我看見太陽已經當頭，街面上的人也多了起來。他們無疑是在響應太陽的號召。就在汽車加速衝向城外的盤山公路時，我看見躺在病床上的姑娘在向我乘坐的車輛揮手。我不知道她緩緩揮動的手勢，究竟是表示再見還是邀請我留下來，甚或是要我帶她去海角天涯？直到今天我也沒有搞明白。

伍、寶輪：等待之城

一個在半途上不期而遇、迎面撞來的小鎮：嘈雜、髒亂、哈欠連天、眼球突出、花枝招展而又神情亢奮。這就是寶輪，平庸是它最好的判詞。因為你能在我們祖國的任何一個地方，見到它的變體或亞種；它的特徵一下子就消失在與其他地方的雷同中。寶輪差不多以睡眠的姿勢平躺在你面前。你很容易分辨出它的額頭、脖子、胸膛、肚臍、自由的四肢和較為苗條的腰身。感謝慵懶、略帶色情的睡眠姿勢，最終讓寶輪免去了平庸的命運。

眼球突出的小城有一個打眼的十字路口，它的位置相當於呈睡眠狀的寶輪的肚臍。旅館、小吃店、半遮半掩的髮廊、錄影廳、令人揪心的長途汽車站……團結在肚臍的周圍，並理所當然地以它為核心。十字路口是由它們選舉產生的總統。十字路口也很好地體現了它們的意願。它們因此心甘情願地將自己定格在附庸和長隨的位置上，從未想到起義和篡黨奪權。

我在二十歲的雨季，不可思議地走進了寶輪，來到了十字路口的下屬之一長途汽車站。我發瘋地想趕往喬莊。直到今天我也不知道為什麼要去那裏，只知道我必須在寶輪的十字路口換乘車輛。但傳來的壞消息說，由於暴雨的侵蝕，通往喬莊的山路已經多處塌方，何時疏通，敬請尊敬的旅客傾聽高音喇叭的親切通知。

我懷著朝聖的心情，每隔一個小時去觀見一次高音喇叭。觀見之前，我都想方設法將自己的心跳熨燙整齊。我渴望它能傳來好消息。受阻寶輪的那幾天，是我平生最熱愛高音喇叭的時刻；此前此後，我都無師自通地學會了對它的厭惡。我偶爾也會聲嘶力竭，偶爾也像罵

街的潑婦一樣，對付生活中難以忍受的辰光，但在內心深處，總是渴望寧靜。所以我對高音喇叭的語言縱欲、誇誇其談深惡痛絕。但在雨季的寶輪，我每隔一小時朝聖般的觀見，都以失望而告終。我隨時準備跳起腳來罵娘。我在寶輪的肚臍上坐立不安。我不知道肚臍內部的器官，是否感受到我的腳步對它的敲打、踢踏，是否傷害了它正在孕育中的胎兒。直到天黑，我也沒有得到絲毫希望，而該死的暴雨又兜頭澆了下來。

　　我住進了十字路口的另一個下屬——小旅社。它距離呈睡眠狀的寶輪的三角區已經相當接近。它的位置僅僅是從肚臍向下滑行了一點點。躺在床上，我一邊摒神靜氣，用耳朵巡邏高音喇叭傳出的消息，一邊心不在焉地收看電視新聞：紅色的大會、綠色的高產、臉色發白的經濟、嬉皮笑臉的大好形勢、有著爆炒腰花般面孔的人民群眾、唱著軍歌戴著綠帽子的解放軍戰士……我調了一下頻道。豔俗、散發著肉香的歌星立即撲面而來，流裏流氣的聲音立即撲面而來：我們的祖國似花園；愛我吧愛我呀；走在鄉間的小路上；外婆的澎湖灣；我要死了、死了……

　　我起身走進了十字路口的又一個下屬——錄影廳。它剛好座落在寶輪的三角區的中央。我相信這不是巧合，因為錄影廳正在放映一齣三級片，和錄影廳所處的位置剛好般配：高聳的矽質胸脯、豐滿的陰性大腿、隱祕的大腿拐彎處、猩紅的嘴唇，可就是沒有讓人最終眼睛一亮的絕殺部位……我真倒楣，無意間迎頭撞上了一個半遮半掩的時代。含蓄是它的基本美學。所有的觀眾都對這種欲蓋彌彰的美學頓足捶胸，罵聲連連。和他們一樣，我也在錄影廳坐到了天明。我正處在熱愛三級片的年齡。我把高聳的胸脯、豐滿的陰性大腿、隱祕的大腿拐彎處、猩紅的嘴唇顛三倒四循環往復地看了又看，仍然沒有見到讓我眼睛一亮的部位。我也開始仇恨含蓄的美學。我自覺地加入到了痛罵的行列。我壓抑不住地高喊了幾嗓子，把正在咒罵的人民群眾的咒罵聲成功地鎮壓了下去。他們都扭過頭來驚訝地看著我，他們搞不明白，這個皮膚黝黑、滿臉粉刺、乳臭味還剩三十毫克的毛頭小子，哪來這麼大的火氣。

　　……從錄影廳出來，迎面撞上的還是暴雨，還是高音喇叭裏已經麻木、遲鈍的壞消息。我氣急敗壞、暴跳如雷，打算放棄我的計畫，回到出發的地方。靜下心來後，我發現早把出發的地方搞忘記了。那個叫家的地方對我是不存在的，因為我正處在熱愛三級片、熱愛浪遊的年齡。無奈之中，我只好決定儘量拖延我的熱愛，拖延我的青春、我的焦慮、我痛心疾首的幻想。

　　接下來的三天，我懷著朝聖的心情，每隔一個小時就去觀見一次高音喇叭。觀見之前，我都想方設法將自己的心跳熨燙整齊。我渴望它能傳來好消息。我住進了十字路口的另一個下屬──小旅社。躺在床上，我一邊摒神靜氣，用耳朵巡邏高音喇叭傳出的消息，一邊心不在焉地收看電視新聞：紅色的大會、綠色的高產、臉色發白的經濟、嬉皮笑臉的大好形勢、有著爆炒腰花般面孔的人民群眾、唱著軍歌戴著綠帽子的解放軍戰士。我調了一下頻道。豔俗、散發著肉香的歌星立即撲面而來，流裏流氣的歌聲立即撲面而來。我起身走進了十字路口的又一個下屬──錄影廳。它剛好座落在寶輪的三角區的中央。而錄影廳正在放映一出半遮半掩的三級片……

　　……我曾多次經過呈睡眠狀的寶輪，從能夠擰出水來的青年直到心如枯木的中年。但我再也沒有下過車，直接從它的頭部途經它的大腿繞了過去，以便儘快趕往我的故鄉或者討生活的遠方。每一次我都遠遠看見過它的肚臍、當年焦慮不安的我篩糠的背影。我早已學會了等待，但我確實不喜歡每一個讓我處於等待狀態的地方。

2004 年 3 月 28 日

偽箴言或真經驗

——豐益橋筆記之七

◎ 如果能回去，我現在就走。

◎ 過去的日子以無聊居多。

◎ 愛好轉折的人不相信直路；相信兩點之間距離最短的人往往又鼻子扁平：因為他碰了太多的壁。

◎ 讀書以致於博學的目的是使人仁慈，而不是使人勇猛、聰明和急躁。

◎ 一件從前發生的事情，之所以能讓後人以調笑或幽默的言辭加以訴說，僅僅是因為它太過荒唐。並且越是以悲壯、悲慘或神聖、莊嚴的面孔呈現出來的事情，越是如此。

◎ 邪惡的人不會感染瘟疫，善良的人不會上天堂。

◎ 酒使人亂性，但首先是使人亂腎，首先是喚醒了腎。

◎ 在一個自我推銷的時代，保持羞澀感是可敬的；在一個誇誇其談、初通文墨的時代，保持口若懸河的姿勢遠比保持沉默的姿勢更為有效。

◎ 泛神論是一種我／你關係。相信泛神論的人因此擁有了眾多的情人。但最終他會發現，這些情人中沒有一個是靠得住的。他與它們不過是一夜情而已。

◎ 真理只存在於左手，而道德只存在於右手。

◎ 啊早晨，夜晚的肛門。

◎ 唯一的悲劇是人的必然宿命即死亡即優先性。除此之外，凡被稱作悲劇的，最終只能是鬧劇和搞笑。並且最大的悲劇導致最大的搞笑。

◎ 到處都是強迫症患者。到處都是孤兒。

◎ 京劇中的唱，不過是把語言弄成了彈性無限的橡皮筋。但真要到了彈性無限的程度，那根橡皮筋也就斷裂了。

◎ 維柯（Vico）說，歷史循環是由一陣晴天霹靂開始的：經歷過洪水
　災難的原始先民將這從天而降的巨響當作了上帝的聲音，紛紛中斷
　了與自己女人的交媾，滿以為自己受到了非難。驚恐的先民們站了
　起來，把女人拖進洞穴之中，從此便出現了私有財產。我願意為這
　個精闢的洞見增加一個例證：連我們家的狗都是這樣。

◎ 把幽默當作天神之光的人是智者，把幽默當作省力方式的人是仁
　者，把幽默當作對自己的同情的人是自戀者，把幽默當作鬧劇的人
　是虛無主義者，把幽默當作未知之物的人，則是天底下的最不可救
　藥者。

◎ 真理就是此時，就是此時的沉默。這既可能是虔信者的信條，也可
　能是逢場作戲者的格言。何況在這個真偽莫辨的國度，何況這是個
　真偽莫辨的時代。

◎ 消息總是無性的。

◎ 精神早已習慣了紆尊降貴或遭人欺凌。

◎ 計算是中性的，算計卻極具冷笑性質。

◎ 擁有邏輯混亂的一生的人往往最具有喜劇效應。

◎ 《創世紀》說：「正如上帝曾經許諾，如果在所多瑪發現十個正人君
　子，他就不會毀滅它。」一個患有道德亢奮症的黑馬思想家（我們
　時代以盛產這號半人半神的尤物而著稱）則高聲宣佈：「如果你不懺
　悔，我就要到報章雜誌上去審判你；我就要寫雜文。」

◎ 告別之前我們總是吃鱉。

◎ 僅僅瞭解邪惡談不上智慧，只看見黑暗則是一種無以復加的膚淺，
　但如果像歌星和小品演員認為的那樣一切都是透明的，我們就更無
　話可說了。

◎ 一切觀點和立場依天氣的變化而變化才最安全，才對健康最為有益。

◎ 有一個人自稱是我的 X 光透視機，自稱能看清我的腸腸肚肚兼陰險
　邪惡。我非常高興，很想讓他描繪一下我的腸子的形狀，因為我從
　來沒有看見過自己的大腸、小腸、盲腸和十二指腸，何況我正在鬧
　肚子。此人想了想，仔細地想了想，又把我反覆瞧了瞧，最後居然
　說我沒有腸子，花花腸子倒是不少。

◎ 一個被人認為早已自殺的詩人據消息靈通人士說，已經成了我們這座城市的清潔工。他在天亮之前、萬籟俱寂之後開始清掃我們製造的垃圾。也就是說，他始終與黑暗和臭氣為伍。這個詩人是所有詩人中最徹底的詩人，他身體力行，言行一致。他像一個幽靈，但他更像一個幽默。

◎ 我見過這樣一個人：他暗中信任的東西從來羞於出口，因為人們不相信他信任的那些東西；而對人們公開信任的東西，他又不得不做出一副假裝相信的樣子，並且四處申說。

◎ ——多謝！
　　——多射！

◎ 面相兇狠的毛哥與同樣面相兇狠的剛哥下象棋。剛哥招架不住，趁毛哥專心思索之機，偷偷摸摸把一個被吃掉的炮重新安放在棋盤上，直接對準了毛哥的老帥。現在輪到毛哥招架不住了。他萬萬沒有料到，剛哥居然在他的臥榻之側埋伏了一個大間諜。他左思右想，終於發現了這中間的玄妙，於是大怒：「你他媽有三個炮？」剛哥也大怒：「我他媽有一個加強排的炮！」這很可能是一個隱喻。

◎ 懷舊是弱者的慣常姿勢，是虛無主義酒店的招牌菜。而虛無主義酒店時而人聲鼎沸，時而門可羅雀——這要視天氣和心情而定。

◎ 善於投降、習慣投降是一種優秀品德，它證明所謂堅持不過是個搞笑的時間性概念。但有四個「堅持」絕對不應該受到嘲笑，它們是：堅持吃飯，堅持睡覺，堅持撒尿，堅持走孤獨主義的羊腸小徑。

◎ 「故鄉的泥土可以治療疾病。」這是一個善意的謊言，也是一個絕對的錯誤。

◎ ……如果現在就走，我也許還能回去。

2004 年 4 月 30 日

強迫症患者和保守療法

——豐益橋筆記之八

　　加拿大哲學家查理斯·泰勒說過一句意味深長的話：現代社會的特徵之一，就是用美元估算人命。的確，在今天，除了長生不老丹、後悔藥等少數幾種不幸被證明為不存在的對象外，幾乎沒有花錢買不到的東西：花容月貌、腎臟、來自無能者隱蔽部位的快樂、愛情、機遇、官銜、榮譽直至性命，都明碼實價，在貨幣定義過的市場上隨處兜售。西班牙作家洛普·德·維加在提到黃金時代的馬德里時就說過：「在那裏，一切都變作了店鋪。」這種情形從前如此，於斯為盛；馬德里如此，我們的北京似乎也不例外。

　　據一個流布久遠的謠傳說，痛苦哲學的收藏者、婦女的敵人叔本華，有一陣子在餐館進午餐時，老是拿出一枚金幣隨手把玩。久而久之，該叔本華的舉動終於惹惱了餐廳的侍者。此人憤怒地責問哲學家這究竟是什麼意思，想顯示自己有錢還是咋的？面對侍者的憤怒，叔本華輕描淡寫地說，如果這個餐廳裏有人在進餐時不談金錢，我就把這個金幣送給他。叔本華要是活到今天，或許會更加絕望：金錢在現代社會更擁有君臨一切的凜凜威風。電子貨幣的出現，非但沒有讓金錢的威風更加隱蔽和含蓄，相反，倒是讓它更加昭彰和囂張了。通常情況下，一個人如果沒錢，基本上就被解除了生活的權力，也基本上被認為是死定了。為謀生而追逐錢財，不為謀生只為追逐錢財而追逐錢財，不過是金錢愛好的程度不同罷了，都無一例外地展示了金錢的力道。這種情形，幾乎成了眼下中國最為亮麗的風景線。看看大街上湧動的無數張貪婪的面孔，或隨便在某一個廁所邊偷聽如廁人的交談，就沒什麼不明白的了。時間就是金錢，效率就是利潤，意味著我們有必要把撒尿的工夫也控制在最低水準上。金錢重新歸整、修理、

打磨和定義了生理。很顯然，這算不上奇蹟，而是金錢的題中應有之義。

　　有一個越來越明顯的事實是：如今這個社會上幾乎人人都是金錢的強迫症患者；諸多治療方法也因此應運而生，其中，心理學成了當今時代最具潛力的學問。不少有商業遠見的家長，已經為自己的孩子描上了這一行當。儘管心理學已經成了一門產業，但遺憾的是，它對金錢強迫症的療效不能算好。另一方面，出於久病成醫的原因，幾乎每一位患者搖身一變都無師自通地變做了優秀的心理專家。於是，我們才有機會欣賞這樣的西洋景：有些人白天追逐金錢，到了晚上則趁機成了隱士。軍火商榜上了詩歌，房地產老闆變成了京劇票友，毒販子加入了佛教愛好者組成的陣營，車行老總愛上了水仙花，亦官亦商的人在家中趁著夜色擺弄哲學，皮條客——這是賺大錢的人——則成了古典音樂的「發燒友」……他們把這叫做雙重生活。作為一種保守療法，據說雙重生活在醫治金錢強迫症方面效果顯著，因為它給患者們提供了一個叫做精神家園的尤物，可以很好地安置患者們的靈魂。順便說一句，不保守的療法其實一直存在，那就是捨棄金錢，但這在任何一個時代都不能選用，何況今天。

　　我有一位正在努力患病，並把患這種病當作成功標誌的朋友。我當然是一個真資格的無產階級，即使是在一個假貨橫行的時代，我也敢向任何人擔保這一點。但承那位朋友不棄，我曾經接受過他的教導：沒錢的不是人。我頓時茅塞大開，也開始匆匆忙忙努力患病。不過，據我所知，我這位朋友目前還處在疑似病例的水準上，雖然比我高級一點，但還是沒興趣去過雙重生活，更沒有資格體驗那些夜晚隱士們的共同心聲：錢太多了的也不是人。毫無疑問，這是一種更加高邁的境界，隱隱還有幾絲傲慢，但同時也說出幾分真理：錢太多了會把人變成「錢人」，那是另一種意義上的植物人。於是，我們現在看見了：白天的植物人到了晚上成了靈魂的人；靈魂的人到了白天又一次成了植物人。這種隨晝夜不斷輪迴的把戲，確實挽救了不少人的性命。

　　愛默生說，新的經驗始終在等待新的詩人。從邏輯上講，這話其實更應該反過來說：新的治療方法始終在迎候新的病種。因為幾乎所

有像模像樣的病種，幾乎所有具有幾分姿色的病種，都是人工製造出來的。因此，我絲毫不反對雙重生活，相反，我對這種極其有效的保守療法持熱烈歡迎的態度。因為無論從任何角度說，謀生都不能算錯；金錢也不是操行不佳的阿睹物。準確地說，是我們這些叫做現代人的特殊動物，在一個叫做現代的社會裏，陷入了一個十分隱蔽的怪圈：金錢為我們提供了好處；但我們又錯誤地理解了金錢的德行。雙重生活既能暫時緩解我們對金錢的誤解，又能像上帝一樣，迎候那些目下的疑似病例如區區在下者。這樣說，頗有點愛因斯坦式的調侃意味：當科學氣喘吁吁爬上山頂時，才發現宗教早已在那裏等候它了。因此，雙重生活在今天大規模出現，既是時代的幸運，也是現代社會的顯明標誌。

　　最後我要說，雙重生活作為一種保守療法，並不是現代社會特有的發明。在一個歷史如此悠久的國度，它也是古已有之的事情，只不過現代社會重新定義了雙重生活。作為一個例證，明代的衛泳就提出了另一種保守療法的方案。這個科舉制和官本位的強迫症患者，也是一個出色的心理學家。他的方案是隱於色：右手把盞，左懷美人，所謂「真英雄豪傑，能把臂入林，借一個紅粉佳人知己，將白日消磨」。隱於色看起來比隱於朝、隱於市、隱於野有趣多了。只是該人在大白天也在這麼幹，好像不受晝夜更替的輪迴之苦，或者說，他強行將白天和夜晚的格局打破了。較之於今天的雙重生活，這顯然是一種更徹底的保守療法，幾近於極端。但問題是，今天的雙重生活作為一種有效的保守療法，還能從衛泳的方案中找到借鑒嗎？畢竟今天的保守療法的有效性，建立在對晝夜輪迴的絕對尊重上。

2004 年 12 月 16 日

細小的紀念

——豐益橋筆記之九

人生半哀樂，天地有順逆。

——杜甫

壹、土門公社簡史

土門公社原來叫土門鄉，鄉治在土門廟，一個必須經由崎嶇山路才能到達的小場鎮。鄉改公社後，政治、經濟、文化和軍事中心被轉移到了較為平坦的葫蘆壩。那兩個地方都留下了我小小的、打著火把的童年。紅彤彤的土門公社下轄十個大隊：新華大隊、西河大隊、慶祝大隊、燈塔大隊、紅旗大隊、前進大隊、慶豐大隊、革命大隊、友愛大隊、紅光大隊。此前它們分別叫做土門村、寨山村、仁家灣村、緱家村、李家村、仁馬丫村、石板村、岩上村、彭家村、劉家村。土門公社改名為國光鄉後，它們又各自恢復了本名。傳統戰勝了政治。

我的童年丟棄在了新華大隊，丟棄在了有西河從門前經過的土門村。

貳、方圓十里之內

方圓十里之內有兩條河、三座山、十個生產隊、三千農民，五千畝土地、一座水庫；方圓十里之內曾經擁有過三次大洪水、四次乾旱、兩次蝗災；方圓十里之內沒有污染；方圓十里之內有一個爺爺、一個奶奶、三個妹妹、五個堂兄。他們都屬於我。

參、車禍

現在可以說到那次幾乎不存在的車禍：

拖拉機在前邊開，趁司機不注意，我從後面爬了上去。站在車廂裏我手舞足蹈，大喊大叫，知道今天上學的路可以免了。風景在紛紛向後，時間則在加速向前——但那是我成年以後才知道的事情。快到學校時，那個年長我三十歲的司機故意加快了車速。但這沒什麼了不起。我奮力一躍，就下到了地面，只不過攪亂了幾個小石子的小美夢。但後車輪卻從我的小腿上輾了過去。我眼睜睜地看它輾了過去。有幾分驚詫，有幾分恐慌，也引起了過路人的幾聲尖叫。司機停了車，臉色雪白。都是本地人，他不過是想開個玩笑。他戰戰兢兢，滿臉堆笑，試圖將我拉起。但我推開了他，提著書包跑進了教室，正好趕上班長喊起立、向毛主席敬禮。

肆、陳景潤

這個人不諳世事，只知埋頭演算。數學就是他的家。他拼卻一生也要證明 1＋1——那是歌德巴赫猜想的俗稱，曾經被人民群眾譏為吃飽了撐的。他的事蹟因為一篇報告文學舉國皆知。作為一個除數學外對其他一切都近乎盲童的人，他因為舉國皆知幸運地討到了老婆。據說求愛信有幾籮筐。在二十世紀七、八十年代之交，文學具有巨大的功效；因為那篇報告文學，處於懵懂階段的我們算是成功地找到了偶像。我的同學中就有不少人冒充陳景潤，煞費苦心地裝做不諳世事——儘管他為了入團剛剛向班主任參了我一本；還有不少人假裝連麵條也不會下。我短暫地模仿過他，但很快就知道自己不是那塊料，也明白自己小小年紀就詭計多端，模仿純潔之徒有礙健康，就放棄了模仿。讓我欣慰的是，我的同學中，確實有兩個人成了數學家，也有七、八個人修煉成了麵條也不會下的尤物。

我從來就不曾瞭解過陳景潤，只知道在需要偶像的時代，他碰巧成了我的偶像。他在成名二十年後死於車禍，卻沒有引起任何騷動。

在上海的一個黃昏，我通過晚報得知了這一鬆鬆垮垮的消息。我為此滿懷惆悵，卻從未公開申說。

伍、雷鋒

他是我們學習的好榜樣。關於他的傳說多如牛毛。每年總有一天，我們都要提著掃帚，去一條和我們沒有關係的地方一陣猛掃，將街道弄得烏煙瘴氣——那是我們學習好榜樣的具體方式。我讀到過這個人的日記。小學還未畢業的雷鋒能寫出如此精闢、如此涵義豐富和深邃的文字，讓我目瞪口呆，讓我萬念俱焚；他表現出來的水準讓我對未來產生了前所未有的懷疑。他聖徒式的品德、天才般的智慧，讓我絕望，讓我自暴自棄。因此在學習他時，我很有些怒氣，把街面弄得更加風塵僕僕，讓人民群眾對我的學習成績很不滿意。今天，我如此墮落，根本沒有機會成為聖徒，也未曾搞出涵義深邃的東西，雷鋒叔叔要負一定的責任。我恨恨地想，偶像最好能和我差不多以便拯救我這樣的人；但如果和我差不多，他肯定成不了偶像。這就是偶像的宿命，群眾的無奈。偶像在群眾中間只會更孤單。

陸、魯迅

我從他那裏學到了刻薄和諷刺的藝術，小小年紀，就習慣於像他那樣以嘲諷的眼光看待人世。聽說他骨頭最硬，眼光最毒，我也開始鍛煉骨頭，砥礪眼睛，並在父親的拳頭下、老師的呵斥聲中慢慢長大。我終於成人了，如此蒼老，如此冷漠，對幾乎所有的事情都不聞不問，對幾乎所有該做的事情僅僅聊盡義務。唉，我把最好的時光全花在了悲觀和厭世上，天天思謀著如何儘快渡完這轉瞬即逝的一生。現在，我老了，骨質疏鬆，目光渙散。對不起，魯迅先生，如今我再也經不起您的教誨。

柒、毛澤東

　　他是我童年的神靈，想起他，就覺得很幸福。那是一個物質極度匱乏的時代，一年中只能吃少數幾次肉；但想起他所產生的幸福感，比馬上就要吃肉產生的快樂還要強烈。精神戰勝了物質，信仰打敗了口腹之樂，這是我終生難忘的記憶。聽說他住在比葫蘆壩還要大十倍的北京城裏，身體健康、神采奕奕，我就激動得想哭。我沒有見過他，但我曾經多次夢見他；有好幾次他還拍著我的肩膀要我好好幹，醒來後百思不得其解。我真的想念他！我已經三十六歲了，很想和他討論一些問題。我估計他現在不必日理萬機：如今，美帝國主義開始向我們示好，蘇修早已解體，群眾的敵人由法律去收拾，他也許有時間和我討論幸福問題。我想告訴他，在他過世二十年後，中國人民都能吃上肉了，但我們的幸福感卻在不斷減少。我想知道這是為什麼。毛主席，你對此有何高見？

捌、仁家灣

　　這是一個村子的名字。我沒有考證過它的來歷，但肯定是張冠李戴的產物，因為住在這個村子裏的沒有一家姓仁。他們全體都姓一個很怪的姓。我曾經有幸在這個村子裏上過四年小學。如今，設在一個四合院裏的教室已經破敗不堪；住在教室西側喜歡吃蛇的男人已經魂歸西天，教室對面那個漂亮的女孩，忍不住夏天的燥熱去池塘游泳，早在我童年時代就已死去（我目睹了她光滑的屍體）；住在教室東側的男人因為和兒媳不和，在一個傍晚倉促跳水自殺，連晚飯也來不及吃……四合院內的姑娘們也早已出嫁。自離開那裏後，我再也沒有見過她們，但她們的美麗毋庸置疑。最近一次去仁家灣是十年前，我要趁著春節的閒暇給久違的祖先燒紙。那是一個寒冷的黃昏，我遠遠看見了仁家灣的鄉親，他們已經認不出我了，我也樂得不打招呼。但我去參觀了我的學校（也就是那間教室），它已經謝頂，只剩下四面矮牆，寒冷的殘陽無遮攔地射進了我們當年擺放課桌的地方。我看見了多年

前那個蓬頭垢面的孩子，在我混濁而漠然的目光中，是他充滿好奇心的小眼睛。

玖、蛇

　　第一次見到它，我只有七歲。那是一個黃昏，我隨爺爺步行去十幾裏外的外曾祖家拜壽。在一個大約七十度的斜坡上，我看見它一晃而過。因為它太過醜陋，我驚叫起來。晚上，在外曾祖家飽餐了一頓，卻在夢中第一次見到了蛇。它向我做鬼臉。第二天早晨我嘔吐得天暈地旋，差點把腸子都吐了出來，更不用說還沒有消化掉的肥肉。那年月，那香噴噴的肥肉啊。從那以後很長一段時間，我聞到肉味就看見了那條蛇、就要嘔吐。

　　第二次見到它，是同一年冬天。某一個早上我去仁家灣上學，路過一條小溪時，我看見一條銀灰色的長蟲，昏昏然躺在水草上。它是在冬眠嗎？有那樣冬眠的嗎？我以為那是黃鱔，準備伸手去抓。一位稍大我一些的同學說，那是蛇！我突然胸中翻滾，把剛剛吃下的酸菜稀飯吐了個底朝天。

　　很多年後，我讀到了《聖經》，讀到了它對蛇極度蔑視的言辭。我為此拍手叫好。更早一些時候，我從道聽塗說中得知，我們的圖騰的原型之一就是蛇。這把我嚇了一跳。

拾、蓑草

　　仁家灣每一個山坡的每一個岩石上都長滿了蓑草。那是編織蓑衣的好材料。我想讓爺爺給我編一件，以便將頭戴雨帽的同學比下去。在那個貧困的年代，很容易把別人比下去，也很不容易把別人比下去。但爺爺要我自力更生，先到山坡上割蓑草，然後才能聽從我的命令編蓑衣。我知道他的臭毛病。我跑到了山上。

　　我眼前的蓑草真是夢中的植物，像鬍鬚一樣光滑，依稀如幼嫩的夢境，還泛著青色。我有些不忍心下手。那是我今生唯一一次同情植

物，有點矯情，有點誇張；從那以後，我不知在有意無意或直接間接中，摧殘過多少萱草的本家和近親。但我還是割了起來，綠色的汁液慢慢染綠了我小小的手掌。因為雨季就要來了，我可不想再戴著雨帽去上學。而穿著蓑衣能給人一種長大了的感覺。那時，我渴望長大，不像今天，時時刻刻夢想著回歸種子，回歸那個溫暖的來源，永遠不想出來。

拾壹、西河

我曾多次孱弱地寫到它，但它無比堅實，但它更多地來到了我忘恩負義的夢中。是啊，我曾在它的胸膛上學會了游泳，這一技術後來不止一次救過我的命；我還在它的腹腔中抓過魚。那些被愛情沖昏了頭腦的魚每年都要集體洄游，在西河的腹腔中產卵，這過往的一幕如今在污染過重的西河終於漸成傳說。而那時，隨手一抓，就有一大把正在緬懷愛情、正在為種族繁衍專心工作的魚來到了我們手上。它們安靜、虔誠，不知厄運將至。我也曾試圖尋找西河的腋窩，因為奶奶告訴過我，我們都是從母親的腋窩裏生下來的，而仁家灣所有的母親都是從西河的腋窩中生出來的。我終於找到了，那是一處碧綠的、呈奶子狀的深潭，水溫沁涼，正適合母親們居住。我流連忘返地在那裏呆了整整一個夏天；從那裏出來後，我長大了，對其他所有地方的腋窩不再感興趣。

拾貳、瞞天過海

從新華大隊隊部（即土門村村公所）到我們家的四合院有兩華里，全是因陋就簡的機耕道；機耕道上有一條兩米來長的小橋，橋下是供春耕的流水過路的涵洞，不足半米高。但它有一個古怪的名字：瞞天過海。我從小就知道這個地名，但真正讓我大吃一驚則是在我斷文識字、初通文墨的成年以後：那個大字不識幾籮筐的村子，怎麼會有這樣一個文縐縐的地名？

　　緊靠瞞天過海的是一片墳林，擠滿了我的列祖列宗。恍惚間我記起了過逝多年的爺爺給出的解釋：鄉親們深知罪孽深重，來生為人為狗很難確定；但有了好地名，就能躲過閻王爺的判決，逃生到極樂世界，因為人世太苦了。爺爺說了，沒有能力斷文識字的鄉親們深信，一個好地名能改變他們來生的命運。我？我要深深地祝福他們！但洞察陰陽的爺爺最終卻葬在了一個小山頭，墳墓的走向正好與瞞天過海平行。爺爺不用轉頭就能斜視到瞞天過海，那個只有兩米來長的奈何橋。他不會從永世的輪迴中逃逸出去。直到今天，我還在等待他的出現；直到今天，我仍然願意對每一個比我年輕的人表示親近和友好。

2004 年 12 月 31 日

人生公式

——豐益橋筆記之十

　　人很難將某種癖性或行為堅持到底，無論是好的癖性還是壞的行為。這大概是毫無疑問的事情。偉大領袖毛主席早就教導我們說：一個人做一件好事不難，難的是一輩子做好事。有人篡改了毛主席的語錄說，一個人做一件壞事不難，難的是一輩子做壞事。說起來這個命題好像也能成立。因此，如果把毛主席那句話抽象出來，我們可以獲得公式一：一個人做 X 不難，難的是一輩子做 X。這個 X 幾乎可以被置換為人世間任何一件具體的事情，比如勇氣——我願意冒險把勇氣也大而化之地稱作事情。哲學家維特根斯坦是一個現成的例子。此公有兩本薄薄的哲學著作，分別寫於早年和晚年，據業內人士說兩本書都堪稱經典。《邏輯哲學論》是早期著作，我們從這本書的序言中能夠看到維特根斯坦的勇氣和傲慢：這本書所闡述的真理，「在我看來是不可反駁的，並且是確定的。」維氏認為自己已經解決了歐洲哲學史上所有的疑難雜症，於是跑到一所山村小學當教師，不再過問哲學。《哲學研究》是維特根斯坦晚年的著作，從該書的序言中，我們看到了另一個略為有些自卑的維特根斯坦：「我懷著懷疑的心情發表這些思想，」「我本願寫出一本好書，這並沒有實現，而能夠改進它的時光已經流逝遠去了。」從前那個傲慢和自信的維特根斯坦到哪裏去了？

　　名聲顯赫的荒誕劇《等待果陀》裏有一位波卓老爺，此人也有一句名言，大意是，這個世界上的眼淚是一個常量，有人哭，就一定有人不哭。這真是至理名言。就我所見，或許只有「朱門酒肉臭，路有凍死骨」差堪比肩。有意思的是，如果我們把這句話也給抽象那麼一下，完全可以獲得公式二：這個世界上的 X 是一個常量，有人 Y，就一定有人不 Y。公式一和公式二既可看作是互為補充的關係，也可以看

作是對同一個問題的兩種表達。首先我們可以說，一個人終其一生的勇氣和傲慢是一個常量，前半生勇氣十足、傲慢十足，後半生就要為前半生的過度透支付帳、還債；其次我們還可以說，一個人勇氣十足、傲慢十足一時不難，難的是一輩子都勇氣十足、傲慢十足。所以，蒙田願意自告奮勇地為我們舉例說，一位征戰失敗的勇敢將軍，看到敵方當著他的面殺他的兒子時連眼睛都不眨，但當敵方當著他的面接殺了他的不少士兵時，這位將軍哭得幾乎暈了過去。蒙田評價說，那是因為他的勇氣一點一點地消耗殆盡了。瞧瞧，這還只是個把鐘頭的事情呢。

陀斯妥耶夫斯基通過他的主人公之口說過一句驚心動魄的話：人總得有一條活路啊。這句話不需要抽象就可以看作我們的公式三：無論前兩個公式昭示的結局為何，公式三提供的結論必然為真。連無聊透頂的薛西弗斯都沒有選擇自殺，也許正說明了公式三的真正內涵。卡繆評價薛西弗斯說，此神之所以沒有自殺，是因為他在徒勞無功當中終於明白了，他的生存意義就是擔負荒誕。有了這一條，他也就算是有了活路。因此，為了響應公式三的號召，深受公式一和公式二壓迫的人們於是尋找著各種補償形式。補償形式是對上述三個公式的絕妙總結：維特根斯坦從美國偵探小說中獲得了勇氣和自信，平凡如我者則從令我不屑的人與事中攫取了同樣的東西。兩者看似不同，實則是一回事。就這一點而論，我和維特根斯坦沒有高下之分。因為據維氏的學生馬爾康姆回憶，他的師尊明確向他提起過，如果美國不給我們偵探小說，那我們就不給它哲學，歸根到底還是美國損失更大。我們從這話當中聽到的除了幽默，還有飽經世事之後的滄桑。維特根斯坦是不是從偵探小說中找到了活路，我不敢妄加推測；維特根斯坦是否從這樣的言談中獲得了傲慢或勇氣，肯定只有他自己最清楚。

歌德是偉人，但他說出了我們這些正宗凡人需要遵守的補償方式：如果我覺得自己傲慢了，我就去讀大師們的作品；如果我自卑得沒臉活下去了，我就去讀那些垃圾文字。鄙人是歌德這句話的忠實實踐者，因此居然跌跌撞撞地混到了今天。

2005 年 4 月 19 日

真理，又是真理

——豐益橋筆記之十一

　　「真理」一詞雖然在南朝梁蕭統的《令旨解二諦義》中就出現過，但據說主要是指佛法，意為純真的道理；近世以來，「真理」才從日文中周遊了一圈後返回母國，並轉為現義，意為不能懷疑的規則、秩序，又豈是道理所能概括的。和真理比起來，道理不過是意見而已，哪怕是純真的道理，也不過佔據著最好的意見的要津。「真理」從日文回歸母語，並帶來了新的涵義，並不意味著現代意義的「真理」在中國歷史上不曾有過。實際上，所有形式的煽情的基本依據，就是煽情者自以為掌握了真理，所以才敢膽豪氣壯、氣沖斗牛。只不過在古典中國，煽情者不用「真理」一詞而已，因為他們有許多「真理」的變體，比如解民倒懸、弔民伐罪，都是些光鮮的辭彙，其中正包含了宇宙間無可置疑的真理。翻翻最為古老的《尚書》就不難知道，我們的堯、舜、禹是何等的口若懸河、振振有辭；如果他們不覺得自己真理在握，口若懸河的底氣又來自何方？

　　堯、舜、禹當然是我們嘆服和膜拜的對象，所以明末清初的大學者唐甄才有如下之言：「有秦以來，凡為帝者皆賊。」唐甄顯然給足了上古三代諸位帝王以足夠的面子。如果考慮到人類歷史上諸多災難大大半來源於某些大人物的煽情行為，就不難揣測唐甄的命意：先秦以前的真理是真正的真理，儘管人們在述說真理時也口若懸河；有秦以來的真理都是些偽真理，頂多只是些上不了台盤的意見，儘管人們在論及真理時有時採用喃喃自語的低沉方式。

　　如果說上古三代的真理是天、道，三代以後的真理就是王、霸（主要是霸或名王實霸），勉強還給口若懸河者的煽情一點面子，那麼，現時代的煽情的面子幾乎大大半來自孔方兄的權威：金錢才是教主；教

主在頒發各種版本的真理。最有名的例子是各種電視節目，尤以黃金時段播出的電視節目為甚。一個個設計精美的畫面，主持人或高亢或低沉的聲音，讓觀眾或咒罵或肉麻或笑顏逐開。但無論是觀眾還是主持人都明白，這種形式的煽情的最終結果是：電視臺賺足了鈔票，主持人腰包亢奮，觀眾則用咒罵打發了時光。

更讓人吃驚的是一些真理的後備軍，他們由一些深受當今時代各種真理之薰陶的大學生組成。開誠佈公地說，孔方兄只是其中影響較大的一種罷了，遠不是全部。我曾經鬼使神差，居然充任過京城數所高校聯合舉辦的辯論賽的評委。一入現場，我才發覺自己竟然無聊到來趟這趟渾水。看得出來，那些孩子們臨陣前都受過短暫的專門訓練，他們個個文質彬彬又咄咄逼人，口若懸河之間還配以一個模子裏邊鑄出的手勢：「請問」時雙手前推，「我認為」時左手捂胸，「讓我們倡導……」時則右手與肩恰成四十五度銳角，意在配合最後幾個有待昇華的字眼。他們就如此這般手舞足蹈地為某個極端無聊的論題戰鬥。看到這樣的場面，我不禁毛骨悚然，不知道是為自己羞愧還是為他們難堪。

不僅語言具有修辭成分，動作也有；修辭不是壞東西，但它容易被弄成壞東西。因為用到極處的修辭就是為了煽情，就是為了從修辭的層面擊倒對手，至於真理在何處，得全看修辭的臉色。希特勒當年就是憑著這一手得以禍及全球。他的成功，就是把真理在煽情中給修辭化了，在煽情中給誇張地動作化了。

以我看，煽情是最不可饒恕的罪惡之一。我從前不明白《聖經》為什麼不把煽情列為七宗罪之一，現在我隱隱有些知道了：《聖經》整個兒就是煽情的集大成之作。《聖經》最明白，正是在真理的煽情作用的幫助下，依靠大人物們的口若懸河，依靠他們自以為真理在握的豪言壯語、花言巧語，群眾發動起來了，能夠讓人血流成河的機器製造出來了。劉邦、項羽當然是這方面的天才，愛哭的劉備難道是這方面的庸才？按照野史的說法，此公的眼淚正是煽情的物化形式。希特勒的公鴨嗓子更是自不待言。

　　把稚嫩的大學生辯論賽中動用的煽情，和劉邦、項羽、劉備甚至希特勒的煽情聯繫在一起，或許要遭人唾棄，但我不準備為此感到任何不安。魯迅當年在面對北京塵土飛揚中那些面色蠟黃的孩子時說，我由此知道了中國的未來。我也想假冒神聖地說，我從大學生們的手勢和慷慨激昂的言詞中，也看到了在各種真理掌握下的中國的未來：那不過是純粹手勢的勝利，語言的勝利，「真理」只剩下了摹本。

2005 年 4 月 19 日

第二輯

感謝的聲音

需要感謝的東西很多，但一切都得慢慢來。首先要感謝的是某些我認識或者不認識的生者或死者，當然還要感謝誠實的記憶。正是他們（它們）幫助我渡過了難關，最終讓我成了一個稍有良心的人。

貸款之後修什麼房子？

在向生靈們發放記憶的能力這方面，老天爺真可謂一個平均主義者，因為它給許許多多動物都賦予了記憶才能，甚至看上去智商不高、身披盔甲、信奉縮頭主義的烏龜，也能憑藉記憶找到失散多年的恩主（這樣的故事屢見於報端）；而在分配回憶的能力這方面，上天顯然只垂青人類，它只給人類配發了語言裝備，讓人仰仗語言有能力清晰而有目的地回憶往事。如果說記憶只是往事的儲藏器，是存放往事的私家銀行，回憶無疑是這家銀行忠實而不懈的借貸者。有意思的是，作為借貸者，回憶不但從來不向銀行付息，乾脆連本錢也不還；作為放貸者，記憶不僅幽默而又懷著不可告人的心理縱容了回憶的如許行徑，還能使自己的存儲量不但沒有絲毫減少，反而還在不斷增多——這僅僅是因為「人這畜生」（That animal called man）天天都在無事忙，隨時隨地都在生產轉瞬即逝的往事。也就是說，我們這些兩腳動物不僅在以自己的行動替回憶向往事銀行還貸，而且還向記憶付出了超高額的利息。這實在是一個過於久遠的故事，它的起源和發生遠在我們的智力之外。

記憶，也就是那家往事銀行的幽默和不可告人還遠遠不止於此。它之所以原諒和縱容回憶借錢不還、騙本牟利的唐突本性，並不是因為記憶特別具有寬容精神或者特別具有活雷鋒精神，而是為了它自己：往事只有通過回憶才能長大成人；僅僅將往事存儲在記憶中，如同將一個嬰兒始終幽閉在子宮裏，甚至是將可能存在的孩子始終封鎖在腎上腺隱蔽的溝壑中。而往事在回憶的搓揉和敲打下長大成人，才是記憶最樂於看到的場面，彷彿花旗銀行樂於看見放出的貸款在奸商手中翻滾著、嚎叫著上升與飛翔。就是在這個前提下，最為搞笑的事情大面積地出現了：回憶在使用不費吹灰之力就到手的款項時，往往張冠李戴、上竄下跳並四處行賄，鮮有老老實實做生意的時候。大量的怪

胎就這樣被回憶炮製出來了。依照錢鍾書的記載，到人間吃醉了酒因而誤入錢先生之書房的魔鬼，對上述情形有過上好的描敘：「你要知道一個人的自己，你得看他為別人做的傳；你要知道別人，你倒該看他為自己做的傳。自傳就是別傳。」（錢鍾書《寫作人生邊上·魔鬼夜訪錢鍾書先生》）這或許就是往事銀行假裝慷慨之後最想看到的鬧劇。但那無疑是我們這些回憶者屢教不改的丟人現眼。

說這些看起來不著邊際的閒話，為的是給談論徐曉女士的散文集《半生為人》（同心出版社，2005 年。隨文只注頁碼）打個鋪墊，因為這本書也是向往事銀行進行大肆借貸並經回憶四處打點的產物。無論作為讀者的我們多麼簡陋和粗心，我們都能看到，那些曾經鮮活的事情、那些一經發生隨即就被存放在記憶當中的往事，也在徐曉女士的回憶中長大成人了。不過，無論我們多麼挑剔、苛刻和眼睛帶毒，都無法從中看到從各種型號的回憶錄中經常看到的怪胎；《半生為人》也沒有讓諸如「自傳就是別傳」那樣的搞笑場面出現。這當然是有原因的。和許多人一樣，徐曉從往事銀行貸款也是為了今天；和許多人稍微不同的是，徐曉女士的回憶顯示了某種顯而易見的急迫感。這是個和生命、命運、時間有關的故事：

> 三年以前的這個季節，後來成為我丈夫的周郿英離我而去。我
> 之所以寫下以上的文字，大多是因為我們的兒子周易然，當年
> 他還沒有出生，如今也只有九歲，一個沒有父親的兒子，只有
> 靠母親為他留下一點兒父輩的蹤跡。我希望將來他能從這些文
> 字中瞭解並感知自己的父親和母親。在我來說，這是寫作的理
> 由，也是活著的理由。（第 170 頁）

徐曉說得很明白，回憶是活下去的理由；在最低的水平上也是寫作的理由。更重要的是，她是為兒子而回憶，是為了兒子才走進了往事銀行的大門。她不希望在走出銀行大門時兩手空空。這個過於繁重的任務或目的，要求回憶在動用到手的款項時必須小心翼翼、誠懇謙遜和謹慎有加；否則，稍不留神就有可能陷入魔鬼先生說過的那種陷

阱。為著這個目的，回憶既是往事的主人，又是往事的僕從。它們必須相互妥協，必須採用一種平等互利的對話方式，以求得各自的道德完善。更為致命的是，往事既要在回憶的攙扶下長大成人，又不能全由著回憶的性子讓自身處於委曲求全的境地；回憶既不能把往事弄成連往事自己都不認識的尤物，也不能故意醜化往事以抬高自己的品貌和身價。《半生為人》中有好幾處提到過和監獄有關的事情，因為作者在不足二十歲時曾因莫須有的罪名在某座監獄呆過兩年。這在被讚揚為「人妖顛倒」的「文革」中倒是常見的事情，雖讓人震驚，實際上不足為奇。徐曉在《無題往事》中如是寫道：

> 平反時我正在北師大中文系讀一年級。平反決定在全年級宣讀時，我的平靜使自己都覺得吃驚。被逮捕，被開除，這些驚心動魄的字眼，對我來講已經算不上是刺激，平反與不平反，似乎對我都沒多大意義了。就是不愛聽別人說我是反「四人幫」的英雄。張志新的死是悲劇，可我的被捕是鬧劇。我要真的是英雄，倒顯得那些抓我的人不那麼荒唐了。我還怕那些真心實意的讚揚。誇你堅強，說一個二十歲的女孩兒坐了兩年牢還能保持身心健康很不簡單。其實只有我自己最清楚，事實並不是這麼回事。當生活把你拋進火坑，你不得不在裏面時，根本談不上什麼堅強和勇敢。你有的不過是活下去的本能，別人所能承受的你也同樣能承受。我覺得最不能接受的是關於是否出賣過朋友的委婉詢問，我的回答一定讓人很掃興：我之所以沒有出賣什麼，是因為我實在是什麼也不知道。我無法假設，如果我知道更多，會不會在幾十個小時輪番審訊的疲勞戰術中敗下陣來。我不是一個遇羅克式的自覺革命者，我缺乏最起碼的政治常識，我是一個完全名不副實的政治犯。（第 80 頁。）

面對讓自己過於委屈的往事而有如此質樸和坦誠的態度，確實讓人佩服，尤其是聯想到動輒把手臂上的小傷口上升為民族的心臟中了一刀的人，徐曉的風範就更讓人佩服了。不過，徐曉肯定明白，質樸

和坦誠並不是從天而降的，畢竟動用往事銀行的貸款花天酒地、充當四處喊冤的盤纏，才是人的常態；畢竟自哀、自憐、自戀才是我們首先想到的情感方式。這些並非不可原諒的缺陷需要我們克服，而克服顯然需要極大的勇氣、耐心和智慧。徐曉在另一篇文章中，用更為坦誠的語調說明了質樸和坦誠的由來：「『文革』後二十年，有許多人記述了許多形形色色的獄中經歷，這些記述因不同身份、不同體驗，甚至因不同的寫作時間和寫作心境而不相同。回過頭來想，如果是二十年前，我的記憶會篩選出完全不同的素材，我的心境會選擇完全不同的辭彙，我的筆而不是電腦的寫作工具會使我結構出完全不同的句型。我可能寫得很宏大、很悲壯，也可能寫得很哀傷，但一定不會像現在寫得這樣從容和瑣碎。最有可能的是，我會讓讀者和我一樣聲淚俱下，悲憤不已。那肯定是真實的，就像現在我所要寫的仍然是真實的一樣。」（第 89 頁）

　　或許正是因為徵用了這種歷經磨難才獲得的低平語調，往事才從記憶中掙脫出來，並穿越時間的重重迷霧來到了回憶者眼前。它帶來了它必然要帶來的啟示以及它睡夢般迷人的溫度。但無論是啟示還是誘人的溫度，不管我們承不承認，都不是無條件的，也不是輕易就能獲得的。事實上，它們是徐曉為兒子準備的禮物，其間肯定經歷過無數的自我鬥爭，也經歷過無數次與往事的鬥爭。但無論是自我鬥爭還是和往事較量，不過是從往事銀行獲得貸款的必要代價。「無端歌哭因長夜，剗尾陰陽剩此時。」（譚嗣同〈感懷〉）徐曉經過二十多年的漫長歲月，最終拚力付出了這一代價；《半生為人》也用實際行動證明了這一至關重要的回憶原則、體現了這一至關重要的回憶原則。

　　《半生為人》的封底引用了一位自稱「（二十世紀）七〇年代出生的識字者」的話：「上世紀八〇年代，當我還是無知少年，書中的人物是我仰望的群山，而當今我長到他們當時的年齡，才發現他們那一代的精神氣質，業已成為絕響。」也許這位朋友指的是北島、芒克、江河、阿城、史鐵生而不是李南、郭海和劉羽。實際上，徐曉的回憶的重心也許剛好放在了後者的肩上。有眼睛的人都能看出，《半生為人》名為散文集，實為回憶錄，只不過它回憶的不僅僅是徐曉本人，更是

徐曉的同代人——在迷信、盲從、殘酷而封閉如沙漠的歲月裏尋找智慧、獨立、尊嚴、自由和思想的那一代人。二十多年過去了，他們中的有些人如今早已大名鼎鼎，另一些人則寂寂無名；有的人早已撒手人寰，另一些人則在這個越來越冷酷的世界上殘缺不全地活著。他們的青春，他們的激情，他們的追求，他們在普遍而持久的迷惘中堅定而猶豫的思索，在《半生為人》中都顯得栩栩如生而又不失分寸。當年他們貧窮、無名、落拓，但那是一個激動人心的時代、思考的時代、求索的時代，遠不像今天這樣勢利、俗氣和浮躁。他們在那個充滿了青春氣息卻又壓抑青春的年月裏，卑微而不失高貴地活著，對不入法眼的東西不屑一顧，對想念中的事物和人則掏足了心窩子，也揮霍了太多的語言炮彈和激情。的確，按照徐曉的回憶，那確實是炮彈，迷人的、火熱的語言炮彈。

正因為如此，我願意說，徐曉的回憶不僅僅是為了今天，更是為了將來。她是為了將來而回憶、而使用了那筆珍貴的款項。而將來是兒孫們生存的時間段落。因為無論是徐曉那一代還是我們這一代，都將老去和死去。她在《半生為人》中反覆提到的兒子，既可以讀成實際存在的兒子、她的兒子，也可以讀作隱喻意義上的兒子、將來的兒子、人的兒子。為了將來的人，回憶者必須善待偶然漂到自己手中的銀行貸款：不是為了仇恨，而是為了愛；不是要將往事弄成紀念碑，而是要將它在回憶中重新轉化為記憶——那也是一個銀行，但它不應該只是徐曉的私家銀行，更應該是子孫們的公共銀行，目的是要給他們一個見證：曾經有一群人在這個多災多難的國家活過，曾經有一群和我們一樣年輕過的人在那個荒謬的年代裏真正地年輕過、愛過……死過。

我故意放棄了《半生為人》中津津樂道的「故事」情節，因為願意瞭解和共和國同齡的那一代人的讀者，或許有機會、有興趣讀到這本書。我想說的是：我們每一個人都擁有一家私人往事銀行，我們的回憶也始終有權力向這家銀行無償借貸，問題是我們貸款之後想做什麼？想修什麼樣的房子供什麼樣的人居住？或者說，我們在什麼樣的情況下有什麼樣的權力動用這筆款項？在我看來，《半生為人》很好地回答了這個問題。

蘇珊・桑塔格在一篇關於薇依的短文中深有感慨:「在我們這個時代,是一個有意識地追求健康,卻又只相信疾病包含的真實性時代。」[1]《半生為人》或多或少也透露了這層消息,但又將這層消息的原義進行了改編和重組:她那一代人是在一個病態的時代裏成長起來的,但她那一代人憑藉自己卑微的反抗和昂貴的熱情,使自己甚至時代獲得了必要的健康和真實性,哪怕只有一小把。現在我們終於看到了:回憶在此走上了它最正確的道路,那筆不需付息和還本的款項也找到了自己的最佳用途:不是給回憶者修建療傷的私人別墅,而是給所有的後來人修築一間會議室,讓所有人的記憶在這間會議室中聚首、交流,讓它們找到了自己的回聲,聽見了時隔多年後那熟悉的心跳。因為不管怎麼說,所有人歸根到底只是一個人,所有時代的人歸根到底只是一代人。

這間會議室最終被徐曉處理成了故鄉,這是回憶最應該奔赴的目的地。回憶就是要將往事打造成故鄉。當然,這決不僅僅是徐曉的目的,更應該成為擁有回憶能力的人的本性,儘管在一個浮躁、勢利的時代這一目標很難實現。徐曉不過是本著這一本性的指引並誠懇地接受了指引。而故鄉意味著起源。由此,徐曉從私家往事銀行徵用了貸款後,終於將故鄉和屬於未來的異鄉聯結起來了。但把徐曉修築的房屋稱作會議室也好,喚作故鄉、未來的異鄉也罷,在徐曉那裏,不過是同一幢建築的不同名號。卡爾・克勞斯就曾斬釘截鐵地說過,起源即目標。

我無意說《半生為人》是部偉大的著作。如前所述,它不過是一間會議室,一間貧民的草房子,是這個世上某些人安置自己心靈的故鄉或目的地,也是一間無權者安放自身權力的祕密斗室。如今,這間祕密斗室公開展出了,但它或許只接待少數幾個有興趣的人來此聚談──不過,這不能被理解為私家銀行的吝嗇,而要理解為時代的匆促和人心的浮躁。

由此上溯六年,我臨近畢業,很偶然地讀到了收入《半生為人》中的〈荒蕪青春路〉,心潮彭湃;由此上溯八年,我還是個學生,更偶

---

[1] 蘇珊・桑塔格《反對闡釋》,中譯本,上海譯文出版社,2004 年,第 56 頁。

然地讀到過同樣收入《半生為人》中的〈永遠的五月〉，禁不住潸然淚下。2005 年 4 月我見到了徐曉，那是在北大詩歌節一次小小的聚餐會上，她書中寫到的幾個人也齊集於酒桌。我和她說過的話多達十句，這讓我感到受寵若驚。她胖瘦得體，一如她的文章；她笑得有分寸，也一如她的文章。我仔細觀察過她，依稀還有二十年前的張揚和熱情，但更多的是滄桑、皺紋、風度和碰杯。這一結局的由來，《半生為人》都有交代。

2005 年 5 月 21 日，北京豐益橋

感謝本雅明

壹

一個出生於二十世紀六〇年代末、成長於二十世紀七〇年代的中國人，難免不拖有一條宿命性的尾巴：那就是 W.本雅明曾經指斥過的「大話崇拜」（le la blague）。本人的膚淺經歷或許可以視作這方面一個渺小的例證。

和許多同齡的朋友們一樣，我從老師那裏首先學會的三個完整的句子也分別是：「毛主席萬歲」、「我愛北京天安門」、「千萬不要忘記階級鬥爭」。多少年以後，我才清楚地發現，上述三個句子實際上就是我們這一代人的原始圖騰：它的體溫，它的印記，它憤怒的表情或者偶爾和藹的面孔……無不對我們其後的人生運程產生至關重要的影響。而在學會了這些最基本的大話元件及其基本組合方式之後，緊接著我們就開始被誘導著去寫一些「革命歌謠」（當然，藍本早已預先擺在那裏了），算是對原始圖騰的借重和運用。諸如朗朗上口而又咬牙切齒的「×××（人名），壞壞壞，／不肯改悔的走資派（！）」，就是我們最擅長的句式，也是我們最喜歡的節奏——因為它在某種程度上，給我們蒼白的甚至是缺席的童謠做了必要的補充。它在我的記憶和意識中，甚至成了革命歌謠的基本公式，因為「×××」可以依據革命形勢的不斷變化得到不斷地變更：「×××」一忽而是「劉少奇」，一忽而是「鄧小平」，一忽而又成了「王張江姚」。時至今日，我仍然把它的善於變化和孫悟空的七十二變相提並論。有較長一段時間，提起孫悟空我就想起了「×××」。

通過諸如此類的「規訓」程序後，我們接下來還要幹一些比較複雜的活：每週上繳一篇「日記」，以備老師檢查。結果，我和不少同學寫的都是自己幫助貧農張大爺的故事，只不過幫助的具體內容有些差

異：有的為他挑水，有的為他推車，有的替他捶背，還有的甚至幫他倒夜壺。其實，我們的老師和我的同學們從一開始就不相信日記的真實性。作為一個歷史悠久，且不乏保守和排外氣質的村莊，我們村（那時叫生產隊）根本就不存在一個姓張的貧農大爺。張大爺在我們幼稚而又蒼老可笑的文字中之所以必須要存在，僅僅是為了滿足原始圖騰在我們身上的需要，也是為了給原始圖騰的內在邏輯找到現實生活中的對應物，以便順順當當地引出如下結論：我們這些臉蛋都洗不乾淨的祖國的小花朵，早已做好了接革命的班的準備。

那是我們的狂歡節。我們在大話中吞吃著米花糖般的大話一天天長高，居然紅光滿面，腸胃暢通，對各種各樣的微生物──它們不過是渺小的美帝國主義和蘇修──都不懼怕。仰仗著大話的威風，我們從小就「不乾不淨，吃了沒病」。我們就這樣快樂地度過了童年。事實上，我們幼小的靈魂一出生，就整天浸泡在大話或者巨詞的福馬林溶液中。我們的每一個腦細胞幾乎都沾染了大話的餘唾，並形成了有效的條件反射，面對不可一世的生活，我們隨時可以引證大話哇哇大叫，以表達自己的感想。因此，我們的神經整天處於高度亢奮的狀態，小小年紀就成天幻想著馬上去解放全人類，渴望所有的受苦大眾都能像貧農張大爺那樣，得到我們無私的幫助。而在 1978 年的某一天，我幫祖父摘完棉花後，洋洋得意地寫了一篇日記，其中有如下一句話，算得上對原始圖騰不自覺的活學活用，也算得上給了我教益的大話一個優異的回報：「我又在大風大浪中成長了一天。」若干年後，當我看到馬克思說，有些人喜歡「人為地製造革命，使革命成為毫不具備革命條件的即興詩」時，我暗中大吃了一驚。當然，這怪不得我們這些祖國當年的小「花朵」。因為早在我們出生之前，早在我們由花粉變成花朵以遠，大話早已為我們構築了一個虛無縹緲而又唾手可得的巨大空間。有很長一段時間，我們就在那個巨大的空間中遊動、穿梭、呼喊和嚎叫，像一根根幸福的鞭毛，自以為正在朝著某一個偉大的卵細胞撲去。「時刻準備著，為共產主義事業奮鬥終身！」我們嚴肅地、反覆地說著這句加入少先隊的誓詞，然後光著腳丫子衝向了山間、田

野。那是祖國大好河山的組成部分，奔向它，就是奔向偉大的、終極的目標。

讓我始料未及的是，我從小學會的詞語中，有絕大部分很快就被證明是不及物的。它們中的絕大部分在若干年後，甚至構成了它們自身的強烈反諷。實際上，我從小就熟悉的詞語在面對渺小的吃喝拉撒，在面對低俗、低矮的事物時，頃刻間就土崩瓦解了。它與我的日常生活沒什麼干係。但這決不是說，我們的圖騰真的毫無用處。作為我們的胎教，大話的最大遺產，就是給我們其後漫長的歲月提供了一種思維方式、一種觀察世界的角度、一種言說的姿態。儘管我對此很快就感到了厭倦和一定程度上的苦悶，也強烈地感到了有些不那麼對頭，但我沒有能力儘快走出大話營造的氛圍。畢竟早在我們清醒之前，大話的套路、大話的各種零部件，已經不由分說地構成了我們身體的有機組分。我的自我教育從此開始。我清楚地記得，我生命史上這件重大的事情，發生於我上初中一年級的某一天。因為就在那一天中午，面對祖父的去世我痛哭不止，卻找不到合適的語言表達我的痛苦。在那一刻，眼淚比語言更有說服力。也是在那一刻，我清楚地感到，在此之前社會、父母、學校和祖國對我的諸多話語教育，頃刻間土崩瓦解、樹倒猢猻散。但即便如此，我的自我教育的成效卻是緩慢的、是暗中發生的。從那時開始，在一個偏僻的小鎮，在川北一個邊遠的小縣城，再後來是在成都平原一座美麗的都市，我發瘋般讀了古今中外不少大師、次大師、準大師和偽大師們的著述。我承認，我長時間地摹仿過他們的做派，試圖用他們的語調說話。但我驚訝的發現，諸如此類的做派和語調，和我周邊的實際生活幾乎沒有一點關係。而所謂關係，就是想和凡庸的生活細節搭上關係卻從未搭上關係的那種關係。俗不可耐的細節始終無法出現在我早已習慣了的語言模式中。很久以後，對這種境況我有過一點微不足道的檢討，而很長時間以來的更多反思則深埋內心：

> 我要把昨天丟棄的人間細節
> 重新揀起：在整個揮汗如雨的季節裏

　　我給他施的肥最少

　　這一點我從未忘記。

（敬文東〈如今〉之二）

　　若干年後的今天，晚知晚覺如我者也終於看清楚了，當年的大話給予我的思維方式、觀察角度、言說姿態，乃是一種宏大的、粗疏的、省略了若干細節的方式。它太高尚、太迂遠了，我渺小的身份根本就配不上它；它太光滑、太剔透了，以致於在它與我的日常生活之間根本就產生不了有效的摩擦力，無法讓我通過語言穩當地行走在真實的生活之中，也無法讓我通過語言的視窗，看見屬於我的凡庸的生活細節。在很長一段時間內，我成了一個准盲人，面對周遭的事物發出的議論可笑之極。大話組成的空間就像一張孔穴巨大的漁網，只能捕獲鯨魚那樣的獵物。而鯨魚，如你我所知，經過人們千百年來的窮追猛打，差不多快要滅絕了。即便如此，我膚淺的經歷還是可以作證，即使鯨魚沒有滅絕，即使它碰巧撞在了我的網孔上，也不會被我真正地把捉，因為我從來就沒有那麼大的能力去把捉它──儘管在大話組成的令人眩暈的時空中，我似乎曾經有過那樣的本事。

　　除此之外，在很長一段時間內，我的胎教始終讓我明白：通過大話提供的觀察角度，一切事物無不是明晰的，一切事物都不具備任何神祕性。它們的身體、內臟、血液和神經，就像三角形的內角之和等於一百八十度那樣清楚和毋庸置疑。事物身上的神祕光輝被大話有效地清洗掉了，唯一存在的光輝只是大話所允許的光輝。那是一種眩目的、燃燒著的、令我們心醉和心碎的光輝。我們穿行在事物中，就是穿行在朗朗白晝之中。其結果只能是：各種事物在大話中變得形象單一、口感寡味。除了把它們當作純粹物理意義上的物質供我們利用外，就什麼也不剩了，以致於很長一段時間我對周邊的各種事物完全喪失了熱情。秉承著大話的教誨，我堅決相信：土地就是用來種莊稼的，房屋的天職就是為我們遮風擋雨，而樹木之所以長出來，就是為了讓我們砍伐，否則，它們就是毫無用處的東西。

　　我非常熱愛我的母語。在某一個下午，我還曾故意矯情地對一位挖空心思想出國的小娘們說過：漢語就是我的一切。但我仍然要說，在我粗淺的印象中，大話始終是漢語的一貫品德。詩人張棗把漢語界定為「在歷史上從未擺脫過政治暴力的重壓，倍受意識形態的欺凌，懷舊、撒謊、孤立無援卻又美麗無比的漢語」。張棗是對的。從《尚書》、《周易》開始，幾乎每一部正宗的典籍莫不是大話的演義。從那些令人肅然起敬的典籍中，我看到了天、天理、道、廖天一、爻、未濟、餓死事小失節事大、立志成聖則聖矣……卻難以看到我們應該擁有的那塊渺小卻並不潔淨的現實。倒是一些不入流的稗官、野史和筆記中，還殘存著一些非「大話」的成分。但它們要麼腐朽不堪、讓人厭惡，要麼根本就沒有對付大話的任何力道。確實，在道聽塗說中，在較為廣泛的閱讀中，來自漢語深處的大話品質和我的胎教、原始圖騰一道，上下其手，翻雲覆雨，使我在大話的沼澤地越陷越深。我近乎行屍走肉般行走在街道、商場、立交橋和電視塔旁邊，面帶冷漠，思謀著如何上吊或投河，以便告別太過清晰、以致於無聊透頂的人生。

　　當我終於有一天發現自己深陷大話的泥潭而難以自拔時，我感到了徹骨的恐懼。但那時我還自以為年輕，以為憑著自己的努力就能從沼澤地中攀沿而出。事情過去很久之後，我才明白：在任何情況下，自我都是渺小的，都是不足為憑的。我們每一個人或許都需要腳手架。認識到這一點很痛苦，因為這證明了自我的微不足道；但現在我願意相信，認識到這一點也足夠美好和幸福，因為從此以後也許我真的有救了。感謝本雅明，他在我最需要幫助和拯救的時候，像個幽靈或半神一樣，適時地來到了我身邊——儘管這位軟弱而又堅強的人生游擊份子、徹頭徹尾的失敗主義者，也仰仗了許多人的救助，才成了我眼中半神一樣的本雅明。

貳

　　曾和本雅明一起流亡巴黎的漢娜・阿倫特（Hananh Arendt）有一段關於本雅明的話，非常精彩也非常有名，即便在漢語讀書界也差不

多耳熟能詳了。阿倫特說：本雅明學識淵博，但不是學者；研究過文本及其注釋，但不是語言學家；翻譯過普魯斯特和波德賴爾，但不是翻譯家；對神學有濃厚的興趣，卻不是神學家；寫過大量的文學評論文字，卻不是批評家⋯⋯漢娜・阿倫特目光銳利，見識非凡，品德近乎無懈可擊，是我心目中在心、智兩方面都堪稱完美的人物。正因為如此，她的話或許可以證明：即使對於阿倫特這樣優秀而不懷私心的朋友來說，本雅明也是難以理解的。

　　但我似乎更樂意贊同本雅明另一個朋友蕭勒姆（Gershom Scholem）的看法。此人認為本雅明是一個「純粹的形而上學家」。肖勒姆的理由是：本雅明的「學術活動貫穿了各個階段，覆蓋了所有領域。從表面看，他的主要論題是文學和藝術，有時也涉獵文學與政治之間的題目，並且很少涉及純哲學的問題。然而，在他所有的研究領域裏，他的興趣和衝動都是從一個哲學家對世界及其現實體驗中獲得的」。但本雅明的全部著述卻再清楚不過地表明了：他決不是黑格爾那樣的形而上學家。在我看來，導致這種分野的原因之一，是本雅明奇蹟般地從一開始就掌握了一種袖珍式的觀察方法。這顯然和黑格爾所代表的德國形而上學傳統所要求和使用的觀察方式大相徑庭。黑格爾說的是另一種大話，是一種和理性有關以及關於理性及其運用的大話。

　　在我所能閱讀到的本雅明的文字中，無論是學術著作（比如《發達資本主義時期的抒情詩人》、《德國悲劇的起源》），還是泛文學創作（比如《單向街》、《駝背矮人》），袖珍式觀察方法始終是它們的穩固根基。本雅明通過這一手，將西方哲學傳統中大面值的貨幣，明目張膽地轉換成了小面值的貨幣，將英鎊弄成了便士。儘管他的前輩胡塞爾在這方面也來過一手，但他們的方式完全不同。1925 年，痛苦、失意的本雅明有過一次義大利之旅，他在那裏寫了一篇絕妙的文章，題作〈那不勒斯〉，其中有如下一段：

　　　　建築物就跟這石頭一樣可滲透。在院落裏，門廊上，樓梯上，
　　　　建築物與人們的活動相互影響，互相滲透。任何情況下它們都
　　　　給自己留有餘地，有待一日可能變成一個彙聚了意想不到的新

與人物的劇場。這裏沒有什麼是確切無疑的，沒有什麼是要永久存在的，沒有什麼可以說它「就只能是這樣而不能是那樣」。建築物，公共生活節奏中最具穩定性的部分，就是這樣形成的……在這樣的地方，人們幾乎沒法分辨哪裏是樓房正在興建，而哪裏的樓房已開始倒塌，因為一切都未做定論。多孔性的形成，不僅是南部工匠的懶惰造成的，更主要的是建築師的即興創作的熱情所致，這種即興創作要求不惜任何代價地保留一定的自由空間和機會。建築物被用作大眾舞臺。所有的建築物都被分成同時活動著的無數劇場。陽臺、院子、窗戶、走廊、樓梯、房頂同時又充當著這些劇場的舞臺和包廂……多孔性是這個城市永不衰竭的生活法則……個人生活也是同樣的分散、多孔和混雜。使那不勒斯區別於其他大城市的地方恰恰是它與南美那些黑人聚居的小村莊之間的共同點；社會生活滲透於每一個人的個人態度和個人行為中。這裏，和在南美的小村子裏一樣，為了生存，對這裏的北歐人來說，最自私的事情就是公共事務……這樣，家庭之間在一種相互模仿並接受對方的聯繫中達到相互影響。

這段隨手分揀出來的文字，絕不僅僅是本雅明全部著述中的一個片段，實際上，它幾乎可以算作本雅明全部著述在寫作方法論上的一個縮寫或者縮影，儘管它看上去似乎有些簡單。本雅明的朋友阿多諾（W.Adorno）曾經一針見血地指出過：「要想正確地理解本雅明，必須感受到他每個句子背後的轉折。」但在我不無偏狹的理解中，阿多諾的話，只不過正確地說出了袖珍式觀察在本雅明的文字中的結果，而不是袖珍式觀察的展現過程。實際上，只要稍微閱讀一點本雅明，就不難發現，本雅明的所有辭彙、句子，都被袖珍式觀察方法深入浸泡過。袖珍式觀察在本雅明那裏意味著：決不放過一塊石子（建築物就更不用說了），但同時又始終要從一個看似渺小的事物，快速地過渡到另一個看似乏味的事物。這是本雅明在詞與物之間構築的一種也許僅

僅屬於本雅明的特殊方法論。不瞭解這一點，或者忽略了這一點，本雅明的晦澀難懂就是必然的結局。

　　本雅明特別喜歡波德賴爾的詩歌。他引用過《惡之花》中的如下兩句：「絆在字眼上，像絆在石子路上／有時碰上了長久夢想的詩行。」這兩句詩也許恰好可以用在本雅明身上：通過袖珍式觀察，本雅明也完成了從石子路到字眼再到「詩行」的嬗變，如此快速、打眼，像疾風駛過茅草那樣，他的文字快速地掠過了眾多的事物，但又從不因為匆忙而忘記了賦予眾多事物以深深的擦痕。正是這一寫作素質，構成了本雅明「每個句子背後的轉折」。

　　本雅明的文字也因此具有一種強烈的恍惚性。恍惚性來源於兩個方面：從看似的漫不經心中，透露出的恰恰是細緻入微的體察；從看似的慢中，透露出的恰恰是快。本雅明令人驚訝地將這兩重類似於悖論的「事物」，包裹在了他的文字統一體中。而他的文字統一體，正好是他的詞、句子、段落直到整個寫作擦過事物時留下的深刻擦痕。本雅明也由此給了進入他眼睛和心靈的事物以濃重的恍惚性。事物在他的文字中左搖右晃。但左搖右晃的事物始終能把善於閱讀的人，或者乾脆說，能把與本雅明心氣相通的人，導向一個令人眩暈的目的地。但本雅明通過這種恍惚性，在大多數情況下，僅僅是將目的地處理成了通向目的地的一個個中轉站。

　　我把與本雅明的相遇看作我生命史上的奇蹟。而奇蹟總是起源於偶然。的確，我就是在偶然中遇見本雅明的。現在我已經記不清楚，在我遇見本雅明之前，是不是聽人說起過他。十多年前，我在濟南文化東路一家狹小的書店裏，偶然看見了三聯版的《發達資本主義時期的抒情詩人》（張旭東譯）。因為價錢便宜，裝幀不俗，書名也比較對我的胃口，就買了下來。但我當時並沒有讀它。我正在興致勃勃地趕制一篇稿子。直到文章寫成後，我才打開了那本書。我立即被吸引過去了。本雅明在這本異常複雜的小書中那種繁複、精彩、不拘一格的引用方法，讓我驚訝不已；那種精微的細節描寫和分析，幾乎讓我熱淚盈眶，像失散多年的地下黨找到了組織。現在我願意坦率地說，那是我平生第一次有意識地感受到了細節的力量。讀完這本書，我對自

己剛剛寫成的那篇文章深懷仇恨：它仍然是大話的產物，是大話的邏輯開出的貫常腔調，它仍然試圖用大詞去捕捉虛構的、虛擬的事物。在我的文章中，詞與物之間的關係是虛擬的，幾乎經不起任何推敲。我撕掉了那篇文章。我預感到我生命史上的一個時代終於結束了。

從那以後，凡是本雅明的書我都買、都讀。但我要說的是，吸引我的，始終是本雅明的觀察方式、觀察方式產生的令人眩暈的文字，以及產生這種文字所需要的心靈轉折。我對本雅明究竟說了什麼始終興趣不大。事實上，我從未打算成為研究任何一個人的專家，哪怕他是上帝。人缺少什麼，自然就會追求什麼。我需要的只是死死抓住本雅明，期望他能將我從大話的泥潭中一步步拖曳出來。我得承認，有一段時間，我在很大程度上剽竊了本雅明的觀察方式。我也開始在自己的行文中有意加入一些有說服力的細節。我期望通過這一手，將我早已習慣的大面值鈔票，轉換成和自己庸常生活相匹配的小面值的零花錢。為此，我曾經仔細研究過本雅明在論述和細節之間的種種配方：它的比例、它的密度、它的節奏、它的溫度。它們都曾被我利用，儘管我深知本雅明是不可學的。不久，我發現自己漸漸從大話的泥潭中走了出來。我成功地拋棄了我的原始圖騰、我的胎教，但我又從另外一個較小的角度，重新建立起了與原始圖騰的關係。

馬克斯・韋伯精闢地指出，所謂現代化的進程，實際上就是世界的祛魅過程。在現代化的過程中，由於理性的霸權，事物僅僅是主體的對象，是供人解剖的標本。在這個高度張揚理性，並把理性「上升」為大話的過程中，事物身上的光輝消失了，事物的一切脈絡似乎都變得清晰可見。理性製造出的大話空間是本雅明的存身空間，政治製造的大話空間是我生存的空間。讓我驚訝的是，本雅明有能力強行讓事物──哪怕只是一張報紙──重新充滿神祕性。仿照韋伯的話我們可以說，本雅明的觀察和寫作過程，恰恰是給世界重新「增魅」的過程。在本雅明的幾乎所有文字中，我們都能看到，每一件事物，每一件事

物的每一個細節，都是不清晰的，都充滿了神祕性。究其原因，很可能是因為本雅明的猶太教背景。在 1931 年的一封書信中，本雅明解釋過這一點：

> 我從來沒有在脫離神學思想（如果你願意稱它為神學思想的話）的情況下去研究和思考。也就是說，我的研究和思索一直遵循著猶太教法典的教誨，遵循著《聖經》中每個段落都有四層含義的原則。我的體會是，即使是最陳腐的共產主義論調，它所包含的含義層次也比當代資產階級深奧理論包含的含義層次多。那些所謂的深奧理論只有一層含義，即為自己辯解過失。

秉承著這種認識世界的態度，本雅明似乎從來都是根據他的好奇心、根據他的自我根源來展開他的寫作。他對事物的內在品質有一種近乎迷狂般的愛好。仰仗著特殊的觀察方式，本雅明似乎長了一雙電子眼睛，能一下子看到事物的核心部分上去。事物的轉義、喻義、歧義，都在他的電子眼中暴露無遺。而他接下來要做的，只不過是用相匹配的詞語和句式將事物核心部分的轉義、喻義、歧義盛納下來。在理性和科學的轉彎處，在理性和科學的機關槍掃射不到的地方，本雅明出現了。甚至是在理性和科學管轄的範圍內，本雅明也讓事物重新充滿了神祕性。他來到理性和科學的槍口下，擋住了它們射出的子彈，將事物的神祕性近乎完好無缺地保護了下來。

本雅明通過他的電子眼，還看清楚了一個事物的核心部分與另一個事物的核心部分之間的差異。但這是一種神祕的差異，甚至就是關於神祕的差異。更讓人驚訝的是，看起來有著近乎無限差異的兩個事物，都能被本雅明天衣無縫地聯接起來，並統一在同一篇文章中，統一在同一種語調中。仰仗著袖珍式觀察方法，本雅明掌握了一整套表面看起來是「亂點鴛鴦譜」似的聯繫法則，卻又能在暗中準確地把兩個看似完全不同的事物焊接在一起。他在詩人（比如波德賴爾）和「拾垃圾者」的形象之間找到的同一性，不過是「亂點鴛鴦譜」的輝煌戰果。

在一個機器大生產的時代，在一個看起來越來越清晰的年頭，本雅明通過他的觀察方式，重新賦予了事物新的神祕性。但本雅明讓人驚訝的地方遠不止於此。他能讓自己從最微小的事物身上，從點滴的時間當中，窺見到神祕的上帝、拯救以及希望：

> 卜卦人從時間中找出他所蘊藏的東西。在他們的經驗中，時間肯定不是均質的、空洞的東西。任何人如果記著這一點，或許就能領會人是如何在記憶中體驗過去的——也就是說是以與卜卦人完全相同的方式體驗的。我們知道，猶太人是被禁止探索未來的。然而，摩西五經和禱告卻教他們記憶。這就剗去了未來的魔力——所有到卜卦人那裏去尋求啟示的人全都是屈從於這樣的魔力。然而，這並不意味著對猶太人來說，未來就成了均質的、空洞的時間。因為每一秒的時間都是一道彌塞亞可能從中進來的狹窄的門。

但本雅明窺見到拯救的方法卻不是論證式的，或者具體地說，從來都不是柏拉圖和黑格爾式的。本雅明有一套單獨屬於自己的「邏輯方式」。這是一種能把兩種完全不同的事物暗中聯接起來的邏輯。這是一種充滿詩意和神祕性的邏輯。通過他的觀察，也通過他的寫作，本雅明重新為點滴的時間賦予了記憶，為細小的事物添加了被別人、被逐漸流逝的時間抹去的細節。由此，本雅明發明了一種和時間有關的記憶術，以此來對抗在理性的大話空間中越來越嚴重的遺忘品性。他最接近文學創作的《駝背小人》就是這方面的經典之作。

早幾年，有人認為本雅明對漢語學界意義不大。持論者的依據之一是：在中國的現代化進程中，本雅明的論調太不合時宜了。對此我有一點不同意見。但我首先要申明：如何接受本雅明，本雅明具體而微的思想如何在漢語學界產生何種影響，那是別人的事情，我管不著。我想說的僅僅是：本雅明在中國已經發生了影響。這種影響主要發生在詩歌界。在我熟悉的詩人朋友中，有不少人都坦率地承認過這一點。不過，在我看來，本雅明對我和我的朋友們的影響，與其說是在思想

方面，還遠不如說是在思維方式和觀察方式方面。還是以鄙人為例。作為一個曾經把大話當胎教和原始圖騰的人，我通過本雅明第一次懂得了：事物的神祕性是如何在我們的意識中產生的，事物的神祕性在我們的語言中又是如何產生的。通過本雅明，我還明白了另外一個道理：事物的神祕性是一種至關重要的東西，它讓我們豐富，讓我們沉入緬想，使我們覺得這個世界是可愛的；細節和細節之上的神祕性，是我們的激情和拯救的來源之一。

　　在中國不斷向所謂的現代化邁進的過程中，作為一個個凡夫俗子，我們確實需要事物和事物的細節的非透明性，也希望在我們的目力所及之處，事物不那麼太過清晰。這當然不是在提倡神祕主義或者「封建迷信」，而是要力圖使看似毫無光輝的事物，通過它的混沌和神祕為我們提供「詩意」，為我們帶來激情，從而將我們從平庸的、一目了然式的現代生活中拯救出來，讓我們重新對這個世界充滿好奇。而好奇，剛好是勾引我們朝氣蓬勃地生存下去的必要動力之一。

　　遺憾的是，本雅明並沒有朝氣蓬勃地把他的生活推進到底。忍受了命運的無數次戲弄後，他終於在一家小旅館裏自殺了。從啟示的角度，我願意固執地說，本雅明的自殺，並不是事物的神祕光輝在拯救方面的無能所致，事情的真相也許恰恰是：智慧如本雅明者，也沒有能力完全洞悉事物的神祕，沒有能力仰仗這一點以便成功地將自己引渡到光明之中。實際上，本雅明的觀察方法早已向我們暗示了：在一個高度理性化的大話時代，事物的神祕性本身就是一種有待重新發明的特殊「事物」。而本雅明顯然沒有完全掌握擁有「重新發明」功能的必要技術。對此，我，一個東方的小知識份子，願意在這裏說：恰恰是本雅明的自殺，給了我繼續學習他的理由，也正是因為本雅明的自殺，給了我更加感激他的依據。他以他的著述將我從大話的泥潭中拽了出來，又以他的死，教導我繼續探討事物的細節以及光輝，從而為自己的生存──哪怕僅僅是苟延殘喘──找到一部分堅實的理由。

　　　　　　　　　　2003 年 6 月 16 至 20 日，北京豐益橋

姐姐們都老了[1]

此刻，我同意把速度加大到無限。

——西渡

壹

　　1974 年，正是「祖國山河一片紅」的大好時節，應和著來自革命牌內心深處的莊嚴號召，剛過而立之年的廣州籍畫家陳衍寧完成了紅遍當時的著名油畫《漁港新醫》。這幅深諳革命話語之精髓的作品很快就被製成宣傳畫和年曆四處張貼；通過那個年頭質地昂貴的紙張的公有制幫助，《漁港新醫》有幸為「紅海洋」的最終成型貢獻了它應該貢獻的力量：紙張確實在「廣泛地倒向階級」（柏樺語）。出於對那個紅彤彤的年代的正面呼應，布質畫面上昂然挺立的是一位陽光燦爛的女「赤腳醫生」。遵照中國人的想像力通常的運行規則，復兼革命力比多的一般性湧動，那位女醫生被刻意製作成一位妙齡少女；通過革命年代暗中存在的意淫心理，赤腳少女醫生含蓄的笑意征服了幾乎所有的革命群眾，甚至連革命群眾嚴加看管的「黑五類」份子也無法倖免——他們似乎樂於被征服。

　　時光倏忽而逝，《漁港新醫》和赤腳醫生這個名號一道，早已淡出人們的記憶與視界。和它顯赫的前生相比，它的後世顯得過於落寞；直到半個甲子之後的 2006 年，我們這一代人中的回憶者——祝勇——才在他的長篇回憶之書《反閱讀》裏徵用自己的童年記憶，對《漁港新醫》作出了生動地追憶：那位女醫生「傾斜著身體，提著一隻洋皮

---

[1] 本文是為祝勇的專著《反閱讀》（臺灣聯合文學出版公司，2008 年）撰寫的序言。

鐵桶，在為漁民送藥。作為疾病的抵抗者，她有著與身份相符的健康體魄，透過她穿著的廣東漁民的寬鬆服裝，可以感受到她身體內部的力度和肌膚的彈性。作為她身份的象徵，那隻踩踏在船幫上的赤腳格外引人注目。那是經過海水浸泡並被南國充沛的紫外線照得通紅的赤腳，上面記載著一個年輕的赤腳醫生的全部履歷」。北國瀋陽當年的病童，多年後有幸成為回憶者的祝勇如實供認，「我熟悉這幅畫是因為它曾經被印刷成年曆，很長時間帖在我家牆上。那時我的腿部剛剛做了一個不小的手術，腿被石膏固定成一個姿勢，並且要在長達半年的時間內維持這個姿勢，即使睡覺也不例外。那段日子裏，那個健壯的女孩是我唯一的朋友──我甚至企圖與她對話。她的嘴唇微張，正是想要說話的樣子。在陰鬱的北國冬季，這幅具有強烈的戶外光影效果的油畫照亮了我的整個房間。我坐在床上不能動，常常望著她的那隻腳發呆，想像著行走和奔跑的感覺。腳、船、大海，這些意象既對我形成蠱惑也對我構成傷害。成年以後，我長期在南方遊走，或許就是為了完成當年那個病童心中曾經許下的諾言。赤腳的女孩給我某種安全感，因為她是醫生，並且擁有健康的青春。她為我提供了完美的身體範例……」（祝勇《反閱讀・疾病》）

　　通過較為銘心刻骨地追憶，回憶者祝勇捕獲的，是在一場偉大革命運動（1966-1976）的尾部，發生的一個小插曲或微不足道的花絮，它早已湮滅於被許多人大聲稱頌的「歷史長河」，但它也理所當然地變作了回憶者個人成長史中極為重要的一部分、一個小小的歷史按鈕、一個並非貿然存在的生命口令：半個甲子之前的某一天，一個六、七歲的小男孩，在病床上有幸目擊了一位被革命話語蓄意製造出來的妙齡少女，一個光著腳丫子的女醫生。她美麗、豐滿、圓潤、成熟，因革命話語的照耀和對革命話語的有意分享而陽光燦爛，因革命的力比多在她身上周流六處而光彩奪目。在祝勇的記憶中，她是小男孩黑暗時期唯一可靠的伴侶。首先印入病童之眼的，是那位少女健康的體魄、寬鬆的服裝、微張的嘴唇，是她的赤腳、「身體內部的力度和肌膚的彈性」、「健康的青春」和「完美的身體範例」；沾染在赤腳女醫生身上的革命話語的光芒突然間煙消雲散，革命的力比多也蹤跡全無──是女

醫生濕潤、豐滿、令人眩目的肢體，而不是革命話語的光輝或它的力比多，為小男孩多病的「身體指明了方向」，讓他「對自己成長中的身體滿懷憧憬」（祝勇《反閱讀・疾病》）。《漁港新醫》之所以沒有在後來成為回憶者祝勇的那個小男孩心中起到革命教育的作用，革命的力比多也不曾發揮出它超強的蠱惑功能，並不僅僅是因為那個病童年幼無知，而是他的大腿確實出了問題──來自身體的疼痛不費吹灰之力，就戰勝了革命話語多年來一貫性的無往而不勝。但這實在算不上奇蹟，畢竟身體擁有更大的力道：是身體為那個病童賦予了對抗異質物品的強大力量。

依照總是在事後才編纂出來的革命編年史，1974 年以後，火熱的年代因其過於火紅終於開始淬火，伴隨著肉眼難以察覺的青煙，進而走入它較為漫長的疲軟期。大人們在小男孩的病房外依然裝模作樣地繼續操練：揮舞拳頭，高呼口號，給最高指示以熱烈的掌聲，為階級敵人、美帝國主義和蘇修反動派獻上無產階級專政的特製鐵拳──只是疲態漸露；小男孩則帶著成長的重任，躲在病房中獨自從一個少女那裏尋找慰藉，無意中吹響了邁向成人世界的號角：他渴望她身體的指引，渴望她微張的嘴唇吐出狀若蓮花的溫柔之辭。那個正在逐漸淬火的年代號稱路不拾遺、夜不閉戶；那個時代不需要堅若磐石的房門，不像半個甲子之後以金錢為本位的今天，家家戶戶都以鐵將軍嚴守門戶。因此，那扇並不需要多麼堅固的房門隔斷的不只是年齡，更多的是革命：房門外，赤腳女醫生兩眼迸出革命之精光，攝人心魄，鼓舞著群眾的鬥志，為人民帶來了土生土長的健康；房門內，少女醫生則是那個病童的姐姐，溫柔健康、入口化渣。她是他的保護神、教育者、小小的圖騰，是他「可呼其乳名的小媽媽」（張棗語）──只因為她「對於生命的詮釋不僅來自她的職業」，祝勇在 2006 年說，「更來自她的軀體本身。」（祝勇《反閱讀・疾病》）一具潮濕、豐潤的身體就這樣自然而然地變作了守護神和教育者，但這同樣算不上奇蹟。

「如果把想像心理看作人的一種天然能力，而不是後天教育才獲得的某種能力，那麼就必須認定這個複雜的心靈具有一定的作用，它不但可以喚醒一切、假設一切，而且能夠隨心所欲地把慾望與靈感、

內在的衝動與自然力混為一體。」巴什拉（G.Bachelard）的口氣顯得意味深長，也充滿了想像力，「我們必須順其自然，把畫面放在思想之前，把自然畫面放在首位。這類畫面直接來自自然，它們同時服從自然的力量和人的本性的力量，產生於物質和自然物質的運動，我們可以在自己身上、在我們的器官中感受到它的活力。」實在應該感謝那個不小的手術，是它的善意，是它提供的另一種性質的自然畫面，培育了回憶者的孤獨和脆弱，培育了回憶者對依賴之物的暗中依賴。很顯然，那是被革命話語堅決排斥的依賴物，因為它只承認自己才是唯一可靠的屏障。這個見風即長的小祕密將會在其後的日子裏，為回憶者提供縱橫馳騁、破虜平蠻的銳利武器。

貳

　　疾病、無知、年幼、孤獨，還有太多太多被我們（或回憶者祝勇）有意放棄的無以名之的小小因素，讓那個小男孩在革命年代有機會迎頭認出了他的姐姐——但是很遺憾，這僅僅是表面現象。「姐姐的光芒」【保羅‧策蘭（Paul Celan）語】來到我的同齡人（比如那個叫祝勇的病童）身上，更有著歷史主義方面的硬性原因。那個傷腿之童在病房中肯定不會明白（當他成為回憶者後肯定會明白），在他幼小的身體和稚嫩的孤寂之外，是他從不認識但又必須天天碰面的某種力量讓他在被培育、被規訓的過程中，突然認出了他需要的姐姐——儘管半個甲子之後，回憶者祝勇的言辭十分從容，和「突然」這種咋咋呼呼、拐著急彎的辭彙幾乎難以搭訕。像那個傳說中的土行孫一般，這種力量來無影、去無蹤，它迅疾地風卷大地之後，我們只能從它製造出的殘跡和廢墟身上，大地或時光的創傷身上，辨別它的形狀、性質、神態和身影。那個病童需要姐姐，是事後才能肯定的事情，病童本人對此並沒有明確的意識。那個歷經滄桑，終於成長為回憶者的人用事後的恍然大悟證明了這個看法：「直到現在，我才注意到一個有趣的事實，在當時所有的美術作品中，赤腳醫生幾乎不約而同地以少女的形象出現。這標明了藝術與現實的距離——一個年老的中醫出現在我們面

前，會讓我們倍感信賴，但在繪畫上卻恰好相反。我猜想畫家們在潛意識中賦予赤腳醫生以歐洲古典繪畫中女神的職能……」（祝勇《反閱讀・疾病》）

世界是由陰陽組成的，這是中國人根深蒂固的觀念，但又決不只是活在中國人心頭的觀念，因為從古至今，沒有哪個部落、民族或國家竟敢不是由男人（陽）和女人（陰）構成。這是視覺、聽覺、味覺甚或下三路共同認可的常識。人類在陰陽雜處、陰陽交融的狀態中渡過了數萬年，從來不曾對陰陽分立感到任何驚奇（不分立才是令人驚奇的事情）；直到某種奇怪的歷史主義陰陽差錯地獲得它的權威性之前，這種狀態從未改變過它的性質。那個怪模怪樣、攜帶著太多偶然性的歷史主義稍一站穩腳跟，就公開宣稱自己具有不可戰勝的必然性，它因此有資格促使自己借助革命的名義對陰陽重新進行劃分。不出它所料，在一個特殊的歷史時期，那個「令人痛苦的」（舍斯托夫語）必然性果然取得了徹底、乾淨、全面的勝利：不是陽戰勝了陰，就是陰滿懷革命豪情主動投靠了陽；不是全體中國人奇蹟般變成了雄性，就是全體中國人集體轉渡為中性人。在那個熊熊燃燒著的、亢奮的、喘著粗氣的歷史時期，陰或女人在中國歷史上第一次集體失蹤；「不愛紅妝愛武裝」就是陰性或女人在那個年頭贏得的新的歷史內涵。

陰性大規模消失或者隱匿，導致陽氣過剩；過多的陽氣註定要導致整個時代肝火旺盛、脾氣火爆甚或甲狀腺腫大，男女老幼在幻覺中滿臉都是青春痘。這是一件至為奇異的事情，是古今中外從未存在過的奇觀。「穀風布氣，萬物出生；萌庶長養，華葉茂盛。」（《焦氏易林・坤》）一代人藉以成長的土壤已經被預先造就；作為植根於這片土壤的幼苗或「萌庶」，未來的回憶者只能選擇專心致志地成長——在偷偷摸摸地對依賴之物的依賴過程當中。

半個甲子之前，大腿做過一個不小手術的小男孩，我的同齡人，因為孤寂的過於強大，因為陽性世界的橫行無忌，在那間由一扇並不堅固的大門隔開的病房裏已經無處藏身、躲無可躲；出於對溫柔與柔軟的極度渴望，他像他的大多數同齡人一樣，急需一個姐姐，哪怕是一個錯認的陰性，只要她是豐滿的，只要她真的具有母性、雌性和一

點點呵氣若蘭的女性。是需要的暗中作用、暗中包庇，讓那個小男孩全方位誤讀了《漁港新醫》、抹去了女醫生身上的革命話語和她隨身攜帶的革命的力比多；特殊年頭的特殊需要令小男孩意外地收穫了一具溫柔的胴體，既然他的母親正在忙於革命，在響應革命話語和歷史主義的號召不幸或萬幸地接近於中性；既然「我的爹他總在喝酒是個混球」（張楚《姐姐》）。

　　用於回憶的武器就這樣在暗中成長，在偷偷摸摸地成型，發誓要讓自己鋒利，直到某一天回憶者本人對此都會十分驚訝。

　　作為被百密一疏的火紅年代無意間遺漏的一份子，那個病童借助於在革命歲月捕獲的陰性滋養和因錯認而來的姐姐，輾轉多年，終於長大成人；作為成長的必經步驟，他和他的同齡人一道，經過了相似的磨礪，走過了大體相同的、有些乏味的人生三部曲：「童年：沒人管沒人問，在野地裏瘋玩，時代的動盪偶爾經過他們並不十分在意的眼簾。少年：上中學，畢業後有的上大學，有的賦閒。經歷平凡，校園平靜。寫詩，唱歌，讀書，幻想。成年：上班，進入社會。社會開始變幻。從國家而言，這是從政治本位向經濟本位的轉化；就他們而言，生活開始從玩味滑向無玩味，從精神世界落向無精神的世界。」（李皖〈這麼早就回憶了〉，《讀書》，1997 年第 10 期）但我們的回憶者，就出現在這個無精神的世界的地平線上，以他不無猶豫的神情和支吾著的姿勢：

　　　山麓相會櫻花開，
　　　多望能有，
　　　女郎觀花來。
　　　　　　　　　（《萬葉集》第 1752 歌）

　　在姐姐的滋養下，我們這一代人中的回憶者（比如祝勇）多年以後終於羞澀地亮出了他的身份特徵：他是個渾身上下散發著陰性氣質的回憶者，談不上什麼戰鬥能力，既不特別堅強也不特別脆弱，儘管他擁有胸毛、發達的肌肉甚至偶爾出現在筆底和舌尖上的狠話；他回憶的不是自己的輝煌，而是自己的平庸或失敗，因為他從未經歷過輝煌，「雖然從理論上知道兩點之間直線最短，但他既無能力也不屑於投機取巧，即使在戀愛的時刻也沒有掌握抄近路的技巧；」（敬文東〈我們這一代的故事〉，民刊《思想》，2005 年秋季號）他的回憶之書（比如《反閱讀》）註定只能是失敗之書；盛納在這個容器裏的，不是成功的經驗，而是從不斷失敗中撈取的一鱗半爪的教訓。他是教訓之麥的收刈者，因為「讓你想起往事的女人既是你的敵人又是你的朋友」（伏爾泰〈關於記憶的傳說〉，《伏爾泰中短篇小說》，中譯本，譯林出版社，2000 年，第 194 頁）。但教訓無疑是寶貴的，正如同那些成功者輝煌的經驗一樣。

　　早在病床上凝視赤腳女醫生「身體內部的力度和肌膚的彈性」開始，傷腿之童多年後的回憶者身份就已經命中註定。對不起，這樣的語氣和宿命論沒什麼干係；對不起，這樣的語氣和決定論也攀不上親戚。因為擁有「沒人管沒人問，在野地裏瘋玩」的童年的回憶者，擁有第一手童年的那個人，早在他目擊赤腳女醫生的胴體時，無意間就已經開始了他的內在移民（inner emigration）：他以與時代分離的支吾著的姿勢和時代保持親密接觸，他因此有機會把外部的大時代轉化為內心中存儲的小日子，把火熱改裝為內心深處的清冷，這種清冷隨時可以越過胸腔遍佈肌膚的每一寸土地。通過內在「移民」，他過早地成為了那個火熱時代的「遺民」，在一個時代破碎之前他提前見證了那個時代的破碎。他無路可逃，他已經命中註定：發現或認出姐姐不過是內在移民的註定結果之一。

　　因此，回憶者不是逃逸者，更不是倖存者或好運的持有者：他從未經歷過像樣的磨難，甚至從未走進過一個像樣的故事並成為其中的一個普通情節；只不過有被誤讀而來的姐姐存在，他碰巧有些額外的幸運罷了。這幾乎是他一生中能夠遇到的最大的幸運。實際上，他是

革命的殘餘或剩餘價值，是革命的遺腹子或羨餘物，因為他僅僅是在革命的尾部而不是頭部發生的小插曲和小花絮，儘管受革命之托，他一生下來就是後者欽點的接班人，但他確實還來不及得到後者全方位地澆灌，來不及飽饗後者體內奔湧不息的力比多。按理，紅色應該是他的全部背景、唯一背景，但幸運的是，他還是一個陽性世界中陰性乳汁貪婪的吸吮者，儘管由於歷史主義的權威性在四處晃蕩，那乳汁並不豐盈，也不特別富有營養，但依靠內在移民的轉化作用，乳汁的產量和質量不多不少、不偏不倚，正好能夠造就他額外的幸運，精確得有如行星的運轉，需要上帝給出太多的機緣巧合。

擁有這種奇特出發地的回憶者長大成人、獲取他的回憶者身份之後，他對革命話語的光彩奪目、歷史主義和它所宣稱的必然性有理由表示懷疑，並經由懷疑生發出輕微的唾棄心理：「那一刻，沒有什麼神聖不可侵犯的領袖，沒有什麼急欲要犧牲所有人幸福以達成的國家目標，沒有不可挑戰質疑的社會準則，沒有一定要肅然起敬的理論學說，只有愛情的可能性，生命的愉悅，私密的甜蜜，真心的笑容。」（胡晴舫〈我們這一代人〉，《讀書》，2004 年第 7 期）因此，回憶者在收刈自己的失敗教訓時，時時都會聽取來自陰性乳汁的教導，寧願以身體的軟，面對教義（即革命話語、歷史主義及其必然性的合和）的硬，寧願下意識地用潮濕、溫軟的身體，在回憶中重新感知陽性教義對自己的成長的特殊意義。這既不是感恩也稱不上反抗，因為沒有一種出自事後的抗議能夠稱作真資格的反抗，因為反抗的唯一特徵就是它的當下性、即時性。反抗具有過期不候的顯明特徵，類似於半個甲子之後四處通行的「有權不用，過期作廢」。

連接回憶者和回憶者的歷史經歷的，註定是一個被回憶者有意放大的切點：即革命的力比多和回憶者身體內部的力比多之間的相交、相切。儘管這個關鍵性的切點在回憶之書（即失敗之書，比如《反閱讀》）中並沒有被明確提及，也沒有被冠之以這樣的名號，但它的影子無處不在，它的溫度和氣味無處不在，它甚至就是失敗之書或回憶之書之整體。毫無疑問，力比多是向量，但它又是一種脾氣十分古怪的向量：它傾向於以任何一個方向作為可能的方向——雜亂無章是它的

最大特性，必須將某個方向化為現實的方向則是它的第二大特性。受這種古裏古怪的傾向性的暗中指引，革命的力比多成功地生產出了火紅的歷史，它沒有腳本卻宣稱腳本早已命中註定，剩下的工作僅僅是按照腳本的規定集體性地扭動身體，向一個已知的目標一路狂奔；它宣稱火紅的歷史僅僅出自它的必然性，但它從未想到火紅的歷史終有淬火的時刻，看不見的青煙早已開始擴散，更不願意提及力比多擁有的第二大特性：它始終試圖「給我們一部第一哲學」（primaphilosophia）。仰仗著這種立場恍惚的傾向性，回憶者則讓自己渡過沒有多少磨難的小日子後成功地長大，並以此對那個小男孩在病房中擔負的成長重任做出承諾。得力於內在移民的暗中幫助，幾經周折，兩種力比多產生的合力最終塑造了回憶者的陰性氣質；但兩種力比多在形成合力時決不會遵循力的平行四邊形法則，只因為革命的力比多的力量，按其本義，要遠遠大於回憶者身體內部的力比多所擁有的細小力道，並且更加混亂，更加恍惚——前者因此有理由宣稱它擁有必然性。實際上，合力的產生遵循一種變態的平行四邊形法則；正是這個有點變態的法則讓回憶者對姐姐的需求既是公開的，又是偷偷摸摸的；既是有意為之的，又好像是在無意間幸運獲得的，宛若天上掉下的一個林妹妹或者一塊可口的餡餅。

被回憶者放大的切點：變態的力的平行四邊形法則。它不僅造就了回憶者的身份及其特徵，更造就了回憶者的失敗之書，但它首先造就了回憶者構架回憶之書的方法論。這就是我們這一代人中的回憶者在回憶往事時獨有的形而下學：通過藝術（比如《漁港新醫》）走向身體，通過身體（比如那個傷腿之童）走向對歷史的理解，通過對歷史（比如那段火紅的歲月）的理解走向對藝術的回憶性打磨——沒有被明確申說卻又在暗中被放大的切點終於展開了翅膀，綻放出花朵。它的氣味感染了書中的每一行文字，它的熱量有能力讓每一行文字處於恆溫狀態。面對往事，它開始以溫柔、陰性的手腳摧城拔寨。那個瀋陽的病童在成年之後對他構架失敗之書的形而下學有過明確地告白：「這是一種奇妙的遞進關係。我通過身體來觀察歷史，又通過藝術品來觀察身體——如果沒有那些藝術品，我又要到哪裏去尋找那些業已

消逝的身體狀態？」因此，在這個回憶者看來，對於失敗之書或回憶之書，「藝術是起點，歷史是終點，而身體則扮演著仲介的角色。將『身體』夾放在『藝術』與『歷史』之間，並非一個隨意的選擇。」那個終於幸運地成為回憶者的曾經的病童說，這表明身體在失敗之書中將要擔當重要使命，因為和回憶的宗旨相適應，失敗之書「在表面上是一本閱讀史，但閱讀的對象，與其說是藝術，不如說是身體，身體背後，則是迷亂複雜的歷史圖像」；失敗之書「將 1960 至 1970 年代作為一個切片，對『革命中的身體』作一次深入地研究，來考察身體在歷史中所處的生態環境，以及它與歷史之間的對話關係」（祝勇《反閱讀‧引言》）。

藝術：那個火紅年代獨有的火紅的藝術，陽性是它的唯一特徵；歷史：那個火紅的革命年代，它由毫無方向感的革命力比多所造就；身體：被革命年代和寄生在它身上的藝術所規訓的那團團血肉。切點被悄悄放大之後，藝術、身體、歷史被完好地統一起來，作為對立面的硬性的教義、陽性的教義，在回憶者的成長史上立即顯示出它特殊的意義；失敗之書、昂貴的教訓才能由此得以實現。形而下學因成就失敗之書而成就了它自身，因為至少從表面上看，「死亡是愛情的真理，愛情又是死亡的真理。」【喬治‧巴塔耶（G.Bataille）《文學與惡》，中譯本，北京燕山出版社，2006 年，第 2 頁】這是一種質地特殊的、做了變性手術的辯證法。《反閱讀》由此啟發了我們：和巴黎的詩人等同於拾垃圾者的形象有些類似，在中國，在那個火紅的時代過去了半個甲子之後，回憶者等同於失敗教訓之收刈者。這是被誤讀而來的姐姐給予的神奇禮品，但誰又是沾染了過多革命話語及其力比多的赤腳醫生被還原為妙齡少女的催化劑？

肆

許多面孔迥異甚或相互間鬥毆不斷、水火難容的人生理論都齊聲宣稱，它們可以完美地解釋一個人何以成為這樣一個人，可以解釋一個人的「所是」的全部由來。回憶者對這些仰面朝天、自以為是的理

論的最好態度應該是不予理睬，讓它們在一邊牛氣沖天、膽豪氣壯；因為回憶者擁有藝術－身體－歷史的三位一體作為武器，有他自己的獨門暗器形而下學。那些故意排斥身體的人生理論不能進駐回憶者的眼簾。它們必須要被回憶者的眼睛擋在簾子的外邊。

和回憶之書的寫作宗旨相適應，形而下學的重心是追憶。追憶是這樣一種器物：它是一個人穿經火紅的陽性時代輾轉成為回憶者之後，對往事進行的重新認證，是對陽性時代進行的陰性挖掘；它必須擁有一套看似柔軟實則有力的考古發掘系統。在追憶的幫助下，將會出現一部個人的思想史；出於回憶者的私人氣質，出於培育了這種氣質的乳汁的特殊性，這部個人思想史將是一部呈陰性的思想史：姐姐始終是這部回憶錄背後的隱蔽力量。

追憶總是後置性的器物，它的存在取決於一個顯而易見的循環：一個病童在陽性時代諸多藝術品的陪伴下，走過那段火紅的歲月，一路來到半個甲子之後平庸而黯淡的辰光——他因此擁有兩個質地不同，但都可以用不好來判斷其成色的歲月；這時，他在暗中的陰性、被誤讀而來的姐姐的幫助下早已長大成人，他願意回首來路，用已經成型的陰性氣質重新窺探那個陽性時代對他的滋養。他站在今天咀嚼過去。他將再一次和姐姐相逢，他將再一次面對已經遠去的內在移民過程，他因此將至少兩次經歷歷史：一次是他親身經歷過的，一次是他在循環作用的幫助下在內心經歷過的。前者的涵義要靠後者來賦予，只因為前者經歷歷史時還來不及仔細打量歷史。或者說，後者才是意義的出源地，但前者無疑是策源地；策源地必須經由出源地的激發、催化才能讓自身得以呈現。與通常的情況截然相反，後者才是前者的生身之母。因為，「人在經過現在時，眼睛被布蒙著。他只能感覺和猜測他實際經過的一切。只有到了後來，當蒙眼布解下時，他才能清楚地看見過去，搞清他經歷了什麼，並發現其中的意義。」（米蘭‧昆德拉《慾望玫瑰》，中譯本，書海出版社，2002年，第60頁）

因此，是讓追憶得以存在的那個循環使切點得以形成，是回憶者在追憶中重新再現、重新理解了革命的力比多和個人體內的力比多之間的相切，是追憶重新組建了那個變態的平行四邊形法則：追憶是一

個高明的建築師。惟其是事後的觀望才使平行四邊形法則呈現出變態的特性，所以那種變態，那個古怪的平行四邊形，才格外令人吃驚、恐怖和眩目，回憶者獨有的形而下學悄然現身才顯得富有必然性──另一種性質的必然性。

　　形而下學得之於那個循環，但也明火執仗地加固了那個循環：它讓循環在回憶之書當中顯得更加打眼，更加輝煌，像暗中湧動著、彭湃著的地火。那個火紅年代中的所有藝術品，無論是電影、小說、故事還是戲劇、音樂、繪畫和雕塑，都顯得亢奮、激情四射和朝氣蓬勃，動不動就會吼叫起來，呈現出對全部意義的壟斷姿勢；寄存在那個火熱年代所有藝術品當中的人物，都在用自己近乎虛擬的動作／行為，拼盡全力去說明或圖解革命話語的紅火與革命力比多的旺盛。「由於一切藝術都是修辭性的，因此革命文化工作者面臨三大基本任務：第一，投身到作品和事件的製作中去，這些作品和事件在改造過的文化媒介範圍內大力虛構現實，以取得有益於社會主義獲勝的種種效果；第二，作為批評家，要提示那些非社會主義作品用來製造政治上不可取的效果的修辭結構，以作為抗擊虛假意識的一種手段；第三，儘量獨闢蹊徑地闡釋這些作品，以便從中攫取任何對社會主義有價值的東西。……社會主義文化工作者的實踐是投射式、爭論式和攫取式的。」【伊格爾頓（H.Eagleton）《沃爾特‧本雅明或走向革命批評》，中譯本，譯林出版社，2005 年，第 149 頁】這是那個病童在成長過程中親身經歷歷史時親身領教過的事情，哪怕當時他已經開始了偷偷摸摸的內在移民活動。當他回首來路，在形而下學的幫助下再次經歷往事時，那些藝術品和藝術品中的人物全都黯然失色，投射、爭論和攫取卻更加打眼，陰暗則趁機成為它們的本質顏色──陰性轉眼間就取代了火紅，徹底取消了火紅時代對意義的壟斷。與此同時，作為一種補償或者意外收穫，意義授予權部分地落在了形而下學的肩頭：反擊的號角羞答答地響了起來。

　　回憶之書當中的陰暗大部分來源於形而下學的三個組成部分之一的身體，來源於身體的不服從特性，來源於身體對硬性教義在事後的陽奉陰違。正是這一特質，剛好充任了回憶之書必然是失敗之書的上

好理由：第二次經歷歷史時的陰暗，意味著第一次經歷歷史的徹底失敗，它火紅而貧血，熱鬧而孤寂，談不上充實和充足的奶水，說不上多麼富有魅力，變態才是它的根本特性。在此，身體對硬性教義不服從的一個上好形象是美人計：一個美人，委身於某個強權的代表，在床第之間嬌喘鶯鳴，但她即使在攀向頂峰時也未曾須臾忘記，正在和她交歡的人是她最大的仇家。她交出身體，是為了其後的反擊；她以肉體付帳，是為了贏得決戰前必須的時間；她身體的一半在服從，另一半正在暗中積蓄不服從的力量——我們不能把不服從僅僅理解為靈魂或意志的特異功能，實際上，它僅僅是一種本能，是追憶的當下造型。但《反閱讀》告知我們，只有在回憶之書中，這個不服從的身體才會凸現——不服從的身體來自形而下學的重新組建；服從的身體始終存在於回憶者親身經歷歷史的整體過程之中。

通過對不服從的身體在追憶中的重新組建，我們這一代人中被挑選出來的回憶者成功地組建了一部個人的思想史。這部思想史和所有曾經存在的教科書都迥然有別：它呈陰性；它反對咋咋呼呼和急轉彎；它不僅是反思的產物，更是在追憶中有身體參與的產物。它把不服從的身體放在了第一位，最大限度地抹去了那個服從的、沉重的肉身，最多只讓那個服從的身體耐心地、虛心地傾聽來自半個甲子之後的回聲：

> 菜園中綠汪汪的油菜像一群莽撞的孩子
> 提前進入了一個疑慮重重的新時代：
> 一個時代結束的消息在菜園中
> 散播開來，像一場春雨淋濕園中
> 韭菜，那想像的花園中的詩行
> 充滿了生長的巨大渴望
>
> （西渡〈公共時代的菜園〉）

這部回憶之書，這部個人思想史，通過對身體的重建和對歷史的再次經歷，有能力給出身體和歷史之間存在著的廣泛悖論：陽性的時

代要想存在，必須依靠身體；陽性的時代要想存活，必須排斥身體。這個結論的得來基於一個十分簡單的事實：依靠追憶的本義，形而下學派遣了一具服從的身體潛入那個火紅的時代，預先在一個陽性世界埋伏了一具將要伴隨那個時代慢慢長大的身體，為的是對那個火紅的時代實施事後的反攻倒算，以重建不服從的身體為方式。是的，形而下學預先派出了一名特務；在所有計策中，美人計是這個特務唯一可以選擇的計策，他必須預先交付自己的身體，讓那個時代暫時託管；他必須將身體內部的力比多隱藏起來，故意不和革命的力比多相交、相切。但這只是回憶者事後才知道的事情；變態的平行四邊形法則，那個被放大的切點，也是事後才知道的。

　　「我們的身體是行動的工具，並且僅僅是行動的工具。我們的身體不在任何程度上，不在任何意義上，不在任何方面服務於為一個表現（representation）做準備，更不用說服務於對一個表現做出解釋了。」【亨利・柏格森（Henri Bergson）《材料與記憶》，中譯本，華夏出版社，1999年，第204頁】只有不服從的身體存在，回憶者才能順利地發現潛伏在火紅年代之中的那個悖論。正是這個深刻而又簡單之極的悖論，構成了這部個人思想史的核心部分；對這個悖論用眾多的細節進行描畫，像古波斯的細密派畫家那樣展開描畫工作，則是這部個人思想史真正的身體。仰仗著那位服從的特務用親身經歷換來的昂貴消息，不服從的身體開始在回憶之書中大規模地顯現自身：是過去的身體和今天的身體跨越時空，結成聯盟，才讓那出美人計得以完美上演。美人計使個人思想史和它的核心部分化為了現實。我們的回憶者十分清楚，這必須要依靠反閱讀（anti-reading）才能完成。

　　反閱讀是美人計的另一個名號。那個特務在獻出身體、以肉體付帳的同時，也從火紅的藝術品中最大限度地吸收了革命的力比多散發出的能量，儘管他也暗中發現了姐姐；當回憶者再次經歷歷史時，在讓追憶得以成立的循環作用的幫助下，半個甲子之後成為回憶者的那個人得以反窺紅色藝術品對於個人成長史的意義，陰暗才能取代鋪天蓋地的紅色，陰陽各歸其位，回到正常的比例，中性人遭到拒斥。因此，反閱讀是特務的閱讀和回憶者的閱讀共同造就的閱讀：前者自願

從閱讀中獲取規訓，儘管暗中的內在移民活動已經開始，後者則從獲取的規訓中反窺規訓本身所擁有的荒謬。荒謬的本質內容就是那個無處不在悖論。

重新使用身體，重新利用閱讀，回憶者知道了自己的來歷，但那個出發地，那個只能讓特務存身的地方，是回憶者時間上的故鄉嗎？

伍

讓我們重新回到我們存身的這個黯淡的辰光，這個日見衰老的世界，這個千瘡百孔的時代。1993 年，我們的同齡人，歌手張楚以一曲《姐姐》走紅大江南北：

> 這個冬天雪還不下／站在路上眼睛不眨／我的心跳還很溫柔／你該表揚我說今天還很聽話／我的衣服有些大了／你說我看起來挺嘎／我知道我站在人群裏／我的爹他總在喝酒是個混球／在死之前他不會再傷心不再動拳頭／他坐在樓梯上也已經蒼老／已不是對手／感到要被欺騙之前／自己總是做不偉大／聽不到他們說什麼／只是想忍要孤單容易尷尬／面對外前面的人群／我得穿過而且瀟灑／我知道你在旁邊看著／姐姐我看見你眼裏的淚水／你想忘掉那侮辱你的男人到底是誰／他們告訴我女人很溫柔很愛流淚／說這很美／噢 姐姐／我想回家／牽著我的手／我有些困了／噢 姐姐／帶我回家／牽著我的手／你不要害怕

那個總在喝酒的混球，那個有些暴戾色彩的爹，我們的回憶者完全可以將他理解為那個火熱的時代，或者那個火熱時代的肉身造型，儘管在形而下學的幫助下，在銘心刻骨地追憶中，「他坐在樓梯上也已經蒼老／已不是對手」。但我們依然需要姐姐帶我們回家，依然需要姐姐的滋養。可現在，時光不饒人啦。事實上，時光已經埋葬了太多的人。幸運的是，回憶者早已長大，他收穫了失敗之書，收穫了昂貴的

教訓，收穫了他的形而下學──不管形而下學是他的目的還是工具。
當回憶者突然將眼光從第二次經歷歷史的過程中撤退回來，當那個特
務從美人計中成功脫身並凱旋歸來，他會突然看見姐姐眼中的淚水，
看見她經受過的各種屈辱，就像博爾赫斯突然間看見了那麼多的國
土、郊野和失敗（博爾赫斯《維拉‧奧圖薩爾的落日》）。直到這時，
回憶者才會發現，和我們一樣，姐姐也是不幸的，甚至更為不幸，雖
然她滋養了我們的回憶者。是的，我們已經人到中年；是的，我們中
的許多人已經開始謝頂；是的，我們的小腿不需要手術刀的額外奉獻
就已經開始酸痛，但毫無疑問，姐姐比我們更早老去。她的皺紋、依
稀出現的白髮、紊亂的生理節奏遠在我們的視線之外，但又無時不在
我們的視野之內。

　　姐姐們都老了，包括《漁港新醫》中那個因革命話語的澆灌而美
麗無比的少女。但這是不是意味著我們已經足夠成熟，已經到了拋棄
姐姐的時刻？

　　　　　　　　　　　　　2007 年 3 月 20 日-27 日，北京魏公村

變態的上海及其他

壹

「中國新感覺派小說是在日本的影響下發展起來的。它的醞釀，應該從 1928 年 9 月劉吶鷗創辦的《無軌列車》半月刊算起。」（嚴家炎《新感覺派小說選・前言》，嚴家炎編選《新感覺派小說選》，人民文學出版社，1985 年，第 3 頁）但這項編輯出版行動僅僅是新感覺派小說的前奏和引言，楔子和過門，像彗星劃過夏日的夜空一樣急速、短暫：在國民政府報刊審查制度的親切關懷下，《無軌列車》註定是一份短命的刊物——它僅僅存活了四個月即一命嗚呼，魂歸了我們今天已經無從尋覓的西天。但從只出版了八期的刊物上承載的詩歌和小說的樣態來看，《無軌列車》「已初步顯示了現代主義傾向」（同上，第 4 頁），只因為它的創辦人劉吶鷗是從扶桑歸國的日本新感覺主義小說的信奉者，是川端康成的熱情鼓吹者。為尋找新的舞臺，1929 年 9 月，劉吶鷗、施蟄存等人像是嘲笑無能的報刊審查制度一般，又另起爐灶，創辦了《新文藝》月刊：他們在青春和執拗精神的鼓勵下，暗中發願，要將一種新型的小說藝術在中國推進到底，直到它壽終正寢的那一天。力量屢弱的《新文藝》一方面同情當時已經如火如荼的普羅文學運動，「但同時，創作上的新感覺主義傾向也有了發展。劉吶鷗已寫了八篇用感覺主義和意識流方法表現現代都市生活的小說，不久編集為《都市風景線》出版。」（同上，第 4 頁）與此同時，施蟄存也開始「自覺地運用佛洛伊德學說來分析、表現人物的心理，這就有了〈鳩摩羅什〉、〈將軍底頭〉等小說，開始顯示出另一種特色」（同上，第 5 頁）。1930 年春，新感覺派小說的另一個重要人物，年僅十八歲的穆時英，受青春心理的公開教唆，開始在《新文藝》登臺亮相：他抱來了一大堆針對上海的感覺碎片，像黑色的玻璃渣一樣，橫七豎八地鑲嵌在《新

文藝》的版面上。出於對報刊審查制度的正確呼應，和它的姐姐或兄長一樣，《新文藝》未及周歲即中道崩殂，直到 1932 年施蟄存主持的《現代》雜誌創刊，新感覺派小說才再一次找到了表演的舞臺──對於快速流動、疾速行駛的中國新感覺派來說，這無疑是漫長的兩年，是在別人的刊物上四處流浪的兩年。

　　不知是巧合還是命運的刻意安排，和承載新感覺派小說的刊物的短命特性非常相似，中國的新感覺派小說也是一個壽命奇短的文學流派，或許那時候正在鼓動年輕學子專心閱讀《莊子》的施蟄存，會拿「大年也，小年也」來自我解嘲：劉吶鷗的小說創作差不多結束於 1930 年，施蟄存結束於 1936 年，穆時英的小說壽命則終結於抗戰爆發前夕。劉吶鷗、施蟄存、穆時英結束小說創作時的年齡分別為三十歲、三十一歲、二十五歲，正處於貨真價實、童叟無欺的憤青階段，力比多還在激烈而廣泛地湧動，就像上海灘傍晚時分的霓虹燈，左顧右盼而又旁若無人。的確，他們展開寫作的年代是一個令人憤怒的年代，內憂外患、山河破碎、民不聊生是它的首要特徵；他們展開寫作的地點剛好是令人憤怒的上海，一座「造在地獄上面的天堂」（穆時英《上海的狐步舞》之首句），一個「冒險家的樂園」。易於憤怒的年齡，異常火熱的力比多，和必須以憤怒去面對的時空彼此勾搭，不偏不倚，正好結成了暗中的聯盟；如何以恰當的方式發洩憤怒，為易於衝動的力比多找到一條恰切的途經，只差冥冥之中的機緣前來引誘和叩門了。

　　在力比多的公開煽動下，廣泛的憤怒急需一種表達憤怒的語言方式，正如洶湧的火山需要噴發的出口和通道──這是一種性狀奇特的語言勒索，需要一種變態的、帶毒的、急火攻心的、能夠用「陽具將黨搗得粉碎」【扎米亞京（Zamyatin）語】的那種奇異的力量。在中國，由於廣泛的憤怒由來已久、根深蒂固、源遠流長，早在劉吶鷗、施蟄存、穆時英進行小說創作之前，表達憤怒的有效方式已經存在；至少，動不動就在字裏行間高呼口號、動不動就在語言空間當中擺出橫眉冷對之火爆造型的普羅文學，就提供了一條粗糙、暴烈、激進的道路；左聯成立時，這條早有來歷的、亢奮的、充血的激進之路已經被嚴格地模式化了：

我們的藝術不能不呈獻給「勝利不然就死」的血腥的鬥爭。

藝術如果以人類之悲喜哀樂為內容，我們的藝術不能不以無產階級在這黑暗的階級社會之「中世紀」裏面所感覺的感情為內容。

因此，我們的藝術是反封建階級的，反資產階級的，又反對「失掉社會地位」的小資產階級的傾向。我們不能不援助而且從事無產階級藝術的產生。

【〈文藝界消息・左翼作家聯盟底成立〉，《萌芽月刊》，第 1 卷 4 期（1930 年 4 月）】。

1931 年，年屆五十的魯迅早已到了老謀深算、目空一切的年齡，面對脾氣火爆、肝火旺盛的普羅文學，他不無悲哀地誇耀，這是中國目前唯一可行、唯一存在的發洩憤怒的模式，其他的一切方式要麼微不足道，要麼根本沒有存在的理由和機會，要麼就是毫無力道、意義些微：「現在，在中國，無產階級的革命的文藝運動，其實就是唯一的文藝運動。因為這乃是荒野中的萌芽，除此之外，中國已經毫無其他文藝。屬於統治階級的所謂『文藝家』，早已腐爛到連所謂『為藝術而藝術』以至『頹廢』的作品也不能生產，現在來抵制左翼文藝的，只有誣衊，壓迫，囚禁和殺屠；來和左翼作家對立的，也只有流氓，偵探，走狗，劊子手了。」（魯迅《二心集・黑暗中國的文藝界的現狀》）由於二十世紀二、三十年代之交的憤青的力比多擁有異常奇特的力量，早在新感覺派草創之時，劉吶鷗等人對普羅文學就至少報持著同情的態度：他們承認，無論如何，普羅文學都不失為一條發洩憤怒的有效途徑。《新文藝》一卷五期〈編輯的話〉就毫不含糊地說過：「1930年的文壇終於將讓普羅文學抬頭起來，同人等不願自己和讀者都萎靡著永遠做一個苟安偷樂的讀書人，所以對於本刊第二卷期的編輯方針也決定改換一種精神。」普羅文學的亢奮口號和腫脹著的標語，果然出現在翌年的《新文藝》月刊的版面上。但同情肯定不等於毫無保留地認同，同情或許恰好意味著：同情者需要尋找不同於普羅文學的其他模式；實際上，三個自視甚高的憤青一直在試圖找到適合自己的洩

火方式。這需要一個重要的機緣，這個機緣必須具備如下能力：啟動那個暗中結成的聯盟，那個易於憤怒的年齡和值得以憤怒去面對的時空結成的聯盟。這個機緣早在劉吶鷗創辦《無軌列車》的年代就已經出現。對此，半個世紀後的施蟄存有過較為清楚地回憶：

> （在日本讀書長大的）劉吶鷗帶來了許多日本出版的文藝新書，有當時日本文壇新傾向的作品，如橫光利一、川端康成、谷崎潤一郎等的小說，文學史、文藝理論方面，則有關於未來派、表現派、超現實派，和運用歷史唯物主義觀點的文藝論著和報導。在日本文藝界，似乎這一切五光十色的文藝新流派，只要是反傳統的，都是新興文學。劉吶鷗極推崇弗里采的《藝術社會學》，但他最喜愛的卻是描寫大都會中色情生活的作品。在他，並不覺得這裏有什麼矛盾，因為，用日本文藝界的話說，都是「新興」，都是「尖端」。共同的是創作方法或批評標準的推陳出新，各別的是思想傾向和社會意義的差異。劉吶鷗的這些觀點，對我們也不無影響，使我們對文藝的認識，非常混雜（施蟄存〈最後一個老朋友──馮雪峰〉，《新文學史料》，1983年第 2 期）。

對激發了暗中聯盟的那個機緣說得更清楚的，還是從日本輾轉來到上海的劉吶鷗，《無軌列車》、《新文藝》的主要創辦者。1929 年，一個距今異常遙遠而又異常親近的年份，劉吶鷗創辦的水沫書店出版了由他本人擔綱翻譯的日本小說集《色情文化》，一部日本新感覺派小說家的作品集，一本「以表現主義為父，以達達主義為母」（川端康成語）的小說家們的小合集。在〈譯者題記〉裏，劉吶鷗十分明確地說：「文藝是時代的反映，好的作品總要把時代的彩色和空氣描寫出來的。在這時期裏能夠把日本的時代色彩描給我們看的也只有新感覺派一派的作品。……他們都是描寫著現代日本資本主義社會腐爛期的不健全的生活，而在作品中表露著這些對於明日的社會，將來的新途經的暗示。」

　　在上海的二十世紀三〇年代初，一切都準備好了：異常年輕的身體、對作為殖民地的上海的廣泛憤怒、日本人經過雜交後生成的新感覺主義、充血的普羅文學對更年輕一代作家的擠壓、渴望另闢蹊徑揚名立萬的青春心理，再加上已經開啟腳步前來叩門的機緣，一切都準備好了，只等著憤怒自然地穿過出口，連傳說中必須具備的東風都是多餘的——那個暗中的聯盟就擁有這種難以被人品察的特性。

<h1 style="text-align:center">貳</h1>

　　感受是一種來歷久遠的僅僅屬人的能力；在促使既定感受得以改變的方法論來到之前，人們對一座城市，一個對象，一個人，一座山，一顆樹，一次突如其來的愛情，一次猝不及防的幸福或一塊石頭的感受，總是傾向於大體一致，人們總是樂於遵循本地感受劃定的感受範圍和感受法律，除此之外，基本上不存在額外的租界，不存在法外的恩賜。感受的改變並不是一件容易的事情，當然也不是一件無足輕重的事情。

　　上海自開埠以來一直昂然存在，外灘、霞飛路、十里洋場、外白渡橋一直存在，儘管它們都在快速地改變自身，以慾望為材料疾速地加粗自己的腰身；劉吶鷗從日本帶回的新感覺主義，則為年輕的中國作家提供了再一次感受上海的武器。本著先來後到的原則，這個促使既定感受得以改變的武器（或方法論）首先被劉吶鷗本人所揮舞、所借用。作為中國新感覺派小說最初的引航人，劉吶鷗就是「一位敏感的都市人，操著他的特殊的手腕，他把這飛機、電影、JAZZ（即爵士樂－引者）、摩天樓、色情（狂）、長型汽車的高速度大量生產的現代生活，下著銳利的解剖刀」（《新文藝》第 2 卷第 1 期，廣告欄）。這把解剖刀無疑來自日本的新感覺主義；在後者不無殷勤地幫助下，本地感受逐步退場，新的感受悄然蒞臨，感覺的租界紛紛出籠，壁立於世。作為這把解剖刀的運作結果，在劉吶鷗的作品中，「我們顯然地看出了這不健全的、糜爛的、罪惡的資產階級的生活的剪影和那即刻要抬起頭來的新的力量的暗示。」（同上）

「生活的剪影」是在碎片式的感覺描寫中得以呈現的。碎片主義是新感覺派小說的首席美學特徵。碎片主義的根本涵義是碎片式的憤怒：碎片式的憤怒理所當然地構成了碎片主義美學的核心內容。這中間的轉渡或橋樑十分簡單：憤青急於發洩憤怒，所以放棄了從容的整體描寫，或者由於他們的憤青身份，他們乾脆就不具備從容的能力，不具備打量整體的本領──整體是一個黑洞，孱弱的視線一旦被它吸納就會無路可逃，直至死無葬身之地；上海是一座大得看不見邊際的城市，所以只有它的片斷和局部才能被作為憤青的小說家們所感覺。與此同時，城市底部湧動的邪惡的力比多，與憤青們自身體內的力比多必然性地發生了衝撞。和前者相比，後者的渺小不證自明。後者想要在不對等的角逐中獲取虛擬性的勝利，只有攻擊前者的局部，攻擊它的某一個片斷；只有動用感覺，像那個阿 Q 一樣，以便在感覺中獲勝。感覺是一種典型的意識形態，一如伊格爾頓（H.Eagleton）說想像力是一種意識形態。劉吶鷗、穆時英（也許還應該包括部分的施蟄存）所動用的片斷式小說結構，剛好跟感覺的本義相吻合，跟作為大都市的上海的本性相吻合。結構不僅具有美學意義，更具有意識形態的意義；因為它首先是一種反抗的武器，是用於反抗的長矛。它的目的就是要表達碎片式的憤怒，一種零敲碎打的憤怒。這種憤怒是從整體的上海身上強行扭下的一小塊肌肉，這一小塊肌肉剛好能夠被憤青們剛直、年輕的視線所逼視，新感覺派小說家基本上只具備逼視一小塊肌肉的能力。

和炮製普羅文學的憤青們在字裏行間揮槍弄炮地攻擊現實迥然有別，碎片主義美學的把持者，那些被稱作新感覺派小說家的憤青們，借用的武器只是較為可笑的感覺造反或感覺起義：借助外來的解剖刀，通過對敵手的全新感覺，通過對感覺租界的精心營建，通過對法外恩賜的廣泛享用，反擊醜陋的敵手，並在感覺中獲得虛擬性的勝利快感──那個必須以憤怒去面對的時空果然在感覺造反、感覺起義中被弄得灰頭土臉，裏外不是人，但也沒有讓那個令人厭惡的時空痛苦得四處找牙、滿地打滾，只因為感覺造反、感覺起義始終是碎片式的起義，碎片式的造反，它只能發洩碎片式的憤怒，也僅僅滿足於這種

雞零狗碎、小雞肚腸的憤怒。感覺造反、感覺起義在自我運作了一番之後，其成果大致如下：通常被認作激情洋溢的夜總會在劉吶鷗的感覺中，意味著狂亂、色情、頹廢和墮落（參閱劉吶鷗〈遊戲〉），在更年輕的穆時英那裏——因為力比多更為旺盛——則乾脆指向死亡，那是毫無意義的死亡，是連一滴表達同情的眼淚都匹配不上的死亡（參閱穆時英〈夜總會的五個人〉）；儘管上海並不是愛情的荒漠（那個時代眾多惹人淚下的愛情電影可以為此作證），但在感覺起義的操持下，為繁衍後代做準備工作的愛情變作了陌生男女隨意交配的藉口（參閱劉吶鷗〈兩個時間的不感症者〉）；通過感覺造反，打扮世界、旨在讓世界更加美麗的女人不過是一具沒有靈魂的肉體，僅僅是「1933年新的性慾對象」（參閱穆時英〈白金的女體塑像〉）；當然還有時間，但那是被切割、被脅持著向前快速流動的時間，疾速得幾乎沒有給人留下任何喘息的機會，卻剛好被感覺起義候個正著，直接落入了感覺造反編織成的大手中：

> 忽一會，不曉得從什麼地方出來的桃色的光線把場內的景色浮照出來了。左邊的幾個麗服的婦人急忙扭起有花紋的薄肩巾角來遮住了臉。人們好像走進了新婚的帳圍裏似的，桃色的感情一層層律動的起來。這樣過了片刻，機械的聲音一響，場內變成黑暗，對面的白幕布上就有了銀光的閃動。尖銳的視線一齊射上去。（劉吶鷗〈流〉）

這是關於二十世紀二、三十年代之交上海某家電影院的一個感覺中的小片斷。如果不特別指出，恐怕很難準確地弄清楚這段描寫指稱的究竟是什麼場景。很顯然，在這個感覺中的小片斷裏，在大上海的這一小塊肌肉裏，連時間都遭到了劫持，連時間的本意也遭到了違背，連一向戰無不勝的時間都無法按照自身的慾望自然流逝。在感覺起義的私下運作中，大上海被切割為片斷；在感覺造反的引領下，城市的力比多遭到了憤青們的迎頭痛擊，一種僅僅存在於感覺之中的虛擬性勝利得以生成。這是小說藝術的勝利，片斷式結構的勝利，感覺的勝

利，是碎片主義美學和碎片式憤怒的凱旋還朝，但更是一種發霉的、自慰式的勝利。

　　毫無疑問，感覺造反、感覺起義是一種過於虛弱的反抗，哪怕它真的有一把來自扶桑的解剖刀，哪怕那把刀真如它號稱的那樣是銳利的。通過那個暗中的聯盟的轉渡作用，感覺起義宣佈的結論僅僅是：這樣的上海令人沮喪，這樣的時空不值得居住，這樣的世界足夠讓人絕望，頂多只是對「那即刻要抬起頭來的新的力量的暗示」。但新的力量究竟在什麼地方，卻不是碎片主義美學能夠給以明確說明的事情。它只負責暗示，僅僅提供暗示，也只滿足於暗示。新的力量始終處於黑暗之中，連萌芽所需要的那種輕微的聲響都難以讓人聽見和把捉。很顯然，左翼作家，那些炮製普羅文學，在字裏行間造槍造炮的憤青們，有足夠的理由譴責這種犬儒式的造反行徑（參閱樓適夷〈施蟄存的新感覺主義〉，《文藝新聞》第 33 號，1931 年 10 月 26 日），只因為他們確實比新感覺派小說家要生猛得多。但他們的生猛顯然無法複製，無法被劉吶鷗等人所借貸，因為炮製普羅文學的憤青們在和上海以及必須以憤怒去面對的一切時空作對時，不僅僅仰仗了他們自身的力比多，還借用了流淌在革命底部的、更為渾濁的力比多，甚至過度透支了革命力比多的巨大力量。從純粹力學的角度看，普羅憤青們在泄火時擁有了太多的幸運，以致於他們在發洩憤怒時甚至把自己都給搭了進去，並由此增加了表達上的力量。

　　從另一個方面為新感覺派小說增加力道的是精神分析大師佛洛伊德（Sigmund Freud）；佛洛伊德通過施蟄存的寫作實踐進駐了中國新感覺派小說的大本營；在佛洛伊德與施蟄存之間起到橋樑作用的，則是奧地利小說家顯尼志勒（Arthur Schnitzler），此公一貫喜歡運用佛洛伊德的精神分析理論，用小說的形式探討諸如「愛與死」這類重大的人生主題，而顯氏的作品的每一個英法譯本，都曾得到過施蟄存的禮遇（參閱施蟄存〈顯尼志勒《自殺以前》‧題記〉）。至此，新感覺派的兩

個力量來源已經昭然若揭：由劉呐鷗從日本帶來的新感覺主義、由施蟄存從奧地利轉口而來的心理主義。

佛洛伊德的心理分析理論是人類的「惡之花」，它出現在禮崩樂壞的二十世紀的西方是一個巨大的隱喻，我們真不知道該以怎樣的心情去面對這朵性狀奇特的「惡花」。更重要的是，心理分析理論是一把毋庸置疑的雙面刃：它既是人類理智勝利的象徵，因為人類理智居然能夠大張旗鼓地進駐無意識領域；又是人性脆弱和人性不可被信任的顯明標誌，因為在人類理智的凱歌高奏中，人性的脆弱和不可信任是如此地昭然若揭，人和動物之間的界限正在被逐步取消。二十世紀二、三十年代的上海，那座「造在地獄上面的天堂」，差不多就是佛洛伊德心理分析理論的肉體版本，是對心理分析理論的一種東方式解讀，一個東方式的註腳。憤青施蟄存就生活在早已變態的上海；對佛洛伊德的接受和信任，讓他感受到了雙倍的變態。像劉呐鷗借助來自扶桑的新感覺主義去逼視上海的每一小塊肌肉一樣，施蟄存要借助佛洛伊德去描摹變態心理的動力學原理。

感謝心理主義的拔刀相助，施蟄存筆下的三個重要人物——鳩摩羅什（〈鳩摩羅什〉）、花驚定將軍（〈將軍底頭〉）、石秀（〈石秀〉）——全都是不可思議的變態狂。作為一名來自西域的高僧，鳩摩羅什居然深陷情慾之海而無力自拔，他渴望得道，但又不願意放棄令他格外消魂的性生活，他因此長期生活在不斷自責而又不斷自我寬慰的心境之中，最後連一枚舍利子都沒能燒出來。花將軍治軍嚴謹，臨戰前一個士兵因調戲駐軍地一位少女而被他斬殺，但與此同時，花驚定將軍卻令他絕望地愛上了那個少女，並為此在戰場上莫名其妙地丟掉了性命。《水滸》中的英雄，美色之前毫不心動的大丈夫石秀，面對結拜兄弟之妻的挑逗，時而衝動，時而自責，萬般無奈之下，最後只好夥同義兄殺了義嫂，並在殷紅的鮮血中，獲得了類似於性高潮來臨時的那種極大的快慰和戰慄……

行為舉止正常，這只是表面現象，如同鳩摩羅什在他的大部分信徒眼中形象正常一樣；但掩藏在表面現象之下的，則是狂亂的內心衝突，連動作也制服不了的內心衝突，相反，倒是內心衝突在與動作的

角力中不時地佔據了上風，迫使動作扭曲、變形。這就是施蟄存迫於變態的上海帶來的壓力，盡力描摹出的變態心理的動力學原理。經過施蟄存的寫作實踐，動力學原理構成了心理主義的核心，心理主義也頗識時務地容忍、退讓，以致於讓動力學原理真的成為了自己的核心。仰仗著核心的公開支持，心理主義在施蟄存那裏顯示出了令人難以置信的力量。就在兩軍對壘生死攸關的緊張時刻，身為主帥的花驚定將軍卻出人意料地陷入了莫名其妙的沉思：

> 在步兵與騎兵混亂著的戰爭中，將軍興奮著。忽然，就在將軍底身旁，一個武士倒下馬來了。將軍在匆忙之中，分一點閒暇去看了一眼，那個武士底前胸很深地被射中了一箭，所以倒下了馬。而這個武士，當將軍底眼睛轉向著他底痛楚的臉的時候，將軍不禁心中吃了一驚，也就是將軍所戀著的少女底哥哥，那個鎮上有名的英勇的武士。將軍底馬向斜裏跑去了，那武士底重創了的身上，隨即給別的馬匹亂踏著了。
>
> 將軍兜上了心事，不想戀戰了，將軍盡讓他底駿馬馱著他向山岡上奔去。將軍想起了那個少女，現在哥哥死了，她不是孤獨了嗎？誰要來保護她呢？她不是除了哥哥以外，家中並沒有別的人了嗎？將軍這樣想著，便好象已經看見了這個孤苦無依的少女，在他底懷抱之中受著保護。將軍心中倒對於這個武士底戰死，引為幸運了。這時的花驚定將軍完全是自私的，他忘記了從前的武勇的名譽，忘記了自己底紀律，甚至忘記了現在是正在戰爭。
>
> 將軍正在滿心得意地想回轉馬頭，歸向村中去，但沒有覺得背後有一個認得他的吐蕃將領正在追蹤著他。將軍底馬剛才回頭，將軍底眼睛剛才一瞥地看見背後有人，而那兇惡的吐蕃將領底大刀已經從馬上猛力地砍上了將軍的項頸了。
>
> ……但，將軍倒下馬來沒有呢？沒有！將軍並沒有感覺到自己底頭已經被敵人砍去了。一瞥眼看見了正在將利刀劈過來的吐蕃將領，將軍頓時也動了殺機。將軍也把大刀從馬上摷過去，

而吐蕃將領的頭也落在地上了。……將軍底意志這樣地堅強，將軍正想回到村裏去，何曾想到要被砍掉了頭呢？所以將軍殺掉了那個吐蕃將領之後，從地上摸著了勝利的首級，仍舊夾著他底神駿的大宛馬，向鎮上跑去。

動力學原理，尤其是它在敘事學上的功用，在此無疑得到了較為清晰地呈現：在最不該恍惚的時刻，一貫英勇善戰、屢戰屢勝的花將軍卻嚴重恍惚，其病根不早不遲，剛好來源於佛洛伊德心理主義的神奇力量；被吐蕃將領砍去頭顱後，還能將蕃將的頭顱砍去所需要的神奇力量，同樣來自佛洛伊德的心理分析理論。在動力學原理更進一步的催促下，更有意思的還是花將軍的愛情結局：

沒有了頭的花將軍由著他底馬背著他沿了溪岸走去，因為是在森密的樹林間，躑躅著在溪的彼方的街上的邊戍兵也沒有看見他。將軍覺得不知怎的忽然悶熱起來，為什麼眼前一點也看不出什麼呢？從前也曾打過仗，卻沒有這樣的經驗呀。將軍覺得滿身都是血了，這樣，怎麼可以去見那個美麗而又溫雅的少女呢？如此想著，將軍就以為有找一處淺岸去在溪水裏洗濯一下的必要了。

將軍在一個灘岸邊下了馬，走近到溪水邊。將軍奇怪著，水何以這樣渾濁呢，一點也照不見自己底影子？而這時候，在對岸的水階上洗滌著碗碟的卻正是將軍所繫念著的少女。她偶然抬起頭來，看見一個手裏提著人頭的沒有頭的武士植立在對岸，起先倒嚇了一跳。但她依舊看著，沒有停止洗滌。她看將軍蹲下身來摸索著溪水，象要洗手的樣子。她不覺失笑了：

「喂！打了敗仗了嗎？頭也給人家砍掉了，還要洗什麼呢？還不快快的死了，想幹什麼呢？無頭鬼還想做人麼？呸！」

將軍底心，分明聽得出這是誰的口音。一時間，將軍想起了關於頭的讖語，對照著她現在的這樣漠然的調侃態度，將軍突然感到一陣空虛了。將軍底手向空間抓著，隨即就倒了下去。

這時候，將軍手裏的吐蕃人底頭露出了笑容。

同時，在遠處，倒在地上的吐蕃人手裏提著的將軍底頭，卻流著眼淚了。

和感覺起義中上海灘沒有愛情只有性交的情形相彷彿，為愛情丟掉腦袋的花驚定最多只換來了一行熱淚：那是不需要人看見的熱淚，也是沒有人能夠看見的熱淚，但它剛好被心理主義當作了理所當然的俘虜。花將軍頭顱搞丟之後還能砍去對手的頭顱所需要的那種力量，只是那行熱淚成為俘虜的一個必經的步驟，一個必須的過門；因此，那行熱淚無疑是對動力學原理的高度恭維，也是動力學原理理所當然的輝煌成果。

施蟄存是第一個運用心理分析理論改寫歷史故事的中國小說家。通過對變態心理的動力學原理的盡力描摹，施蟄存有能力繞過那些作為表面現象的正常舉止，直接進入到紊亂、衝突、活蹦亂跳的心理層面；經過動力學原理的轉渡作用，曾經被大聲頌揚的歷史人物個個都顯露出他們的變態狂特性，人人都獲得了自虐份子的身份。動力學原理及其功能的被揭示，意味著歷史理性的徹底破產，意味著歷史底部山呼海嘯的力比多決不是人力能夠控制和馴服的事物，哪怕那個試圖馴服歷史的人號稱超人或者梟雄。但迫使施蟄存作出這種寫作戰略轉向的力量，仍然是上海，變態的上海，那個冒險家的樂園，那座建立在地獄上的天堂。只因為能夠啟動那個暗中的聯盟的，不僅僅只有感覺主義，不僅僅是感覺的租界；只因為那個暗中的聯盟在呼喚新的催化劑，而佛洛伊德主義，剛好像個幽靈或半神一樣來到了上海，附在了一個名叫施蟄存的憤青身上。

肆

新感覺主義成功地鑄造出了感覺起義這一犬儒式的反抗武器，它令劉吶鷗等人能夠以變態的寫作方式去感覺畸形的上海，並在碎片主義美學的幫助下，在變態感覺中成功地令上海徹底變態，由此為自己

易於衝動和憤怒的力比多找到了恰切的途經；佛洛伊德的心理主義則讓施蟄存成功地進入他筆下人物的內心世界，窺探到了主人公的變態心理。前者以變態的感覺方式進行斷片式寫作，後者描摹變態的狀況及其動力學原理；前者因自己的變態讓必須以憤怒去面對的時空呈雙倍變態之勢，後者因描摹變態心理，得以從側面、從後背攻擊了值得憤怒的時空。作為一個文學流派的構成部分，作為一個文學流派得以存在的結締組織，佛洛伊德的心理主義為感覺造反、感覺起義加添了一條必不可少的輔助線，進而完善了整個流派的武器庫存；通過施蟄存寫作上的戰略轉向，佛洛伊德的心理分析理論從側面和背部，聲援了感覺起義、感覺造反，並為後者在對抗現實生活時的乏力與貧弱增加了超過半斤以上的力度——儘管普羅憤青們對此並不認同，還不無惡意地將之指斥為逆流、軟弱和貧窮。

　　作為一個過於短命的文學流派，中國新感覺派小說早已成為過眼雲煙；面對必須以憤怒去面對的時空，可能連新感覺派的小說家們都會覺得自己的泄火方式十分孱弱，無論是歷史還是變態的上海，都沒有因為感覺起義、變態心理的動力學原理的出現而有絲毫改變，三個自視甚高的憤青很快就停止了這種較為無用、無力的文字遊戲，紛紛轉向，試圖在事功中尋找更為有力的反擊方式。

　　抗戰爆發後，東南淪陷。劉吶鷗重新回到上海，依附於汪偽政權，奉命籌辦汪偽政府控制下的《文匯報》。報紙尚未出版，劉吶鷗就被人暗殺於 1939 年秋天的上海。關於他的死版本較多（參閱施蟄存〈施蟄存談《現代》雜誌及其他〉，《魯迅研究資料》，第 9 輯），但劉吶鷗在放棄了感覺起義和碎片主義美學後，對再一次得到更新和再一次加大變態力度的上海進一步失去了有力的感覺，卻是不爭的事實——他的死就是最好的證據。大半年後，更為激進的穆時英被國民黨特工人員暗殺於上海，時在 1940 年的春天。關於他的死同樣眾說紛紜，有的說他是漢奸，依附於汪偽政權；有的則說，他是受命潛伏在汪偽政權之中的國民黨特務，為國民黨中央工作，他的死是一個雙重的悲劇【參閱嵇康裔〈鄰笛山陽——悼念一位三十年代新感覺派作家穆時英先生〉，（香港）《掌故》月刊，1973 年第 10 期】。和劉吶鷗一樣，穆時英

對上海的再一次感受並不成功；在放棄了孱弱的感覺造反和對感覺的租界的經營之後，並沒有找到更為有力的抗擊方式。只有施蟄存以教書、翻譯和編雜誌為業，在孤島上海度過了令人揪心的八年抗戰，度過了令人更為痛心的國共戰爭並走進了新政權；此後，他獲得了被長期埋沒、被長期遺忘和被戲劇性地重新發現的奇特命運，歷經磨難，終以百歲高齡病逝於他曾經從側面和背部攻擊過的上海。但和他不幸的同仁一樣，施蟄存也沒有找到比動力學原理更為有力的感覺上海的方式，儘管有一段時間，新生的上海比他曾經攻擊過的上海還要變態，還要荒誕，還要可笑。

世事難料，一切都結束了，但一切又似乎才剛剛開始。

2007 年 4 月，北京魏公村

第三輯

一些疑問，一些隨想

我有太多的疑問需要貢獻出來，這就是我理解的「獻疑」一詞的語義學涵義。因此，這一部分文字提供的不是答案，而是問題。我懇請列位牧師能夠給我以教導——如果沒有真牧師，偽牧師也行。反正我已經分不清真假了。

不斷減少的文字，但越來越多的問號……[1]

壹

　　古典中國素無「世紀」一說。自從船堅炮利的歐洲人強行敲開中國的大門，追隨著鴉片、洋涇浜英語和太陽旗，作為概念的「世紀」也明目張膽地來到了神州大地，並以加速度的方式，很快在咱們炎黃子孫心中安了家、落了戶。那個被莊子點化為「心齋」的玄奧處所，自此融進了異質物品。有點無可奈何，有點悲哀，也有點喜劇色彩——如果考慮到「世紀」帶來的廣泛後果的話。我當然沒有能力確切地指出，「世紀」概念究竟是在何年何月取得了華夏戶籍，但有一點我倒是敢擔保：在「世紀」和「甲子」的對壘中，甫一接火，就以前者的大獲全勝、後者的一敗塗地而告終。儘管在相術手冊上，在拒不「進化」的某些老農民口中，「甲子」還像蝨子藏在窮人內褲的某個夾縫中一樣存活，但畢竟只能算是苟延殘喘而已。

　　在中國，剛剛過去的一百年因此被指認為「二十世紀」。追隨著「甲子」嬗變為「世紀」，古典中國的生活內容，也躍遷為專屬於「二十世紀」中國人的歷史與社會。在摩登學者口中，這滿可以被稱作特定的「歷史境遇」、特殊的「歷史語境」。確實，同樣是戰爭，但不同於垓下之戰；同樣是話語拼殺，但不同於陸九淵會朱熹於鵝湖；同樣是謀殺，但不同於玄武湖之變；同樣是水澇旱災，但不同於乾隆年間的中原大旱、漢武帝或宋太祖的江南水患；同樣是買賣，但不同於揚州八怪時期那些鹽商們的行徑、徽州商人故作姿態或瀟灑自如的把酒臨風；同樣是向天空開炮，但不同於劉禹錫煙花爆竹迎新年；同樣是痛

---

[1] 本文是為敬文東主編的《長廊與背影》叢書（中國文史出版社，2005 年）撰寫的總序，但因為大陸出版方認為有違出版禁忌，沒有使用這篇序言。

苦，但不同於「而今聽雨僧廬下，鬢已星星也。悲歡離合總無情，一任階前，點滴到天明」……

緊隨著鴉片、洋涇浜英語和燃燒著的圓明園，拼命跟進的，是更加威力無比的「世界」。恕某不敏，沒有能力指明那個叫「世界」的傢伙究竟何年何月在中國人心中插隊落戶，但有一點我仍然敢擔保：在「世界」和「天下」的肉搏中，剛一交手，我們念叨了數千年的「天下」，在我們祖先那裏永遠郁郁蔥蔥、永遠水靈和沾滿露水因而堅固無比的「天下」，頓時潰不成軍、樹倒猢猻散。儘管在我們的口頭上，在我們的賭咒發誓中，還「天下、天下」叫個不休，但恐怕沒有人不明白，那充其量不過是對古典中國的「天下」的拙劣模仿，不過是「世界」差強人意的同義詞。何況所謂的「同義」也許並不成立。

追隨著中國進入「二十世紀」，中國又如此這般地被置入了「世界」之中，從此與「天下」無涉。同樣是出遊，但那個頭戴綸巾手持鵝毛扇的人卻走向了「世界」；同樣是長江，但越來越渾濁的江水卻流向了「世界」範圍內的太平洋，而不是籠罩在「天下」之中的東海；同樣的劍門關，但到來的是汽車，而不是陸遊的毛驢；同樣的泰山、長城，卻迎來了來自「世界各地」而不是「五湖四海」的賓客；同樣是「理」，卻不再是「道理」、「性理」，而是「真理」、「法理」和「定理」……

「甲子」意味著循環，意味著團圓和圓圈，與「天圓地方」的「天下」剛好暗合。數千年來，它始終自給自足、怡然自得並懷柔遠人；「世紀」意味著直線，意味著衝刺。它拒絕循環，只願意與「進步」神話媾和與狼狽為奸，永往無前，直到傳說中的「天盡頭」。「甲子」是圓形或倒梨形的子宮，「世紀」則是硬得筆直的陽具；「天下」是封閉的盾牌，「世界」則是隨時都在待機而動、在睡夢中都在揮舞著自己的那根長矛。

此時此刻，天高野闊，星漢垂地。玩味著剛剛過去的一百年，那個填充了「世紀」之腸胃並讓「世紀」圓滿的一百年，我絲毫沒有動用比喻的心情，更沒有玩弄語言花招的癖好。我衷心贊同「天下」人無數個「甲子」以來都遵循的「修辭立其誠」。那是個偉大而輝煌的格言。在這裏，我不過是想說，崇尚「天下」和「甲子」的人民，那些

視圓圈和循環為上天之厚德的老百姓，在短時間內，不可能成為信奉「世紀」與「世界」的強悍者，更不可能成為那些強悍者的對手。所以，鴉片、夕陽殘照下的圓明園廢墟、南京大屠殺、三年「自然災害」中生產出的累累白骨、文化大革命裏的冤屈無告者……都有理由抗議：我本來好好的，憑什麼假借「世界」、「世紀」，讓我承擔如此結局？讓我擔待這樣的命運？我聽見慘死在「世紀」和「世界」刀劍下的冤魂，排著長隊，在我的窗外大聲吼叫……

　　2004 年春節，我窮極無聊，躲在北京城南的一套陋室內，向臆想中的聽眾或讀者，講述了一個至今還沒有推銷出去的怪誕故事。——那些專司出版的衙門告訴我，你的故事拙劣之極，根本就沒有資格出版。就是在這個故事中，我杜撰了一個在全球地圖上查找不到的地方。它叫隆慶府，位於地球北部。按照我的虛構，隆慶府以盛產哲學家、酸菜、醋罈子聞名全地球。在故事中，我說完了這些添油不加醋的開場白後，馬上調笑式地說到了歐洲，那個位於我們西邊、以「遠東」來稱呼我們的「西方」：

　　　　長期以來，所有自高自大的西方哲學家，在撰寫全地球的哲學通史時，基本上都以「米利都的泰勒斯」來開篇。這只能證明：那些皮膚蒼白的西方人既無知，又妄自尊大。大腦袋哲學家牛勇增就曾嚴肅地考證過，泰勒斯根本就不配成為全地球第一個哲學家，即使是他的著名學說「世界是睪丸組成的」，也不是他的發明。牛勇增說得很明白，泰勒斯的學說完全偷自隆慶府。而且他偷竊的還不是隆慶府最早的哲學，更不是最好的哲學。他偷去的只是隆慶府視若敝帚的玩意。聽牛哲學家論證說，那玩意有點類似於隆慶府人民吃雞時，扔掉的雞屁股。牛先生還有一個重要推論，特別值得轉述：泰勒斯既是西方最早的哲學家，又是一個哲學小偷，因此全部西方哲學就都是盜賊的產物，盜賊的產物當然只能催生出強盜哲學。牛先生甩開膀子，動用了最先進的考古手段和思想偵破儀器，如此這般地操作了一番，終於挖掘出了強盜哲學的精髓：強權有理，偷竊無罪。另

　　　　一個哲學家季明生對牛氏的推理持熱烈歡迎的態度，並以一個
　　　　小車司機特有的哲學語言，表達了對牛氏推理的高度首肯：「他
　　　　（即牛勇增——引者注）把西方人挺著雞巴到處亂戳的祕密，
　　　　全部暴露個球了。」（敬文東《隆慶府當代哲學小史》）

　　我也許並沒有開玩笑，何況在 2004 年春節的惡劣天氣中，我連開
玩笑的心情都沒有。實際上，季明生先生所謂「挺著雞巴到處亂戳」，
考諸歷史，正是「世界」和「世紀」本來涵義。從最為寬泛的語義學
角度上說，「天下」意味著「至大無外」，「世界」則意味著「我」與「他」；
「無外」意味著所有人都可能是自己人，「我」與「他」則意味著我是
我、他是他，一切都是那麼湯清水白、利益清晰；「所有人都可能是自
己人」意味著用懷柔的方式感化同類，「我」與「他」則意味著「我」
對「他」必須進行武力征服、可以進行武力征服——反過來，「他」對
「我」也一個熊樣。為了和自己的時空主張獲得一種類似於郎才女貌、
門當戶對的效果，「天下」為自己配備了「甲子」，「世界」則為自己發
明了擁有「亂戳」能力的「世紀」。

　　「世紀」、「世界」天然具有自產自銷、強買強賣的秉性。它是強
悍者，它是筆直者，它是「刺破青天鄂未殘」的長矛，它天然能找到
買主，天然有能力把別人發展成為買主。謙卑的美洲、非洲、亞洲，
還有我多災多難的祖國，成了它最好的促銷對象，成了鐵蹄下的犧牲
和祭品，並供奉在「世界」和「世紀」的神龕前。當然，它偶爾也打
出廣告，號召潛在的、正在被生產中的顧客，甚至以發展連鎖店的方
式，將這些顧客發展成自己的同類，讓他們的心臟和「世界」、「世紀」
在同一個振幅上跳躍。

　　我沒有在「世紀」、「世界」修理中國人心性的進程中，看到過任
何排異反應。或許它短暫地出現過，但在轟轟烈烈的「二十世紀」，在
「二十世紀」的中國，大可以忽略不計。事實上，一百多年來，無數
唾棄「天下」、「甲子」的中國人果斷地選擇了「世界」和「世紀」。他
們被公正地看作是具有「世界眼光」的「龍的傳人」。在更年輕的中國
人那裏，我指的是在那些吃麥當勞、肯德雞、漢堡，看美國大片、讀

《蘇菲的世界》和「廊橋遺夢」（麥迪遜之橋）長大的中國人那裏，「天下」和「甲子」只不過是比喻和夢痕。那些剛剛尿完中國炕的人，都毫無轉折期地成了「世界」主義者、「世紀」的潛移默化者。他們中的一部分人，本著「世界」和「世紀」的威風，想假借「世界」和「世紀」把中國拖進「世界民族之林」，卻無意間和「世界」、「世紀」上下其手，裏通外合，繼續摧殘自己的同胞，而且手段花樣翻新，比那些「亂戳」的傢伙有過之而無不及；他們中的另一部分人，則渴望著綠卡、夢想著大洋彼岸，希望有朝一日洗去「天下」、「甲子」在自己基因中的殘餘。為此，他們都在不懈地努力。作為一個善解人意的犬儒主義者和懷疑主義者，我衷心祝願他們能夠成功；但作為另一類中國人中渺小的一份子，我也願意向前者提出申請：求你們高抬貴手，咱們都是炎黃子孫，你們那樣做又是何苦呢；也願意向後者提出建議：既然是基因，恐怕就沒那麼容易被洗去。

貳

「世紀」革新了中國人的時間意識，它不僅僅要求知古而鑒今，更要求面向未來、開創未來；「世界」則塗改了中國人的空間感覺，它不僅需要我們知道「至大無外」，還要我們明白自己在「世界」格局中的地位。我們被稱作「遠東」，被指認為「東亞病夫」。我們的視野由此得到了全方位的更替。我們的鮮血、唾液，我們的腸胃、骨殖，我們的視線、靈魂，在「世界」和「世紀」的雙重逼視下，得到了全面的更新。在整個「二十世紀」，在中國，所謂時間，不過是一支向前飛馳的箭頭，不過是一維的、線性的光陰；所謂空間，不過是分辨人我的度量衡，不過是標識異己的界碑。「天下」和「甲子」的時代，隨著「世界」和「世紀」的廣泛來臨，已經一去不復返了。

在「二十世紀」的中國，飛馳的箭頭既意味著現代化，又意味著在「甲子」定義著和定義過的地基上，現代化具有何種程度的緊迫感和結巴感；分辨人我的度量衡既意味著革命，也意味著在「天下」籠罩著的土地上，革命具有何種程度的複雜性和曖昧性。總之，一切都

變了，時間改變了方向，空間更換了氣流和密度，男人改變了髮型，
女人則換了睡姿……

　　與此同時，和「天圓地方」暗中吻合的許多方塊字，也被迫改變
了自身的語義。在這些舊瓶裝了新酒之後的方塊字中，「革命」是異乎
尋常的一個。考諸歷史，古典中國的「革命」，莫不始終在「甲子」派
定的框架內循環往復。從秦至清，每一個因「革命」而鼎立的朝代，
看上去都像一個大家族中的不同成員：從眉眼、腰身、挺胸、俯首到
安心受射，竟然是如此相似；它們雖然各有韻味，但我們一眼就能斷
定，那些自己把自己命名為秦、漢、隋、唐、宋、元、明、清的，確
實是一母所出的兄弟，符合維特根斯坦的「家族相似」比喻。但在「世
紀」、「世界」暗中慫恿或公開教唆下，「二十世紀」的中國革命始終是
現代化的嚴正要求。革命是現代化的助手或拐杖，現代化則是革命的
終極目標。這當然是一種被迫的現代化、被迫的革命，它要求古典中
國更換自己的血液，改變自己的骨髓，變更自己的靈魂。確實，這一
切都來了，也都無一例外地被中國人做到了。

　　應和著一維的、線性的時間的旨意，應和著分辨人我的度量衡的
嚴格規定，「二十世紀」的中國革命始終在兩個向度上展開：順著線性
時間的手指給出的方向，奔赴現代化，為此，需要一場旨在走出「封
建主義」和「中世紀」的時間革命；順著分辨人我的度量衡的指引，
去推翻一切異己的力量，為此，需要一場旨在保種求存，旨在維護本
黨、本階級利益的空間革命。這兩種革命都被恰如其分地賦予了不同
的內涵。但這些叫內涵的傢伙，都來自「世紀」和「世界」或熱得滾
燙或凍得冰冷的槍管中噴射出的液體，也都更進一步地改變了中國和
中國人的靈魂。

　　有鑑於「世紀」和「世界」的固有秉性，「二十世紀」中國的時間
革命始終是一維的、線性的，始終是一根向前挺進的長矛，儘管它步
伐淩亂不堪，在廣袤的時間雪地上留下了許多螺旋式上升的軌跡。但
它無疑把「世紀」的語義更加直白化、也更加肉身化了。空間革命則
始終在劃分人我：要麼是民族的仇敵，要麼是同胞；要麼是本黨、本

階級的異己，要麼是同志。它當然性地將「世界」給豐滿、渾圓了，它也因此給了「世界」一個或豐腴或乾瘦的面龐。

在中國，在「二十世紀」，時間革命意味著在「封建主義」的原始土地上，跑步完成趕英超美的任務；空間革命則意味著拼死搶奪對「趕英超美」的領導權。領導權的爭奪，不僅在「中外」之間展開（比如中國和日本），也在中國內部各階層之間推演（比如國民黨和共產黨）。無論是中外之爭，還是兄弟鬩於牆，都意味著殘酷、血腥和水火不容。在這裏，容不得一點點溫情和柔軟。那些擁有溫情和柔軟品性的，都被稱作小資產階級，都需要被無論哪種型號的革命所改造——雖然按照國民黨元老吳稚暉的說法，我們至今也沒有搞清楚，這小資產階級的「小」究竟「指的是卵子小，還是腎囊小」。

歷史事實早已告訴我們，在二十世紀前半葉，中國革命以空間革命優先；在二十世紀後半葉，時間革命則被擺在了第一位。但無論是「優先」還是「第一位」，都不意味著吃獨食或唯一性。實際上，所謂「優先」或「第一位」，僅僅是說，它不過是「革命」這個詞給自己派生出的大老婆罷了。大老婆的存在，最多只能威懾如夫人，卻不能消除小老婆存在的合理性。——記住這一點，在我看來至關重要。

我看見在空間革命中，無數人死於非命。本著鄧漢儀「千古艱難唯一死」的正確看法，那些人都是冤死鬼，儘管他們一度被追認為烈士或無辜的難民。他們的鮮血澆注了革命，並最終讓空間革命生動起來，讓空間革命擁有了無數張變臉。我還看見在時間革命中，無數人殫精竭慮、夜不能寐。他們或咯血，或奮筆疾書，或道渴而死，或看見了一閃而逝的曙光，卻只有少數幾個幸運者，能夠一抬頭就望見北斗星。毫無疑問，他們都是仁人志士，「難酬蹈海亦英雄」；他們都在前赴後繼，「死了夏明翰還有後來人」。他們用精純的智慮哺育了革命，並最終讓時間革命滿臉滄桑，卻又分明有著一顆二十歲的棒小夥才配擁有的心臟。——空間革命青春長存，時間革命則隨時可以返老還童。這都是「世界」和「世紀」給它們賦予的特異功能。絲毫沒有必要在時間革命和空間革命之間，區分誰更溫柔酷似林黛玉，誰更冷酷賽過閻王。不用去區分五十步和一百步了。事實上，無論是時間革

命還是空間革命，從來都「不是請客吃飯」。記住這一點，同樣對我們有好處、有幫助。但它們之間仍然存在著區別。

空間革命始終與槍炮聯繫在一起，與硝煙構成了孿生兄弟。一切可以利用的資源，都無一例外地被空間革命徵用為原料，所謂地無分南北，人無分老幼。毫無疑問，這中間最主要的原料當然是肉體，也是肉體定義過的一切：房屋、床、糧食、酒、茅草、土地、河流以及性。時間革命則與所謂的和平聯繫在一起。但時間革命許諾的和平差不多有二分之一是虛假的和平，它和看不見的戰場、看不見的硝煙構成了雙胞胎，所謂對同志要像春天般溫暖，對敵人要像秋風對待落葉那樣無情。在時間革命的眼中，一切人或物，都有可能成為它利用的零部件、螺絲釘；一切人或物，從邏輯上講，都可以成為它的犧牲和祭品。大至國家主席、元帥、土地、山河，小到下崗的工人、喪失了土地的農民、卑微的麻雀，都概莫例外。大的我不說了；我是一個小人物，只配說小的。一位我喜歡的詩人，就寫到了在「除四害」運動中，作為「四害」之一的渺小麻雀如何以實際行動表達了自己對時間革命的崇拜：

> 戰爭在百萬人吼聲中前進，
> 「麻雀過街，人人喊打。」
> 那聲音如另一個聲音響在人們的耳畔：
> 「排除萬難去爭取勝利。」
> 瘋了的麻雀應聲倒下（太疲倦了，以致於乾脆頹廢而死）
> 另一些卻為補充體力食毒米喪身。
>
> （柏樺〈1958 年的小說〉）

就這樣，時間革命與空間革命不由分說地構成了「20 世紀」中國最重要的主題。這個主題黑質而白璋，觸草木盡死。奇怪的是，在那些死去的草木上，像涅槃的鳳凰一樣，許多新的人和事，居然雨後春筍般冒了出來。隨著他（它）們破土而出、拔節長高，面色越來越紅潤，像發情的大猩猩。這是革命的奇蹟，但不要追問究竟是時間革命

還是空間革命製造出的奇蹟。也沒有必要指認這些猩猩中誰是領袖，誰是臣民，更沒有必要搞清楚這些猩猩最終都產了什麼卵，孵出來的究竟是龍種還是跳蚤。本著息事寧人的態度，一切都沒有必要再問了。

但此處仍然有必要申說的是所謂的必然性，空間革命和時間革命腹腔中暗含的那種必然性。是「世界」和「世紀」給時間革命和空間革命配備了這種必然性。正是這個玩意，這個讓舍斯托夫用「肉頭」去碰撞的玩意，讓時間革命和空間革命擁有了君臨一切的巨大權威，讓時間革命和空間革命具備了調動一切資源的能力。這種權威和能力是如此巨大，如此無微不至，以致於能把一切人或物在事前就定義為齏粉。除此之外，我還要說，在「世界」和「世紀」的嚴正逼視下，無論是空間革命中的「鮮血」，還是時間革命中的「智慮」——它們都是我們的無上寶物——，最終都被迫改變了自身的涵義。鮮血和智慮再也不是從前的鮮血和智慮了。它們不過是赫拉克利特所謂不能被兩次踏進的那條「河流」。由於「甲子」和「天下」的時代已經一去不復返，二十世紀中國人流出的鮮血、付出的智慮，再也無法循環利用。那架數千年來頗為管用、頗有節約功能的機器，在「二十世紀」徹底報廢了。那麼多的「烈屬」，那麼多的「抗屬」，那麼多的孤兒寡母，那麼多的斷子絕孫者，莫不昭示著時間革命和空間革命的涵義與屬性，莫不表徵著「世紀」、「世界」打敗了「天下」、「甲子」後，給咱們炎黃子孫帶來的痛苦、幻滅以及新生的豪情與決心。

無論是時間革命還是空間革命，都需要語言的幫襯。任何形式的革命都需要語言作為自己的裝飾。實際上，語言才是一切型號的革命的最終出發地，最原始的革命胚芽，無一例外都包藏在語言當中。然而，革命一旦成形，一旦長大成人，就會反過來奴役語言。無論是在時間革命那裏，還是空間革命那裏，語言的地位都僅僅等同於列兵。毫無疑問，每一種革命都豢養了自己的語言，都哺育了自己的語言。在革命和語言之間，一種互為母子的共生關係始終是它最為打眼的現

象。這種性質和腔調的語言像守門的家犬一樣，始終在兢兢業業地、忠實地行使自己的職權，也像母親守護兒子一般，守護著自己生養出的革命。

語言不但各為其主，為自己的主人或兒子張目，也為著主人或兒子的利益，秉承著主人或兒子的旨意，主動打擊一切異己的人或物。語言也像士兵一樣在參與革命，在用實際行動幫助革命。從大都會的某間密室，到黃土高原的某個窯洞，從乾旱的西北，到淫雨霏霏、大雨滂沱的東南，隨處都可以見到硬得渾身筆直的語言在四處衝撞；偶爾結巴的言辭，偶爾疲遝、柔軟的語言，都被認為是語言中的小資產階級。它們很快就被發硬、發燙的語言士兵戰鬥著的步伐給全面覆蓋了。革命豢養的語言拒絕陽痿早洩，它讚揚舉而能堅，堅而能久。它倡導持久戰。

掌握了語言，尤其是掌握了書面語言的人，被稱作知識份子。無論是時間革命還是空間革命，都秉承著「世紀」和「世界」的嚴正召喚，在拼命爭奪對知識份子的所有權。知識份子是無論哪種型號的革命的寶貴財富，卻並不僅僅是裝飾品。一個有趣而輝煌的現象於此之中閃亮登場了。知識份子和語言士兵一道，自覺地肩負起了革命賦予他們的使命：用在「世紀」和「世界」雙重逼視下改變了語義的方塊字，在半夜或黎明，在烈日下或大雪中，在稿紙上急行軍，並在喘息著的行軍途中，不失時機地射出由方塊字組成的槍林彈雨。一時間，世界格局中中國的天空──不是「天圓地方」的中國的天空──，像黑壓壓的蝗蟲一樣，飛滿了張牙舞爪的方塊字。它們咬合在一起，撕扯在一起，每一個方塊字都流出了黑色的血。那是戰鬥的血，是文字為革命付出的必須代價，實際上，那是方塊字的一個個偏旁部首：

> 一片槍響之後，漢字變得簡單。
> 掉下了一些胳膊，腿，眼睛，
> 但語言仍在行走，伸出，以及看見。
> 那樣一種神祕養育了饑餓。

（歐陽江河〈漢英之間〉）

　　這些在中國的天空中相互撕咬、撞擊、決鬥因而缺胳膊少腿的方塊字，確實還在「行走」、「伸出」和「看見」。因為在革命的洪流中，語言也是戰士，它也得像戰士一樣奔赴自己的陣地，消滅自己的敵人，不戰鬥到最後一個筆劃，決不放棄勝利的機會和對勝利的渴望。的確，這樣一種神祕無比的現實養育了一種饑餓，但這無疑是對敵人的廣泛饑餓。好在在「二十世紀」的中國，無論是在時間革命中還是在空間革命中，廢除饑餓的食品從數量上幾乎都是無限的，從質量上幾乎都堪稱優秀。饑餓有多大，作為食品的敵人組成的蛋糕就有多大；饑餓有多強烈，那些蛋糕的質量就有多優異，根本不存在任何恍惚與躲閃，更不存在解釋學上的任何閃失。這真是一種提前到來的共產主義，一種按需分配的共產主義。這是方塊字歷史上第一次實現了共產主義。

　　現在讓我接著敘說知識份子。實事求是地說，他們中的大多數人主動加入到時間革命或空間革命營造出的廣泛氛圍之中，都不是為了一己之私利。他們對這兩種性質的革命，或對這兩種性質的革命中的任何一種，都抱有極大的期待和熱忱，都真誠地相信，通過這兩種性質不同、目的不一的革命，「二十世紀」的中國應該會有一個光明、美好的前途。他們中有不少人是飽學鴻儒，在塑造靈魂和修理我們的心性方面很有一套；他們中也有不少專司科學的大師，對如何改造山河，對玉米如何才能夠畝產三十萬公斤，頗有心得。但遺憾的是，這些勇敢、無畏而又真誠的知識份子中的大多數人，並沒有得到好報，並沒有得到善終。與他們多災多難的祖國和人民一樣，他們的歷史也是一部心酸史、血淚史。

　　在「二十世紀」的中國，在中國的「二十世紀」，「知識份子」一詞可以恰如其分、符合邏輯也符合需要地拆解為「知識」與「份子」。每一個「知識份子」幾乎都擁有「知識」和「份子」這兩重身份。作為「知識」，他們更多地是在為空間革命效勞，也被空間革命大肆利用。因為空間革命需要「知識」來為自己張目，需要「知識」來喚起民眾。畢竟「知識」在剛剛過去的「天下」中國、「甲子」中國，在目不識丁的百姓那裏，是一件神聖到了近乎迷信程度的事物。作為「份子」，他們更多地是在為時間革命效命，也全方位地被時間革命所挪用。時間

革命傾向於否棄「知識」(「知識就是力量」是很久以後的事情)，它更需要「份子」。在從「知識」到「份子」的角色轉換中，「知識」被迫清除了自身中屬於知識的那部分，不無痛苦但也不無欣慰地承認了「份子」的角色分配。這真是一大奇蹟，儘管為著這奇蹟的出現，時間革命花了整整三十年的漫長歲月。時間革命的耐心也由此可見。它確實比更為火爆、更為激烈的空間革命，擁有更多的耐心，更多的等待，更多的寬容？

　　無論是作為「知識」還是「份子」，這夥叫「知識份子」的特殊動物，都是玩弄語言的高手。語言在他們手中像蝙蝠一樣四處紛飛。在從「知識」到「份子」的角色轉渡中，把我們祖國的語言搞得更加離奇，更加古怪。正是這種語言和時間革命、空間革命的結盟，生產出了被我們這些後人稱作「二十世紀中國歷史」一類的玩意。因為語言本身的古怪、離奇，所以「二十世紀中國歷史」也顯得古怪、可疑、曖昧和晦澀，令我等欲說還休、押扯不清：

　　　　我不說一段歷史，因為那段歷史有錯誤
　　　　因為羅盤被沖上海灘的鯨魚捎給了歐洲，供一個內陸國製造鐘錶
　　　　因為一頭大魚帶頭把它的鰓又贈給了路過的軍艦
　　　　因為歷史只是時間而已，政變和發財！
　　　　　　　　　　　　　　　　　　　　(李亞偉〈懷舊的紅旗〉第 1 首)

　　無論是時間革命還是空間革命，都需要語言的幫襯，都需要知識份子的參與，尤其需要「知識」和「份子」的無私贊助。直到今天，這場偉大的演出還遠遠沒有到達謝幕那一刻。個把「黑馬」思想家的出現絲毫不說明問題，儘管他們屬於稀有物種。更何況這夥思想黑馬中，本來就有不少人身在曹營，而心存漢闕。一百年來，時間革命和空間革命始終大門洞開，語言、「知識」和「份子」前赴後繼、義無反顧地走了進去。這麼多年過去了，大門還敞開著，幾乎從未關閉過。有意思的是，這麼多年過去了，那麼多人進去了，大門之內的空間始終不

見擁擠，還有按照需要不斷增長著的剩餘空間以迎候新來者，以便繼續創造歷史。

我自始至終是這場偉大運動的旁觀者，是這一歷史過程的遊歷者、後來者，只能滿懷酸楚地打量著「知識」和「份子」們的一舉一動，卻沒有任何能力對他們援之以手……

肆

許多小道消息紛紜遝至，更多的謠言接踵而來：

我們被告知，我們正處在一個新「世紀」的端部，我們被委派為這個新「世紀」的受難者或受惠者；

我們還被告知，我們的「世界」正處在一個全球化的當口，中國的事就是美國的事，伊拉克人就是以色列人。

……

因為這些小道消息和謠言，我們的眼睛開始變得興奮和忙亂起來，我們驚詫而驚恐地打量著眼前的一切。在一維而線性的時間觀念的修理下，我們被逼迫著一切向前看。後視則被指稱為老年的舉動。而老年，恰恰是一維而線性的時間最不待見的人物。這是一個人人唯恐落伍的時代，一個快馬加鞭的「世紀」，一個永遠向前、永遠面向不可預知的未來的「世界」。因此，健忘和故意遺忘，成了新的時尚。

我承認，「世界」和「世紀」已經植根於我們內心深處，現代化已經部分地成為強有力的事實，我們的記憶確實抵不過飛馳而來的各種變化、變遷和渾身腫脹的進步。因此，健忘和故意遺忘與其說是時尚，不如乾脆爽快地承認：是「世界」和「世紀」的語義打敗了我們的記憶。但另一方面，我們被敲打得支離破碎的記憶，卻又被「世界」和「世紀」鼓掌歡迎，被「世界」和「世紀」認作一個「現代」人成功的標記。這個標記實在是太重要了。因為「現代」需要我們騰出足夠的記憶空間以容納眼前，還需要我們預備另外的記憶空間以接納「世界」和「世紀」許諾的前景。「眼前」需要回憶，一百多年來，事實上

「前景」更需要回憶。而我是不是可以把這種性質的回憶自相矛盾地稱作回憶將來？

　　就在我們這樣想、這樣做的時候，另一條小道消息又不失時機地傳遞了過來：告別革命！很顯然，這是一條加重了語氣的消息，是一條急促的、喘著粗氣的消息，通告了某種可稱之為緊急的情況。我知道這條小道消息的意思，明白它要求我們告別的是什麼性質的革命。可問題是，在「世界」和「世紀」依然存活的情況下，革命真的可以被「告」掉、被「別」掉嗎？

　　在這個號稱新「世紀」的時代，這個全球化的「世界」，新革命比之於「老世紀」的老革命，的確少了一些表面上的血腥。但今天，鮮血卻以另一種面孔出現在我們面前。這是一種隱蔽的鮮血，但決不是隱喻意義上的鮮血。我沒有任何特異功能，但我的確看到了那麼多隱蔽的鮮血塗抹在中國的天空……

　　新型革命以時間革命和空間革命相交織的神情出現在我們眼前，已很難分清誰主誰次。但既然是革命，就需要鮮血的澆灌，這的確沒什麼好說的。由於新型革命已被麥當勞、肯德雞、偉哥、美元、人民幣、博士學位、「時間就是金錢」、「美好人生從現在開始」……極為有效地掩藏了起來，所以，新型革命所需要的血，也就符合邏輯地被名之為隱蔽的鮮血。

　　隱蔽的鮮血一方面意味著：雖然新型革命以給我們補血的方式推演著自身，但它必須要從我們的血管中抽成。我們的血管由此成了新型革命的生產車間。另一方面則意味著：雖然我們仍然在以鮮血澆灌革命的方式，被新型革命裹脅著前進，奔向乍看很近、細看卻離我們越來越遠的未來，但於此之中，新型革命顯然還是考慮到了革命的可持續發展問題。這就是說，所謂補血，不過是發放貸款；所謂抽成，不過是我們應該付出的利息。因此，這場轟轟烈烈卻看不見硝煙的新型革命，被某些「妙人」認為是一場「雙贏」的工程。但我搞不清楚，這「雙贏」的「雙」中，除了發動新型革命的「世界」和「世紀」，另一方究竟是誰？它是我們這些利息的提供者嗎？是那些鼓吹新型革命的妙人嗎？難道這些妙人居然不在其中？我們能夠「贏」嗎？我們從

哪方面「贏」？究竟「贏」得了什麼？是的，我們確實獲得了貸款，可我們能買什麼？又能賣什麼呢？

「革命」，最古老的漢字之一。它現在越來越偏離「甲子」和「天下」。我不知道它語義之旅的下一站會在哪裏。因為我不知道在「世界」和「世紀」的脅迫下，更新型的革命將如何利用鮮血。它能稱之為更隱蔽的鮮血嗎？在這方面，我真誠地懇求大家最好放棄占卜打卦的癖好。「歷史已經終結」的最新謠傳，已經遭到了人們的唾棄，這無疑是占卜打卦者丟臉的最新版本。但看到漢字中的「革命」一詞已經越來越偏離它的母體，我卻無力說出追悼它的任何一句話。一切感傷的言辭，一切憂傷的語調，在此當口都是無用的、矯情的；一切裝模作樣的姿態，故意視而不見的清高，在「世界」和「世紀」面前，都是徒勞的、誇張的。

我只知道，在這樣一場其貪欲有如長頸鹿的脖子那樣的革命的胸脯前，我再也無法成為旁觀者；在革命語義之旅的這一站，我再也不敢說自己是游離者、後來者。我身處其中。我們都恭逢其會。誰能夠向我們援之以手？又有誰能夠把我們擺渡出這萬丈深淵？

2004 年 11 月 9 至 10 日，北京豐益橋

看得見的嘴巴

壹、把嘴巴提升為軍長

作為一個必須天天說話、每日三餐必須親自上桌的正宗凡夫俗子，我從不敢小看嘴巴的本事，因為我在人世間充當的角色的平方甚或立方，都難以和它在人體上充任的角色比肩而立——儘管我們始終在遙相呼應、同氣相求。作為一個渺小主義無可奈何的堅定崇奉者，我只能以感恩的語氣說，嘴巴實在不平凡，但它能被我們無數次看見。

過往的先賢聖哲，當然也包括數量更多的時賢今哲，普遍有著崇尚器官等級制度的昂貴癖好。西方的柏拉圖（他有堅定不移的《蒂邁歐篇》），我們的孔夫子（他有傳說中由他寫成的《易傳》），都是器官等級制度堅定的擁護者和重要的創制者。多虧了他們積年的餘威和神威，才讓我們這些後起的渺小主義者看得至為清楚：在人體諸器官的座次表中，嘴巴僅僅處於縣團級的肚臍位置，也就是通常所說的上三路和下三路相交會的中心點，略高於鄉鎮級別的大腸和小腸，較高於純然混跡於庶民階層的肛門和腳趾，卻距離穩坐司令部的大腦、心臟和眼睛至少有一萬光年之遙。除了有一次鄙人喝醉了號召自己要向肛門致敬，沒聽說誰竟然膽敢讚美那個伸縮能力十分傑出的門洞，人們頂多只能看見肛腸科大夫在極其職業化地維護肛門的正常運轉；和那個傑出的門洞遭遇到的情形相去較近但性質迥然不同，歌頌嘴巴的人似乎也不多見。自古以來，嘴巴一直是個毀譽參半的主：有人居心叵測地把它吹上了天，更多的人將它貶得一敗塗地——《神曲·地獄篇》在貌似的溫柔中，對嘴巴的攻擊就達到了如火如荼的地步。在器官等級制的嚴厲逼視下，區區一個縣團級得到的讚美本來就應該十分有限，何況作為一個渺小的官員，它的缺點還是先天的——司令不可能有任何缺點；否則，就有篡黨奪權的罪名向它黑袍加身。天生會吱吱

呀呀的嘴巴竟然咬緊牙關，大口緊閉，一言不發地認可了這個事實，倒讓我感到十分驚奇。我願意善解人意地將嘴巴的做派看作韜光養晦。但它天生就具備這樣的智慧嗎？它要等到什麼時候才準備實施反擊？這都是些無解的方程式。

我尊重身體上的每一個器官，包括尊重天天求著我必須把它消滅掉的鬍子──它的渺小應當不證自明──，但我更願意將我有限的讚美庫存中的大部分存貨奉獻給嘴巴，這個人體上最大、最深不可測的溶洞。我沒有跟任何人唱反調的膽量，僅僅是想和過往的先賢聖哲、時賢今哲們打個商量：我看我們還是應該尊重一下嘴巴，還是有必要讚美一下嘴巴的超級重要性和它對我們做出的重大貢獻。無論在任何時候，忘恩負義總是一種不可饒恕的缺點。畢竟嘴巴才是能量進入身體的唯一通道；哺育我們的所有能量最終都來自太陽，因此，嘴巴又是太陽駐紮我們身體的第一個客棧。依靠這個溶洞的幫助，我們才有能力算計他人和算計生活。

作為一個整體，身體被神祕地構造出來的唯一目的就是算計。我願意相信，算計是一切人類活動的總名稱。不會有更好的辭彙能像算計那樣完美地總結我們的行為。活著就是算計，連被算計也只有當它作為算計的對稱形式時才有存活的權力。但算計首先是嘴巴的派生物。在埋沒和壓制了嘴巴若許年月後，我們是不是應該考慮將它的地位提升一級？我建議，乾脆破格給它個軍長當當，它肯定能夠勝任這一職位，也能更愉快、更賣力地為我們繼續服務，畢竟押送太陽到腸胃中去進而支撐算計活動，唯一的勝任者就是嘴巴。借助太陽的權威，有太陽在天上助拳，我頓時覺得自己的建議並不是斗膽妄為了──我為做建議前有意喝了二兩羞愧難當。

醉眼朦朧中，我看見許多人對我的提議舉起了表示贊同的手臂。那是手臂組成的森林，讓我振奮，讓我震驚。一瞬間，我產生了一種不該有的幻覺：我好像不是一個渺小主義份子，而是一個振臂一呼聽者不敢不應的梟雄。但我依然辨認得出，舉手者中有胖子、饕餮之徒、貧血病人，也有口腔痢疾患者、啞巴、窮人和暴發戶。他們中的大多數不過是我的同類。但我悲哀地發現，能夠高聲讚美嘴巴的唯一角色

只有嘴巴，因為只有它才能開口說話，但我沒有聽見任何一個嘴巴的有聲響應。雖然肛門偶爾也能代替嘴巴嘟囔兩句，但那顯然不是讚美，何況它的嘮叨根本就擺不上臺面；它只需一句帶有甲烷氣味的言辭，就能堅定地否棄人世間的一切。和嘴巴不同，那個具有超級伸縮能力的門洞向來只負責否定。它是人體上的否定之神，比古今中外的社論和憲法更有威嚴。

貳、雌雄同體，母子同體

　　我們總認為自己是單性動物，蘇格拉底為此還專門製造過一個經典傳說，聲稱這是神對我們的恩惠，既能讓我們在無聊的算計中享受戰慄帶來的極樂，也能讓我們在極樂中與神同在，趁機向永恆進軍。但嘴巴毫不猶豫、毫不留情地粉碎了這個流傳久遠的神話：人的雌雄同體性最為完好地體現在嘴巴的工作流程當中。這種說法很可能讓明面上的君子們驚詫莫名，實際上平常得不值一提，就像人渴了要喝水一樣簡單、通俗。我要懇請大家從廣泛的算計活動中暫時抽身出來，把對人生利潤的追逐權且放在一邊，花費一分鐘的昂貴時間觀察一下嘴巴的工作流程：當嘴巴押送太陽前往幽暗的腸胃時（它會不會照亮那個滑膩的時空呢），我們看見了嘴張嘴合，看見了舌頭的攪拌和牙齒的切割；當嘴巴決定開口說話時，我們看見舌頭在溶洞中像一條挺得筆直的蛇一樣進進出出，牙齒側身讓道，旨在潤滑口腔的粘液塗滿了舌頭的全身。終其一生都忙於算計的正宗凡夫俗子肯定會發現：無論是押送一次太陽還是開口吐出一句話，哪怕只是發出一個單音節的驚呼，嘴巴都毫無例外地完成了一次交合。最讓人震驚的，恰恰是單音節的驚呼體現了舌頭的高度亢奮，一個快速搗騰出來的長句反而只是舌頭奔向亢奮頂端的引子或準備。

　　儘管拿性事做比喻是我們時代的老牌時髦，完全不足為訓，但我無意把嘴巴的工作過程往性事身上扯。我說出的僅僅是一個簡單的事實，任何一個有心人都能輕易發現這一規律：就在舌頭（即陽）把口腔（即陰）「攪得周天寒徹」的一瞬間，嘴巴已經完成了它應該完成的

工作。就像房中活動註定要生產出最初的哭泣，嘴巴既幫助我們的身體將能量切碎，也幫助我們生產話語。能量肯定不會被浪費，因為它總能得到腸胃的熱烈擁抱，何況寄生在腸胃上的大腸桿菌早已擺好了夾道歡迎的姿勢；可我們說出的話卻極有可能是廢話──那無疑是對嘴巴的工作的極度蔑視和浪費。我想懇請大家注意的是，在器官等級制度的法眼中，舌頭的作用遠遠大於口腔的作用，只因為它碰巧佔據著陽性的至高位置，就像在等級社會中，男人總是被認為無限高於女人。是舌頭在口腔中的進進出出為切割能量、生產話語提供了最大的助力。這應該不會有任何疑義了。沒有必要為舌頭的陽性地位再做任何辯護。

　　在押送太陽前往腸胃的幽暗旅途中，身體超越了自身的疆界，「它吞咽，大嚼，分割開這個世界，以世界為代價得到豐富並成長。人與世界的相遇，就發生在呼叫著的、齜咬著、撕扯著、咀嚼著的嘴裏，它是人類思想和意象最古老、最重要的對象之一。」巴赫金像一個意淫的老手，把吃飯時舌頭與口腔陰陽交合割出昏曉的情形描述得驚心動魄，有幾分淫色，也有幾分曖昧，但對吃飯的讚揚我準備就此打住：我感興趣的不是撕扯和吞咽，而是嘴巴的發聲功能。

　　很顯然，在上述前提下，所謂住口，就是逼迫舌頭停擺；所謂閉嘴，就是強行將舌頭囚禁在由三十多顆牙齒圍成的白色柵欄之內。只有處於自覺住口和閉嘴的和睦狀態，我們的舌頭才能安靜地平躺在口腔當中，像一個嬌小孱弱的胎兒，徑直將口腔當作了天然的子宮。這個子宮大小適中，光滑、濕潤、幽靜，適合胎兒的發育；安靜是它最重大的主題。只有在這一刻，嘴巴才體現出它的母子同體特性。我們可以將雌雄同體和母子同體看作嘴巴擁有的雙重特性，就像由嘴巴押送的太陽發出的光線既是波又是粒子──一個物理世界中極為罕見的現象。而當我們被命令住口和閉嘴時，儘管舌頭也在口腔中側身躺著，但它並沒有忘記自己的陽性地位，始終蠢蠢欲動，在用舌尖暗中撫摸上顎、下顎和牙齦，類似於密室中偷偷摸摸的勾引者──荒誕派神學家克爾凱戈爾十分熟悉這類活動，此處只好按下不表。總之，舌頭的陽性品格最終決定了一個令人眩目的事實：看管舌頭的口腔敵不過來

自被看管者的輕柔挑逗，陰性卻不過來自陽性攝人心魄的嫵媚勾引，舌頭於是大功告成、如願以償——它又在口腔中進進出出，渾身上下披滿了具有潤滑功能的粘液。

　　致力於舌頭管轄工作的大人物們異口同聲地把這種境況稱作「防民之口勝於防川」。他們對此痛心疾首。我理解大人物們的憂慮，我為他們的做派痛心和難過。在此，我願意為他們免費貢獻一個消解憂慮的方案：想盡千方百計開發嘴巴的母子同體性，從嚴打擊嘴巴的雌雄同體，堅決禁止口腔亂倫。本著這個高尚的目的，最簡單的方法不用我說大人物們也明白，因為他們的經驗無疑比我豐富得多：隨時慫恿牙齒和舌頭打架，讓舌頭頭破血流，根本打不起亢奮所需要的精神，更不會有試圖亢奮的一絲雅興。

　　我當然知道我的建議純屬多餘；我推薦的方案數千年前就已經被廣泛採用。

參、啞巴的妙用

　　作為嘴巴的極端形式，啞巴就是嘴巴有故障的人。啞巴破壞了嘴巴的一般形態。病理學能夠告知我們，在所有啞巴中，因為舌頭出了問題才成為啞巴的人為數眾多。這大約又一次證明了舌頭在嘴巴中的核心地位。作為雌雄同體和母子同體這個雙重特性的認領者，嘴巴一直在堅持舌頭的領導作用，它像後宮中的眾多妃子維護皇帝的領導作用一樣，在堅持不懈地維護舌頭的陽性品格。很顯然，啞巴在更大的程度上是一種器質性的陽痿，至少到目前為止，沒有任何藥物可以救它於水深火熱之中。作為一種意外的補償形式，啞語被發明出來了——這當然基於舌頭發出的陽性籲請。所謂啞語，就是依靠手勢的運作傳達啞巴的心聲。手勢：啞巴的舌頭，它外在於口腔，就像我們身邊那些無精打彩的男人從成人保健用品商店扛回臥室的祕密器具。但它確實能起到隔靴搔癢的功效。

　　雖然啞巴看起來也能完成嘴巴的工作流程，但更主要體現在切割能量這一方面。啞巴說不出任何一個清晰完整的句子。啞巴除了器質

性的陽痿外，一切正常；它在聽從本能押送太陽時其嘴巴具有雌雄同體性，發聲時則基本上處於母子同體狀態。被逼而成的手勢語只能從週邊包抄臆想中的口腔，從象徵主義的層面對口腔實施挑逗或勾引。儘管手上長滿了骨頭，看上去比真的舌頭還要挺拔筆直，實際上僅僅比聊勝於無多了不多的一點點。因此，不能將啞巴試圖說話時動盪不安的舌頭理解為陽性對象，更不能將啞巴的舌頭在口腔中的進進出出理解為亂倫。從最為善解人意的角度，我們頂多只能將啞巴說話時舌頭的動盪視作後宮中的乾夫妻行徑──一種典型的菜戶行為：有正常的衝動，卻沒有和正常的衝動相匹配的本領。所謂正常，就是至少需要裸體以上的能力；裸體是測定正常與否的唯一地平線。

　　啞巴通常被稱作殘疾人，這個稱謂恰如其分，暗含著不多不少的人道主義精神。我絲毫沒有歧視殘疾人的任何歹念，我只是從物的水平上說事。在此，我要專門講一講啞巴的妙用。這樣做的好處顯而易見：無法說話的人聽了高興，我也免除了道德上的包袱。這個故事是這樣的：聖君康熙大帝花費不菲，在自己的密宮中豢養過不少啞巴太監。許多頂級絕密的談話，都當著他們的面在密宮中進行。很顯然，啞巴是沒有祕密的人，更沒有洩密的能力。仁慈的康熙十分信任他們，賞賜他們的東西異常高貴──當然也沒有高到給他們黃馬褂的程度。對於他們，只需要康熙爺笑兩聲就足夠了，儘管他們聽不見笑聲。這裏邊顯然牽涉到一種等價交換：皇帝的笑容在價值上等同於啞巴太監們在生理上的缺陷。

　　只有在啞巴身上，我們才能看到嘴巴的雌雄同體性和母子同體性被最大限度地割裂了。這是造物的神奇安排，也是造物主天生神力的意外證據，但誰又能肯定，這不是造物主的陰險和狡詐？康熙深諳此中要訣，否則，他不會在那麼昂貴的地方，那麼幽雅的屋宇，那個絕密的所在，豢養那些尤物。我們實在有必要記住一個祕傳亙古的真理：所謂聖人，就是充分瞭解人性弱點的人；所謂聖君，就是充分利用我們生理缺陷的神。很顯然，康熙比聽從我的勸告僅僅懲恵牙齒和舌頭打架的大人物們高明得多。

肆、舌頭決定論

長期以來，我們始終堅持不懈地相信，咱們中國人的嘴巴與洋人的嘴巴區別巨大。按照童話的一貫語氣，從很久很久以前開始，這一直是我們能夠得以自信的隱祕源泉。我們願意相信，中國人的舌頭在長勢上，一直走的都是中庸主義的路子：既不紅也不紫、既不長也不短、很好色卻不淫，但又像彈簧一樣伸縮自如──好在我們的彈簧和洋人的彈簧也不一樣。正是這一點保證了我的描述的準確性。這種性質的舌頭究竟起源於何時？現在已經萬難稽查了。考察這個祕密需要我們發明一整套永遠不會存在的考古學。但那個無法被再度發現的年代肯定稱得上舌頭的軸心時代。作為一個對所有隱祕之事充滿好奇的人，我對塑造了我們舌頭之長勢的那個湮滅的年代十分懷念。想想看，那是一個何等魁梧的年代：一切都在暗中生長，一切都在無知中暗暗發願，就像宮廷政變始終處於密室或圍繞在變了心的皇后的裙邊，只在最後拿出一個令人震驚的新王朝，一份我們從未見過但異常熟悉的菜肴。長期以來，我一直在致力於刺探那個年代的消息，太多的時間被揮霍殆盡之後，除了贏得一個虛腫的中年，至今依然兩手空空。

現在我只能說：經過長期的觀察，我發現我們的舌頭確實長勢喜人，像雨後的春筍，遵循著種瓜得瓜種豆只能得豆的遺傳學規則。舌頭在長勢上的特殊性，決定了中國人進食的方式與外國人大為不同──聰穎的羅蘭・巴爾特對此就曾有過大失顏面地少見多怪；也決定了中國人說話和發聲的方式與洋人迥然有別──我們是單音節的認領者，歐洲鬼子則是多音節的法定繼承人。我願意將上述情形稱作舌頭決定論──反正已經有那麼多怪模怪樣的決定論擺在「歷史的長河」之中了，我炮製一個擺在自家門口聊以自慰又有何妨？這也是我在有太陽助拳的情況下，膽敢建議將嘴巴破格擢升為軍長的最大理由。

儘管嘴巴同時具有母子同體性和雌雄同體性的雙重特徵，但中國人的舌頭的特殊長勢，使雌雄同體性始終有向母子同體性繳械投誠的趨勢。在我似是而非的記憶中，好像自古以來，自覺住口和閉嘴就是中國的舌頭集團軍追求的最高境界。很難弄清楚這個境界是何時來臨

的，唯一知道的是它帶來的後果：舌頭自動解除了它的陽性地位，只在切割光線時才恢復它的本來面目。吃由此成了中國的舌頭集團軍最為重大的主題。酒肉的盛宴從那個不知名的時代一直鋪排到今天。我們為此發明了太多古怪的食譜，我們為食譜捕殺了太多古怪的動物。但這並不表明中國人從不發聲、說話，不讓舌頭在口腔中進進出出。實際上，聒噪才是我們的重要秉性。瞧瞧「聒」、「噪」的字形結構，就不難明白我們的舌頭給無辜的耳朵饋贈了多麼嚴重的傷害：在舌頭的驅動下，我們說了很多話，但實際上並沒有多少實質性的內容，說在這裏直接等同於沒說，等同於沒有多少意義的噪音；表面上的雌雄同體帶來的亢奮，只是母子同體的安靜主題的另一種形式。舌頭在自動解除言說過程中本該具有的陽性品格之後，它帶來的快感只能是虛擬性的快感，它發出的聲音轉瞬即逝，它欲哭無淚卻又有淚無哭──它既是太監，又是饒舌的啞巴。我們沒有洩密的能力。

　　渺小主義的最早萌芽就懷揣在舌頭決定論的上衣口袋中。除了少數人，我們在人世間的身份遠遠低於舌頭在我們身體上的地位，何況它始終在領導我們、說出我們。在我膚淺的印象中，我們自古以來都非常滿意自己的舌頭，對它的發聲方式更是信心爆棚。數千年來，連岩石也會在時光中擦傷皮膚，但我們總有能力一如既往地把一切非中國的發聲方式一概貶作鳥語或夷語，將它等同於禽獸的胡言亂語，直到災難降臨的那一天。

　　是不是我們的發聲方式最終導致了災難的到來？反正鳥語或夷語很快就向我們證明了它的強大。中國的發聲方式迅速衰落了。醒過來的饒舌的啞巴們痛定思痛，知道自己的舌頭急需要滋陰壯陽。這個偉大的覺悟迫使中國的舌頭放下架子集體投靠了鳥語或夷語。它被認作我們的舌頭的春藥。太多的事實證明，有了這包昂貴的藥劑，我們的舌頭並沒有達到昂天直舉的效果；在那包藥劑的慫恿下，我們的舌頭仍然很難發出正宗鳥語或夷語所認可的語調。洋涇幫是一個經典證據。但沒有洋涇幫也有其他更為扎實的證據，只是我懶得羅列罷了。從發聲方式衰落的那一天開始，我們的主要工作就是致力於矯正自己的舌頭。在一個人造美女大行其道的時代，用不著冒險我就敢肯定，

用於修理舌頭的外科手術正處於萌芽狀態，說不定它早就從某個莫須有的子宮中走出來了，用它的滿臉壞笑打量著我們中庸主義的舌頭。

　　我對即將出現的舌頭產業持熱烈歡迎的態度。我願意向寄生在我全身上下的所有菌類生物發佈一號戰備命令，讓它們明天早上就手持鮮花，腳踩爆竹，夾道歡迎舌頭產業的到來，因為迄今為止，我是唯一一個違背過往先賢大哲和時賢今哲的權威，妄圖擢升嘴巴為軍長的渺小主義者。

2006 年 10 月 4 日，北京魏公村

對快感的傲慢與偏見

自問生平，都無是處。憶少年豪邁不羈，謂悠悠斯世無一可與
友者。罵坐之灌將軍，放狂之禰處士，一言不和，不難挺刃而
鬥，……意見偏頗，則性之所近而然也；議論悖唳，則心之所
激而成也。其或情牽脂粉，語涉狹邪，猶是香奩本色。知我罪
我，聽之而已。

——汪景祺《讀書堂西徵隨筆·自序》

壹

　　錢鍾書先生在一篇精短的隨筆中曾經寫道：「快樂在人生裏，好比
引誘小孩子吃藥的方糖，更像跑狗場裏引誘狗賽跑的電兔子。幾分鐘
或者幾天的快樂賺我們活了一世，忍受著許多痛苦。我們希望它來，
希望它留，希望它再來——這三句話概括了整個人類努力的歷史。」（錢
鍾書《寫在人生邊上·論快樂》）我想，人類歷史的進程往往會被（其
實已經被）許多哲學家、歷史學家或其他什麼什麼的家們，一廂情願
地拔高和美化，因為他們不能忍受歷史的戲謔性和無意義；莊嚴在他
們看來是必須的，哪怕是弄巧成拙的莊嚴或偽造的莊嚴也在所不惜。
詩人西川在寫到先知時用先知的口氣說：「當我走進這灰瓦之城，」那
些農民、商賈、妓女、工匠、僧侶、士兵、哲人和稅吏居然

　　　　尊我為「先知」，向我的驢子高聲祝福
　　　　而我曾經是他們之中的一個
　　　　隱瞞起我的過去，向他們預言未來
　　　　他們毫不懷疑我，而我懷疑一切

（西川《激情·偽先知或真理之歌》）

　　偉大的伏爾泰就說過，沒有上帝，也得再造一個上帝。因為據陀思妥耶夫斯基說，沒有上帝，一切都是可能的──比如性放蕩。我們可以問，有了上帝，性放蕩就是不可能的了嗎？就這樣，我們對歷史的誤解是普遍和深刻的。人類歷史的進程其實更多俗不可耐的性質，也充斥著人為的偽造。說得直白些，引誘我們創造、向上、向前，最真實的東西其實就是快感。快感的鄰居和親戚總是和肉體有關。對快感的追求，坦率地說，最終引誘我們創造了一整部關於人的歷史。快感是歷史最大、最終的動力──不管是有關善的快感還是關於惡的快感。在這裏，我寧願用「快感」代替錢先生的「快樂」，因為快感較之於快樂很可能是一個更具包容性、也更適合人的稟性的說法（快樂只是快感的一種）。而在獲得快感的眾多方式中，毋庸置疑，性快感差不多是最重要的方式之一。

　　江湖騙子、偉大的流氓、本世紀最深邃的思想家佛洛伊德，直言不諱地說，性快感促成了人類所有的創造性事業。換句話說，原子彈、氫彈只是性快感的轟然爆炸，飛機、太空船則是性快感的飛翔形式，貪污、腐敗恰恰是性快感的醜陋表達，音樂、美術、詩歌僅僅是性快感的藝術載體罷了……而美國佬威廉‧福克納明顯不同意佛洛伊德的見解。福克納說，人不能一天八小時做愛，只能一天八小時地工作。這中間的原因被一個叫做米蘭‧昆德拉的捷克刁民揭示了出來。昆德拉在其長篇大著《不朽》中不無悲哀地說，把人一生的性快感全部加在一塊，也頂多不過兩小時左右。快感是一個時間性的概念，是一個可以用時間來量度的概念。而用金錢來量度快感，作為快感的現代特徵，我們稍後再說。它比錢鍾書所說的「幾分鐘」要長，也比錢先生說的「幾天」要短。在談到快樂時，錢先生引用了法國作家維尼（Vigny）的說法。維尼說，在法語裏，「喜樂」（Bonheur）這個詞由「好」和「鐘點」拼成，可見好事多磨，只是個把鐘頭的玩意；而在漢語裏，快樂一說也恰好標識出「樂」實在是消失得太「快」，在我們還沒有過癮的時候，它就迫不及待地逃逸了。「停一停吧，你真美麗！」浮士德的遺憾是整個人類的辛酸。想想看，如果人能一天八小時做愛，一天八小時享受性快感，快感恐怕也就沒有多少樂趣可言了。

　　佛洛伊德的深刻在於：他給了人類歷史的進程以快感維度上的解釋；也就是說，他把哲學家們的神聖觀念給低俗地肉體化了。這當然會讓道貌岸然的歷史哲學和各種型號的烏托邦大感難堪，它們的破口大罵（當然，在它們眼裏這叫做「批判」）是可以想見的。給弗氏戴上「江湖騙子」、「流氓」等大帽子可謂明證。佛洛伊德的錯誤恰恰在於：他把性當作了唯一的快感，他把性快感的作用給無限地誇大了。就這一點而言，我贊同佛洛伊德該挨罵。

　　沒有必要在這裏像學究一樣去論證快感在指引人類前進這一真相。我只想說，如果閹割了所有的快感，人類是否還有歷史，是值得懷疑的，或者至少不是今天已知的歷史——那樣的歷史在我們的想像之外。道家墮落為仙道後，渴望長生和成仙，在許多人那裏是一個輝煌的前景。其實，這也是許多看似不同的宗教的共同特徵——從快感的維度觀察就更其如此。佛教講「極樂」，基督教講「天堂之樂」，其實都是快感的意思。只不過在極樂和天堂之樂中，快感是隨時的、隨身的、每時每刻的。這就很可能意味著，追求每時每刻的快感（快樂）是人的最大欲求，也是所有烏托邦之所以有吸引力的根本之處。浮士德的辛苦、辛酸經歷說明了這一點。《喻世明言》卷十三講，張道陵為了試探趙升求道求仙的決心，派了一個美女去誘惑他，但被趙升拒絕了。美女大惑不解，遂題壁留詩：「美色人皆好，如君鐵石心。少年不作樂，辜負好光陰。」趙升看後大笑道：「少年作樂，能有幾時？」唐人施肩吾詩曰：「夜靜門深紫洞煙，孤行獨坐憶神仙。三清宮裏月如畫，十二宮樓何處眠？」（施肩吾〈清夜憶仙宮子〉。）也是從道家、道教，頗富想像力地一下子扯到了宿花眠柳。道家和宿花眠柳有關係麼？當然。趙升大笑後的回答回答了這一問題。毫無疑問，這正是錢鍾書所謂「希望它（快樂）留」，並且永遠能「留」的真正涵義。

貳

　　追求快感是人的本能。性快感較之其他所有形式的快感是最強烈的，因而也就顯得格外吸引人。《白雪遺音》記載著這樣一首民歌：

情人愛我的腳兒瘦，

我愛情人的典雅風流。

初相交就把奴家溫存透……

象牙床上，羅幃懸掛鉤，

哎喲咱二人今晚早成就。

舌尖嘟（堵）著口，哎喲情人莫要丟，

渾身上酥麻，顧不的害羞，

哎喲是咱的不由人的身子往上湊。

湊上前！奴的身子夠了心不夠！

（《白雪遺音》卷二「情人愛我」條）

　　從不絕如縷的「哎喲哎喲」聲中，我們可以知道，民歌中那位「奴家」很瞭解快感暫態即逝的特性和快感的強度。但我們人類對性快感的誤解，長期以來卻是普遍的。雖然屠龍曾感歎過：「男女之欲去之為難者何？某曰：道家有言，父母之所以生我者以此，則其根也。根故難去也。」（屠龍《白榆集》卷九「與李觀察」）話雖如此，但中國人一向是排斥性的，尤其是到了理學大倡的時代。朱熹煞有介事地大聲疾呼：「人之一心，天理存則人欲亡，人欲勝則天理滅，未有天理人欲夾雜者。」所以要「革盡人欲，盡復天理。」（《朱子語類》卷十三。）說得冠冕堂皇、痛心疾首和振振有辭。但我們的准聖人朱夫子做的又如何呢？據他的同僚葉紹翁揭發，老朱算得上人欲太強，不僅「誘引尼姑二人以為寵妾，每之官則與偕行，」並且「塚婦不夫而自孕」。三綱五常看來是管不住他的了。葉某人強烈要求皇帝治朱老夫子的罪（葉紹翁《四朝見聞錄》丁集「慶元黨」條）。朱熹對此供認不諱，向皇帝謝罪說：臣乃「草茅賤士，章句腐儒，唯知偽學之傳，豈識明時之用」。（《朱文公集》卷八五）不過，我倒覺得，與朱熹提倡理學比起來，他一生中最偉大、最閃光的行為，恰恰是他的淫穢舉動：因為這意味著他歸根到底還算一個活物。謝天謝地，他到底還沒有成為聖人！

　　朱熹的例子更加證明了屠龍的觀點是有道理的。但前車之鑒並未成為後起之師。在漫長的歷史上，我們曾搞出了多少關於性快感的清

規戒律啊。一份叫做《十戒功過格》的文件惡狠狠地說：「遇美色流連顧盼：一過；無故作淫邪之想：一過；淫夢一次：一過；淫夢而不自刻責，反追憶摹擬：五過；有意與婦人接手，心裏淫淫者：十過。」這很容易讓人聯想到《聖經》上的同一腔調：「你們聽見有話說，『不許姦淫』，只是我告訴你們，凡看見女人就動淫念的，這人心裏已經與她犯姦淫了。」（《聖經·新約·馬太福音》第五章）而在另一份相類似的檔中，則又號召人民，要「不久視美人」，並不惜記「五功」作為獎賞（《太微仙君功過格》）。彷彿崇禎皇帝對袁崇煥說，只要你堵住了胡人的進攻，朕不惜加官進爵之賜。這就是說，人人都應該來一場靈魂深處的革命，人人都該去做清心寡慾的柳下惠。這是不是就是儒家倡導的那個叫做「慎獨」的玩意呢？當然，它肯定就是聖奧古斯丁在《上帝之城》（City of God）裏說過的話：「無論性慾在何處起作用，它本身就感到羞恥。不用說強姦時要尋找法外之網的黑暗角落，就連世俗社會中合法的賣淫也是如此。」「世間最無恥的人也知道這件事是羞恥的；他們無論多麼喜歡此事帶來的愉悅，也不願將它公開。」

奧古斯丁有一點是對的。人追求快感的天性怎麼著也禁絕不了：哪怕是在「法外之網的黑暗角落」，哪怕是以拋頭顱灑熱血為代價。想想「沉河」、掛破鞋遊街的史不絕書就可以了。而讓人倍感神奇的是：對快感偷偷摸摸的追求，無意中構成了人類歷史進程的真正動力。我們是不是也可以說，歷史就是偷偷摸摸的產物呢？按照基督教的看法，聖母瑪利亞是感上帝之靈而受孕的。假如我們以最無恥的方式去揣度，那上帝之靈，不就是上帝他老人家的神聖精液嗎？據說，人類就這樣誕生了，歷史的車輪就這樣成功點火了。這就意味著，歷史在它的發端處是一場偉大的聖交。人作為上帝之子，聖交當然談不上。因為聖交只是上帝的專有方式，人無法擁有這樣的高度；而且，聖交只是一次性的，它不可能被重複，連上帝本人也不能例外。如果上帝在春情萌動時想來一次例外（以破壞他自己定下的世界法則為代價），那就意味著將有另一部關於另一種人的另外的歷史，完全在我們的想像之外。上帝有沒有這樣的雅興呢？恐怕只有他自己才知道了……而我們這種俗人，沒說的，就進行俗不可耐的男「歡」女「愛」吧。人

的交配，可以看作是對上帝聖交的拙劣摹仿。「歡」「愛」產生了無窮盡的、一代又一代的上帝的子孫：是他們得以使人類的歷史不斷續寫下去。而快感在這裏邊起著支點、槓桿、潤滑劑的作用——要是沒有快感，人還會去做那無用而又費力的無聊交配嗎？偷懶、省力也是我們人類的的天性之一。快感是誘使人類不斷書寫自身歷史的主要動因。一位叫康明斯（e.e.cumings）的美國詩人對人類聽從上帝旨意的男歡女愛，有一個由表及裏、由淺及深的描摹：

　　　　May I fell said he
　　　　我可以撫摩你嗎他說
　　　　(I will squeal said she
　　　　（我會叫的她說
　　　　Just once said he)
　　　　就一次他說）
　　　　It is fun said she
　　　　那麼好的她說
　　　　(May I touch said he
　　　　（我可以撫摩你嗎他說
　　　　How much said she
　　　　多少次呢她說
　　　　A lot said he)
　　　　很多次他說）
　　　　Why not said she……
　　　　為什麼不呢她說……

　　這就很有點像《白雪遺音》裏那位「奴家」的味道了。中西合壁指的也許就是這個意思吧。很有趣，不是嗎？
　　既然性交——不僅僅是作為生殖，即道學家所謂「為後也，非為色也」，而且是作為快感本身，對人類歷史有如此大的作用，那我們就得承認袁枚的話是正確的。袁子才說：「惜玉憐香而心不動者，聖也；

惜玉憐香而心動者，人也；不知玉不知香者，禽獸也。」（袁枚《子不語》卷一一）是人，而不是「聖也」和「禽獸」組成了人類史，這一點，怕不會有什麼疑義了。時至今日，我們對此又弄懂了多少呢？

「我叫曼娜，現在我來為大家敘述一個我的親身經歷。憶起往事覺得非常有趣，我的經歷大概和每個少女是一樣的，希望各位讀者能夠從我的經歷中得到樂趣……」這是一部曾經以手抄本為形式，流傳在「文革」後期聲名赫赫的淫穢小說的那個著名開頭。它在以快感（「樂趣」）招徠讀者。這本名叫《少女之心》的小冊子，其真實作者已經很難稽考了。我曾經看到過好幾種不同的手抄本，其內容都有不同程度地變更。我想，不同的抄者恐怕都會依據自己對快感的需求，進行多多少少的添加和改動，因為對慾望和快感的需求，在不同的人那裏，總有一些細微的差別。據詩人西川回憶說，那是一本「越抄越黃」的書。很顯然，西川肯定看到過不只一個版本。在印刷業已經高度發達的時代，以手抄本為形式，來傳達人民欲求的民間創作，還真實地存在著，並且這一天還遠遠沒有過去。而在那個禁慾的年代，有多少人看過《少女之心》並為之激動不已呢？這恐怕永遠都是一個謎了。

我最初看到它是在上高中二年級的時候。在川北那間借住的小屋子裏，我度過了一個狂燥、灼熱、驚訝、恐懼和熱血沸騰的夜晚。它勾起了我早已成熟但自己幾乎毫無察覺的性意識。我是在《少女之心》的輔導下開始性啟蒙的。我得承認，我既覺得金聖歎所謂雪夜讀禁書的確十分有趣，堪稱「不亦快哉」，又覺得恐怖和罪過。它為我打開了一個神祕的世界，有很長一段時間它讓我想入非非，讓我渾身充滿了犯罪的快感。犯罪很可能是美好的，那是我當時的結論之一。這是因為犯罪帶來了普遍的快感。

余生也晚，在我八歲時，「第一次無產階級文化大革命」在華國鋒充滿複雜意味的腔調中宣佈「勝利結束了」。但我仍然會很容易想像得到，在那個普遍禁慾的年代，在性快感被普遍剝奪的年頭，《少女之心》

帶給人們的肯定是巨大的震動，當然，也是龐大的打擊。我想，凡是在革命的間隙有幸看過那本書的人（尤其是年輕人），肯定會被《少女之心》中那種種赤裸裸的性描寫嚇壞了。因為它帶來的強烈的犯罪快感，和革命帶來的神聖快感反差何其巨大。性快感是令人恐怖的，這是不是就是革命派生的定義之一？

「我叫曼娜，現在我來為大家敘述一個我的親身經歷……」《少女之心》在一開始就是犯忌的，因為革命不允許以第一人稱單數的形式出現，只能是「我們」。和卡夫卡說魔鬼是一個複數一樣，一切革命也是以複數為單位來現身的，至少在它的宣言裏就這麼講。很久以來，我都無法明白，革命為什麼會厭惡性、排斥性呢？在八個樣板戲中，男人都沒有妻子，女人都沒有丈夫，她／他不是死了，就是不準備戀愛、結婚，野合就更不用說了。在革命眼裏，野合完全不可想像。而床作為道具，是絕對不允許出現在戲劇場合之中的，因為按照羅蘭‧巴爾特的理論，床的所指是男歡女愛，那讓人驚心動魄的快感，與革命無關的另一種快感。但它註定會分散革命的注意力。可以設想，李鐵梅要是活到今天，很可能還是單身女貴族；而李玉和會續弦嗎？「月上柳梢頭，人約黃昏後。」沙奶奶會按照人性的欲求，來一次美妙的黃昏戀嗎？阿慶嫂的丈夫阿慶會回來嗎？可即使續弦了、黃昏戀了、回來了，我們那場偉大戲劇的導演，會給他們在舞臺上設置一張床麼？可以想見，這些都是革命的遺留問題……

革命對此卻有另外的看法。它的看法最早體現在一本叫做《禮記》的書中：「故君子遠色，以民為紀。故男女授受不親。」「寡婦不夜哭。婦人疾，問之不問其疾。以此坊（防）民，民猶淫溢而亂於族。」（《禮記‧坊記》）即使栓一根細線在手腕上以聽脈診病，也沒有什麼實際用處：看來「刁民」是「防」不住的，因為性快感的吸引力實在是太大了。革命記住了《禮記》的提醒；它因此產生了另一套理論：用革命帶來的神聖快感去置換性帶來的下流快感，如同革命能依靠它神聖、巨大的號召力，將烏合之眾聚集起來並排隊衝鋒，把分散的、缺乏方向感的力集合到同一個方向。這就意味著，當普遍禁慾的年代來臨時，人追求快感的本能依然在起作用，它的巨大能量能使革命穩步向前，

並持續在一個又一個接踵而來的高潮中：革命的高潮代替了男歡女愛的高潮。當人們不能合法地追求性快感時，追求革命帶來的神聖快感就不僅合法，而且也就是最後的代用品了。神聖的革命快感，只是肉體的、下流的性快感的代用品，這可能就是革命的又一派生定義：佛洛伊德的理論在這裏依然有效。紅色代替了黃色。這不是開玩笑。喬治‧奧威爾對此頗有體會，他在《一九八四》中說：「黨的目的不僅僅是要防止男女之間結成可能是它無法控制的聯盟關係。黨的真正目的雖然未經宣佈，實際上是要使性行為失去任何樂趣。無論是在婚姻關係以外還是婚姻關係以內，敵人與其說是愛情，不如說是情慾。黨員之間的婚姻都必須得到為此目的而設立的委員會的批准，雖然從來沒有說明過原則到底是什麼，如果有關雙方給人以他們在肉體上互相吸引的印象，申請總是遭到拒絕的。唯一得到承認的婚姻目的是，生兒育女，為黨服務。」革命在引導我們走向勝利，在引導歷史走向輝煌；可革命的最大助力恰恰是男歡女愛，而且是被它排斥、貶損的肉體之樂。革命最終是離不開肉體和快感的。革命排斥性、厭惡性、又離不開性，較之於朱熹虛偽的理欲之辨，較之於《禮記》的迂腐提醒，的確要高明得多。

　　奧威爾說，他的女主人公裘利亞，是瞭解革命在性快感方面搞禁慾主義的內在原因的，這是因為「性本能創造了它自己的天地，非黨所能控制，因此必須盡可能加以摧毀。尤其重要的是，性生活的剝奪能夠造成歇斯底里，而這是一件很好的事，因為可以把它轉化為戰爭狂熱和領袖崇拜。」裘利亞一語道破了天機，她說：「你做愛的時候，你就用去了你的精力；事後你感到愉快，天塌下來也不顧。他們不能讓你感到這樣。他們要你永遠充滿精力。什麼遊行，歡呼，揮舞旗幟，都只不過是變了質、發了酸的性慾。要是你內心感到快活，那麼你有什麼必要為老大哥、三年計畫、兩分鐘仇恨等等他們這一套名堂感到興奮？」我們得說，裘利亞是一位偉大的智者，因為她洞悉了革命與性之間的一切祕密。革命排斥性，僅僅是因為性既讓人浪費了革命精力，又讓革命難以控制；在這樣的情況下，樣板戲裏還可能有床嗎？

　　B.羅素在《婚姻革命》裏認為：「在那些非常淫亂的社會裏所以會產生禁慾主義，」正是性放縱導致了普遍的厭倦感。羅素顯然不明白性慾與革命的內在聯繫。而我們是不是也可以從反向切入羅素的命題呢？事實上，淫穢、骯髒、下流、煽情的《少女之心》，在文革後期廣泛流傳，僅僅是性快感被剝奪得差不多了的時候，人們的快感追求發出的一聲反抗之音罷了。這也就是奧威爾在《一九八四》中要表達的意思。他說，裘利亞和她情人的「擁抱是一場戰鬥，高潮就是一次勝利。這是對黨的打擊。這是一件政治行為。」據《南方週末》報導，《少女之心》的原始作者為這本被眾多的人篡改過的小書，付出了慘重的代價，這位作者至今心有餘悸，拒絕會見任何採訪者。她想過一種平靜的生活。她的反抗是一種政治行為。是的，至少革命就是這樣看待她的，因為她削弱了革命的戰鬥力。

肆

　　《少女之心》發出了一絲絲反抗之音；裘利亞早在二十多年前就已經預言了它的出現。但《少女之心》的作者和裘利亞恐怕都忽略了一點：革命的確還有離不開性的一面。這裏涉及到一個性快感的重新分配問題。

　　上帝那次輝煌的聖交，可以被視為是性快感的原始生產。這就是說，上帝是通過模範帶頭作用，把性快感的生產能力平等地賦予了每一個人。經過漫長的群居、群交的性共產主義時代之後，性快感很快走入了私有制。宗教、理學、革命、各種清教禁慾學說，在除了裘利亞已經指出的那種原因外，還有一個更大的功能：為性快感的私有制辯護。性快感的私有制意味著：快感的總量是一定的，就如同《等待果陀》裏那位波卓老爺說的，這個世界上的眼淚的總量是一個常數，有一個人哭，就一定有一個人不哭；正因為其總量的恒定性，所以有必要把性快感以制度化的形式集中起來使用，或者做第二次分配。生產和分配總是連在一塊的。馬克思要從商品的生產和分配這一看似俗不可耐的維度，去建立自己的偉大學說，的確是獨具慧眼。宗教、理

學、革命及各種清教禁慾學說，在這一點上，充當了準上帝。它們從自身的利益出發，在認為必須的時刻將一定量的性快感發放給必須的人群。這一點實際上已經被裘利亞說出來了：「生兒育女，為黨服務。」而超過這一戒律範圍之內的所有行徑，都要遭到懲罰。懲罰就是對越軌的撫摩。《少女之心》只在民間以手抄本的形式流傳，不過是這一懲罰較為斯文的形式而已。這當然是一個天大的笑話。但它的確並不可笑。

性快感的第二次分配，註定會使關於性的話語限制在狹窄的範圍內。這一點可謂不言而喻。還是奧威爾說得最妙，他說，在「老大哥」的世界裏，人們說話遵循著「新話的原則」。而新話的原則是，「除了肯定是異端的詞要取締以外，減少辭彙數量也被認為是目的本身。凡是能省的詞一概不許存在。新話的目的不是擴大而是縮小思想的範圍，把用詞的選擇減少到最低限度間接幫助了這個目的。」性的豐富體驗需要的各種精微、豐富的眾多辭彙，這顯然有違新話的原則，減省當在可以想見之列。比如說，你能在社論、政府檔、革命綱領、清潔的精神中，找到用於床頭描寫的那些豐富的辭彙嗎？即使有，也是千百次過濾後的產物。這就是說，那些辭彙是抽象的，是沒有細節因而顯得孤零零的，是帶有總結意味的。而我要說，總結實在是太過殘酷了一些。總結往往就是判斷：一方面，它超越於細節，省略了過程，而只有過程和細節，才包納了我們普通人的的一切辛酸、屈辱及對快感的龐大體驗；另一方面，它又要從它自身的需求出發，去「發現」可用於判斷的細節，這種發現又往往具有雙重性——首先是否定，毫無疑問，這當然殘酷；緊接著的肯定也同樣殘酷，因為這種肯定同樣意味著否定，因為在總結中，肯定只是陪襯。一大堆表彰的話語之後的一個「但」字說明了一切。否定是先在的。不能把肯定當成先在性；因為在總結門下，只有否定。總結自始至終都遵循新話原則。正是在這種近乎殘忍的總結下，《少女之心》只能以手抄本的形式現身。

蜜雪兒・福科說過，性的放縱與上帝之死有極大的關係。他說：「正是『放縱』發現了性與上帝之死系於同一體驗。」考慮到福科一向的精闢，他在此處的失言就是很令人失望的了。他顯然忘記了，還有那

麼多的准上帝還活著哩。它們的壽命還長著哩。至少到目前還沒有一絲衰敗的跡象。而我們是需要上帝的。哪怕是伏爾泰所說的人造的上帝。所以，真正的放縱要麼在民間是偷偷摸摸的──比如《少女之心》曾經激起的暗中的、廣泛的的震動；要麼就在高層人士那裏明火執仗地進行──性快感的第二次分配，不管是以革命的名義也好，還是以理學的名義也罷，都促成了性快感上的特權階層。這一點容後再說。

　　有一種變了形的特殊分配方式──我把它稱之為性快感的租借方式──尤其值得提一提。這就是被大智大慧的中國古人列入三十六計的美人計。美人計起源於何時，我正等著考古學家拿出明確的證據來。不過，我們可以預先在這裏說，武王伐紂之所以能得以成功，妲己的功勞至少在半數以上。關於這一點，連正統的司馬遷也沒有否認──去看看《史記》是怎麼說的也許就明白了。這恐怕算得上歷史上最有名的美人計了。西王母假充端莊，紂王不過是向她表達了一點想「入」非非的愛慕之情，就不惜以美人計來懲罰紂王。這一舉動對紂王來說是美好的，可對人民來說就不那麼美好了：紂王畢竟還暫時性地租借到了性快感，雖然他最後以江山付帳；而死於妲己賣弄風情的比干，特別是那無數不知名的老百姓呢？我們都不記得了。總之，他們是君王胯下的犧牲品，他們是供奉君王性快感的犧牲。這一點想來不會有什麼疑義了。周朝之所以能代商朝而起──據說那也是一次革命，革命的「革」被似是而非地當成周的先祖在局子裏邊搞出的一個卦象──的確得力於快感這塊「方糖」的引領。至於越人用西施搞垮了吳國，王允用貂禪弄死了董卓，王昭君聽了漢家皇帝的話，睡了老單于又睡小單于，楊玉環不守婦道，跟了皇子又跟皇帝，並讓大唐由盛而衰……則更給性快感的租借方式增添了光彩，加添了內涵──她們被一貫擅長意淫的文人們稱為四大美人。凡斯種種，我們不得不得出這樣的結論：歷史至少有一半是在床上進行的；革命本身在禁慾、貶慾的同時，早已天然地沾染了精液和白帶。好笑的是，這也就是李敖滿懷笑意提醒國民黨高層人士時想說的話：你們大權在握，「牽一屌而動全身」，可要千萬當心啊。宗教、理學、革命、各種禁慾學說，它們在推進歷

史按它們的旨意前進時，決不會吝嗇快感。它們大方得很。它們有的是存貨。

租借的內在涵義是：那些東西我還要收回來。西施重歸了范蠡，貂禪回到了呂布懷抱，楊貴妃是被玄宗自己賜死馬嵬坡的而不是別人，只有王昭君是肉包子打狗有去無回，實在讓人有些遺憾。不過，租了人家的房子誓死不還也是人的本性，有借有還的都是些無關痛癢的東西——你見過還荊州的劉玄德麼？這也是我們人類之所以為人類的內在原因，絲毫沒有這大驚小怪的必要。

長期以來，《少女之心》被我們那些追求「清潔的精神」的人士們給普遍誤解了。按照《太微仙君功過格》的看法，《少女之心》犯了「無量過」。其原因據《遠色編》說就是：「夫淫為萬惡首，今則不顧廉恥，亂用心思，撰此淫書，壞男女之人心，敗天下之風俗，是自居首惡，並陷他人於首惡也。」《少女之心》，這個淫穢的文本，這個犯了「無量過」、「陷他人於首惡」的文本，雖然一句也不曾提到革命，從頭到尾只有赤裸裸的男歡女愛場面；但是，凡是從「文革」中走過來的人其實都知道，它的背後恰恰是巨大的革命，只不過其尊容不讓我們窺測罷了。革命有時候就擁有上帝的形象，它是無形的；就像上帝偶爾向摩西顯露一下自己的真容——上帝說：「我是阿爾法，我是亞米加，我是初，我是終」——革命也會在我們懷疑它的存在時，給我們抖抖它的威風。革命的威風無處不在。《少女之心》的重大涵義恰恰是：老百姓可以以偷竊的方式，去破壞性快感的分配原則——既然分配到的定量，遠遠達不到果腹的程度。這也許就是「無量過」的現代涵義吧。那麼，我們是不是也可以說，破壞了分配原則，也會引起另一場革命呢？《少女之心》在來不及談到這一點時就結束了，另外一個人卻談到了。

劉震雲的長篇小說《故鄉天下黃花》在寫到「文革」中的造反派時，有一個會心的描寫。說的是「偏向虎山行戰鬥隊」本來好好的，付隊長衛東、衛彪兩人卻為了一個叫路喜兒的土匪後代鬧起了分裂，兩人大打出手後，衛彪敗下陣來。衛東一人包攬了喜兒柔軟、乳峰高聳的身體。衛彪一怒之下，轉而成立了「捍衛馬列主義、毛澤東思想

造反團」，要和「偏向虎山行戰鬥隊」對著幹。性快感分配原則的破壞，引起了革命的質變，引起了對革命的重新思考，也引起了革命局勢的大改變，這當然不是劉震雲在開玩笑。想一想吳三桂「衝冠一怒為紅顏」而引清人入關就行了。戰鬥隊隊長，一個叫賴和尚的傢伙（他自稱是一位「老革命」）十分惱火，把副隊長衛東罵了個狗血淋頭：「都是因為你，為一個小×，逼走了衛彪，讓村裏多了一個造反團。你看咋辦吧？！」很顯然，賴和尚儘管鬥大的字識不了一筐，卻十分瞭解性快感的分配原則和革命形勢的關係。一旦性快感的分配原則被打破，新的革命形勢和方式就會出現，這的確是革命有意沒收性、把性集中起來使用和再分配的最原始考慮。

伍

性快感上的私有制註定會導致快感上的特權階層。齊宣王坦率得很可愛，他對遠道而來的孟子說：「寡人好色。」孟子為了說服齊宣王實施自己的王道主張，就因勢利導：大王的這一愛好，與我們臣下是一樣的啊（《孟子・梁惠王下》）。孟子想說而未說的話現在記在下面：擁有了各種特權的人，也就擁有了和老百姓不一樣的性快感分配原則；你大王的好色，自然可以妻妾成群而不費吹灰之力，老百姓就只有「放死馬匹」或來一道「怨女」、「曠夫」的小菜了。

由孟德爾、摩爾根開創的現代遺傳學派，從基因的微觀角度證明了，男女出生的比數是一。這就從科學上驗證了我已經說過的話：在這個世界上，性快感的總量是一定的。但是，對快感的追逐，卻讓我們始終具有盡可能多地佔有快感的的脾氣，這就給快感特權階層的生成準備了巨大的、「合乎人性」的原因。需求總是產生理論的最大動力。在歷史上，為快感特權階層尋找他們可以成為特權階層的理論何其多樣。且聽《鹽鐵論》的分解：「古者夫婦之好，一男一女而成家室之道。及後士一妾，大夫二，諸侯有侄娣九女而已。今諸侯百數，卿大夫十數，中者侍禦，富者盈室。」（桓寬《鹽鐵論》卷六）《鹽鐵論》基本上對此持默認的態度，雖然它也承認，這可能會造成「女或曠怨夫時，

男或放死馬匹。」范仲淹〈嚴先生祠堂記〉說漢光武劉秀「得聖人之時，臣妾億兆」——其潛臺詞不過是，在「寡人好色」的前提下，怨女曠夫的快感有否並不重要。在性快感的私有制裏，特權階層和普通百姓遵循著不同的分配原則——寡人先好色了之後，再分配給你們。所以才有「當今之君，其畜私也，大國拘女累千，小國累百；」（《墨子・辭過》）也才有襄公的「唯女是崇，九妃六嬪，陳妾數千」。（《管子・小匡》）……你說牛皮不牛皮？！

　　考古學家早已告訴了我們，最遲從漢代出土的文物中，已經找到了男性的性器具。據考古學家估計，它很可能就是男性生殖器在無能時的代用品。我覺得這種推斷合情合理，因為快感特權階層的陽物，並不見得就比「放死馬匹」的小老百姓的陽物有更大的能量。心有餘而力不足之後，自然會在身體之外尋找延伸品——儒家的「反身而誠」在這裏不管用；這就如同人因此而創造了上帝，革命在低潮時按史達林的說法，可以暫時向強盜妥協。《金瓶梅》在極盡西門慶瘋狂追逐快感之能事後，也寫到了西門慶的陽物有魂歸西天之時，可謂明證。第八十回中，水秀才做了一篇悼念西門慶的祭文，這篇祭文可以看作是對西門慶那話兒（其實，他本人就是那話兒）的熱烈頌揚和無盡悲哀：

> 維靈生前梗直，秉性堅剛，軟的不怕，硬的不降。常濟人以點水，恆助人以精光，囊篋頗厚，氣概軒昂。逢樂而舉，遇陰伏降。錦襠隊中居住，齊腰庫裏收藏。有八角而不用撬摑，逢虱蟻而瘙癢難當。受恩小子，常在胯下隨幫。也曾在章台而宿柳，也曾在謝館而猖狂。正宜撐頭活腦，久戰熱場，胡為罹一疾不起之殃？

　　西門慶當然是屬於《鹽鐵論》所謂「富者盈室」的那一類特權階層。我們說，西門慶是悲壯的，他可謂生命不息戰鬥不止，小車不倒只管推了。因為據《金瓶梅》揭發，他是死在潘金蓮的秀腹上的。西門慶的悲壯在於，他幾乎完全做到了《哈哈笑》裏記載的那位叫「賽柳莊」的相士，在「相下部」時所說的話：「遇妻妾而無禮，因子孫之

有功。一生耿直，兩子送終。」這也難怪水秀才對他有如此高的評價了。

　　我們還沒有理由去諷刺西門慶，因為他至少還物盡其用，享樂一生。最令人討厭的是，性快感的私有制製造了一大批性快感的死物。想想〈阿房宮〉裏那些終其一生也沒有機會見到秦始皇，更沒有機會和他上床的妃嬪們吧。她們就是死物。這也就是《後漢書》記載的，達官貴人們儘管「採女數千」，「且聚而不御，必生憂悲之感。」（《後漢書・陳蕃傳》）這可以描述為：性快感不僅可以享用、佔有，而且還可以儲存。「儲」而不「用」（御），恰恰是最大的殘忍，因為它的剝奪是雙重的：既讓女人成為性死物，也給男人造成了普遍的饑饉。當然也有相反的事例。據記載，「衛侯夫人南子召宋朝，會於洮。太子蒯聵獻盂於齊，過宋野，野人歌曰：既定爾婁豬，盍歸吾艾豭。太子羞之。」（《左傳・定公十四年》）（後兩句今人譯為：已經滿足了你們的母豬，何不歸還我們那漂亮的種豬？）山陰公主對她的皇帝兄長說：「妾與陛下雖男女有殊，俱托體先帝，陛下六宮萬數，而妾唯駙馬一人，事不均平，一何至此？」皇帝於是給妹妹弄了三十個面首以供享用（《宋書・前廢帝記》）。事例雖然相反，但造成的剝奪仍然是雙重的，只不過這是一個相反的雙重。

　　《少女之心》正是在這一點上起到了反抗的作用。它的誨淫誨盜，恰恰是想從不同的分配原則那裏，求得相同分配的權力。而革命會造成荒淫嗎？有關這一點，阿 Q 是最明白的！吳媽的腳太大、小尼姑過幾年再說……這都是革命勝利的第二天該考慮的問題（丹尼爾・貝爾：問題總是出現在革命勝利後的第二天）。在禁慾的年頭，普遍的荒淫仍然存在著。葉群給吳法憲打電話，其肉麻、淫褻連林立果都聽不下去。只有一個葉群、一個吳法憲、一個阿 Q 嗎？我們有理由表示懷疑。《少女之心》在其後「越抄越黃」的過程中，更加強了這一反抗——方法就是「越抄越黃」。順便提一下，令人遺憾的是，傳抄過程本身就是一個男性化的過程：雖然還是以女性第一人稱的口氣說話，整個描敘過程的腔調卻是男人。也就是說，男人在以想像女人的無恥來敘說自己的慾望。這真是女人的悲哀。

陸

繡像本《金瓶梅》中，有一張插圖是這樣的：在一扇紙做的屏風後，有一個木製的大浴盆，盆裏是熱氣騰騰的洗澡水和赤身裸體的潘金蓮與西門慶。兩人相對而坐，潘金蓮迷糊著雙眼，臉上呈現出快樂的表情，兩手輕靠在狹窄的浴盆邊上；而此時西門慶那巨大的、明顯帶有畫匠誇張色彩的男根正在猛烈撞向潘金蓮的私部。如果《拉奧孔》的作者看了這幅畫，會下結論說，這正是富有動作「包孕」的時刻；而如果他仔細觀察了這幅畫，肯定還會加上一句：這個富有「包孕」的時刻是沒有支點的。原因明顯出在潘金蓮那雙有氣無力的、撐在浴盆邊的手上：一面要接受西門慶迎頭而來的猛烈撞擊，一面卻又是狹窄、滑溜的盆邊和孱弱的小手。散架是可以想見的結果。換句話說，這個富有「包孕」的時刻在生活中是不大可能的，或者是異常困難的。

我寧願把這幅淫褻的春宮圖看作一個隱喻：它象徵著中國人的男歡女愛幾乎從來都沒有支點。在一個性快感被普遍佔有、儲藏和重新分配的國度（這並不是革命的後果），性行為要麼被看作是「為後也，非為色也」，要麼就僅僅是把女人當成性快感的巨大庫藏，可以開發，可以利用，自然也可以創收。《少女之心》也許最初的確是一位少女寫成的，而在其後「越抄越黃」的過程中，明顯就帶有了男人的口氣，其中的原由不證自明：男人以想像女人的瘋狂、無恥，來映射自己在快感方面的瘋狂追獵。女人在性快感方面的求索中，明顯處於受歧視的地位。佛說：「芙蓉白面，須知帶血骷髏；美貌紅妝，不過蒙衣漏廁。」毫無疑問，這是對所有登徒子們的提醒，而不是針對女人——佛對女人很可能是不屑一顧的。《肉蒲團》第三回寫到初婚的玉香時，有一個十分傳神的描寫：「卻說玉香小姐姿容雖然無雙，風情未免不足，」「只因平時父訓既嚴，母儀又肅，耳不聞淫聲，目不睹邪色，所讀之書不是《烈女傳》，就是《孝女經》，」，所以，即使丈夫對她說些調情的話也會滿面通紅，到了「夜間幹事，雖然承當，」「行房套數只好行些中庸之道，不肯標新立異。要做「隔山取火」，就說是犯了背夫之嫌。要做『倒澆蠟燭』，又說倒了夫綱之禮。」這裏邊不僅僅是個男權問題。

更重要的是，從《肉蒲團》對玉香的白描式寫法中，我們可以看出，她那愚昧、不知快感為何物的、振振有辭的躲避動作，不正是潘金蓮靠在狹窄的浴盆上那無力的雙手嗎？——玉香是沒有支點的另一種版本。

鄧之誠則從相反的角度記載了又一個沒有支點的實例。他說的也是一幅春宮圖：「前世之圖秘戲也，例寫男女二人相偎倚作私褻之狀止矣。然有不露陰道者。如景玄創立新圖，以一男御一女，兩小鬟扶持之；一侍姬當前，力抵御女之坐具；而又一侍姬尾其後，手推男背以就之。」（鄧之誠《骨董瑣記》卷六）「手推男背以就之」就不用說了，它分明指的是，一方面，性快感的特權階層在享用性快感時，連力氣也是捨不得花費的；另一方面，這也不恰好能獲得更多的性快感和成就感嗎？那位「力抵御女之坐具」的侍姬，我們可不可以說，正是畫匠（景玄）在意識到沒有支點的危險境地時，臨時加添上去的呢？我贊成說是。

正是這樣，我們對女人的誤解是深刻和普遍的，而美人作為從所有女人中被挑選出來的極少數，受到的誤解尤其深刻。詩人臧棣有兩句詩是這樣的：「對美貌必須實行高消費／這已經沒有祕密可言：像今年的通漲指數。」（臧棣《神話》）這兩句詩恰好以反諷的口氣，道出了男人和性快感私有制對美和美人的誤解。在男人眼裏，美人只是一個數學問題。這種誤解的真正來源就是那個「支點」的缺乏問題。

最大的誤解，那支點缺乏問題最極端的實例是為美而展開的戰爭。特洛伊之戰就不用說了，這是兩個偉大的古代歐洲國家，為了美煥絕倫的海倫展開的一場長達十年的血腥搏鬥。這場戰爭促成了許許多多的英雄和可歌可泣的悲壯事件，但人們普遍地忘記了，真正促成這一切的是美和美人。美人的出現是上帝鍾愛人類最大的慈悲證據。他派美人來到世間，是為了給世間增添光彩，給世間憑添美的享受。美人意味著人間還有珍貴的事物，人間還值得我們活下去。美人是公眾參拜的聖物，不是床頭的玩物。「十年一覺揚州夢，贏得青樓薄幸名。」我們就這樣誤解了上帝的旨意。老不爭氣的人類對美的最大欲求就是據為私有。美人引起了拐騙、得到者的驚喜和失去者的憤怒，以及得

到者和失去者之間的仇恨甚至戰爭。可是，這一切和美人又有什麼關係呢？美人同意為她們而打的戰爭嗎？這是男人們從來也不管的問題。

不要去嘲笑洋人了，因為我們自己更無恥，我們也有自己的更加好笑的特洛伊之戰。春秋時代的夏姬堪稱絕色美人，為了得到她，那些被稱為君和稱為臣的各國特權大人物們彼此之間勾心鬥角，爾虞我詐，不惜子殺父，父殺子，不惜背叛、出賣、告密，不惜掀起一場國際戰爭……和通常一樣，又有無數炮灰成了性快感和對美色瘋狂追獵的犧牲品（參閱《左傳》「宣公九年」、「宣公十年」、「成公二年」等篇）。這是歷史有一部分就是胯下產物的又一例證。在由夏姬引起的這場持久的戰爭中，一些國家興盛了，另一些國家衰落或更加衰落了。此情此景，讓許多後起的歷史學家和無聊文人們有機會總結出一條規律：女人是禍水。這是對美和美人最深刻的誤解。而當我們回首那些令人歎息的歷史往事時，我們不由得想起了潘金蓮那雙小巧、滑溜、放在浴盆邊的手。我們真替他擔憂，因為沒有支點的快樂肯定是不可信的。她的毀滅早已註定。男人、快感特權階層的無恥從一開始就註定了潘金蓮們的毀滅命運。她們只有靠淫蕩來度日了。

臺灣詩人、作家余光中在一首關於江南的小詩裏，提到吳越春秋之戰時，稱它是一場「美麗的」小戰爭。余光中的意思顯然是：因為這中間有了西施。余光中是正確的。老不爭氣的男人們為了佔有美、拐騙美、也為了自己的誤解美，發動了各種型號的無恥、骯髒、殘酷的戰爭，它既毀滅了美，又毀滅了自己。而最終為他們增添光彩甚至充當辯護角色的，恰恰是那些從不擁有「支點」的美人。西施不是第一個；出於同樣的原因，她也決不會是最後一個。

沒有支點的男歡女愛以及產生這種情況的最深原因，構成了整個人類的歷史。我們什麼時候對美有了正確的理解，我們什麼時候才算有了支點，我們才不會給男歡女愛賦予那麼多無聊的屬性，我們也才不會產生那麼多屢禁不絕的「黃書」——當然，這中間也包括《少女之心》。但這一天會來臨嗎？我們拭目以待。

柒

　　人類要想進步，快感本身是無法根除的；只要快感還有一口氣，就註定會有人想盡可能多地佔有快感資源。沒有支點的男歡女愛，在可以預計的將來仍將持續。特權階層，也就是那些擁有權力的大人物們，盡可以以權力為籌碼儲藏性快感享用品，這自然叫做沒有支點；那些大富人則完全可以憑籍其財富瘋狂地收購快感享用品，這是不是也叫做沒有支點呢？隨便你。

　　妓女和妓院就這樣產生了：他（它）們是「人性」的產物。連聖奧古斯丁都說，如果把娼妓從人類事物中排除出去，那麼淫欲就會玷污所有事物；如果它們降臨到誠實的主婦們頭上，那麼恥辱和卑鄙將會使所有事物失去光彩。據說，聖托馬斯・阿奎那發展了奧古斯丁的這一看法。他說，賣淫相當於海中的汙物和一座宮殿的下水道，如果沒有下水道，那麼污物將會堆滿整個宮殿；要是把妓女從世界上消滅掉，那麼獸奸將會充塞整個世界。很顯然，兩位西方聖人的話都是針對男人的無恥性而說的。聖雄甘地在自己的回憶錄裏披露，在他的晚年，為了考驗自己，他故意讓一位妙齡少女和自己同床。他悲哀地發現，儘管自己早已白髮蒼蒼，面對溫宛、嬌柔的身段，仍然還有性衝動──柏拉圖所說的老人之所以受人尊敬是因為他們沒有了性渴望，在這裏是無效的。甘地為此感歎不已。上述三位高潔之士的行為和語言可以互相補充、發明。

　　妓女從一產生就和錢結下了不解之緣。齊桓公之所以在宮中廣畜妓女（參閱《戰國策・東周策》），按清人的說法，這是「徵夜合之資以充國用」；李敖鼓掌同意這個看法，並挖苦道：「齊桓公九合諸侯，一匡天下，經費來源，部分卻是吃軟飯吃來的，實在不怎麼光彩。」雅典執政官梭倫（Solon）為籌軍費，竟然設立國家妓院，營業處就在愛神廟中。難怪李敖有一本書的名字就調笑式地取為「且從青史看青樓」。在我看來，還不如乾脆就叫「且從青樓看青史」，也許要更合事實。上述特權階層非常瞭解性快感和金錢之間的密切關係。在馬克思眼裏，這種特殊商品的使用價值和價值該怎麼計算，它將遵循什麼樣

的價值規律，肯定是一番值得探討的問題。可惜我們永遠沒有機會傾聽馬克思的高見了。

凡斯種種，竟惹得 D.Morris 在其大著《裸猿》裏感慨萬端地做出了更加深入地說明：在一個性快感被廣泛重新分配的人類社會裏，有了那麼多的怨女曠夫，有了那麼多追求性快感的「人性」，合理的出路必然是「窺淫狂症」。Morris 是在最廣闊的意義上使用這一辭彙的。她說：「就其嚴格意義而言，窺淫狂症指的是從窺探他人的交媾中獲得快感，但從邏輯上講其詞義可以擴大，從而包括對於一切性活動作壁上觀的興趣，幾乎整個人類都樂此不疲。」「這方面的需求是如此巨大，以致我們不得不發明出一些特殊替身-男女演員——讓他們為我們表演性行為的全過程。」這當然是一種更沒有支點的意淫。意淫沒有賈寶玉認為的那麼高貴。而中國素有窺淫狂症的傳統。想想《金瓶梅》第八、第十三、第二十三等回中，那些用舌頭舔破窗紙以窺淫色、以聽淫聲的場面吧。這種種問題其實都出在中國的建築特點上。梁思成先生用土木結構和磚石結構來區分中西建築之不同（參閱梁思成《中國建築史》）；而更重要的區別被梁先生忽略了：那就是西人有廣場而中國沒有。但中國有宮廷和後花園，偉大的天安門廣場不過是宮廷和後花園的延伸。在西方的廣場上，年年都要舉行狂歡節，它是宗教的放假，肉慾的集體的、合法的放縱——在此，福科無疑是對的，他說，「正是放縱發現了性與上帝之死係於同一體驗。」在狂歡節裏，上帝死去了。而天安門廣場只是古時皇帝閱兵、莊嚴慶典的宏偉場所（難怪一位低智商的當代理論家要以「廣場」來界定中國那些老不爭氣的、想往廟堂狂奔的知識份子）。後花園和宮廷只適合窺淫和亂交：皇帝和皇后在床上哇哇怪叫的時候，卻忘了還有無數妃嬪在想像自己就是那皇后，在與皇帝的「玉莖」——借用中國房中術的術語說——交接，也沒有注意到更多的太監和宮女在表演「乾夫妻」的買賣。天安門把這一功能給神聖化和擴大化了。武俠小說大師金庸把韋小寶放在妓院裏成長和放在宮廷中成就其偉業——小流氓韋小寶就很是在天安門廣場操過幾回蛋——的確十分瞭解宮廷和妓院的同一性。

　　W・本雅明說，妓女就是融商品和售貨員於一體的人物。她自己出售自己。妓女是自食其力者。她們一直在走鋼絲，因為她們在幹著沒有支點的買賣。從通常的意義上看，她們是可憐人。在答楊笠湖的信裏，袁枚說過一句話：「偽名儒，不如真名妓。」名妓就不可憐了麼？想想李師師和杜十娘就行了。而偽名儒倒是受人尊敬！她們都是男性這個巨大買方和收購者群體的犧牲品。如今的情況是，只要是個女人，只要你願意，都可以重操先祖舊業；在 OK 廳，在洗腳房，在桑拿池，在下等旅社……隨處可見這些從未進行職業培訓的人。據那些快感收購者們說，真是人心不古，連婊子也不如從前那麼有文化、有修養、有情義了。他們也不想想，正是他們這夥人使買方市場無比龐大，以致於這些秉承祖業的人都只好在崗學習。至於「沒情義」云云，不就是因為她們見過了太多沒心肝的男人嗎？是買方促成和生產了賣方，馬克思的話是肯定有道理的；而那麼多熟知馬克思主義精髓的人──比如時時被媒體曝光的那些要員們──在 OK 廳的包間裏顯然忘記了馬克思的教誨。這真是該打。

　　希羅多德《歷史》第一卷記載了巴比倫的聖娼，說的是巴比倫人有一個「最醜惡可恥的風俗」：每一位婦女都必須和一位陌生男子交媾。這位男子在拋錢給她的時候要說這樣的話：「我以米利塔女神（Mylitta）的名字來為你祝福。」錢幣的大小多少並無關係。當完成交媾後，這個婦女就算完成了神的旨意，從此以後，任你出多少錢也休想得到她了。這是錢與性快感最神聖的結合。巴比倫人瞭解金錢的妙用和局限。我想，如今這鋪天蓋地的快感收購隊和出售快感的人都普遍地誤解了金錢。錢能買到一切，差不多是供銷雙方都認可的真理。金錢在受難。而我們什麼時候對金錢有了正確的理解和同情，我們什麼時候才不會僅僅憑著金錢去收購快感了。時下正在流行這樣一首民謠：

　　　　結婚是失誤
　　　　離婚是覺悟
　　　　再婚是執迷不悟

　　沒有情人是廢物
　　情人多了是動物

　　動物行為學認為，動物在交媾時並無什麼快感產生。這是動物的大幸呢或者大不幸？不管怎樣，不要再把用金錢收購快感的人比作動物了，因為這肯定會侮辱了動物。對不會說話的畜生們，我們就一定有權力把屎盆子往它們頭上扣嗎？

　　袁枚說「偽名儒，不如真名妓」有一個前提：「妓中有俠者，義者，能文者，工伎藝者，忠國家者，史冊所傳，不一而足。」這幾乎就是柳如是的名言「天下興亡，匹『婦』有責」了。不過，我們對那些在崗學習的人兒們，不抱產生真名妓的任何奢望。當然，也恰恰是這夥「小」妓，才真正配得上如今這夥快感收購隊員們那沒有支點的行徑。柳如是今天的確沒有了，可那是因為錢牧齋比柳如是絕跡得更早。未來呢？子曰：如之何，如之何；佛曰：不可說，不可說。鍾鳴則提醒我們：「未來的歲月將會更加誇張。」

1998 年 12 月，上海

那些實在難纏的問題

壹、現在我們還能不能談論靈魂？

自然科學與技術的愈來愈囂張、愈來愈霸道，充分證明今天是一個不需要靈魂的年代，至少是一個靈魂必須遭到放逐的年代。因為自然科學與技術不需要涉及靈魂；有了靈魂它反而不自在。在今天，整個世界差不多都是靈魂的西伯利亞：寒冷、凜冽而又含情脈脈。即使是商品生產者號稱自己的產品如何如何人性化、如何如何朝著人性化的方向努力邁進，事實最終都會證明，那不過是商品生產者在處心積慮之中，終於為產品找到的能夠且必須更新換代的合法性。在現時代，更新換代既構成了資本運作的超級潤滑劑，又極大地慫恿了越來越沒有靈魂的消費者主動向新產品投懷送抱。技術利用了人性的弱點，從而找到了自己的生長點、加固了自己對人性的統治。

科學或許表徵著人類求知、求真的激情，技術則純然表徵著人的慾望。在現時代，從任何一個角度看，技術都絕佳地滿足了人類好逸惡勞、好吃懶做和熱愛墮落的天性。慾望成了人的唯一靈魂或靈魂的主要部件。在今天，我們能夠談論的靈魂就是慾望。這在幾乎所有的人文社會學科那裏得到了公認。

鑒於科學主義的巨大成就導致的科學／技術上的威風，人文社會學科愈來愈願意向科學主義靠攏，試圖把自己也弄成科學。有那麼一陣子，人文社會學科的從業人員普遍相信，只要他們努力，就能搜尋到關於人的心理、行為以及靈魂的普遍公式，並由此理解甚至預測人的靈魂。二十世紀法國的結構主義者是這方面的顯著例證。他們肯定知道，那幾條乾巴巴的公式一定是以消除人的複雜性、豐富性為代價，其中就包括了他們自己的複雜性和豐富性；但他們或許不願意承認，就在他們試圖把握人的靈魂的時候，靈魂（甚至慾望）已經從指縫間

悄悄溜走了。理由很簡單,人文學術研究在向科學或科學主義靠攏時,必須依靠一個顯而易見的預設:人類以及人類生活僅僅是個物質世界;認識人類以及人類生活可以像認識物質世界那樣,得到人文社會學科的認識。在此,靈魂顯然是一件不存在的事物。

貳、過於張狂的分類學

分類學是現代社會得以成立的基礎,也是現代人文學術的地平線。從歷史主義的角度觀察,分類學當然有它較為漫長的行進步驟——反正涂爾幹(Emile Durkheim)對此已經有過極好的說明,不需要額外申說。分類學的基本任務,就是要明確區分各門學科的勢力範圍;它傾向於毫無遺漏地將所有事物劃歸到各個不同的柵欄裏,以供不同學科解剖,從而提供各種屍檢報告。它像我們時代發放營業執照的管理部門那樣,明確規定了各門學科之間的疆界、各門學科的營運範圍;它頒佈了產品的檢測標準、學術規範的條例等等。分類學事實上充當的是員警甚至是祕密員警的角色:它維護學術秩序,嚴禁各門學科的從業人員互相串列。如有此等事件發生,從業人員將在第一時間內被視為犯規、違法。

沒有任何理由不承認,分類學才是人文社會學科的真正統治者和管理者。儘管看上去不像那麼回事,但事實上所有的從業人員都得臣服於這位暴君。偶爾出現的幾位破壞者或起義者很快就被就地正法了。在現代分類學的治理下,非鳥非獸的蝙蝠顯然是難以為生的。迎合著人文社會學科對科學主義的過度仰慕,分類學明目張膽地構成了解除靈魂最大、最隱蔽的能源。這就是說,管理現代人文社會學科的兩大法人,從來就是科學主義衝動以及與此相伴隨的現代分類學。很顯然,在一個分類學過於囂張的塵世,隨意談論靈魂即使不是一件不可能的事情,起碼也是一樁奢侈的事情。任何一個人文社會學科的從業人員稍加反思就會承認,分類學從它誕生之日起就願意慫惥各門學科談論慾望,並將慾望分割成零散的部件,裝在不同學科圍成的柵欄

裏，以供不同學科解剖。在現代學術體制的幫助下，分類學極好地完成了自己的使命。

分類學反對整體，因為整體是分類學的天敵。但這裏的難題恰恰是：靈魂從來都是一個整體，因為我們顯然不能說，這世上存在著「三分之一的靈魂」或「半個靈魂」，也無法說出靈魂的腸胃、靈魂的眼睛在什麼地方，哪怕僅僅是在比喻的意義上。雖然靈魂從來就不認為自己是個比喻，但現代分類學卻有足夠的本事僅僅將靈魂看作比喻。在我們這個時代，分類學唯一的仁慈是：它願意將靈魂實體化為零散的慾望。

參、政治行為

科學主義衝動在人文學術研究中已經成為潛意識；作為現代人文學術的基準線，分類學同樣被潛意識化了。從功能主義的角度說，前一種潛意識從方法論上促成了人文學術對靈魂或慾望進行簡化，後一種潛意識則從制度上支持了這種簡化。現代人文學術的兩位統治者就這樣勾肩搭背，保證了人文學術的正常運行。很少有人會懷疑，在今天的學術格局中，上述情形被視為理所當然究竟有什麼不對。我們都聽得出來，這恰好是潛意識最通俗的口吻，也是潛意識最自得、最自信的語氣。很顯然，現代人文學術在科學主義衝動和分類學的幫助下將靈魂或慾望進行簡化，恰恰是一種既隱蔽又明目張膽的政治行為。我理解的政治十分簡單：遵照「仁」的「二人」為「仁」的原始語義，只要有兩個人存在，權利就存在；只要權利存在，政治和政治行為就存在。政治的本義是管理，而最有效的管理從來都是格式化的。正是存在著這一隱蔽的規律，視靈魂為最高職事的基督教也需要一個機構，而那個被稱之為教會的機構始終遵循著格式化的管理模式。沒有這一機制，規模龐大、歷時久遠的十字軍東征就是不可思議的。

頗具諷刺性的事實恰好是，在科學主義衝動與分類學的嚴密控制下，人文學術對靈魂的簡化剛好投合了政治的要求。它為政治迅速找到有效的格式化模式提供了暗中的幫助。在此，沒有必要專門申說政

府撥鉅款向人文學者定購有效的格式化管理模式，因為這是御用文人的專利；即使是那些看起來以反對一切強權為務的學術研究，其實在骨子裏也難逃為政治服務的嫌疑。很顯然，專項基金在這裏是不重要的，重要的是人文學術的墮落。

我們可不可以把這一尷尬局面的來由，僅僅歸結為科學主義衝動和分類學在骨子裏就是政治性的？對這個難纏的問題實在沒有必要做過多的糾纏；我想表達的悲哀僅僅是：我們的人文學術不僅將靈魂降解為慾望，不僅將慾望化整為零、批發零售，以致於成為靈魂上的游擊主義者，更要命的是，它已經將如何有效管理各個慾望之部件的密碼昭告天下。這究竟是在向誰討好賣乖？人文社會學科的從業人員固然從中獲得了成就感，他們也自以為把握住了靈魂。只有政治和權利在一旁偷偷冷笑：所謂把握住了靈魂，頂多只是把握住了關於靈魂的比喻。這是一個純粹的修辭學事件。我們因此可以把對靈魂的解剖弄成一門特殊的修辭學。事實上，現代人文學術早已將靈魂修辭化了。

肆、知識的單子化和人的單子化

迎合著科學主義頒佈的方法論，人文社會學科對慾望的切割式研究與極度公式般的簡化，導致了一個顯而易見的後果：知識的單子化。我曾在別處說過，知識的單子化是對分類學絕對效忠的產物；知識的單子化如果不能說成是人的單子化的首倡者，起碼也是加固者。這裏邊的部分原因是，儘管每一個人都擁有近乎相同的慾望（所謂「人同此心」），但不同的人心目中卻有著關於慾望的不同的知識——當然都是些就地批發而來的零散的知識，沒人有能力將它們聚成一個整體，只能任它們像磚石泥瓦一樣四散飄零。儘管也有學者將這種情況美其名曰「知識網絡」，但似乎從來都無濟於事。

社會分層理論就是在這一背景下逐漸囂張起來以致於漸成顯學的。在我們時代，它被認為是一種十分管用的學問。但令我們的靈魂至為悲哀的是，這門學問首先建立在人的單子化早已是既成事實的基礎上，卻對解除人的單子化無能為力。我們註定了要在孤獨中生活一

世，根本無法指望人文社會學科能給我們指明任何有效的通途。這就
是現代人文學術的通病：在科學主義的感召下，迎合著分類學的強烈
要求，各門學科都能十分精確地描述令我們倍感神傷的現實，卻無法
從體制上和方法論上給出一套有效的解救之道。我們當然可以大而化
之地將這種境況理解為人文學術的謙遜，但是很明顯，這種謙遜要麼
是沒用的，要麼就是出於人文社會學科的自卑、無能因而是無可奈何
的。可以設想，如果一位病人面對的那位醫生只知把脈和報告病情，
卻謙虛地說我開不出處方，這位焦心的病人會有什麼反應。或許正是
在這一點上，人文社會學科又一次心悅誠服地接受了科學主義衝動之
潛意識的領導；它興高采烈地認可了人的單子化與知識的單子化。一
大幫書齋學者就這樣操持著人文學術研究，換取了大量耀眼的頭銜、
金錢、獎盃、與國家領導人的合影。

伍、無路可逃的想像力

　　實證是科學主義的法寶，歸納法則是實證的屠龍刀、太子劍。實
證的本義是強調事實，要求將事實和價值絕對分開；歸納法的本義是
對事實進行重新安排，同樣要將價值驅逐出事實之外。因此，實證和
歸納法一道，都是排斥想像力的；所謂科學中的直覺，不過是科學自
我解嘲的比喻。無數的科學史家在提到牛頓和蘋果的傳奇關係時，炮
製了太多的胡說八道，以致於將某些意志不堅的科學主義崇奉者引上
了邪路。現代人文學術建立在實證的基礎上；實證最內在的口吻是：
永遠不要想像事情應該怎樣，而是必須承認它就是這樣、只能這樣。
因此，實證更隱蔽的前提是：首先承認這個世界在事實的層面上終歸
是合理的，然後在此基礎上展開對事實的非價值性描述。否則，實證
根本不可能仰仗歸納法展開自己的工作。儘管我們每一個人都有強烈
的「應是」衝動，但現代人文學術出於對科學主義的效忠和投誠，從
一開始就只承認「所是」的合法性。我們被告知，無論是歸納法還是
實證，都沒有能力從現實中找到任何關於「應是」能夠存在的依據。
站在我們這些早已單子化了的普通人的立場，我們盡可以抱怨：這種

性質的人文學術頂多表徵一種深刻的悲觀主義、一種黑色幽默過於濃烈的犬儒主義。

伊格爾頓說，想像力是一種意識形態，想像力顯示了我們對當下生活的不滿。我不知道伊格爾頓願不願意承認，作為一種無往而不勝的意識形態的實證，早已在人文社會學科各個可以想見的角落，徹底打敗了作為另一種意識形態的想像力。現代人文學術傾向於相信，它們之所以能有今天的成就，連一向瞧它們不起的各國政府也不得不對它們刮目相看，完全是因為它們逐漸學會了拋棄言不及義、花裏胡哨、修辭成分過於濃厚的想像力。很顯然，這種性質的人文學術研究始終在提倡一種既來之則安之的生活，反抗是從不存在的事情。這種悲觀主義、犬儒主義的研究方式如今大行其道、戰無不勝、攻無不克，一路凱歌高奏，最終彙聚到了浩若煙海的學術著作中，卻剛好和迎面而來的「再生資源」回收車撞了個滿懷。

陸、奄奄一息的形而上學

與此同時，古老的形而上學也被人文學術全方位地排斥掉了。在實證和歸納法眼中，形而上學從一開始就被認為是言不及義的，被認為沒有能力把握現實，並由此給了形而上學太多的嘲笑。在今天，即使是最具善意的學者也不大敢輕易同情形而上學。有意思的是，嘲笑形而上學的舉證者經常拖出黑格爾當靶子。我同意將此人打入冷宮，因為他假借形而上學之名做了太多無聊的事情。但我想或許在另一個角度上我們很可能真的錯了：黑格爾確實想將形而上學發揚光大，卻在急火攻心之間最終搞笑般地要了形而上學的老命。但是，事情的另一面很可能是：作為一種最古老的思維方式，形而上學或許並不會因為黑格爾對它的胡亂運用而在後人的敵視中註定滅絕。

今天，在人文社會學科中取代形而上學的，是所謂的歷史主義。今天，人人都能毫不猶豫地說出如下套話：必須將問題歷史化或將歷史問題化。我們被告知：只有將一切事實置放在歷史之流中，才能看出問題的實質之所在，才能具體地而不是形而上學地處理問題。歷史

主義強調無物常駐，古希臘一句「人不能兩次踏進同一條河流」早已嚇破了歷史主義的小膽囊。近世以來，幾乎所有的人文學術研究都暗中遵循這一規律，願意將一切都置放在變動不居的歷史鏈條上，卻對可能存在著的某種不變的東西持堅決反對的態度。人的靈魂、慾望也被認為是在歷史長河中被塑造出來的，因此只能歷史地對待，卻對我們的靈魂中是否存在不變的東西不屑一顧。由此，實證和歷史主義一道，在骨子裏都贊同「存在即合理」這一黑格爾式的信條；由此，我們可以知道，為什麼我們的人文學術秉承著科學主義衝動和分類學的命令，收穫了那麼多冷血的「科研成果」，產生了那麼多只有人的排泄物卻沒有人本身的凜然呈價值中立狀的「學術產品」。

　　形而上學確實已經被打得鼻青臉腫甚或奄奄一息了。但本著靈魂的整體性的要求，我們似乎有必要提倡這個世界確實存在著某種亙古不變的東西，而且這種東西無法被實證和歷史主義所消化、所克服；否則，歷史主義必定會假他人之手搞出許多慘絕人寰的事情，諸如南京大屠殺、人的單子化、耗費了過多民脂民膏而來的冷血的研究成果等等，就是至為合理的事情；儘管它們中的許多成員，確實是在歷史主義原則指導下生產出的最耀眼的產品。

柒、自戀的學術研究

　　儘管幾乎所有的人文學者都不時哀歎，在科學與技術十分囂張的日子裏，越來越勢利的有關部門越來越不重視人文學科了，但我們仍然能夠發現一個顯而易見的事實：所有的人文學者和他們從現代分類學那裏討來的研究範圍一道，始終在自哀、自憐和自戀。當集體的人被搞成絕對單個的人以後，人文學術研究據說被賦予了前所未有的重大任務：它是文人的生存方式。這當然是一個嚇人的命題。不過，正是從這裏，我們看到了學術的自戀和自戀的學術。這一狀況的根源仍然在於分類學，因為分類學不僅為學術劃定了不能彼此穿幫串列的疆界，而且還將每一個領域的極端重要性賦予了一個個領域，致使彼此根本無法相互取代，致使每一個領域和每一個領域的領取者一道，都

認為自己才是最重要的。我們能在所有申請各級學術基金的報表上，除了看到該專案需要「××萬元」外，還能看到所有的申報人都把自己和自己的領域吹得天花亂墜、口吐白沫，彷彿每一個學科眨眼之間都具有了拯救世界能力，你除了把國庫中的所有錢財散給他之外，別無他法。這搞得各國政府和各級政府都深感慚愧。很可能就是在這個地方，靈魂似乎又得到了有限度的承認：它存在、它需要幫助、它需要被認識，最後，它或許也是重要的。但在此我有一個疑問，很願意就地免費貢獻出來：不知道各級基金會是否清楚，它們投出的錢財除了滿足自戀的學術的自戀癖好、滿足分類學與科學主義衝動的權威外，得到的回報是否是一些冷血的產品、沒有人存在的產品，甚至乾脆就是垃圾。它們是否和靈魂有一星半點的關係？即便如此，有一點還是很清楚的：各級基金會差不多都明白，它們投入的錢財，最起碼收穫了許多能夠有效管理靈魂的格式化模式。正是在這個意義上，自戀的學術和自戀的基金會獲得了它們念想中的雙贏。

捌、人文學術的目的

儘管科學主義是一切現代人文社會學科的領袖和效法對象，但我還是願意給自戀的學術兜頭一瓢涼水，以便讓它們清醒清醒：一切人文社會學科都不是科學，都不可能成為科學。其實，根本用不著我在這裏多管閒事，因為多年前以賽亞‧伯林就給那夥渾身滾燙的自戀份子淬過火了。伯林論證道，一切崇拜科學、試圖以簡化的方式對待靈魂、對待生活、對待慾望的行徑都是徒勞的。人文社會學科的根本出發點應該是：人的靈魂、慾望從來都不是物理世界；事實上，它是物理世界之外的另一種世界。那些可以應用於物理世界的簡化方式、科學主義方式、實證方式根本就不能見用和見容於生活世界；誰願意將那些方式用於人的世界，誰就是知識學上的法西斯份子。乾脆讓我們說得更狠一點：誰願意將它們用於生活世界，誰就是知識學上的超級受虐狂。

　　我們的基本常識是：自然科學面對物理世界，試圖尋找物理世界的規律，每一個被找到的規律都為我們提供了一種認識物理世界的模式；人文學術面對生活世界，它的目的是探索人的靈魂，它要為我們認識靈魂提供出無數種而不是單獨一種模式。整體的而不是三分之一的靈魂的狀況、深度、疆域以及靈魂的全部可能性，才是人文學術合法性的唯一來源，至於使用何種有效的手段來完成認識靈魂的任務，可不可以借鑒被科學主義認可的方法，都是後置性的問題，都在可以談判和商量之列。

　　有趣的是，號稱以反形而上學自命的自然科學通過實證的方式，得出了掩蓋在紛繁複雜的事物之下，而又支配各種事物的永恆不變的規律，反對形而上學的歷史主義，則通過實證的方式，妄圖尋找到支配人的靈魂的公式。它們在骨子裏其實都是形而上學的。我的意思當然不是形而上學有什麼不對或有多麼偉大，而是說，作為一種最古老的認知方式，形而上學自有它無法被根除的慣性。這僅僅是因為形而上學離我們的靈魂最近。但自然科學與人文學術尋找到的不變的公式依然有著絕然不同的性質：前者揭示自然的本質，後者強調人之為人的尊嚴；前者反應了人在萬物面前的尊嚴，後者則旨在保護人的尊嚴。人文學術如果不能通過對靈魂持續不斷的探索來保證人的尊嚴，來維護靈魂的整體性，只將自身降解為一種政治行為，這樣的學術研究頂多是一種智力體操，一種向科學主義和分類學獻媚取好的軟體運動。但對這樣的人文學術研究以及它們取得的偉大成果，我們早已習以為常了。

玖、倫理關切

　　和科學總是反對常識不同，人文社會學科在認知上的出發點始終是常識。常識先於一切邏輯框架和各種論證手段。但是，很遺憾，近世以來說到常識就沒那麼動聽了，就連海德格爾、納博科夫和波譜爾那樣的腦袋都認為，常識只是人們為思想懶惰尋找到的藉口；理查・羅蒂則認為，常識代表創新的反面。但太多的學術現實讓我更願意贊同 J.L.奧斯丁的暗示：常識是人類經驗中最值得尊敬的經驗類型，畢竟

常識是經過生活世界反覆檢驗過的經驗，在對常識保持足夠警惕的情況下，我們有必要尊重常識給出教誨。至少，常識可以保證我們多說人話，少說鬼話。更重要的是，合理的、有血有肉的、聯通人性的人文學術所遵循的常識，始終和倫理衝動聯繫在一起。這就是說，常識是倫理衝動的產物，不是分類學衝動和科學主義衝動下的崽、產的卵。所謂人文學術的倫理衝動，指的是一切人文學術研究必須以倫理關切為基點，而倫理關切的內核就是對靈魂的熱情探索，並且是充滿善意的探索。它反對簡化，它提倡整體。常識會告訴我們，我們究竟需要什麼樣的生活，我們的靈魂在何種情況下需要何種安慰。這裏邊的唯一要點是：倫理衝動始終以對當下生活世界的絕對不滿來達致自身。和一切號稱科學的實證主義式的人文學術絕然相反，倫理衝動始終在矢志不渝地關注生活世界的「應是」，始終在不遺餘力地反對生活世界的「所是」。它堅信當下的生活世界就是不美好的世界。在此，倫理衝動看起來違背了常識，卻又從最為深刻的角度符合了常識、符合了關於靈魂的常識。因此，一切歌功頌德，一切旨在為權利部門提供有效的格式化模式的行徑，都要被倫理衝動徹底地清除出去。一切自尊自愛的人文學術都必須是在野的反對派，是任何權利的反抗者而不僅僅是哪一種權利的反抗者。除此之外，它還必須保持自己的貞潔而不致於墮落為官方學說。它僅僅是要讓民眾明白它對靈魂的探索，以及這種探索道明的靈魂的真實需求，從而向強權部門施加壓力，迫使權利部門對靈魂做出讓步，以此達到靈魂與生活世界更進一步的契合。但所謂更進一步的契合並不表徵美好世界的來臨，恰恰相反，正是它的不美好構成了自尊自愛的人文學術研究新的出發點、新的倫理關切的原點。這就是人文學術研究必須遵循的基本倫理學。最後，人文學術研究首先不是提供知識，而是提供一種拒絕與任何權利合作的道德立場。

拾、反對相對主義

　　相對主義是當今人文學術遵循的又一準則。但相對主義不能僅僅被視作價值多元的產物，也不能僅僅被看成是知識單子化、人的單子

化的結果。無論它來自哪裏，都意味著一場災難。一個顯而易見的事實是：我們的人文學術研究不是緩解了這一境況，而是加固了這一境況。在相對主義的保護下，我們似乎真的擁有了花不完的自由，以致於有人膽敢宣稱：相對主義從邏輯上是駁不倒的。這種急火攻心的言論實在是不值一提。無論從任何角度觀察，相對主義都是一個拙劣的笑話。事實上，任何一個相信相對主義的人最終都選擇了或願意選擇他最滿意的生活方式，這暗示了一個邏輯前提：我選擇的或我願意選擇的比其他所有選擇都要好，因而在行動中最終放棄了相對主義；任何一個相對主義者肯定都不願意承認，一個垃圾收揀者的價值會等同於聖雄甘地的價值，因而最終在價值評判上放棄了相對主義。這個簡單的、來源於常識的事實，是否有能力駁倒相對主義？上述境況給人文社會學科奉獻出的教益是：必須在價值失範的時代，首先批判和反對各種相對主義；必須在人文學術研究中擯除相對主義及其幽靈。除了相對主義本身的荒謬，除了相對主義「萬物齊一」的內在口吻，合格的人文學術研究必須反對相對主義的最大理由是：我們的靈魂、我們的靈魂意欲達到的和諧狀態從來都不是相對的，相對主義卻認為靈魂可以得到相對化的處理，而且每一個靈魂與其他靈魂之間沒有高下之分、貴賤之別。誠然，我們的靈魂和靈魂意欲達到的和諧狀態在某些時候看起來確實是相對的，但那不能理解成相對主義的勝利，恰恰相反，必須要理解為相對主義的失敗，因為那不過是生活世界本身的嚴酷迫使靈魂為保持自己的完整不得不做出必要的讓步。很顯然，讓步肯定不是靈魂的本義，毋寧說是一種以退為進的游擊戰術。在骨子裏，靈魂不僅是整體的，而且還是絕對的。

拾壹、明天的事情

在相對主義悄然現身的時代，現代人文學術研究還能滿足靈魂的要求嗎？我們還能在常識的意義上談論我們的靈魂嗎？我們還有機會相信我們的靈魂中存在著某種亙古不變的東西嗎？而在現代人文學術研究的操持下，靈魂要麼只是一個比喻，要麼不存在，要麼僅僅是一

團和任何別的東西沒什麼區別的物質……因此，我們只好把合人性的人文學術研究、有人性的人文學術研究的到來，推遲到一個又一個的明天之後。我不是巫師，不是占卜者，如你所知，我只是一個現代人文學術研究的旁觀者和冷嘲者。我願意將合格的學術研究推向遙不可及的未來，不過是因為實在忍受不住地想代替洋洋得意的人文學術研究表達它們的希望、絕望甚至虛妄。

2005 年 7 月 31 日，北京豐益橋

知識份子是幹什麼的？[1]

　　2005 年 7 月底，正是北京奇熱難當的盛夏時分。我素來尊敬的前輩 A 女士居然紆尊降貴，駕車來到了我居住的南城，說是要和我一起喝茶聊天。南城歷來是北京窮人的聚居地；A 女士一下車就委婉地表示過她對南城的不喜歡；我抱歉地對她說，我也有志成為一個富人，但努力了多年也沒有成功，住在這裏，確實是沒法子的事情。在受寵若驚之餘，也在較為漫長的交談中，作為助興的話題，學術界的不少明星都被我們提到了。其中有一位十幾年來始終被我尊敬卻又無緣謀面的前輩 B 也被我說了出來。A 女士很高興，因為她和 B 先生是非常要好的朋友。這讓我有了找到黨組織的那種驚喜感覺。於是，很偶然但也很自然地，A 女士告訴我，B 先生有些不喜歡另一位我無緣拜見但也同樣令我敬重的前輩 C。見我詫異，剛喝了一口清茶的 A 女士解釋說，B 先生之所以對 C 先生稍存不屑，是因為 B 覺得 C 在深奧的專業研究之外對社會上那些雜七雜八的事情發言，不僅會影響學術上的精進、專業上的突破，還有嘩眾取寵之嫌；A 女士接著說，B 先生還有一個只能在朋友齊集的酒桌上才願意掏出來的猜測：很可能是因為 C 對深奧的專業研究力不從心了，才轉而對那些雜七雜八的事情指手畫腳。

　　B、C 兩位先生都是典型的學院派人文知識份子，他們在各自的專業領域內取得的成就有目共睹──否則，某雖不敏，還犯不上十幾年如一日地尊敬他們──，但面對社會上那些「雜七雜八的事情」所持的態度卻迥然有別：B 認為自己的職業是學院知識份子，除了專業研究，大可以棄「雜七雜八的事情」於不顧，否則，就有不務正業之嫌；C 則認為，人文知識份子必須對生活世界上的「噁心主題」發表看法、

──────────

[1] 本文是為臧杰主編的《藏獒：在都市中嚎叫》(湖南文藝出版社，2006 年)
　　一書所寫的序言。

表明立場。A 女士告訴我，B 只想做個專業知識份子；C 除此之外，還願意充任公共知識份子的角色。從 A 那裏，我才知道時下流行的詞語中有一個叫做公共知識份子，而我以前一直將這種人暗暗稱作「打抱不平者」。見我有些走神，A 女士在喝茶的間際，問我對此有何看法。當時是如何回答的，我已經忘記了；但我現在的看法是，鑒於今天早已是個專家的時代，我當然同意專業研究意義重大，何況專業研究還擔負著生產知識的重任；但鑒於這個世界確實存在著太多讓人不滿意甚至憤怒的「雜七雜八的事情」，我不覺得公共知識份子（我不准備用那個江湖氣太重的「打抱不平者」了）的所作所為沒有意義，或者意義不重大。問題的關鍵不在這裏，最根本的問題是：在今天，人文知識份子究竟有何用處？

　　作為維繫當下生活世界的主角，社會分工早已是個不爭的事實；長期以來，不獨物質生產領域內分工越來越細緻，知識生產領域裏的分工同樣愈來愈傾向於精密。被現代人文學術推舉出來的主角即現代分類學在此具有極大的權威性。單就人文知識的生產來說，由於受制於分類學的權威，至少有兩種知識生產的形式：專業領域內的知識生產；公共領域裏的知識生產。個中人士無不明白，前者強調事實和價值的分離，否則，結論就有可能建立在意氣用事的沙灘上，後者則拼死維護事實和價值的和合，否則，那些冷血的知識根本就沒有用處；前者強調知識本身的純潔，後者則強調知識的有效與火熱；前者是關於人類社會某一個特定部分的知識（比如關於語言和思維），後者則是關於人類社會的整體的知識（比如關於幸福、公正和正義）。專業知識能讓我們像使用顯微鏡那樣放大人類社會的每一個細部，從而讓我們更有效、更真切地認識我們自身，儘管這種知識有時候甚至在大多數時候確實具有冷血的特徵；公共知識則能讓我們隨時隨地明白幸福、公正、正義對於我們的重要性，讓我們明白生活世界上有哪些「雜七雜八的事情」始終在阻撓我們實現幸福、公正和正義，還能讓我們知道，在面對這些「雜七雜八的事情」時我們究竟應該怎麼辦。如果一定要說專業知識和公共知識之間的聯繫，我願意在此冒險下一個結論，並希望 A、B、C 三位前輩能夠原諒：公共知識是對各種專業知識

的綜合運用，是在利用專業知識看清社會細部的基礎上對「雜七雜八的事情」所作的評判。如果說專業知識是理論，公共知識無疑是對理論的應用。求諸於經驗和我們千瘡百孔的常識，與其說公共知識是關於幸福、公正、正義的知識，不如說是關於幸福、公正、正義何以被阻撓、何以不能實現的知識。歸根到底，公共知識只能是關於缺失和缺陷的知識。這是公共知識的最終尊嚴之所在。

　　多年來，我們（包括我甚至也包括 A、B、C 三位前輩）被告知，我們是由人民養大成人的。聯想到父母的艱辛和勞累，聯想到自己那些吃不飽肚子的悲慘年月，有很長一段時間我對這種說教嗤之以鼻，不屑一顧。時間在翩翩流逝；愚鈍如我者也漸漸明白了一個簡單的事實：保證現代分類學及其功能得以成立的基礎，始終是社會財富的再分配——無論以何種方式、由何種權力來進行再分配。即使把一切可以忍受和不可以忍受的東西一股腦兒全部計算在內，我等人文知識份子之所以能夠安靜地接受教育並最終成為人文知識份子，僅僅依靠父母的艱辛與勞作是不夠的，還需仰仗他人的貢獻——儘管有了他人的奉獻並不能保證我們每天都能填飽肚子。而所謂他人，只要我們還心存感恩、知恩的念頭和情懷，不過是長期以來慘遭妖魔化的人民。當然，除了少數有本事的人文知識份子，其他所有人都是人民的一部分。人文知識份子被人民餵大，唯一的任務就是為人民服務——聽上去這是個十分庸俗和搞笑的說法，但我堅決不會用引號把這句話給包裹起來。像 B 先生那樣生產專業知識當然是服務，當然值得尊敬，像 C 先生那樣生產公共知識肯定也算服務，應該得到同等的尊敬。歸根到底，知識生產不過是人文知識份子的義務，就像公務員領取俸祿就必須完成份內的差使一樣，哪怕有時候是以裝孫子的方式完成差使。很顯然，即使按照公務員鬆鬆垮垮的工作條令，如果一個人文知識份子沒有生產出知識或者生產出了有害的知識，無疑是知識上的瀆職和犯罪。因此，相對於廣大的人民，人文知識份子，無論是專業的還是公共的，根本不具有任何傲慢的資格和權力。

　　鑒於長期以來現代分類學的威風，知識和知識份子的專業化越來越成為一個堅硬的事實，幾乎所有的人文知識份子都只記住了專業知

識生產，卻忘記了公共知識的生產；更有甚者，幾乎所有的人文知識份子都以為知識生產只是個人的事情——「學術研究是知識份子的存在方式」，作為一個冠冕堂皇的托辭或一個煞有介事的毒誓，正好暴露了許多人文知識份子深埋內心的自私念頭。從數量上說，和蟄居書齋的專業知識份子相比，對「雜七雜八的事情」公開發表看法的公共知識份子在中國（或許是在全世界）差不多已經成為恐龍了。在這樣的情況下，C 先生冒著遭受奚落的危險棄專業研究於不顧，實在是可貴之至。我隱隱約約地記得，在那個酷暑的下午，在北京南城的某間茶樓，我用這個小意思讚揚過 C 先生，而且得到了 A 女士的首肯。

在此有必要重申一個常識：諸如 C 先生一類的公共知識份子在針對那些「雜七雜八的事情」發言時，必須要以批判的眼光看待現實生活。現實的不美好是公共知識份子的基本預設。在這裏，現實的不美好是絕對意義上的不美好。的確，正如某些不懷好意的人所說的那樣，我們每個人或許都不知道什麼是絕對幸福、絕對公正和絕對正義（他們因此會問：追求一件你根本就不知道的東西豈不荒唐？），但我們肯定明白什麼是不幸福、不公正和不正義。幸福、公正、正義等概念，必須要從否定的意義上才能得到準確的定義。公共知識份子的義務，就是要不斷生產關於幸福、公正、正義的內涵，並將它貢獻給人民，並使用這樣的內涵批判那些否定之物；儘管這種知識歸根到底是些關於缺陷和缺失的知識，但也正因為如此，才值得我們的人文知識份子世世代代對它進行生產。也就是在這種性質的生產過程中，那些不美好的社會才有望得到一點一滴地進化；而這樣的生產與進化是個永無休止的過程。

公共知識份子在進行知識生產時，必須站在人民這邊。這是理所當然的。站在人民這邊，就是站在我們自己這邊。這是知識份子——無論是公共的還是專業的——的絕對立場。相對於各種超常的力量，我們必須承認，我們都是弱者，都是失敗者。有意思的是，經過許多知識份子的頑強努力，千百年來，我們已經擁有了太多關於成功的哲學，但關於失敗的哲學始終處於「尿道阻塞的叢林中」（沃爾科特語）；在成功哲學眼裏，失敗哲學不僅是不可思議的，而且是極端無聊的。

成功哲學是強人的哲學，它和幸福、公正、正義無關，甚至從骨子裏就是對幸福、公正、正義的堅決否定。因此，公共知識份子的最大義務必須落實到對成功哲學的批判上。在今天，有眼睛的人都能看到，許多惹人神傷、催人淚下、引人肝火燃燒的「雜七雜八的事情」，大大半來自於成功哲學的教唆。在成功哲學的聖殿上，不成功是不被允許的；在成功哲學眼中，信奉失敗哲學的人本來就是應該被消滅、被淘汰的劣等人物；給這些人製造一些麻煩（這就是「雜七雜八的事情」的根本語義），也就是成功哲學的題中應有之義。批判這種哲學的精神內涵，滿懷激情地掃蕩這種哲學的原始功能以及它製造出來的慘烈現實，維護失敗者可以失敗的權力，正是公共知識份子的基本義務——因為他是人民餵大的。

2005 年 12 月 18 日，北京豐益橋

第四輯

虛構的和真實的

我知道這世上有真實的東西，比如空氣，也有虛構的東西，比如謊言。兩者我都喜歡。我願意用虛構去看待真實，用真實去看待虛構。

敬請你不要問我為什麼要這樣做，因為這只是我的不良癖好。

本文純屬虛構

世界為一本書而存在。

——保羅・瓦萊里

莫說相公癡，更有癡似相公者。

——張岱《陶庵夢憶》卷三

壹、一本永遠不會誕生的書的序言、正文與後記

一、序言

這篇序言和這篇序言的作者有一個小小的野心，就是想證明一本永遠不會誕生的書確實存在過和存在著。作為我們時代的無業遊民，我，王堪夜，也樂於幹這類子虛烏有的事情。話雖如此，諸位看官卻完全沒有必要把這種性質的書和這種存在狀態的書當作神祕之物，比如上帝啦、命運啦，或者其他無以名之的鬼東西。王堪夜不希望本序言最終要以「神祕」為武器、為噱頭，而為這本書招攬讀者。我不願意這樣做。

偉大的貝克萊，也就是那位在形而上學的天空凌空虛蹈，從而把世界給弄丟了的不幸哲學家，曾經說過：「某些真理對於心靈是如此接近與明顯，以致一個人只需睜開眼睛看見它們。我將這一重要的真理作如是觀：就是說，天上的所有合唱隊，人間的所有物具，簡而言之，即構成這個世界的強大骨架的所有形體，如果沒有一個心靈就沒有任何實質，……或者它根本就不存在，或者它只留存於某個永恆精神的心靈中。」這本永遠不會誕生的書，儘管在區區在下看來一點都不神祕，但也只對有心靈的人——即貝克萊意義上的有著搞笑性質的「唯

心主義」者──開放。按照它的本願，它也許將對所有型號的懷疑主義者、虛無主義者、物質至上主義者、物質決定論者、色情幫愛好者、機會主義者、素食主義者、機械唯物主義者以及鄉愿緊閉大門。

就目前所能見到的令人生疑的隻言片語看來，這本書可能是小說，是詩歌，是隨筆甚至是戲劇，也可能是哲學、神學、歷史學、語言學或者別的曾經存在於世上的任何一種可能的書寫形式，當然也有可能是考證、證明、反詰、玩笑、痛斥（？）、聖言、嬉皮笑臉……或者一個大寫的零。究竟是什麼玩意，作為我們時代一個渺小得有如打屁蟲的無業遊民，鄙人實際上也不大清楚。但就我目前所看到的內容來說（不怕你見笑，我能看到的內容相對於那本大書幾乎完全可以忽略不計），它歸根結底只是一本莫名其妙的書，一本平凡的書，一本不那麼純粹和高尚的書；當然，在所有這一切之外，它也可能具有某種神奇的性質──有關這個問題的詳細情況，接下來我馬上就要說到。

已經有許多相當有說服力的證據可以表明，王堪夜並不是第一個看見那本書的人──儘管他凡事都渴望充當第一，但這個小小心願自打盤古王開天闢地到而今，從來就沒有實現過。現在他的最大理想就是凡事不當倒數第一。即便如此，他能有幸看見那本書，也確實稱得上奇蹟（他為此願意感謝上蒼）。像那個倒楣的但丁──而不是那個偉大的但丁──一樣，「在人生的中途，他（也）迷失在黑暗的森林當中；」正當他像但丁等待維吉爾那樣，等待他的拯救和拯救者時，突然眼前一黑，經過七拐八碰，像一個經過了多次偷雞摸狗、轉彎抹角而最後到來的觀點一樣，居然掉進了一個山洞。就是在那個狹窄得像兔子的尿道一樣的山洞裏，王堪夜機緣巧合地看見了這本書。但那是一本不斷飄忽、不斷移動、不斷拍擊翅膀的書：它像可以挪動方位的人參，在這篇序言的作者面前不斷地更改居所。王堪夜對此非常驚訝，完全不知道眼前這個哥們飛來飛去究竟想幹什麼。就是在這種極度的無聊當中，王堪夜和那本書玩起了「老鷹捉小雞」的遊戲，因為這樣做，好歹能讓他把洞外的「黑暗森林」暫時忘記，也能將他無望的茫茫前途（假如這玩意還真的存在）暫時扔在一邊。讓那個叫「前途」的狗東西想幹什麼就幹什麼去。當然，想把那本奇異的書籍據為己有以便

從中猛撈一把，從而改變他王堪夜叮噹作響的窮日子，也是「老鷹捉小雞」的遊戲能夠得以存在的重要原因。

但最後他並沒能抓住那本書，他沒有得手。他只是從那本書上撕下了一頁——那一頁肯定是對他參與遊戲所給予的某種補償，因為那本書也許真的是太寂寞了，也許那本書確實懷有悲天憫人之心。究竟怎樣，我到今天也沒有弄清楚。也許明天就能搞明白——這是我們時代的失敗者貫常的心理樣態，一點都不新穎。但確切地說，本序言的作者只撕下了那本書的第一頁的第一行。這一行並沒有什麼讓人眼睛一亮的高論，所以，一貫善長引用伎倆的序文作者決定在這裏暫時就不引述了，並儘量爭取將謎底拖延到最後時刻。

王堪夜看到山洞裏有許多不同型號的腳印，便斷定自己不是第一個來到這裏的人，除非那本書在不同的時刻會生出不同型號的腳來。不過，這顯然出乎他蒼白的想像力之所料——在我們時代，和許多朋友一樣，王堪夜也幾乎完全沒有想像力了。其後發生的許多事情證實了他的判斷：他確實只是有幸（？）來到山洞的少數人中的一個。王堪夜希望每一個碰巧到過這個山洞的人，都能為這本書寫一篇序言、引論、題贈或者其他形式的文字。

前不久，我的願望終於實現了：我確實看到了不少到過山洞的人寫下的文章，它們大都刊載於我們時代的著名雜誌上。那些碰巧去過山洞的人都說自己從那本書上撕下了一頁，確切地說，都是「第一頁的第一行」。但從他們的轉述中，除了少數，每一個「第一行」都和其他的「第一行」很不相同，甚至面貌迥異，至少也是相互矛盾或者毫無關聯。目前看來，除我之外，那些到過山洞的人基本上都是考古學家（鄙人只是一個初通文墨的自由職業者，或者更乾脆地說，是一個無業遊民），因為他們都想從撕下的那一行中，考證那本書的作者、成書的年代，以及思謀著如何從他們記憶中的版式上窺測出成書年代的物質水平，並最終給他們渴望中的理論體系作旁證。對考古學家來說，我認為這並沒有什麼不對。畢竟在我們這個各種理論早已橫行不法的時代裏，想要構造出一種令人眼睛一亮的理論體系，已經十分艱難，沒有超乎想像的證據和機緣幾乎是癡人說夢。就目前的情況來說，這

無疑是理論體系歷史上的重要「轉型期」，也就是說，機遇已經擺在我們眼前，就看誰狗運當頭了。但無論是誰狗運當頭，最終都是為我們的時代做出了巨大的貢獻。實際上，我們等待新理論體系的破土而出已經有一百年了。

遺憾的是，考古學家們的考證結果卻千奇百怪，呈現出了「牛皮扯、扯牛皮」的嚴重局面：有的說這本書屬於史前時期，有的說屬於未來，有的說是外星人安放在地球上的密探，還有的竟然違背邏輯地說那本書根本就不存在──反正我們這個時代已經習慣了危言聳聽和自己扇自己的耳光。

另一個值得一提的遺憾是：所有宣稱自己去過那個山洞的考古學家，都沒能記住（？）那本書的名字。這個不幸的事實給我正在做的工作，帶來了相當大的麻煩。我只好給那本不斷漂移的怪書取名為「一本永遠不會誕生的書」。鑒於這個基本事實，各位看官應該相信我的誠實：王堪夜這樣做，確實是出於無奈（而不是「無賴」），並沒有一丁點玩噱頭、玩神祕主義的意思。再說，他又不是法輪功份子，對各種型號的法輪功毫無好感。

考古學家的考證文章到目前為止，非但沒有建立起新鮮的理論體系，卻意外地引出了一個充滿喜劇色彩的結果：無數為發財而面色紅潤的人，都扛著各種精密到了小數點後邊第九位數的挖掘儀器，排著長隊準備去那個山洞掘寶。有報導說：凡是有我們龍的子孫的地方，至少有一個代表加入了掘寶的行列。這毋寧是說，挖寶隊伍來自我們時代的各個陰道角落。可惜當我聽說這個消息正準備加入進去，試圖分一杯羹，卻已經太晚太晚了。這再一次證明王堪夜沒有充當第一的好運道。

聽說為了一個共同的革命目標，從五湖四海聚集在一起的掘寶大軍，在經過了一二三四、二二三四一共四個八拍的殘酷決鬥，並付出了無數條大腿、手臂、拇指和瞳仁後，終於痛定思痛、強作歡顏，最後居然和顏悅色地坐在了一起，進行更為殘酷的點球決戰。又經過較長時間的談判，他們才為要不要掘寶和如何掘寶建立了統一聯盟，確定了利益的分配方式。出乎他們所料，最後竟然還發明了一套精妙的、

能夠維持各方面平衡的袖珍「政體」，重新確立了令人耳目一新的生產關係、經濟關係和意識形態，把此道高手即考古學家驚得目瞪口呆。儘管在挖寶隊伍內部，還存在著所謂「新……新自由主義」和「新……新左派」的嚴重派系鬥爭，但更為重要的是，他們在不斷地分分合合中還是作出了周密的分工。

據最近的消息稱，分工的精確程度，已經達到了在什麼情況下什麼人分那本書的哪一行文字的境地。「挖寶章程」還明文規定，如果有功於掘寶的人太多，而文字的行數又不匹配，那就按照「章程」已述部分的規定精確到每一個字；如果連字數都不夠分攤，就精確到偏旁部首或者字母——當然，這還要看那本書究竟是用什麼文字寫成的。總而言之一句話，在完成了這套複雜的程式後，掘寶大軍確信：這一回一定能把那本傳說中的書籍的每一根寒毛都夾帶到我們的時代。他們一致認為，不管是採用順手牽羊的方式還是賊喊捉賊的方式，也無論是使用開門揖盜的伎倆還是脫了褲子打虎的伎倆，只要能將那本書夾帶出來就算成功。為此，他們又令人欣喜地把哲學上的歷史目的論給演練了一通，也順帶重新論證了目的與手段之間各種可能的關係。在老理論發了新芽、老母豬變作了處女豬之後，他們又精確計算出了每一根寒毛的價格——在我們這個想像力已經極度蒼白的時代，的確算得上了不起的奇蹟。王堪夜沒有理由不佩服他們。

順便提一下：考古學家也在為此慚愧不已。輿論界已經普遍認為，與其把發明新理論體系的重任交給考古學家，還不如委託給掘寶大軍中的優秀份子。公眾也開始懷疑，我們時代花牛大的價錢養活那麼多沒用的考古學家，是不是有點太過分？

但是，很遺憾，那個山洞居然消失了；在那個傳說中應該有山洞的地方，浩浩蕩蕩奔赴前來的戰士們看到的只是一塊平地，上面已經高樓林立，燈火通明，住滿了各色人等。據後來的調查宣稱，住在那裏的人從小偷、狗販子、人販子、豬販子、大學教授、乞丐到嫖客、政客、皮條客和貪污犯，「都他媽一應俱全。」（調查人員的原話——王堪夜注）反正我們時代的人數確實比蝗蟲和耗子的總和還要多，所以我比較相信這個報導的真實性和客觀性，雖然我們時代的新聞在大

多數情況下都有偽造的嫌疑，都有為新聞而新聞的癖好。為發財而面孔紅潤的人在絕望之前紛紛蒼白著臉，咒罵那些考證文章的作者，並把他們當成了人類有史以來最無恥的騙子。這些偏激、誇張而又激憤的言論我是能夠充分理解的。為什麼不呢？因為我也是這個時代的一份子嘛，哪怕我只是一個無業遊民。至少到目前為止，我王堪夜還沒有接到高等法院開除我的「時代籍」的通知。老實說了吧，假如我遇到這樣的情況，也會跳起腳來大靠考古學家的娘親，還會順帶問候他們的祖先──尤其是他們的雌性祖先──隱祕的、帶洞的部位；至於對帶把的部位應該採取什麼態度，既要通過進一步的觀察，也要看本人是否有龍陽之好才能做出最後決定。

如今，我們時代的高等法院已經接到了許多自訴狀，那些聲稱自己去過山洞的人（即考古學家）也接到了法院的傳票。傳票是以六百里加急的形式遞送到眾考古學家手中的。傳票的主要意思大致是：考古學家要對掘寶大軍的索賠負主要責任，並告知他們要勇敢地面對現實。索賠的內容，據我們時代發行量最大的《烏有日報》稱，既包括掘寶者的精神損失費、精密儀器費、醫療費，也包括誤工費──掘寶者當中確實有很多人是以辭職為代價來幹這樁買賣的，不少人以前還有一個好薪水。現在他們不但財產盡失，有的人還付出了身體上的某一個零部件。據說索賠的額度已經達到了天文數字，目前還在呈明顯上升的趨勢。據《烏有日報》的最新報導，之所以額度還在不斷上升，是因為當初因各種各樣的緣由沒有加入掘寶大軍的人，以為這一回是有利可圖的難得機會，於是就紛紛給自己派定了受害者的身份。該報的專欄分析家分析說，這就叫做「趕末班車」，也叫做「不能一錯再錯」，還可以叫做「痛打落水狗」（即考古學家──王堪夜注）。因為考古學家從前發明了那麼多的理論體系，已經把五湖四海的人害慘了，這一回來自五湖四海的人豈可放過他們？所以，當初對那本書採取觀望態度的人，如今加入索賠的隊伍也不是瞎起鬨。平心而論，人家一開始就有著明確的目的，有著更充足的理由。

到我撰寫這篇序言的這幾個字為止，已經有好幾個接到傳票的考古學家不堪壓力，倉皇逃往了海外，尋求政治庇護；另有幾個性急的

已經懸樑自盡，還有一些在猛扇自己的耳光，後悔為了一點點考古學界的名聲和自己的理論體系自找麻煩；當然，更不幸的一些好事者，則早已被那些面色蒼白的人自發地監視起來了。尋死不成比痛快地自殺，在我看來畢竟要難受和不幸得多，因為自殺肯定算得上很好地「表現」了「自我」（ego）。一般來說，自我了斷確實算得上人類能動性的極端體現，所以神學教義才會把這種舉動當作人類和上帝平起平坐的外在標誌──因為即使是最正統的神學家，也會無可奈何地承認，上帝唯一比不上我們人類的地方，就是他沒有能力自我了斷、懸樑自盡，而不是他老人家不會撕開褲襠拉屎、撒尿。而被監視，在本序言的作者看來，其嚴重程度更甚於「自殺而不成」。道理顯而易見：被監視在我們時代是一種遙遙無期的懲罰，其性質基本上相當於無期徒刑。諸位看官，不知你們對此有沒有同感？

　　如今，山洞消失了，戰士們只好把發財的希望全部寄託在這些喜歡賣弄文字、渴望出大名的考古學家身上。那些被監視者在被監視的過程中，情急之下，居然也冒出了好幾個被迫的勇敢者──「置之死地而後生」嘛，我當然也能夠理解。據報導稱，逼急了的考古學家拿出了平時不敢拿出的刀子，並把刀子架在了自己的脖子上，對索債的人聲稱：「要錢沒有，要命老子倒是有一條。」不過，和我們時代大多數陽痿早洩的情形相彷彿，少數幾個被逼成為的勇敢者，最後還是成了懦夫，被群情激昂的、更沉得住氣的索債的戰士們徹底打回了原形。因為孤注一擲的監視者在這種關頭比那些被監視者更明白，刀子云云不過是虛張聲勢的無賴之舉和裝飾品罷了。索債的勇士們，不管是「新……新自由主義」的信奉者還是「新……新左派」的門徒，內心裏其實都相當清楚：古往今來，根本就沒有幾個無賴真的能把無賴行為進行到底；能進行到底的早就不叫無賴了──至於該叫什麼，不是我這個無業遊民所能知曉。但有一點還是很清楚，叫什麼都可以，但叫考古學家或者無業遊民肯定不可以。

　　《左傳》裏有一個名叫曹劌的傢伙以絕對化的口吻說：「一鼓作氣，再而衰，三而竭，彼竭我盈，故克之。」假如這個說法有道理，那麼，剛開始還怒火萬丈的考古學家在被徹底打回原形後，其沮喪心

情各位看官朋友完全可以想見，不用在下多說。所以，把刀架在脖子
上的考古學家最後也只好悻悻地丟下一句「聽天由命」、「老子二十年
後又是一條好漢」之類的中外格言，然後把刀子收了起來，讓刀子回
到了它該去的地方。平心而論，刀槍一類玩意確實不是我們時代的考
古學家就能玩得動的──這只要我們回想一下他們發明的理論體系是
多麼的柔軟、油膩而又入口化渣，就沒有什麼不明白的了；出於同樣
的道理，「英雄」的名號也決不是我們時代的考古學家能夠擔當得起
的。不過，也就是在所謂「聽天由命」、朗誦格言、收起刀子這一連串
過程中，考古學家們倒真的成了無賴，至少也算是理解了無賴之所以
為無賴的理論精髓。我得趕緊申明：這個看法的發明者不是我，而是
《烏有日報》第四版一位自稱從不出門的名記。這個傢伙叫季小貞。
聽名字像是個女人，但據我在《烏有日報》工作的情人的情報顯示，
該人是個隱藏在女人堆裏的真男人。

　　我很慶幸沒有按捺不住地將自己的洞中經歷告訴世人。作為一個
窮人，我從小就知道，祕密只有一個人在暗中欣賞時才最為有趣，也
才不會被人偷走。還有一個原因是我知識有限，也不那麼服人管，早
已被考古學家集體投票開除出了考古學家聯盟，所以對創造理論體系
也就沒有什麼熱情，狗拿耗子的事情我從來就沒有想過。當然，我現
在也樂於站在一邊看熱鬧。順便說一下，按照我的本意，當初我的最
大理想也是做一個考古學家。但人家一致認為鄙人沒有資格加入到他
們的理論分贓隊伍之中，你說我又有什麼辦法。除此之外，我之所以
能夠如此幸運，既不必逃往海外，也用不著懸樑自盡以表現自我，還
有一個更重大的原因：我也想將那本書據為己有，期望著從中猛撈一
把。而說出那本書的具體所在，肯定就是走漏風聲。《易》云：「臣不
密則失其身，君不密則失其國。」我雖然智力有限，但還沒有傻到那
種程度。人為財死，鳥為食亡，我覺得我的想法在我們時代沒有什麼
不好意思的。謝天謝地，仰仗著這點渺小的潛意識，總算讓我避免了
考古學家的聰明反被聰明誤，也有幸避免了考古學家為了虛幻的名氣
自找苦吃。

　　再順便在此「度」一下考古學家們的「君子之腹」：其實他們也想把那本書據為己有，因此同樣也不想走漏風聲。但考古學家建造理論體系的生理本能，卻讓他們必須要付出走漏風聲的代價。在在下看來，考古學家的悲劇僅僅在於：他們未能在建立理論體系和發財之間找到微妙的平衡。「中庸之為德也，其至矣乎！」孔老三說得真是再好不過了。

　　現在，我只有對那些倒楣的朋友們——無論是被告還是原告——，表示一點毫無意義的同情。但即便如此，我還是更想把詛咒奉送給那些考古學家，因為他們壞了我的好事，讓一個徹頭徹尾的窮光蛋喪失了一次絕佳的致富機遇，也破壞了讓我一個人先富起來再回頭觀看我當年的窮哥們的把戲的好機會。這夥披著人皮的考古學家損壞了我的利益。我也想在適當的時候請求高等法院對他們提起公訴。

　　這篇序言除了宣佈那本永遠不會誕生的書確實存在之外，還有為眾多被告聲援的意思在內。儘管他們確實壞了我的好事，但他們也確實值得同情，因為我一向同意這樣的看法：人性中的所有弱點不能得到過分地指責。——鄙人一貫擅長設身處地。當然，本序言還有一個目的：哀悼那些自殺的、逃往海外的、被監視的和扇自己耳光的我的同類們。——我雖然只是個無業遊民，早已被考古學家聯盟所開除，但我並不缺乏同情心。實際上，王堪夜已經窮得只剩下同情心了。現在，我將把考古學家已經公佈的眾多「第一行」收集起來，作為這本永遠不會誕生的書的「正文」部分，並付梓出版。鑒於目前這件事情已經被眾多媒體炒得沸沸揚揚，這本書——即那本「永遠不會誕生的書」的摹本——肯定會有很大的印數。我期望著能夠從中撈到一小把——這也許就叫做「失之東隅，收之桑榆」吧。最後，讓我們亮出底牌，坦誠相見，把心窩子也掏出來：「收之桑榆」才是我願意為出版商充當槍手而編撰這本書的根本原因。

二、正文

　　1. 那些光，那些水，那些不存在的事物……
　　2. 前晚做了一個夢，我忘記了，但也記得一點點，現在……

3. 起初，神創造天地。地是空虛混沌，淵面黑暗……

4. 人民，只有人民才是創造人類歷史的動力……

5. 來這裏吧，朋友們，這裏有甘泉、甜酒和美女……

6. 如果你不能起床，就在夢中開始你的經歷……

7. 呼兒咳呀，中國出了個王老五……

8. 捨得一身剮，敢把皇帝拉下馬……

9. 人之初，性本善，越打老子越不念……

10. 何時東來雨？何時北來雨？……

11. 這座城市昨天才建成，現在我來說說它……

12. 請你將我的煩惱稱一稱，現今都比海沙更重……

13. 忘了吧，忘了我，何必希望又重逢……

14. 操你奶奶……

15. 這座城市前天剛被毀滅，我想說說原因……

16. 起初，神為男人創造了把柄，為女人創造了漏洞……

17. 有五種語言：天上的、地面的、海中的、鳥叫的和人說的，我都懂，我都忘了……

18. 我的故鄉在遠方……

19. 道生二，二生四，四生六……

20. 讓我們蕩起雙槳……

21. 把一個處女發展成女人的秘訣如下……

22. 君子報仇三年不晚……

23. 我遲早要成為主席……

24. 做女人挺好，但做男人挺更好……

25. 從臥室到茅房的道路是黃金道路……

三、後記

　　這本永遠不會誕生的書目前所能找到的隻言片語全在這裏了。它們都被稱作「第一頁的第一行」。我把這眾多「第一行」的解釋權拱手送給讀者。正如本書正文所說：「人民，只有人民才是創造人類歷史的動力」，本書中那些隻言片語的意義的創造者，也只能是這本書的讀者

同志。因為我確實碰巧去過那座山洞，所以我擔保有這本書（我確信我的經歷並不是做夢，同時我也不想違背邏輯地說它不存在，因為我不是考古學家），但我不知道這眾多的第一行是否真的就是「第一行」，畢竟我們時代的考古學家為了自己的理論體系修改考古證據已經不是第一回了。不過，考慮到那本書始終在不斷移動和飄忽——在沒有人陪伴時它是不是也這樣呢——，它們也許真的都是第一行。何況我也不願意把考古學家都惡意地想像成騙子——在我們時代，誠實的學者雖然不多，但也不能說完全沒有。當然，我也沒有把考古學家都想像成騙子的膽量，更怕別人挖苦說，看，那個被考古學家聯盟開除出去的狗雜種對考古學家還懷恨在心哪。

　　（需要解釋的問題有三個。一，收入本書「正文」部分的文字，除了我自己手中的那一份，都沒有實物。那些實物都攢在考古學家手中。我只能把自己擁有的那一行文字的實物拍成照片，刊登在全書的扉頁上，以示真誠之心。因此，二，我也願意趁機在此做一個廣告：如果有人意欲購買我手中這一行文字的實物，只要價錢合適，我會隨時出手。我從前也窮，但於斯為甚。——反正我確實已經窮得準備去偷鄰居家的狗來賣了。三，為了這本書的篇幅能達到出版的要求，我不得不收錄散見在我們時代各種報章雜誌上的相關討論。這個建議是出版商做出的，更具體地說，是本書的責任編輯王向洪做出的。他們答應對此負責。因此，有關知識產權一事請直接找出版社，不要來麻煩王堪夜。）

　　在我看來，這本書仍然值得研究，仍然需要一些不要命的人去考證。我代表我自己鼓掌歡迎這號不怕再次吃螃蟹、願意充當二茬英雄的梁山好漢。不過，話說回來，既然已經有了那麼多上當受騙的發財者，估計將來的研究者至少不會再有接受法院傳票的危險了。所以，有志於研究這本書的人，可以把心裝到口袋裏去。

　　感謝烏有出版社有出版這本書的勇氣。

　　感謝這本書的責任編輯、我的老哥們王向洪先生。

　　歡迎列位排隊購買這本書。我已經準備好了足夠大的錢袋。謝謝合作，謝謝捧場。

貳、一次電話採訪的記錄

「您好，沒見過面的朋友，我是《烏有時報》的記者。我奉我們老總子虛先生之命對您進行採訪，希望能得到您的配合。」

「採訪我？你搞錯沒有？我有什麼好採訪的？我是英雄，還是群眾眼裏那些坐在臺子上的貪污犯？」

「你必須接受我的採訪，因為我已經奉命了。再說，《烏有時報》第四版正在等米下鍋。到了這種『嚴重的時刻』，也只好揀到籃子裏的都算菜。開一句古典主義的玩笑，也只好就著紅娘來解饞了。恭喜您有了一次上報紙的機會。」

「很有趣的理由。但我確實看不出有照顧這個理由的義務。再說，即使我是個英雄，我也討厭自己的照片登在任何報紙上，哪怕它叫《烏有日報》。實話說了吧，我長得很醜……」

「但您肯定很溫柔。流行歌曲一百年前就這樣唱過了。我個人認為唱的就是您。當然我這樣說既沒有諷刺您的意思，也沒有恭維您的想法。所以您會接受我的採訪，您也一定有點東西供我採訪。說吧，倒出您的苦水吧，我會像解放全人類另外三分之二的受苦人那樣解放你。就像誰說的，意義在闡釋中生成，採訪也在採訪中誕生。您也許還不知道，現在我告訴你：我的工作就是要讓採訪排著長隊等待誕生。從這個意義上說，我和上帝差球不多。我會把一堆垃圾中唯一一絲陽光樣的金線給揀出來，並且登在報紙上。這就叫做美的發現。今天對您也一樣。……我確實不認識您，也不知道您是誰，您只是我隨便瞎撥出的一個電話號碼那邊的人，但我確信我們能夠很好地合作。我一貫都有這種信心。因為我相信緣分──為什麼鬼使神差撥到的人剛好就是你呢──，所以我確信能從您那裏挖到有價值的東西。」

（我只是隨便一個電話號碼那一頭的人。這真是一件有意思的事情，就像我「在人生的中途，迷失在黑暗的森林中」，從而發現了那本飄忽不定的書。這也是偶然性造成的。那本書難道真的在等待我，就像等待那些考古學家？我可沒有《烏有時報》那位記者的自信。我想起了不久前寫的那篇序言，那也是偶然的產物。更確切地說，是為了

從偶然中找到物質財富，再坦白點吧，也為了報復、襲擊那夥考古學家，我才拼命抓住那個「偶然」誓死不放的。我要利用偶然，正如這個狗東西一貫都在利用我。而現在我能隨便撥一個電話，就能讓那本書聽見我麼？要真是那樣，面色紅潤的掘寶大軍也就不會要求索賠了，他們也可以隨便撥一個電話號碼，只要他們和那本永遠不會誕生的書確實有緣。應該說，假如有這樣的好事，第一個想到的人肯定不是我。所以我才對電話那頭說：「你知道我是幹什麼的嗎？你真那麼自信能在我這裏撈到《烏有時報》需要的猛料？」）

「猛料不猛料要看我怎樣處理了。比如我能一夜之間，把一個不解風情的二八少女變作蕩婦，──可能你還不清楚，在今天，像我這樣的名記這種機會實在太多了。這麼說您該相信我的能力了吧？」

「我當然相信，這是你們名記的天下嘛。我又有什麼不信的。」

「聽您的口氣，您好像是一個知識份子？難道也是個考古學家？──我很相信自己的直覺。現在，你也許正坐在書房裏炮製一些沒人要的『精品』，一些自以為是的理論體系吧。你也不看看現在炮製理論體系的都是誰──反正已經不是你們考古學家了。」

「我沒有炮製什麼。我正在為無米下鍋發愁。恭喜你的直覺。」

「哈哈，果然如此。果然！我勸您還是下樓來吧──您肯定住在某座高樓上的鴿子籠裏，住在這種地方的考古學家我見得太多了。外面是五月，陽光很燦爛啊。連我都想抒情了。」

（確實是五月的陽光，我正好坐在窗前，被我抬頭看見了。作為我們時代的一個無業遊民，我在文字中確實走過了太長的時間──雖然我最後還是沒有機會混成一個人模狗樣的考古學家──我甚至覺得自己已經須臾離不開文字。正是這樣，我才機緣巧合來到那座山洞看見了那本書嗎？我長期以來確實忽略了陽光，但它現在被我抬頭看見了。我原來想從那本永遠不會誕生的書中找到陽光，確切地說，是找到錢，可以買來美女和大米的錢──我的情人們個個難看之極。現在看來完全是徒勞的，因為我迎面看到的陽光確實是更優秀的陽光。我也知道我的朋友們早在數年前，就已為我寫了一首意在挖苦我的歌謠，非常有趣，全引如下：「五月到了，小鳥戀愛了，螞蟻同居了，蒼

蠅懷孕了，蚊子流產了，蝴蝶離婚了，毛毛蟲改嫁了，青蛙也生孩子了，你還等什麼？」我還等什麼呢？等那本永遠不會誕生的書的來臨？扯淡吧。這樣說我好像還是一個英雄。而我是否應該像《烏有日報》那位記者說的，放下電話走下樓去？我怕我習慣了紙上的陽光的眼睛，已經不習慣真實的陽光了。我已經快玩完了。但這確實是五月的陽光。它太真實了，反而讓人感到它是虛構的。但電話那頭的傢伙是怎麼知道的？）

「朋友，我是《烏有時報》的記者季小貞。這個名字也許你聽說過。別，別，你不要發愣，也不要掛電話。聽我說，你肯定也是個寂寞的主──在這一點上我們本質上是一樣的──，我敢擔保，你那間了無生氣的書房需要我這樣的包打聽。我是說，我的確想從你那裏發掘一點可以下鍋的東西，但也同時能給你帶來樂趣。俗話說，幫人就是幫己嘛。你要是不願意說，那我就啟發你。反正我的工作的主要技巧也正在這裏。注意，現在我開始打你的啟發了：最近離婚了嗎？你對離婚有何高見？或者最近和老婆吵架了嗎？你放心，我可以通過這種方式把你塑造成名人。我就是生產名人的母機。好幾個考古學家都是我塑造出來的。對這一點你可以放一萬個心。」

「我沒有離婚，我懶得離；我也沒有吵架，我沒有力氣吵。這行了吧？」

「這是因為什麼呢？你的情況不妙啊，朋友。這樣說也不大合邏輯嘛。不合時代潮流嘛。怎麼能不離婚呢？最起碼也得吵架吧。連婚都懶得離，連架也沒力氣吵，是不是荷爾蒙分泌得越來越少了？現在的污染很嚴重，聽說這讓三分之一的男人已經喪失了生育能力，另外還有三分之一在作替補。對此問題你有何妙論？你是不是也喪失了這方面的本事？」

「我沒有生育後代的義務。我不是種馬。也許你是。當然，我也不反對你是。你放心，我的把柄至今健康茁壯。除此之外，我什麼妙論也沒有。你確實找錯人了。」

「這又是為什麼？是因為污染嚴重，還是因為這個全球化的時代氛圍讓你感到彆扭？」

　　（實話說吧，我現在越來越討厭胡亂動用因果關係，也討厭胡亂拿因為和所以攀親戚的人。我不相信這個世界真有紙面上出現的那麼多因果關係。那不過是有人需要仰仗它壯陽補腎罷了。正如索賠的人需要索賠本身來壯膽。這些人彷彿沒有了因為加所以就不會說話，或者說話就底氣不足——我承認，我也曾經是這樣的人。也許直到今天我還是這樣的人。這是我們時代最隱祕的病灶，但也是眾多考古學家們的理論體系的要害之所在。是的，我也是它的分有者，我仰仗這個病灶已經煮吃了太多的人造雞肉。仰仗它，我顛三倒四地活到了今天。我倒反而佩服那些面色蒼白的掘寶者：他們把自己的損失全部記在了考古學家的頭上。這是完全徹底的無賴，是胡亂的因果關係哺育出來的最滑稽的標本。但那也往往最有力量。當然，我也討厭諸如「全球化」一類的辭彙。不是說它不好，而是說它已經被用爛了，像妓女的「漏洞」早已被眾多的「把柄」搗騰得麻木了。——請原諒我用了這麼個粗鄙的比喻。我討厭所有用爛了的辭彙。它們給我帶來了生理性的不適，甚至讓我的把柄真的成了它們的把柄。但我有膽量討厭陽光、空氣、祖國、水、麵條、母親……這樣的辭彙嗎？就像我的語言學家情人所說，它們不是更爛嗎？或者說，像空氣、陽光、祖國、水、麵條、母親……這樣的辭彙永遠不會用爛？但我還是不喜歡「祖國啊我的母親」這樣的組合，我更願意把它修改為「中國啊我的親媽！」此時此刻，我不願意和《烏有時報》的記者過多糾纏，只好對他說：「好了，朋友，你也不要再啟發我了。我什麼也不因為，也不為『全球化』感到彆扭，我只是不想離婚，也沒有力氣和老婆吵架，再說，我夫人很賢慧。」）

　　「是嗎？現在賢慧的女人已經越來越少了。幫個忙，朋友，你夫人是不是職業婦女？如果是職業婦女又很賢慧那就更有說服力了。也更能為我的第四版提供話題。能讓我採訪她嗎？麻煩你幫我個忙，我們的報紙第四版正在等米下鍋呢……」

　　「我覺得你極其無聊。」

　　「這是我的工作。聽我說，哥們，像我這樣坐在家裏進行隨機採訪的記者今天已經不多了，就像你那個賢慧的夫人一樣，都堪稱尤物。

所以你得滿足我的要求。還是說回來吧，你夫人那麼賢慧，她在本質上是不是個傳統女人？聽我說，這樣的女人如今確實不多了。是不是正因為這樣，你才不離婚，不和她吵架？要知道，現在離婚已經是很時髦的事情了，所謂中年男人的三大喜事——『升官、發財、死老婆』嘛。為什麼不嘗試一下？」

（他說到了「哥們」，說到了「從本質上說」。我感到好笑。我真的笑了起來。實際上，我不是他的哥們，我也不是任何人的哥們。我夫人——如果我有一個夫人——也沒有什麼本質。她的本質就是我老婆，她讓我下油鍋我就下油鍋。她讓我上山我根本沒有膽量下河——我確實在等待這一天的到來。「哥們」、「從本質上說」也已經被用爛了，它們都不過是語言的裝飾性在起作用罷了。裝飾性讓我們覺得祥和、溫馨、安全，但我討厭語言的任何裝飾性，討厭它的刻板和人盡可夫。比如說，這種裝飾性讓《烏有日報》的傻瓜記者說出來，我一點都不覺得溫暖、祥和。但我現在突然願意繼續忍受下去，因為從中我能獲得很多惡意的樂趣，為這個無聊的弱智者，我們時代的傻 B 記者。我逗他說：「哥們，從本質上說，你從我這裏撈不到一丁點有用的東西，所以，你還是放下電話『隨』你的『機』去採訪別人吧，我擔保有人會很高興你的採訪。」）

「可我現在只對你有興趣。能輕易到手的愛情又有什麼雞巴意思嘛。說實話，哥們，你是我的受訪者中最有趣的一位，我肯定能敲開你的嘴巴，就像我能敲開所有女人的『漏洞』，連你老婆的『漏洞』也不例外——對此我非常自信。這只是一個比喻，你別生氣。千萬別。雖然人人都說朋友妻不客氣，但我還是恪守朋友妻不可欺的古訓。閒話少說，咱們書歸正傳，就談談你今天幹的事情吧，我來幫你分析一下那中間的涵義，在這方面我可是個行家。」

「我剛起床，剛吃完飯，剛坐在桌前，然後你的電話就來了，我這會正在和你瞎扯。這就是他媽的今天。」

「……我承認我失敗了，你真是個軟硬不吃的主——甚至老婆的『漏洞』也可以出讓。最後問你一個問題，請你能如實回答：烏有出版社最近出版了一本號稱『永遠不會誕生的書』，炒作得很屬害，賣得

也很好。我們報紙也為此發表過社論和看法——不瞞你說，都出於我的手筆。在公眾中反響不錯。對此現象你有何高見？」

「我從不相信永遠不會誕生的書會出版，只有你這樣的弱智者，才相信這樣的事情居然會發生。我討厭這樣的噱頭。我討厭你，討厭所有的記者。尤其是你這種足不出戶、隨機撥號的狗屁記者。」

「不要這麼說嘛，我沒有騙你。我為什麼要騙你呢，我們又沒有仇。那本書確實出版了，出乎你的意料吧，書呆子？順便說一句，謝謝你接受了我的採訪。這是一次成功的採訪，一次勝利的採訪。我的第四版有米下鍋了。」

「請代我向你母親的『漏洞』致敬。」

參、寫在留言簿上的留言條

我知道你有故意不接電話的毛病，有唱空城計的本事。所以今天我耐著性子來過三次了。我把你的門都快敲爛了，沒想到你真的不在。我還以為你躲著不願意見我呢。不過，你可要聽清楚了，我現在正式警告你，無論你逃到天涯海角，我都能找到你，別以為你可以像對付別的女人那樣對付我。弄了我十幾次，我的新鮮勁頭都還沒有過去，你就膽敢擅自認為我破舊了。告訴你！我的肚子已經有兩個月了。那是你下的種，你不要不承認，現在有的是先進儀器可以鑒定。你看著辦吧。你也不打聽打聽本姑娘究竟是幹什麼的。我現在給你指出兩條路供你選擇：要麼拿十萬塊錢，要麼重新與我和好，共度良宵。這個選擇題你必須要儘快回答。我知道烏有出版社已經給你出了一本書，聽說賣得很好，所以第一條路你完全可以走通。第二條路對你更是不費吹灰之力。我的大門始終向你敞開。究竟是什麼大門，大門在我們兩人的語境內象徵什麼，你他媽最好不要裝蒜。這幾天我暫時不找你，但你一定要想清楚，下回來的時候，如果你還不在，你的門估計就沒有這回這麼有福氣了。你的腦袋也不會像上一回那麼有福氣了。我的鐵掌功你又不是沒有見識過。告訴你，我的鐵掌功又上了一個臺階，這都是我們陰陽雙修的結果！你是不是還想見識一次？站在你的角度

上為你考慮，我認為完全沒有這個必要。但你要真的不思改悔，想以身試法，本姑娘也決不心慈手軟！我不是觀世音！

　　好哇，大騙子！原來你在外邊的女人不止我一個！你居然還有臉口口聲聲說只愛我！你這個無恥之尤的騙子！騙子！天厭之，天厭之！昨天給你留言的那個女人究竟是誰？你們在一起究竟睡過多少回？十幾次究竟是虛指還是實指？她憑什麼敢向你要十萬元？難道她比我還值錢？你一定要解釋清楚！她的肚皮大了是不是真的跟你有關係！老實交代，還和誰睡過？我一個黃花閨女，就這樣著了你一個無業遊民的道，我想不通！一萬個想不通！……我等了你兩個小時。你的手機不開，你的傳呼不開，你跑到哪個烏龜殼裏去了？我現在警告你，如果你再敢騙我，我就要閹了你！晚上我還要來！等著我！如果你晚上還不在，我就要把你隨意瞎吹自己去過那個狗屁山洞的事情揭發出去，讓你的書一本也賣不出！讓你和王向洪的發財陰謀得不了逞！讓那個向你要十萬元的娘們一個子也休想！我保證說到做到，不放空炮。別以為我軟弱，難道語言學家就一定軟弱？你一定要記住：兔子逼急了也是要咬人的！

　　哥們，你也不能老躲著不見人呀。這也不是個辦法。你知不知道，這本書出問題了。上面說我們出版社出的這本書完全是妖言惑眾。出版社很可能要遭到我們時代的高等法院的解散。作為這本書的責任編輯，我現在擔負著烏有出版社生死存亡的巨大責任。上午我們開過會，商量過對策。大家一致同意應該犧牲你。畢竟你只是個自由職業者，又不是考古學家，所以大家選來選去，還只有你最合適。歸根到底，的確是你的書在妖言惑眾嘛，我們出版社頂多只是犯了見錢眼開的錯誤──見錢眼開其實根本就不算個錯誤。所以在這一點上你就不用反駁我了。做這本書的點子確實是我出的，但現在你已經沒有證據了。我們諮詢過律師，律師告訴我們，在我們時代，口說的證據不算。你必須要給我回一個電話，到底同不同意犧牲自己。──我預先給你通

知一聲，我覺得這一點你就不要有什麼意見了。作為你多年的老朋友，為你打算計，我覺得這是一樁空手套白狼的好買賣：犧牲了你，你在道德上就頓時生猛起來了，你在圈內也會擁有極高的名聲。我們也會到處傳誦你的美德。何況留得青山在，也不怕沒柴燒，二十年之後又是一條好漢。只要有了好名聲，金錢美女以後就是大大的。不撈白不撈呀，哥們，反正你到目前為止什麼也沒有。我知道你一直都是條好漢，小時候玩遊戲，只有你願意為我分憂，裝扮坐山雕，自願等著楊子榮騎在你的脖子上拉屎拉尿，還順帶敲擊你的腦袋。那也是免費的呀。我們都很感動。所以你一貫都是個把苦頭留給自己吃的人。所以這一回也要全看你了。我代表烏有出版社全體同仁的飯碗和腦袋求你了。你就乾脆再讓我感動一次嘛。順便說一句：你小子行呀，真沒想到偷偷摸摸就弄了娘們，還玩起了二踢腿，一炮雙響。我原來還以為你沒有開過齋，哪知你這麼狡猾，把我都騙了，佩服。（這張條子看完後馬上焚毀！切記！）

　　我就是你說的那些面色蒼白的尋寶者中的一個！他娘的，我，我們，找了你很久，原來你躲在這個烏龜洞裏！我原先是一個白領，也就是你屢次攻擊過的矯情的小資產階級（我他媽就是矯情，又礙了你狗日的什麼事情？！），但現在我的所有財產都沒有了，還受到了你的廣泛奚落。真是笑裏藏刀啊，你的語言比那些考古學家還要惡毒！你他媽到底還有沒有一點同情心？——在那篇狗屁序言裏，你還說你的同情心多得用不完了。但它在哪裏？我怎麼就沒有看見？我跟你說，我現在非收拾你不可，我的手心早就癢得像熱鍋上的螞蟻。你有什麼資格諷刺我們這些尋寶者，你皮裏陽秋地究竟想幹什麼？你在什麼地方看到我們臉色蒼白的？難道你就沒有蒼白過？你把自己當成什麼大人物了，以為有資格諷刺我們。其實，你算個什麼東西呀，頂多是一個窮酸文人而已，一根硬不起來的雞巴，雞巴！我代表我的同伴們正式警告你：趕快通知烏有出版社，毀掉你的那本破書！否則，我們就要到出版社門前去遊行。我們現在不準備到法庭告你了——法庭沒有他媽的一點用處——，我們現在只想要你的一條小腿下酒，以洩心頭

之恨。我們的口號是：捨得一身剮，敢把你這根雞巴拉下馬！告訴你，反正我們已經是窮光蛋了，所以我們現在有的是時間找你。我們是趁著索賠官司的間歇來找你的。官司有多漫長，你的麻煩就有多漫長，你就時刻準備著上下而求索吧……

　　原來那些控告我們的人比我們還先找到你。告訴你，我們就是你諷刺過的考古學家，你在那篇狗屁序言裏把我們諷刺得太厲害了。我們是來向你提出抗議的！我們有你說的那麼愚蠢嗎？我們有你說的那麼無聊嗎？你敗壞了我們的形象，你該當何罪？你這種無恥文人，除了嘲笑被炸斷了腿的同類（即我等），究竟還有沒有別的本事，比如說，你敢諷刺那些街頭拉客的小女人嗎？所以說你是我們知識份子群體中的敗類，幸好我們眼睛雪亮，早就開除了你。懷恨在心了吧？痛苦不堪了吧？乘機報復了吧！告訴你，敗類！反正我們現在已經被逼得走投無路了，我們中的一些朋友已經犧牲了，還有的已經流亡到海外去了，有家難回。我們考古學家聯盟正在經受前所未遇的考驗，這個考驗就是你帶來的！所以我們必須要找到你，必須要把你拴到我們的褲腰帶上，在必要的當口同歸於盡，共赴黃泉盛宴。憑什麼你那本破書能賺錢，而我們就得上法庭？你仔細想想，你那些錢難道不正是喝了我們的血嗎？告訴你！天底下沒有那樣的好事，我們也不是好惹的。你躲得過十五，躲不過初一。我們還要來的！告訴你，你的住所現在已經被我們的人監視起來了，反正我們早就被監視了，你自己也知道，被監視在我們時代是個什麼意思！

　　我是《烏有日報》的記者季小貞，我是通過上一回電話採訪你時，你留下的電話號碼才查到你住在這裏的。這是我近年來第一次外出採訪。你真牛 B 呀，哥們，竟然能勞動我親自出馬。我確實對你有很大的興趣。我本想打你個措手不及，但很遺憾，你居然不在，居然從這麼高的樓上下去了。不過，我的收穫也不小。我看到了你的留言袋裏的所有留言。你又給我帶來了好運氣，我要謝謝你，這回我真的又有猛料了。很猛很猛的料。你就等著看《烏有日報》明天第四版上的專

文吧。從明天起，你就是一個名人了。提前一天恭喜你，做個好夢吧。順便說一句，上一次你說你有一個賢慧的老婆，現在看來你在吹牛。根據我現在的判斷，你連丈母娘還不知道在哪裏。為了報答你給我提供的好運氣，我給你提個建議，給你免費指出一條光明大道：給你留言的那兩個女人都不能要，她們都是母夜叉，她們會吸乾你的骨髓的。哥們，根據我的經驗，離這樣的娘們越遠越好，在我們這個全球化的時代，她們都是殺人不眨眼的吸血鬼……

你在哪裏？我的心肝。我是做完今天的版面才趕來的。子虛先生又給了我新的任務，所以我時間有限，想先來速戰速決然後立馬回去應差。難道我來晚了嗎？速速回來吧，親愛的，我要你，我等著你——在我們第一次見面的地方恭候你。給你半個小時時間，要是不來，我們就徹底拜拜。

王老師，我叫李巫來，基本上算是你的崇拜者。你的書寫得太好了。尤其是那篇序言，嬉笑怒罵，皆成文章啊。我對我的同學們說，好，狗日的確實是太好了——在我自己的語境中，那三個看起來是罵你的文字實際上是對你的無上表揚。長話短說，我是烏有大學哲學系的博士研究生。我想和你探討你那本書中的「正文」部分。我帶來了一篇有關「正文」部分的論文，是從神學、社會學、政治學、語言學、文學、考古學、哲學、烹飪學、嫖學、人類學、裁縫學、形而上學……等各個角度進行綜合分析的。希望能得到你的指點。很遺憾你不在，我只好將文章放在你的留言袋裏。你看了之後，請能給我回個話。十萬火急！我的電話號碼寫在文章的最後一頁上。十分盼望能得到你的指點。十分歡迎你灌水。最歡迎你的書在再版時能夠把我的文章作為附錄收進去。我的文章的風格和你那本書的風格很一致，不影響你的書的整體質量。求求你了，我馬上要畢業，但我校規定在博士論文答辯前必須要發表兩篇論文，到現在為止，我還一篇都沒發表過。求求你了，看在這個狗日的人妖顛倒的時代的份上，救我一把……

肆、審訊筆錄

姓名？

王堪夜。

年紀？

不知道，讓我想想。

年紀？！

三十有五。

職業？

無業遊民。

職業！

自由職業者。

你為什麼要妖言惑眾？

我向毛主席保證我沒有……

到這裏來你向我們保證就是了，聽清楚了沒有？

聽……聽清楚了。

為什麼要編造一本永遠不會誕生的書？那是一本什麼書？你狗日的居心何在？

我沒有編造。我確實去過那個地方。我請求你能不能說話文明點……

什麼叫文明我們肯定比你懂得多。我們認為這就是文明！少轉移話題。把你的狗眼睜大點！現在你看看這些照片，這就是你說的那個山洞，上面早就住滿了人。你所說的山洞在哪裏？東經多少度北緯多少度？

我？這我就不知道了。反正我確實去過那個地方。我向你保證。

還敢抵賴？！告訴你，我們說沒有那個地方就是沒有那個地方，我希望你最好是放規矩點，要充分明白自己的身份。

我明白，我明白。我沒有去過，我是在妖言惑眾。

很正確。說說你的動機！

我想賺一筆錢，序言裏邊已經寫清楚了。我一貫都很誠實，從不騙人，更不敢騙你。

從不騙人？說得比唱得還好聽嘛。關於你是否騙了人，等會再和你理論。先說賺錢的事情。君子愛財，取之有道，你知不知道你這樣做是犯法的？是作奸犯科？你給我們時代安定團結的大好局面帶來了多大的麻煩，你給本法院帶來了多少麻煩，你知不知道？難道你妖言惑眾就不是騙人？

剛開始不知道，現在總算有點知道了。謝謝你的教育。但我犯了什麼法？

還不老實！

可是首先說自己去過山洞的人是考古學家，他們的文章都比我早發表，我頂多只能算從犯。你們也不能專拿軟柿子捏呀……

放屁！考古學家犯了罪我們照樣要收拾！對我們來說，你們都是柿子。但人家是為著一個高尚的時代目的去那個地方的，是為了給我們時代做貢獻！你算個什麼東西，敢攀咬人家考古學家，難道人家和你一樣……

那您的意思是指山洞又是存在的了？

大膽！我這樣說過？這個問題是你能問的嗎？你以為你在哪裏？

我在局子裏。法官大人，求你明察，我確實是被他媽的考古學家害了。

規矩點！你這是咎由自取！蒼蠅不叮無縫的蛋，考古學家怎麼就害了你？為什麼沒有害到我頭上？

你……你偉大嘛。

你敢諷刺我？

沒，沒。我是說，他們是拉我墊背的，我上他們的當了。連你也上他們的當了。他們都是戴眼鏡的毒蛇！

你這是在影射我們弱智嗎？

不敢！不……我不是那個意思……我他媽這是怎麼說的？

諒你也不敢。先饒了你這一回。不過，我還是要提請書記員記下你侮辱本官的犯罪事實。我勸你不要管考古學家的事情，他們有別人收拾，還輪不到我們。你只說你的罪行！

我的罪行就是寫了一本破書。我承認是見錢眼開，我確實窮得叮噹響，我需要錢。難道見錢眼開最近成了罪行了？我沒有看到這方面的法律嘛。

誰說見錢眼開成了罪行？這可是你說的。你的罪行不在見錢眼開上。──看你交代罪行態度不錯，給你解釋這麼一句。但下不為例！繼續交代！

其他就沒什麼了。

真的沒有？

真的。

好，我給你看一件東西。睜大你的狗眼看看，這是什麼？

留言條嘛。

誰的留言條？

我怎麼知道。

你！掌嘴！

哎喲，我知道了，是我門上的。

承認了就好。具體內容我就不念了。你聽好了，經我們初步查證，你犯有如下罪行：你至少和兩個女人有染，還把其中一個的肚皮都搞大了，所以你犯了流氓罪和重婚罪；你根本沒有去過那個山洞，所以你犯了妖言惑眾罪；由於你的卑鄙行為，已經把一些喜歡獵奇的博士生拉下了水，所以你還犯有教唆罪。

我是在談戀愛，我連婚都沒結，怎麼就犯了重婚罪？我愛她們……

哦？你說什麼？

我還沒結婚，我愛她們……

放屁，什麼叫愛「她們」？你這種東西也好意思說愛？戀愛有你那麼談的嗎？至於你是不是犯了重婚罪，我們會給你出示相關檔──現在又有新規定了。你認不認罪？

……

恩？

求你救救我吧。救救我！我認罪伏法，我認罪。我現在交代是不是可以算自首？

法律是公正的，你說吧。

我和三個女人發生過關係，一個是語言學家，一個是武術家，還有一個是《烏有日報》的記者。她們都長得醜陋不堪，送給你你也不要……

你狗日的可以啊，一個無業遊民，怎麼上手的？

我現在不大想得起來了。

那就掌嘴，給他清醒清醒！

別，別，我說，我說，我他媽全說。對語言學家我冒充詩人，對武術家我冒充考古學家——武術家沒什麼文化，很佩服有文化的人，對記者我冒充企業家……反正她們都沒人要，所以即使她們後來明知我是假的，也要和我在一起，你說我該怎麼辦？我純粹是被逼無奈，上船容易下船難嘛。

你狗日的倒成了受害者。你是怎麼裝扮的，等會在號子裏詳細寫出來——進了這道門，出去就沒那麼容易。現在繼續交代你的其他罪行！

我沒去過那個山洞。但我覺得這件事鬧得沸沸揚揚，肯定有利可圖，就寫了一本書。沒想到犯了罪——我已經交代了嘛。我法制觀念淡薄，求你念在我初犯的份上饒了我。

這個我們可以考慮，但你也得給我們一點什麼才行。

我想揭發一些人，你看可不可以？這可不可以算立功？

說！

這本書的最初創意者是烏有出版社的編輯王向洪，和我從小一塊長大的。這個傢伙不是個東西，從小就欺負我，他讓我寫這本書，我也不敢不寫，他是他媽的黑社會。身上手槍都有三支。但他說他是看我太窮了，才給我出這個主意的。我瞎了眼，沒有來得及防範這個白眼狼。並且他在說這個話的時候，我的語言學家情人也在傍邊隨聲附和。她鼓勵我寫，說反正我也沒有什麼事情。我現在估計她和王向洪有一腿，合夥來修理我。對，肯定有一腿！我覺得他們也有罪！

我們會找他們的。好吧，今天就先審到這裏。畫押。畫圓點！

能不能問一句：我會判幾年？

這不是你現在能知道的。要看你的表現。你到牢裏安心等待通知吧，也順便把你如何勾引女人的經過寫出來，我們要仔細甄別，也許可以給你減幾天刑。

謝謝你，你是我的再生父母。

這是你自己說的，不是我說的。滾吧。

我可以走了？

滾吧！

伍、《最高法院關於〈一本永遠不會誕生的書〉的最後結論》（摘錄）

……本時代最高法院經本時代授權，謹代表我們時代宣判一批犯罪份子。判決如下：

一、王犯堪夜，犯有流氓罪、妖言惑眾罪、重婚罪、教唆罪和破壞安定團結罪以及間接殺人罪，數罪並罰，判處無期徒刑；

二、王犯向洪，犯有反時代煽動罪，判有期徒刑 100 年；

三、李犯巫來，犯有反時代宣傳罪，判有期徒刑 50 年；

四、季犯小貞，犯有反時代宣傳罪，但認罪伏法態度無比端正，主動投案自首，並當庭認主審法官為乾爹，所以暫不追究刑事責任，留本時代查看，但《烏有日報》將對其永不敘用；

五、考古學家聯盟，犯有胡亂考證罪、妖言惑眾罪和胡亂建設理論體系罪以及破壞他人財產罪，判處所有考古學家終身不許從事考古工作，本院另行培養新的考古學家，組建新的聯盟；

六、解散烏有出版社，另行組建新的出版機構，直接歸屬本法院管轄；

七、給《烏有日報》記大過處分，停刊半年進行整頓，以觀後效。

欽此！

2002 年 5 月 7 日，北京豐益橋初稿
2002 年 11 月 8 日至 10 日，北京豐益橋二稿

隆慶府當代哲學小史

如此江山快人意，滿船載酒下潼川。

——汪元量

壹、楔子

這部哲學「小史」的本意，是想將隆慶府的當代哲學家一網打盡，將他們的思想盡收囊中。但鑒於隆慶府的哲學家已臻至多如牛毛的境地，這部小史的「宏願」無論如何都難以實現。按照隆慶府政治哲學大師、隆慶大學伙食科王浴盆副科長的看法，隆慶府現在確實已經進到了思想多元的「全球化」時代。除了大家一致同意「所有人都喜歡幹點床上的事情」，幾乎沒有任何一種哲學學說，能得到哪怕兩個哲學家的認同。因此，這部小史的區區「本意」要想實現，必須馬上面對一個既簡單又嚴峻的數學問題：隆慶府的男女老少、鰥寡孤獨、良民歹徒、酒鬼瘋子、妓女嫖客、流氓無賴……加起來有 300 萬之眾，即使每十人中才出一個哲學家，也至少有 30 萬人。就算王浴盆的看法是真實的，也至少得有 299,999 種哲學學說。要把這麼多觀點一網打盡，「小史」也就要進化為超級「巨史」了。

隆慶府每一位當代哲學家都不止擁有一種哲學觀點。即使王浴盆所謂「所有人都喜歡幹點床上的事情」，也不見得人人都贊同。著名哲學家，隆慶府人事局路一達局長的專職小車司機季明生，就持完全相反的看法。季明生專門列舉了幾個熟人為例，藉以諷刺和打擊王浴盆的哲學腎臟：「比如聶峰兵（男）、呂翠英（女）就不喜歡床上的事情。」他在一次哲學酒局上，曾嬉笑怒罵地發表過一通攻擊王浴盆的言論：「既然聶峰兵、呂翠英不喜歡床上的事情，王先生又該如何面對自己的哲學屁眼呢？」

　　王浴盆的反駁以及季明生的反反駁，不適合在「楔子」裏談論。我想說的僅僅是，季司機確實道出了實情。凡是去過隆慶府的人，都會發現隆慶府的一大奇觀：哲學市場。每逢 2、5、8（即每月的 2 號、5 號、8 號、12 號、15 號、18 號、22 號、25 號、28 號），在隆慶府每一個型號不同的城鎮上，和豬市相鄰的必定是哲市（即「哲學市場」）。伴隨著豬市上的討價還價聲、豬叫聲，哲市上也充滿了討價還價聲、哲叫聲（即「哲學家的叫聲」）。和豬叫聲一樣，哲叫聲中也包含了慘叫、快樂的叫，甚至不明不白、意味深長的叫。相鄰的豬市一般情況下是用貨幣計算價格；與此大為不同，先前的哲市主要是以物易物，即用一種學說換取另一種學說。但同樣要講究個等價交換。和全球化相適應，隆慶府如今也進化到了市場經濟的新時代，哲市自然也不能免俗。自當代以來，隆慶府財政收入的主要來源就是哲市。但為著「楔子」的通常目的，我要說的僅僅是：每逢 2、5、8 的哲學市場上，幾乎齊集了隆慶府所有的哲學家。來哲市的人的主要目的，無非是提取自己最需要的東西：人缺少什麼，當然就要購買什麼。因為我們發明的哲學理念被認為總是不夠用。哲市就這樣應運而生。有上述鐵板釘釘的事實撐腰，我們可以放膽下個結論：在隆慶府，確實如季明生所說，每一個哲學家都不止擁有一種學說。

　　這就給我這本小史的區區「本意」，增添了幾乎無窮無盡的麻煩。在此，有必要遵照實用主義者趙小松先生的教誨：既然是寫小史，就應該知趣地把「小史」放在第一位。沒有必要「吃著碗裏，看著鍋裏」地夢想什麼「巨史」。何況這部小史的主要目的，是為了我的副教授職稱能夠早日搞定，大可不必面面俱到。在這種雞狗不能同圈，王浴盆、季明生不能同床的情況下，放棄「一網打盡」的雄心，也就情有可原。好在「新可原主義」的創始人唐紅女士，也從方法論的角度，給我提供了可以這樣做的充分理由：在市場經濟時代，什麼都可以理解，他媽的阿 Q 動得，姑奶奶也動得！唐哲學家善解人意的理論，在這裏滿可以庸俗化地理解為：評職稱需要專著，猶如老光棍急需洩火的靶子，容不得在三圍、苗條或所謂的全面性上，搞什麼窮講究。所有副教授都是這麼上去的，為什麼我就不可以這麼上去？因此，這本小史只能

記錄一些於我的職稱評定有利的學說。否則，根本就不可能出版。三三主義哲學的代表人物牛勇增先生說得好，不能出版，你小子的職稱就一定要泡湯。更為嚴重的後果，來自於三三主義式的推理：在只有哲學造詣深厚才能吃香喝辣、大腸端部冒油的隆慶府，評不上副教授，就意味著找不到老婆；找不到老婆，那就只好天天去喝西北風了。

貳、隆慶府的哲學遺產

隆慶府位於地球北部。在全球地圖上，僅佔有兔子的尿道那麼狹窄的一塊面積。但它名聲極大，以盛產酸菜、醋罈子和哲學家聞名全球。按照《隆慶府通史》的記載，隆慶府從八萬年前，就開始致力於哲學體系的構造。這就是說，後來被稱作「哲學機器」的日爾曼人，還在忙於進化、還在為直立行走大傷腦筋的時候，隆慶府就有了哲學。它應該無可爭議地成為全球哲學的發源地。但事實並不是這樣。

長期以來，所有自高自大的西方哲學家，在撰寫全地球的哲學通史時，基本上都以「米利都的泰勒斯」來開篇。這只能證明：那些皮膚蒼白的西方人既無知，又妄自尊大。大腦袋哲學家牛勇增就曾嚴肅地考證過，泰勒斯根本就不配成為全地球第一個哲學家，即使是他的著名學說「世界是睪丸組成的」，也不是他的發明。牛勇增說得很明白，泰勒斯的學說完全偷自隆慶府。而且他偷竊的還不是隆慶府最早的哲學，更不是最好的哲學。他偷去的只是隆慶府視若敝帚的玩意。聽牛哲學家論證說，那玩意有點類似於隆慶府人民吃雞時扔掉的雞屁股。牛先生還有一個重要推論，特別值得轉述：泰勒斯既是西方最早的哲學家，又是一個哲學小偷，因此全部西方哲學就都是盜賊的產物，盜賊的產物當然只能催生出強盜哲學。牛先生甩開膀子，動用了最先進的考古手段和思想偵破儀器，如此這般地操作了一番，終於挖掘出了強盜哲學的精髓：強權有理，偷竊無罪。季明生對牛氏的推理持熱烈歡迎的態度，並以一個小車司機特有的哲學語言，表達了對牛氏推理

的高度首肯：「他（即牛勇增──引者注）把西方人挺著雞巴到處亂戳的祕密，全部暴露個球了。」

有著八萬年輝煌歷史的隆慶府，為當代哲學留下了許多遺產。限於篇幅和題旨，這裏只講至關重要的兩件寶貝。第一是邏輯學。隆慶府古哲學的祕密，都蘊藏在它的邏輯學中。該邏輯學特別擅長在兩件毫不相干的事物之間找到聯繫；在醉醺醺的顛峰狀態，它還能將兩件完全不同的事物完全等同起來，比如，眼睛就是肝臟，豬腰就是人腰，心靈位於胃部的幽門處。前豬市管理員、著名邏輯實證主義者嚴體勇，就曾經禮贊過邏輯學。為了賣弄學問和深刻度，此人還不無得意地指出：「說『心靈位於幽門』，除了有些以偏概全之外，什麼錯誤也沒有。因為心靈就是胃部。」該邏輯學還有一個特徵，就是特別強調精確性。隆慶府邏輯學的集大成者，偉大的古代哲學家羅里老夫子就認為，邏輯學應該「精確得像鳥，而不是精確得像羽毛」。

第二大遺產是物質可滅理論。這個理論非常古老。據十卷本的《隆慶府古代哲學史》介紹，該理論成型於五萬年前；成型之前，還有過一段漫長的準備期。雖然在歷史上，物質可滅理論有很多修正主義觀點，但萬變不離其宗，其基本要義仍然是：任何一種物質都有它的出生、成長、婚配、高潮、衰落和滅亡。這一理論初看起來至為簡單，但對隆慶府關係重大：因為它教導所有的隆慶府人民，既然任何物質都不免於滅亡的命運，那任何物質都只不過是過眼雲煙，及時行樂就成為頭等大事。這一點，既可以解釋為什麼隆慶府每一個村子都有夜總會，也可以解釋為什麼哲市會那麼興盛。

這裏有必要插入一段哲學軼事。《隆慶日報》記者、最近聲譽漸隆的哲學新秀朱斗拱，有一次前往偏僻之極的慶祝村採訪。多年來，這個村子始終堅持四項基本原則：通知基本靠吼，交通基本靠走，安全基本靠狗，娛樂基本靠手。酒足飯飽之後，朱斗拱被安排到村子裏的夜總會「娛樂」。和其他村子一樣，這個只有 300 人的小村子也有一家夜總會。夜總會的鎮山之寶是七名「小姐」。她們都是村子裏的大嫂：白天下地勞動，任勞任怨；晚上到夜總會上班，也非常敬業。吹、拉、彈、唱樣樣精通。照她們的話說，她們這樣做並不只是圖錢，也有讓

自己的生活變得豐富多彩的意思。朱斗拱剛坐在夜總會搖搖晃晃的破椅子上，一個快有四十歲的胖大嫂就笑眯眯地走了過來，問「先生需不需要服務？」朱斗拱秉承物質可滅理論的基本精神，說「當然需要」。「小姐」於是放開韁繩，非常豪放地拉著朱記者的手說：「先生的皮膚真細呀，完全不像勞動人民的手。」接下來人人都可以想像的事情就不講了。我只想指出一點：在那一夜之後，哲學又被提升了一個檔次。因為皮膚細膩的朱斗拱在和那個皮膚粗糙的大嫂雲雨之後，陡然悟出了一個真理，竟然把古老的物質可滅理論提到了一個新高度——究竟是什麼樣的高度，本書將在接下來的章節中詳細道來。在此，我要特別說明的是：朱記者是秉承物質可滅理論的古老教誨，才去和比他大十幾歲的大嫂雲雨的，而雲雨之後又讓朱記者發展了物質可滅理論。這就構成了一個有趣的循環。實際上，隆慶府的諸多哲學體系，就是這樣鬼使神差被發明出來的。

　　至於哲市的興盛也可以從物質可滅理論那裏得到解釋，蓋因為哲學也是物質，起碼也是物質的特殊形式，所以也有滅亡的一天。因為哲學學說也在「可滅」之列，就應該不斷創造新體系。哲市的興盛，有一大半原因是：眾哲學家生怕自己的理論來不及公之於眾，就胎死腹中。這無疑暗示了：許多學說被創建出來，僅僅是為了證明物質可滅理論的偉大。哲市就是出於對滅亡的高度恐懼，才被迫採取的防衛措施。

　　它的確是一種正當防衛。

參、哲（學）市（場）

　　在「小史」的正文之前，有必要介紹一下隆慶府多年來長盛不衰的哲市。讓我們先從哲市的「市場規則」談起：

　　　1.進入哲市的任何學說，必須經過質檢部門的檢查，不得私自將任何易燃、易爆和長有病毒的學說帶入市場，違者將終生不得進入哲市。2.凡發現易燃、易爆品者，必須舉報。但要注意保密，

以免打草驚蛇。3.交易力求公平、公正、公開，不得私下交易，不得缺斤短兩。4.原則上只允許爭論，不允許鬥毆。但考慮到真理愈辯愈明的原則，在特殊情況下，允許部分人鬥毆。但鬥毆前需向市場管理部門申請。申請的內容包括：用什麼器械鬥毆，準備攻擊對方什麼部位，準備攻擊到什麼程度，準備攻擊多長時間等。私下鬥毆者除了要被趕出哲市外，雙方全部學說將被沒收，上繳府庫。5.市場內嚴禁燃放煙花爆竹，即使賣了好價錢也不允許，以免引起其他學說持有者的不滿，從而引發不穩定因素。6.堅決打擊市場壟斷，堅決打擊欺行霸市，堅決打擊哄抬物價。7.市場內嚴禁放屁，嚴禁大小便。哲學是神聖的，哲市是不容褻瀆的。

上述規定是用五條大腿、十根胳膊、十四條肋骨、無數頭髮、二十隻耳朵⋯⋯換來的。據《當代隆慶府哲市小志》記載，以前的哲市可以隨意出入，還缺乏嚴格的管理制度，以致於無數有病毒的學說在哲市上大行其道，易燃、易爆品層出不窮。打架鬥毆十分頻繁。甚至一度出現了市場壟斷，某幾種學說竟然漸漸成為霸主，並隨意哄抬物價。黑勢力也曾十分猖獗。據不完全統計，最近十年來，在幾任太守的親自指揮下，亂棒打滅了上百個犯罪份子，搗毀了上百個造假窩點，取消了五種罪大惡極的哲學學說的壟斷地位。在太守們的親自過問下，才制定出嚴格的市場規則，也才算給了哲市一塊太平天地。

與哲學在古代遇到的情形大為不同，當代隆慶府哲學已經進入到了市場經濟的新階段。哲學體系的創制也受到了市場規律的左右。各種體系相繼登場，從前聞所未聞的哲學學說更是層出不窮。為了加強市場競爭力，許多哲學家使出了渾身解數，力求在新、奇、險、怪方面弄出新意。有些哲學家甚至利慾薰心，居然在體系的隱蔽部位故意夾帶病毒。易燃、易爆品大有抬頭的跡象。本書只是一部哲學小史，沒有必要敘述有關部門的相應措施。我只想提醒讀者：一，有關部門從來都不是吃素的；二，本書在介紹當代隆慶府的主要哲學學說時，已經將市場經濟的影響預先考慮進去了。

　　數十年來，市場管理部門每天都要登出銷售排行榜。本書將要一一介紹的各種哲學學說，基本上來自於哲市的銷售排行榜。具體做法是：首先找出最近五十年各哲市排行榜的前十名，本著第一名 10 分、第二名 9 分……第十名 1 分的計算方法，求出一個歷年排行榜的得分表。50 年來排前十八名的學說，將構成本書的正文部分。需要說明的是，排行榜的操作過程，始終處於太守們的直接領導之下，本書介紹的學說都是合法的。不會對大好局面造成任何不良影響。假如造成了不良影響，責任肯定不在我。如果考慮到市場規律對哲學體系的毒害作用，如果再考慮到質檢部門的某些人和某些利慾薰心的哲學家沆瀣一氣，故意讓有毒的體系進入哲市，甚至心懷不軌地讓易燃、易爆品進入「排行榜」，破壞大好局面的責任就更不在我了。

肆、王浴盆的政治哲學

　　【王浴盆今年五十八歲，在隆大伙食科副科長的位置上已經一坐三十餘年，屁股上的死繭已經厚達五公分。但此人是一位天才的政治哲學家，到目前為止，其政治哲學已經造就了七位太守，同時也讓其中的六位丟掉了寶座。按照規律，第七位丟掉寶座只是個時間問題，而第八位肯定正在自我醞釀、自我發酵之中。事情的原委是這樣的：每一個遵照王浴盆的政治哲學施政的副太守，都能迅速成為正太守。但作為一個政治哲學家，王浴盆的創造力未免過於亢奮——他確實患有甲狀腺腫大症——，往往前一位太守才上去，他已經創造出了另一套政治哲學，而早已等候在旁的副太守便迫不及待地將之付諸實踐。那個倒楣的正太守就這樣當即人仰馬翻了。現在，隆慶府流傳著一句廣為人知的諺語，和王浴盆及其政治哲學密切相關：「成也王浴敗也盆。」新近被發明出來的另一句諺語是：「上帝不存在，但浴盆是魔鬼。」據說，這句在哲學界漸為人知的諺語，是一位剛被打翻在地口吐白沫的太守發出的呻吟。

由於王浴盆哲學功夫實在了得，而且殺傷力極大，所以，依照
王氏政治哲學行事的任何一位太守，都對他又敬又恨又怕，故
而他也就悲劇性地在副科長的位置上一坐三十餘年。說起王浴
盆的副科長職位，還得力於他的政治哲學造就的第一位太守。
此人為了感謝王浴盆，力排眾議，將後者從哲市的保潔員，直
接提拔為隆大伙食科的副科長──一個肛門冒油的肥缺。揚眉
吐氣、走馬上任的王浴盆年輕氣盛，隨著甲狀腺的不斷腫大，
哲學興趣也空前囂張。不到一年，又創造出了一套新嶄嶄、水
靈靈的政治哲學。也就是說，提拔王浴盆當副科長的太守，在
太守的寶座上還沒有賴到一年，就被副太守取代了。現在，王
浴盆把腸子都悔清了：如果當年稍微遏制一下創造哲學體系的
衝動和熱情，讓那位太守在寶座上多待幾年，說不定他早就是
處長了。因為新上任的太守雖然對他禮遇有加，甚至還給他頒
發了「隆慶府超級哲精」的錦旗，但再也沒有提拔他的任何興
趣。王浴盆明白了個中貓膩之後，大呼冤枉。也明顯放慢了勃
起的節奏。但無奈聲名遠揚，別說處長，恐怕正科長也不是這
輩子的事情了。王浴盆雖然精通政治哲學，也力求按市場規律
辦事，但到底醫不自治。這也算是害人終害己的一個實例吧。】

　　在全地球上，最重要的哲學自始至終都是政治哲學。五萬年前，
羅里老夫子就教導我們：人是會笑的動物，但更是政治的動物。所謂
政治，就是一個人倒臺，另一個人上臺；或者一群人倒血黴，另一群
人吉星高照。快樂的總量是一個常數，但總有一些不自覺的人喜歡多
吃多占。政治就是這種現象的直接表達。換句話說，所謂政治，無非
是打倒和雄起的不斷變奏。
　　無論政治哲學思想如何多元，修正主義方式如何繁多，歸根到底
只有兩大類：正太守哲學和副太守哲學。也可以簡稱為正哲學和副哲
學。正哲學的目的，無非是正太守在拼命維護自己的地位時，提供出
正確的理論依據；副哲學的目的，則始終是讓正太守儘快下臺，副太
守儘快頂上。一個高明的政治哲學家在創造體系時，必須要牢記兩條

準則：第一，創體系如烹小鮮；第二，戰戰兢兢，如履薄冰。一個優秀的政治哲學家要堅信：坐在太守位置上的那個傢伙，一定不是太守的最佳人選。只有這樣，才有更高的目標供有志於篡位者追求。政治哲學家的最初目的，就是要通過促成一個人上臺、一個人倒臺，來促成政治交響樂的完美實現。

任何一個想創造政治哲學體系的人，一定要做好下地獄的思想準備。出於對一個更高、更偉大的目標的呼應，任何一個想創造政治哲學體系的人，都必然遭人嫉恨，尤其是遭受正太守的嫉恨。但這恰好是我輩政治哲學家的天職。政治哲學是一門偉大的科學。站在政治哲學的入口處，也就相當於站在了地獄的幽門處。

伍、蒲周哼的護陰理論

【蒲周哼是隆慶府財政局司政科科長。作為一個哲學家，蒲周哼的成就僅僅在於他被逼無奈才發明出來的護陰理論。說起來很有趣，蒲周哼的哲學思想幾乎全部起源於他的老婆，隆慶府財政局伙食團的女廚娘。該女廚娘長相優異，乳房碩大，屁股優秀。總而言之算得上一個尤物。女廚娘的最大愛好，據說是一邊做飯，一邊和男廚師做愛。因此她做的每一個包子都充滿了春天。依照哲學界的普遍傳聞，到這部小史寫到這裏為止，她已經睡遍了伙食團所有的男廚師。現在已經開始睡第二輪。每發生一次野合事件，蒲周哼都要和男同案犯戰鬥一回。也許是拿人手軟、吃人口軟，所以戰鬥雖然激烈，但每一次都以蒲科長的勝利而告終。就是在永無休止的戰鬥中，蒲周哼完善和發展了他的哲學體系。按照目前的勢頭，蒲周哼的哲學體系有更進一步完善的可能。順便說一句，護陰理論原名為「護×蟲理論」。這個名字在哲學界流傳久遠。隆慶府每一個人都知道，「×」代表女人的「漏洞」；隆慶府的人民群眾也都知道，「護×蟲」的準確意思是：拼命維護女人「漏洞」的人。——用「蟲」指代「人」，是古隆慶府在語言學上的天才發明之一。本書將「護

×蟲理論」改為「護陰理論」，純粹是出於清潔學術語言的需要。
敬請蒲哲學家諒解區區在下的苦心。】

丈夫天然應該成為老婆的「洞主」，老婆也必須永久性地出任丈夫
的「棍主」。丈夫的肉體天然就是老婆的疆域；以波巴為代表的老婆的
肉體，也必須成為丈夫的法定國土。從各種可能的意義上說，這都是
一個絕對的主權問題。因此，任何人就不得以任何理由侵犯別人的領
土，更不得隨意干涉別人的內政。不要以為現在是全球化的時代，就
故意分不清國界、府界，就以為不需要簽證，就可以在別人的領地上
自由出沒。凡是無視別人領土主權的人，凡是妄圖分裂別人領土的人，
凡是借難民之名而行偷渡之實的人，一定會遭到正義的還擊，一定會
遭到雙倍的報復。

陸、毛萊的盜墓主義

【毛萊是隆慶府著名的無業遊民。無業遊民而能被冠之以「著
名」，主要有兩個原因。第一，毛萊曾在哲市上親口宣佈過上帝
已死；第二，毛萊不僅是盜墓主義的發明者，而且是該學說的
忠實實踐者。毛萊從小無父無母，全憑在哲市上幫人倒茶維持
生計。眾哲學家恐怕從來不曾想到，一個卑微的端茶送水者，
日後居然會成為隆慶府哲學史上飽受爭議的人物。也許在忙於
生意時，眾哲學家中不曾有任何人注意到這樣一個細節：毛萊
在端茶送水時，總是儘量多地在哲學鋪子邊拖延時間。目的是
為了偷竊哲學技藝。當毛萊忍辱負重多年，終於覺得自己已經
攢夠了錢，也攢夠了哲學技藝，可以自己擺攤設點時，如夢方
醒的哲學家才大吃一驚。毛萊的鋪子甫一開張，就敲鑼打鼓。
在鼓聲餘音繞樑之際，毛萊就大聲宣佈上帝死了。眾哲學家對
這個學說嗤之以鼻。因為上帝是死是活，跟隆慶府一點關係都
沒有。沒想到牆內開花牆外香，上帝已死的小道消息，卻在西
方哲學界引起了極大震動。可以毫不誇張地說，驕傲自大的西

方哲學界第一次對隆慶府刮目相看，完全是因為毛菜。雖說毛菜為隆慶府爭了光、露了鼻子，但眾哲學家出於對同行相輕主義的絕對尊重，紛紛認為毛菜純粹是狗拿耗子多管閒事，完全不承認毛菜得自於西方的「榮譽哲學家」頭銜。

毛菜的鬱悶還不止於此。他的哲學鋪子已經開張數月，幾十年處心積慮積攢的小錢即將告罄，卻仍然沒有進項。看到別的鋪子日進斗金，毛菜只好惡向膽邊生，出人意料地發明了一種絕學：盜墓主義。隆慶府人民素有祖宗崇拜的嗜好，毛菜這一招可謂陰險之至。他的哲學鋪子因此一下子火爆起來，每天都有大把大把的進帳。毛菜不僅成了哲市上的暴發戶和聲名遠揚的黑馬，也一舉成為當代隆慶府哲學史上飽受爭議的人物：有人將他奉為教主，更多的人則將他看作萬惡之源。因為他的哲學讓一部分人大發橫財，卻讓另一部分人的祖墳再也無法冒出青煙。由於毛菜的異端邪說破壞力極大，太守不得不下令將其拘捕，最後迫於壓力，只好將他處以極刑。毛菜就這樣悲劇性地為真理現了身。噩耗傳出，舉世震驚。受惠於毛菜的西方哲學界向隆慶府提出了最強烈的抗議。據說為了紀念毛菜，還專門成立了「毛菜研究會」。這就更讓隆慶府哲學界覺得毛菜死有餘辜。好在換了幾任太守之後，現任太守十分英明，前不久專門頒旨為毛菜平反昭雪。本書也才敢斗膽介紹毛菜的哲學觀點。】

　　物質可滅理論早已教導我們，任何東西都有衰亡的一天。但數萬年來，隆慶府人民完全沒有弄明白物質可滅理論的精髓。祖墳就是對物質可滅理論的直接嘲笑：給一堆完全死亡、早已腐朽的肉體煞有介事地修建房屋，本身就是對物質可滅理論的堅決反動。數萬年來，隆慶府哲學界總是這樣自相矛盾：一方面堅信物質可滅理論，另一方面卻在修建墳塋上熱情澎湃，以為有了一個土堆，那堆爛肉就能得到永恆。

　　任何物質的滅亡都有一個漫長的過程，即使是完全喪失了呼吸和心跳的肉體要完全消亡，也會持續較長時間。這也許就是墳墓可以存

在的唯一合理性。祖宗崇拜卻因此徹底地錯了：既然祖宗被認為總是在保佑我們，那就應該讓他們在完全消亡之前，繼續為我們服務。有必要把長眠在地下的祖先重新請出來，有必要讓他們為後人繼續發揮餘熱：他們的骨頭中含有諸多化學元素，可以被提煉；他們尚未腐朽的肉體，可以做成肉乾；他們的後人給他們的陪葬，可以被我們繼續使用。

隆慶府有文字記載的歷史長達八萬年之久，隆慶府人民的繁殖能力幾乎和昆蟲的繁殖能力持平，所以長眠地下的祖宗人數眾多。如果我們將他們一一請出，該是一筆多麼巨大的財富。隆慶府財政年年赤字。按照中和反應的基本原理，這筆巨大的財富一定能將赤字完全抵消，使其 PH 值接近於中性。他們在地下已經躺夠了，早就想重新出山了。他們的後人在他們的墳前叩拜了八萬年，該輪到他們為後人重新出力了。

柒、朱斗拱的新物質可滅理論

【在本書第二節「隆慶府的哲學遺產」當中，我專門提到過朱斗拱在推進古老的物質可滅理論時，身體力行的英雄事蹟。話說朱斗拱開動渾身上下的每一個毛孔，在慶祝村夜總會那個胖大嫂身上辛勤勞作。他一邊享受著正宗肉墊子帶來的快樂，一邊精騖八極，心游萬仞，發誓要把古老的物質可滅理論推進到底。他不能容忍物質可滅理論的名聲敗壞在自己手裏。猛一個激靈之下，此人彷彿有如神助般頓有所悟。他顧不上身下人忘我的吹、拉、彈、唱，發狂般從那堆白肉中央掙脫出來，赤身裸體跑出夜總會，並大喊大叫：「我知道了！我知道了！」搞得夜總會另外幾個沒有生意可做的大嫂老臉失色。

朱斗拱翌日一回到報社，同事們就圍了過來，紛紛問他究竟發了哪根神經，在慶祝村褲子都不穿，居然掛著空襠大喊大叫，把全體哥們的臉都丟盡了。朱斗拱此時仍然處於迷狂狀態，不清楚他的同事們究竟在放什麼響屁，嘴巴裏長了何種型號的痔瘡。他只一個勁地喃喃自語：「我明白了。我！我！我發了！」

清醒過來的朱斗拱馬上辭去了報社的職務，把報社主編，著名的卸磨主義哲學家楊盡顯驚得目瞪口呆。朱斗拱不管不顧，當天晚上就摸黑去哲市申請了一個攤位。從第二天一大早，《隆慶日報》前記者就正式開始了職業哲學家的生涯。由於他的學說來得極富傳奇色彩，所以攤子邊門庭若市。元寶紛紛滾進了腰包。隨著朱哲學家的學說越傳越遠，慶祝村夜總會也聲名大振，不少有志於成為哲學家的人紛紛去那裏過夜，並點名要那位胖大嫂侍寢。這一天降餡餅的好事，直弄得胖大嫂眉開眼笑。此人的腰包也附帶性地腫脹起來。但那家夜總會和那位胖大嫂的靈氣，可能早已被朱記者一掠而空，所有前去取經的哲學家候選人竟然無一成功。胖大嫂一開始還感激朱斗拱讓她生意興隆；等她從哲學家候選人口中得知原委後，才如夢方醒。如夢方醒之後，胖大嫂竟然痛哭不已，大罵朱斗拱是個不要臉的小偷：「狗日的偷了我的元寶！喪天良的偷了我的元寶！老娘一定要索賠！」】

　　物質既可滅，又不可滅。就看你如何處理了。在任何時候，我們都必須掌握變廢為寶的技巧。只要處理得當，明日黃花也可以蛻變為昨日黃花。實際上，在古老的物質可滅理論內部，就已經蘊涵了這一辯證法。必須要學會廢物利用，以便讓各種可滅的物質循環起來、流動起來。流水肯定不腐，只要物質從容地循環，所有的物質都可以免於滅亡的悲慘命運。

　　該辯證法的全部秘訣，就在於對隆慶府祖傳的力學理論的精妙運用。必須要從隆慶府祖傳的力學理論那裏，找到第一推動力；必須要讓第一推動力像仙氣一樣，讓看似可滅的物質得到推動，並永無休止地循環下去、流動下去。生命在於運動，物質的生命也在於運動。

　　物質的循環意味著快感的循環。考慮到物質在反覆循環的過程中，始終在不斷磨損，第一推動力又不可輕易獲得，因此，所有物質都會在時間的長河中不斷損耗，快感也會逐漸變舊。但這是一個永無休止的變舊過程，決不會有徹底衰亡的那一天。正是古老的物質可滅

理論中，蘊藏著的這條真理拯救了我們，拯救了隆慶府：雖說我們的
快感在不斷變舊，但我們仍然能在享受中一天天生活下去，把偷雞摸
狗和勾心鬥角繼續下去。當然，從性質上說，這也是日漸變舊的偷雞
摸狗和日漸勞損的勾心鬥角。但它們又能在變舊和勞損之中常青常
在，永不衰竭。

捌、唐紅女士的新可原主義

【作為一個裁縫，唐紅女士長期默默無聞；但作為一個哲學家，
唐紅女士卻擁有相當高的知名度。即使是在市場經濟時代的哲
市上，唐女士的哲學也佔有不錯的份額。應該承認，可原主義
並不是唐紅女士的獨家專利。可原主義在隆慶府有著漫長的歷
史，唐紅女士只不過將可原主義向前推進了一步，並比較適合
全球化的需要而已。哲市上曾經出現過嚴重的市場壟斷，古老
的可原主義在當代哲學史上有一陣子幾乎完全銷聲匿跡。唐女
士因此特別感謝打擊過市場壟斷的前任太守。正是前任太守的
英明果斷，才使得默默無聞的唐女士聲名大震，也才讓頭髮蒼
白的可原主義重新受孕。遺憾的是，英明的太守很快就被他的
副手取代。唐紅女士為了表達對王浴盆的痛恨和對太守的同
情，曾主動玉體橫陳，讓心緒不好的太守免費耕耘。這一舉動
讓後者熱淚盈眶，大歎「人心仍古」。唐紅女士的丈夫也因此被
迫成為護陰理論的初級信奉者。不過，太守雖然倒臺，但積威尚
存，唐女士的法定「洞主」還是不敢遵照蒲周哼的教導，對「借
難民之名行偷渡之實」的前太守予以「雙倍的報復」，只好天天在
家痛「扁」唐女士。「洞主」先生因此也就成為護陰理論不徹底的
信奉者，遭到了隆慶府人民群眾的廣泛奚落。唐女士雖然發展了可
原主義，但對她的丈夫一點作用也不起。甫一接火，新可原主義就
無可置疑地敗給了護陰理論。這顯然是可原主義在其發展史上的奇
恥大辱。因此在哲市上，當同行們不懷好意地問唐女士「您臉上為
什麼紅腫」時，唐女士只好斬釘截鐵地說：他媽的蚊子叮的！】

　　這是個不能當真的世界，這是個沒有真理只有道理的世界。因此，發生任何事情都可以得到理解，都可以得到原諒。只要我們相信人是有局限的動物，我們就不得不承認：犯錯誤自始至終是我們的天職。任何人犯任何錯誤，都可以得到諒解。犯錯誤的是人，原諒錯誤的只能是上天。

　　誰愛得最多，誰受傷害也就最多；誰愛得越深，誰受傷害也就越深。這就是這個世界的邏輯。只有犯錯誤才能讓我們免受傷害。如果愛本身就是錯誤，那傷害就不是。

　　我們苟且偷生在這個虛幻的世界上。我們都不過是一具具可以移動的影子，沒有實質，沒有內容。我們犯下的錯誤，我們的所謂失誤，也都是空洞的、虛幻的。實際上，我們根本就沒有犯錯誤的能力。我們犯下的錯誤，也不叫錯誤，只不過我們的語言太無能了，只好給它們取了一個叫「錯誤」的名字而已。

玖、嚴體勇的邏輯實證主義

【嚴體勇曾經是豬市的一般管理人員，現在是隆慶府著名的邏輯實證主義者。嚴體勇從豬市管理員躍遷、裂變為哲學家，仰仗的是冥冥之中的某種神祕因素。二十年前的某一天，正是公豬思念母豬、母牛想念公牛的大好時節。豬市中一頭未閹的公豬看上了一頭十分漂亮、也同樣未閹的母豬。正當公豬準備有所表示，那頭母豬已經成功轉手，並隨新主人向豬市門口走去。考慮到過了這村就沒有那店，公豬情急之下掙脫主人的管轄，挺著筆直的標槍，箭一樣直赴門口。一時間豬市大亂。研究哲學史的學者後來才發現，公豬偶然的失態，竟然引發了隆慶府哲學格局的重大變化。這當然是後話。現在還說豬市。作為管理人員，嚴體勇對公豬公然違背道德規則和市場規則的行為，負有不可推卸的責任。所以，他提著既可以敲打豬卵又可以敲打人卵的警棍，怒不可遏地追了出去。對自己的力必多完全無能為力的那兩頭豬，絲毫沒有顧忌嚴管理員的情緒，居然在眾

目睽睽之下調起情來。但見兩頭不要臉的公母二豬哼著急促的小調，穿過愛情的田野，一溜小跑，進了只有一牆之隔的哲市。眾哲學家都在忙於討價還價，忙於推銷產品，猛一看見兩頭怪物，如同意外窺見了哲學體系中不懷好意的邏輯框架，居然都手腳無措。哲市因此大亂。公豬看到有這麼多人在觀看它的表演，一時興起，掀翻了毛菜的鋪子。母豬不甘落後，當即掀翻了季明生的鋪子。然後它們對視一眼，分頭行動，相繼掀翻了聶峰兵的鋪子、蒲周哼的鋪子，接下來是牛勇增的鋪子、王浴盆的鋪子。到了唐紅的鋪子時，卻不掀了。公豬直勾勾地盯著唐女士散發著新可原主義氣味的肥碩屁股，渾身篩糠。母豬看在眼裏，恨在心頭。它先掀翻唐女士的鋪子，然後一下子拱翻了忘情的公豬，然後一路怪叫跑出了哲市。

作為對哲學藥引子的描述，豬的傳奇就介紹到這裏。現在繼續談論哲學。由於公豬的偶然失態，嚴體勇得以見識眾哲學家的做派。作為一個出賣體力和依靠紀律為生的人，嚴體勇一向瞧不起哲市中的各色人等。看到眾哲學家一個個活得光滑、剔透、入口化渣又肥而不膩，嚴體勇曾經大惑不解：這些五穀不分、不事稼穡的傢伙究竟是憑什麼？由於公母兩豬的引導，嚴體勇第一次開了眼界：唐哲學家像包中藥一樣，隨便用幾張草紙捆住了幾句活蹦亂跳的話，對著紙包念了幾句咒語，那紙包就平靜下來了。1,000塊錢也就這樣到手了。嚴體勇有如五雷轟頂，驚得目瞪口呆，渾身發抖，當即脫去制服，扔掉警棍，倒頭拜向了唐女士。他希望後者能把允許一部分人先富起來的秘訣傳授給他，而他嚴體勇一定能夠做到致富思源，堅決不會忘記挖井人。】

　　邏輯實證主義是隆慶府邏輯學發展史上的里程碑。新邏輯學將從此開始。美好的哲學生活將從此開始。邏輯實證主義的精義，不是要證明兩件互不搭界的事物從面貌到骨髓都一樣，也不是要證明世界存在。恰恰相反，它要堅決證明世界不存在。複雜的邏輯形式、邏輯演

算此處就不詳談了。邏輯實證主義要說的是：如果一次實證不足以證明世界不存在，那就繼續實證下去，總有一天會證明出世界不存在。邏輯實證主義嚴格遵循數學上的微分原理，從最低的層次上說，也要遵循羅里老夫子發明出來的古來方法：一尺之棒，日取其半，萬世不竭。當然，火候一到，它也就不得不竭了。這就是說，每實證一次，世界只剩下原先的一半。實證的次數達到一定數量，世界就完全消失了。當然消失了的，還有謠言、誹謗、豬市、哲市、太守和哲學本身；消失了的，還有我們的肉身、思想、力必多和慾望——這些萬惡之源。

拾、牛勇增的三三主義

【牛勇增的腦袋占整個身體的三分之一，眼睛凸出，牙齒的性格外向、奔放。所以經常會讓不少哲學家的胳膊、嘴唇以及大腿拐彎處掛彩。總之，牛先生屬於異人異秉之列。他發明的三三主義確實稱得上無中生有。也就是說，牛哲學家在沒有任何先例、沒有任何參照系的情況下，憑藉著碩大的腦袋，發明了一整套全新的哲學。可能就是出於這樣的原因，牛先生的學說在哲市上幾乎無人問津。牛哲學家腦袋大，其哲學也因此顯得迂闊、高遠；牛勇增的牙齒外向、奔放，其哲學因此極具攻擊力。這也就是牛勇增雖然名聲顯赫，卻生意不好的內在原因。曲高和寡，在隆慶府八萬年有文字記載的歷史上，素來如此。即使偉大如羅子者，也要在他死去五百年後才被追認為大哲學家。牛勇增無奈之下，也只好以羅子為鏡，如此這般地安慰自己。

應該說，牛哲學家的自我安慰不無道理。現在，牛哲學家已經從哲市撤退出來，隱居在芸芸眾生之中。如果你在街邊、小巷，有時甚至是在田間、地頭，看見一個人拖著一顆巨大的腦袋，時而念念有詞，時而口吐白沫，就一定要脫帽致敬。因為他就是隆慶府當代哲學史上最懷才不遇的巨人，天才的哲學家牛勇增。】

三三主義，顧名思義，就是三個三的意思。第一個三是三進取：向天空進取、向地心進取、向肛門進取。向天空進取是為了獲得空氣和永生；向地心進取是為了獲得煤炭和地獄；向肛門進取是為了理解世界的黑暗，從而把燈點到充滿臭味的肛門裏頭。

第二個三是三撤退：從馬背上撤退、從人群中撤退、從錢眼中撤退。從馬背上撤退意味著放棄戰爭、立地成佛；從人群中撤退意味著孤軍作戰，還人生以孤獨的本來面目；從錢眼中撤退意味著革命不是請客吃飯或有時候就是請客吃飯。

第三個三是三突出：突出陽具、突出隆慶府、突出腦袋。

因此，三三主義準確的名稱應該是：「三個進取、三個撤退和三個突出主義。」在三三主義內部，三個進取、三個撤退和三個突出既相互對應，也可以相互組合。在後一種情況下，三三主義最終將演化為27 種主義。這 27 種主義代表著光明世界的 27 種方式。只要進入到 27種光明世界中的任何一種中去，我們就是真正幸福的人了。在這個世界裏，除了三三主義，其他所有哲學學說都可以休矣。

拾壹、季明生的姓名發生論

【小車司機季明生是個私生子。季明生的母親還是個丫頭片子的時候，伴隨著一陣閃電和數聲怪叫，不知道從哪裏飛來了一股精液，不到五個時辰，就產下了一個嬰兒。季明生的傳奇故事還沒有到此結束。據說，他生下來時，兩手握拳，始終不願鬆開。他母親忍住咕咕外冒的鮮血，費了九牛二虎之力，才將他的兩個粉拳打開。小傢伙一手捏著一顆淡藍色的藥丸。季明生的小母親不知道這是什麼玩意，只好請教季明生的外婆。外婆正在化妝，準備趕赴村裏的夜總會。憑著一個老革命的火眼金睛，外婆一眼就認出淡藍色的藥丸竟然是避孕藥。小季明生聞言大喝一聲：「想搞死我，沒門！」

季明生因此也屬於異人異秉者之列。他冥思苦想了很多年，始終搞不明白：自己的母親都說不清那股精液來自何處，難道自

己是上帝的私生子不成？自己出世時手握藥丸，是不是和那個賈寶玉有異曲同工的嫌疑？季明生於是對自己充滿了期待。但隨後的人生軌跡卻讓他大失所望：雖說他成了哲學家，可以吃香喝辣，但正式職業依然是一個小車司機，到目前為止，絲毫沒有被太守提升的跡象。

季明生原名叫季朝陽。成為哲學家後，他摹仿曹雪芹的做派，給自己取名為季藥丸。叫了一段時間後，仍不見好運臨頭。他一邊開動小車，一邊開動哲學家的小腦筋，終於橫下一條心認定：他之所以這樣揹運，很可能是因為自己來路不明。於是更名為季明生。為的是沖一沖晦氣。這當然有些此地無銀三百兩的味道。就在給自己重新取名的當口，季明生無意中發明了一套哲學體系，名曰「姓名發生論」。和牛勇增臨空高蹈發明出的三三主義一樣，姓名發生論也屬於前無古人的哲學學說。】

　　一個好名字預示著一個好的人生運程。名字取得不明不白，意味著身世不明不白。人的一生發源於姓名。只有光明正大的姓名，才能表示一個人光明正大的來歷。那些名字黑暗的傢伙，創造出的哲學體系也是黑暗的。毛菜是一個顯例。蒲周哼又是一個顯例：他整天哼哼個啥？

　　有些人看起來來路不正。但只要考慮到有些人未曾被藥丸絞殺，因此從本質上說，這些人，只有這些人才是來歷最明的人。這在歷史上也有先例：生於馬槽中的耶穌，就起源於上帝的神聖精液。隆慶府人民不相信上帝，但假如沒有上帝，這些人又來自何方？

拾貳、宋速滑女士的新悲慘女權主義

【幾乎所有上過小學的人都知道，在隆慶府八萬餘年的歷史上，有過一段漫長的女權主義時期。西方觀察家把這一男人的地獄稱作「母系氏族時代」。有點文不對題，也有點真實。據研究顯示，母系氏族時代土崩瓦解的原因，是男人們的下三路咬

緊牙關、忍住饑渴，集體絕食長達十年之久。古老的女權主義者被逼無奈，只好忍痛退位讓權，以求消滅延續了多日的饑荒。這一退一讓，居然讓男人們囂張了數萬年。女人從此成為弱勢群體，進入了黑暗的中世紀。男人掌握了歷史所有權後，竟敢顛倒黑白，編造了新的人類起源理論，成功地將女人在創世史上的作用消滅得乾乾淨淨。當代哲學家宋速滑女士才用複雜的口吻說：「羅子是男人的領袖，他發明的哲學是男人的哲學，是男人壓迫女人的政治綱領。」

當代女權主義理論五花八門，但沒有一家是成功的。當代女權主義者雖然人數眾多，但互不服氣，因此不可能結成聯盟，因此其下三路不可能集體絕食，因此她們迄今為止仍然處於水深火熱的中世紀。本書不打算詳細介紹女權主義的諸多門派，只願意介紹宋速滑女士的新悲慘女權主義。雖然這一學說並不能代表女權主義的各家各派，甚至不能算女權主義的正宗和主流，但它無疑代表了當代各種版本的女權主義的終極走向。】

　　我們的祖先太軟弱了，看到男人們集體絕食，人丁不旺，種族大有滅絕的危險，就可悲地妥協了。作為她們的子孫，我們努力了數萬年，仍然不能還清那筆來自妥協的債務。女人不但有偉大的子宮，更有以天下為己任的襟抱。所以上天才給了我們高聳的胸膛。但高聳的胸膛正是妥協之源。它太柔軟，無法真正堅強起來。一被撫摸，就軟成了一灘清水。這是上天成心要成全男人的霸權：它給了男人柔軟的標槍，可是一經撫摸，馬上還原為標槍的本來面目。

　　起點決定了命運。雖然我們在歷史上也風光過若干年，但到底架不住上天的旨意。可歎我的先輩們前赴後繼，拋頭顱灑熱血，到現在還萬里長征沒有邁出第一步。因此，與其本末倒置地揭露男人的可恥，不如脫了褲子集體罵天。

　　女權主義從此可以永遠停歇了。因為所有的女權主義理論都沒有看清上天的陰險。各家各派的女權主義理論，都建立在假想的公正、假想的平等之上。我們曾經掌權的祖先們已經用盡了我們僅存的光

榮。她們用盡了光榮，光榮也用盡了她們。到頭來只給我們留下了用之不盡、取之不竭的悲慘。

在每一個床頭，在每一個可以受辱的田間、山崗、林下，在每一個可以讓我們軟成一灘清水的地方，都應該刻下這樣的銘文：男人們，為了聽從上天的吩咐，我們平躺在這裏。

拾參、喬治俊的油瓶主義

【喬治俊恐怕是隆慶府歷史上最長壽的哲學家。此人早已闖過百歲大關，至今仍然健步如飛，雙目炯炯。由於他嚴格按照油瓶主義行事，估計再活一百歲也不成問題。作為隆慶府最長壽的哲學家，喬治俊被太守視為隆慶府形勢一片大好的象徵。喬治俊的房間裏就掛著前任太守的親筆御批：「好老賊。」
油瓶主義是專門負責闡發長壽之道的哲學學說。由於人人都怕進入墳墓——尤其是在盜墓主義又開始抬頭的市場經濟時代——所以喬治俊的生意好到了火爆腰花的程度。由太守親自批准，喬治俊在隆慶府幾乎每一個哲市上都開有鋪面。到本書走筆至此為止，全隆慶府開哲學連鎖店的只有喬治俊一家。由於喬治俊數十年來生意極其火爆，隆慶府的老態龍鍾者也日益增多。仰仗著喬治俊的哲學單方，隆慶府現在也進入到老齡社會的新階段。這導致了一個嚴重問題：隆慶府年年財政赤字，完全沒有能力支付越來越多的老賊所需要的最低生活保障費。由於形勢緊迫，隆慶府好幾任太守都患上了「屁眼發緊症」。為了讓太守的屁眼鬆弛，隆慶府近年來開始逐步提高哲市的稅收額度。眾哲學家對此痛心疾首，齊聲痛罵喬治俊。無奈喬老是油瓶主義的堅決崇奉者，眾哲學家的罵聲在他看來，不過是討人嫌的蛛網，被他從耳邊輕輕地抹去了。】

油瓶倒了也不能扶。這句話有兩層重要涵義。第一，除了床上需要親自動手，也應該開動機器緊密配合外，家中大小事體都屬於女人

的管轄範圍，不用瞎操心。第二，府裏的任何事情都與你無關。天下興亡，匹夫無責。第一層涵義可以讓人寧靜至遠；第二層涵義可以保你一世平安。

油瓶倒了也不能扶。你將會有更多的時間用於長壽，有更多的時間用於準備長壽。一定要騰出時間，每天捏卵蛋 5,000 次，以求還精於腦，打通「大頭」和「二頭」之間的咽喉暗道。讓腦髓和精液混合起來，並像血液那樣循環。因為腦髓是灰色的，而精液之樹常青，所以必須要讓腦髓植根於精液的無底深淵之中，以精養腦，保證腦髓的活力。

經過如此這般的艱辛努力，你能讓腦髓和精液形成一種親密無間的辯證關係。這種關係可以簡稱為「精髓辯證法」。精髓辯證法是上天意志的直觀顯現，是上天最大的祕密。這個祕密專屬於男人。女人知道了也沒用。

上天是最高的法官，只有長壽才是天道，才能讓上天滿意。本著這一基本原則，除此之外的任何事情，都大可以忽略不計。

拾肆、酒瘋子的占卜哲學

【在隆慶府當代哲學史上，有一位沒有留下名號的哲學家。也許此人曾經擁有過姓氏字型大小，但因為長年累月深陷於杯中乾坤，大家都喊他酒瘋子，真實姓名反而被人忘記了。按照姓名發生論的嚴正教義，酒瘋子此後會有什麼人生際遇，似乎不難預測。按說此人整日裏瘋瘋癲癲，他的話不可能被人當真。可事情怪就怪在這裏。酒瘋子雖然瘋癲，但從不嘮叨。在少有的清醒時刻，他的嘴巴會像抽水馬桶一樣滔滔不絕；處於迷醉狀態時，他反倒惜字如金，神態嚴肅，極少開口。這就是說，隆慶府的「酒哲」先生掌握了一套新的時間原則：迷醉的時刻正是清醒的時刻，清醒的時刻正是迷醉的時刻。關鍵要看你從哪個角度進行觀察。仰仗著這一手，他的哲學鋪子從開張以來，生意一直不錯，甚至還吸引了一大批和哲學毫無瓜葛的善男信

女。酒哲的生意之所以極好，事後總結起來，不外乎如下原因：第一，他自稱處於迷醉狀態時能夠通神，能預言各種事情。事實也的確如此。在所有的預言中，最具有轟動效應的是他預言了毛菜的自我爆炸，儘管他做預言的時候，毛菜的名聲正如日中天。但在毛菜被處以極刑後，酒瘋子又說：不出十年，毛菜的學說一定會重新勃起如鐵。這一預言又很快化為了現實。第二，他每天只接待三個買主，賺夠了酒錢就收攤回家。第三，當他清醒時，完全忘記了自己在迷醉時所做的所有預言，因此他被認為是守口如瓶的人，故而所有的善男信女都相信他不會將祕密洩漏出去。

酒哲的上述做派卻引起了其他哲學家的廣泛嫉恨。眾哲學家的意思是：酒瘋子從事的根本不是哲學工作，也不是學術工作，而是算命卜卦的勾當。哲市的管理部門為了破除封建迷信，終於將酒哲掃地出門。酒瘋子只好在哲市和豬市之間的牆角處擺攤設點，從而一舉成為隆慶府當代哲學史上唯一一個街頭哲學家。

酒瘋子最後一個預言是自己的死。當然，他準確預見到了死亡的具體時間，因而提前半小時躺在床上，滿含笑意地靜候死神爺爺大駕光臨。】

　　任何事情都有起因，都有其必然歸宿。冥冥之中自有定數。我是被神偶然選中的人。神在眾人之中挑中了我，是想讓我把他的心思有限度地暴露給世人，以便起到拯救世人或警告世人的作用。我不敢保證神的目的是不是一定能夠達到。但神讓我做這件事情有一個條件：天天醉酒，並在迷狂狀態下打量神的旨意、接近神的旨意、通曉神的古怪心思。神就這樣始終讓我處於分裂狀態，讓我在清醒和迷醉之間反覆穿梭。由於神的有意安排，清醒和迷醉始終是互為忘川的關係。因此，有兩個我，但他們彼此隔河而望，互不相識。他們中的一個是另一個的絕對陌生者。

　　我討厭酒，我討厭迷醉，我一點也不想當哲學家。按照我的本意，我只想當一個豬販子。事實上，我曾經就是一個優秀的豬販子。幾十年來，我為我的工作受夠了鳥氣。我真想日神的媽。

　　我能報告所有人的運程，我熟悉每一個人的命運的鏈條，我知道這些鏈條的每一個工作著的齒輪的所有祕密。只要我願意，我能將它們一一道出。但我對此已經越來越沒有興趣。我每天只接待三個買主，不是要故意為占卜哲學製造神祕氣息，僅僅是為了消極怠工。神已經警告我很多回了。但我決定不予理睬。我絲毫不怕他一怒之下改變我的命運鏈條，提前讓我死於非命。恰恰相反，我就是要激怒他，讓他早日將我收走。

　　我看出神的怒火了。幾十年來，我像燧人氏一樣，艱難地製造出了這些憤怒的火星，現在它就要燃燒了。我的厄運就要結束了。我要徹底收攤了。

拾伍、王問海的教育哲學

【王浴盆的上級、隆大伙食科科長王問海，靠給太守提供了解決「屁眼發緊症」的單方，一屁股坐到了校長的位置上。這個單方極其簡單：王問海首先建議太守冒隆慶府之大不韙，敢做敢當地提高哲市和豬市的稅收額度。當然，這只是明修棧道，目的是為了混淆自稱掌握了輿論制空權的哲學家們的視線。因為王問海的真正目的，是接下來的暗渡陳倉：組織敢死隊，趕快將長眠地下的祖先請出來，拿他們的骨頭熬油。這樣做，既繁榮了工業，又解決了日漸嚴重的失業問題，還能為隆慶府的財政收入提供保證。除此之外，王問海還專門壓低聲音，向太守建議：有必要撤銷喬治俊的哲學連鎖店。因為喬治俊才是太守龍體欠安的直接緣由。王問海建議，在必要的當口，甚至可以考慮讓喬治俊死於車禍，從而從源頭上杜絕老齡化時代的無限蔓延。太守聞言大喜，當即力排眾議，將王問海一繩子提到了隆大的校長寶座上。順便介紹一下，王問海一步登天後，太

守並沒有把科長的寶座贈給王浴盆，只讓後者以副科長的名義主持全校的伙食大業。這一結局，把隆慶府的政治哲學大師氣得當場吐血，恨不得馬上製造一種新的哲學體系，將忘恩負義的太守全部放翻在地。只可惜他現在已經力不從心，因為他的甲狀腺早已消腫。

王問海校長肩負著一項重大使命：火速為隆慶府培養一批品學皆優的敢死隊隊員。本著這一目的，王問海上任伊始，就全面革新了隆大各系科的主要課程。一切都要為培養敢死隊隊員側身讓道。比較著名的課程有：膽量學、破除迷信學、忠誠學、夜間眼睛明亮學等等。這些專門學問，都經過市場經濟意識形態的專門浸泡。聯想到太守日漸發緊得快要完全封閉起來的屁眼，王問海頂住來自左、中、右三個方向的壓力，加快了培養敢死隊員的步伐。】

　　教育必須要為隆慶府的繁榮昌盛服務，必須要為隆慶府人民群眾的生活水平的不斷提高服務。由於老齡化時代的陰險來臨，隆慶府的經濟已經到了崩潰的邊緣，致使幾任太守剛一上任，身體就出了毛病。因為太守的健康關係到隆慶府的繁榮昌盛，關係到隆慶府人民群眾的生活水準能否提高，所以，教育必須為太守的身體服務。

　　考慮到隆慶府自然資源十分匱乏，老人又在不斷增多，因此，有必要重新利用我們的祖先。我們的教育首先要鍛煉學生的膽量，讓他們在面對白森森的骨殖時，不能有任何恐懼心理。經過學習，要讓每一個學生都必須將墳墓裏的東西直接看作元寶。其次是要破除迷信。破除迷信學首先要教導學生：必須從自己的祖墳挖起，然後才能正人正己地挖別人的祖墳。但最重要的始終是要學會忠誠。每一個學生都是吃隆慶府的奶水長大的，每一個學生都要責無旁貸地忠於隆慶府的全體人民，忠於隆慶府太守。因此，我們的口號就必然是、也只能是：教育興府，教育救府。

拾陸、鄭元的詩歌哲學

【隆慶府歷史上向來缺乏詩人。比羅里稍晚一些年頭出生的另一個哲學大師蘇四，曾經建立了一套影響極大的「大同學」。「大同學」中有極小的一部分內容，就是專拿詩人開涮。蘇子的意思很明確：詩人不僅是可恥的說謊者，而且還都是些神經不健全的人，勢必會在大同世界上為非作歹、妖言惑眾。因此有必要將他們趕出「大同世界」。在蘇子的建議下，幾萬年來，歷朝歷代的太守都將詩人列為違禁品。在隆慶府，有很長一段時間，要是誰被稱作詩人，無疑就是對誰的極大侮辱。隨著時間的漸漸流逝，尤其是到了市場經濟的新階段，受市場規律的教唆，許多易燃易爆品公然冒頭，詩人也趁機開始小批量出現。建立了詩歌哲學的鄭元，就是其中較有影響的一位。

鄭元是隆大哲學系的小助教，我的同事。從某種程度上說，也算我的哥們。王問海擔任隆大校長後，雖然讓隆慶府的財政收入大為好轉，但由於革新了隆大的所有課程，跟不上革命形勢的鄭元和我，已基本上處於無課可上的危險境地。鄭元曾經放下架子，拼命巴結前伙食科科長，但王問海對從前經常在一起發酒瘋的老哥們堅決不予理睬。垂頭喪氣、毫無藝術細胞的鄭元於是開始寫詩，擅自發明了一套詩歌哲學不算，還公然以詩人自居。一時間成為隆大的新聞人物。按這小子的話說，他這樣做，就是要給「那個人一闆臉就變」的「可恥傢伙」「找點難堪」。因為手下人公然違背太守禁令，作為法人代表，王問海肯定要受到太守的擠兌。說不定還要被打回原形，重新去做他的伙食科科長，與王浴盆為伍。由此也可見鄭元的陰險。

倒退五十年，像鄭元這樣的痞子肯定是要進大牢的。而現在人心不古，此人非但沒有罹禍，反而跑到哲市人模狗樣地擺起了攤子。鄭元知道我無課可上，又沒本事成為哲學家，只好在家裏炮製哲學小史，就放下生意，專門跑來請我喝酒。在酒過三巡、互稱哥們之際，這個陰險狡詐的傢伙才亮出了匕首：他要

我看在哥們和馬尿的份上，把他也寫進去。並對我曉以厲害：「你把違禁品寫進去，你的書也就成了違禁品，你也就算趟了一趟雷區。你的書保證暢銷。到時候，元寶就是大大的。」他又敬了我一杯糖衣炮彈，接著說：「你把我寫進去，好處就大了。而我呢，不過是借機鞏固一點名聲而已。老實說，我現在的名頭已經夠響亮的了。歸根到底還不是為你好。」我耳朵軟，也想儘快結束這本小史的寫作，再說他都已經公開擺攤設點了，也沒見出現什麼問題，於是心一橫，趁著酒興把他夾帶進了哲學小史。】

　　水是用來消滅口渴的，火是用來解決寒冷的。但這都不是詩歌。所謂詩歌，就是要揭示出水自身的饑渴，火自身的寒冷。一切反過來的，才可能是詩歌。反反反，詩歌就是一連串的反，全部的反。正如一把手槍，既可以拆成手，又可以拆成槍。不斷拆下去，世界就將在相反相成的向度中自動呈現。世界最後將由相反相成的微粒組成。邏輯實證主義要證明世界不存在，而詩歌遵從的哲學，則自始至終都是互相反對的世界主體論。

　　我們對世界的理解太簡單了。現存的諸多哲學體系都對世界做了簡單化的處理。究其原因，就是沒有看出世界中隱藏著大量自我反對的因素。也沒有發明一套測量自我反對因素的儀器。這一嚴重的失察，導致了諸多學說的內分泌失調，構成了諸多哲學體系的腎功能衰竭。但詩歌哲學有望克服這一困難。因為詩歌就是一連串的反，就是全部的反。

　　詩歌就是放在世界胸膛上的一把手槍。但這不是一般的手槍，而是可以讓人生還的手槍。只有詩歌才能給予我們這樣的視角。同樣的道理，詩歌也可以是放在世界右腹腔中的一根香蕉。當然，這也不是一般的香蕉，而是能夠讓人上吐下瀉的香蕉，反香蕉。

拾柒、戚世三的性快感本體論

【戚世三，隆慶府當代哲學史上最不幸的人物，直到今天還被一些道貌岸然的偽君子視為「流氓哲學家」。此人由於其異端邪

說，早在二十年前就被正法。正法的地點就在他的哲學攤位旁邊，目的是為了殺雞給猴看，或殺猴給雞看。究竟給誰看，那就看你自認為是猴還是雞了。說起來戚世三確實有點不幸。就在他被正法的第二年，市場經濟就敲鑼打鼓、一路瘋跑著來到了隆慶府。他的性快感本體論又開始廣為流行。作為這方面的輝煌物證，隆慶府大大小小的夜總會，都在為戚世三的不幸命運暗自垂淚。但掌握了這一學說，並將這一學說化為現實的諸多人等都吃水忘了挖井人，依然將他看作流氓。如今他的墳墓已被敢死隊隊員撬開。他的骨頭已經被冶煉、熬油。他因此變作了如下物品：一根鐵釘，一根鋅棒，鋁盒窗上的一小塊，五百克摻有土灰的磷肥，藥店裏的一小瓶鈣片……也就是說，戚世三至今還在為使用上述物品的人的快感提供服務：讓他們強筋健骨、滋陰壯陽，為他們的快樂提供通風的門窗……好樣的，戚世三。你在徹底滅亡之後，仍然沒有忘記證明自己的理論的正確性。】

快感是世界之源。沒有快感，就沒有人類，當然也不可能有隆慶府。快感的司令始終是性快感。因為性快感派生出了其他諸種形式的次等快感。性快感是其他諸種快感的親娘。

性快感的語言就是精液和卵細胞。精、卵兩種細胞還有自身的語言。我們至今仍然無法確切地知道，它們在讓我們飽饗了快感之後，在相互擁抱時都說了哪些纏綿悱惻的話。實際上，在性快感本體論看來，它們說的就是上帝的語言。因為上帝是用語言創造出了世界。因此，敬重精液和卵子，就是敬重上帝。善待精液和卵子，就是善待上帝的道。

我們在性快感的指引下才創造了歷史。全部隆慶府的人類史都是精液和卵細胞的產物，但歸根結底，隆慶府有史以來的人類史，都是精、卵兩種細胞的語言的產物。隆慶話就是對這種語言的拙劣摹仿。隆慶話不過是上帝的方言。性快感就是歷史的親娘。是歷史的發動機和打火機。

拾捌、崔建平的酒後哲學

【崔建平先生現為隆慶大學哲學系教授，本人的導師，隆大職
稱評審委員會主席。崔建平教授的哲學名叫酒後哲學。這部哲
學的基本要義，就是專門和西方的基督教唱反調，以便揚我府
威。崔先生博通古今、學貫中西。酒後哲學就起源於三百年前
一位名叫利馬鬥的義大利人的所作所為。據崔先生的獨家新聞
披露，利馬鬥在翻譯隆慶府哲學家羅里的著作時，取名為《羅
子的倫理：一個在我們基督徒的主和救星耶穌降生五萬年前就
已達到思想顛峰的隆慶府哲學家，其教導至今仍為隆慶府人民
奉為最佳人生指南》。按說這是件對隆慶府大為有利的事情。不
料接下來發生的一切恰恰證明，利馬鬥的工作，給了西方人對
隆慶府進行「妖魔化」的直接由頭。《羅子的倫理》剛一出版，
就引起了義大利基督徒的高度憤怒：基督降生五萬年前，隆慶
府居然就有了成熟的哲學，真是是可忍孰不可忍！眾基督徒做
的第一件事，就是將利馬鬥點了天燈；第二件事，就是不費吹
灰之力，就證明了羅里從來都沒有存在過；第三件事就更容易
了：隆慶府是傳說中的地方，可能曾經存在於火星，但肯定不
在地球上──反正歐洲人的陰險，已經到了不怕做不到只怕想
不到的程度。崔教授認為，有必要從純哲學的角度，教育教育
那些妄自尊大的西方人。於是有了酒後哲學的閃亮登場。但保
守、迂腐的崔建平教授是從形而上學開始立論的，這就讓他的
哲學有著濃厚的西化色彩。由於形而上學（它在哲市上價位最
低）和西化色彩（這有崇洋媚外之嫌），使得崔教授用盡了吃奶
的力氣，始終不能成為當代第一流的哲學家。他為此愛上了酒
精，整天日爹罵娘，什麼事情都看不順眼。如今他已經成了半
個酒鬼，這就更給酒後哲學增添了光彩。作為他的學生，我曾
經含蓄地提醒過他這中間的癥結所在，卻遭到了他的大聲呵
斥。這也算一個哲學軼事吧。】

形而上學的諸多概念在表達世界方面，永遠都只是一種近似值。形而上學的諸概念流傳了數千年，可見人類要麼是痛恨精確性，要麼是在等待精確性的出現方面沒有耐心。我承認，這有點類似於一個名叫卡車的德語小說家所說的：我們之所以喪失天堂的烤鴨，完全是因為耐心不足。但另一個更根本的理由也許才是最重要的：從來就沒有精確的人生，只有近似的人生。

西方大哲 K.牛德先生說得好，正因為人始終具有「應是」的渴望，所以始終是其「所是」的我們，才有了不滅的超越衝動。另一個西方大哲 M.古德格爾則說：可能性高於現實性，雖然老古一直號稱自己在致力於拒斥形而上學。但這怪不得人家古德格爾，老古也是在沒有辦法的時候，才不得不犯如此低級的錯誤。這有點類似於我們隆慶府足球隊在比賽中，老是故意把點球送給對方。

將形而上學逐出哲學王國，在邏輯技術上是可能的，比如使出了吃奶力氣的邏輯實證主義。但每一個掌握了該項技術的哲學家，在拒斥了形而上學後，那個叫形而上學的傢伙多半會在半夜找上門去。於是我們聽見了哲學家的慘叫聲和告饒聲。不過，黎明來臨，當哲學家一如既往地攤開自己的思想時，完全將昨晚發生的事情忘記了。這不能不讓人相信：這個哲學家確實患有受虐症。

但完全沒有必要從心理學和病理學的角度，去尋找受虐症的原始誘因。受虐症實際上來源於形而上學的頑皮。必須要堅信受虐症有著堅硬的神學來源：它是上帝在製造我們時，注入到我們體內的隱蔽機制。有了它，我們就得不到真正的幸福。那些堅信形而上學可以被清除出哲學王國的哲學家，在這一點上低估了上帝的智慧。上帝決不會像我們中的某些人那樣，愚蠢地砸了自己的飯碗。著名的狂人哲學家，也就是那個叫毛菜的傢伙，居然宣佈上帝死了。但其後的事實證明，死了的始終是那個叫毛菜的隆慶府哲學家，而不是毛菜宣佈的那個人。

我們現在當然不再相信上帝的存在了。這個老不死的也許真的死掉了。不過上帝為了證明人的弱智，還是派他的第二個兒子來到了人間。只不過這個兒子不是瑪利亞生的，也不是生在馬槽裏。他也不叫

耶穌。耶穌是上帝的長子。實際上，他就叫形而上學，他就生於我們的腦海之中。

聖母瑪利亞死去後，我們天天都在和上帝交配，以便生出上帝眾多的第二子。我們是上帝造就的，上帝有權利用和使用我們。無論我們是男是女，上帝總可以找到進入我們或讓我們進入的通道。我們既是瑪利亞又是受造物，而且還是上帝的第二子，因為形而上學始終跑不出我們的腦海。我們，也只有我們隆慶府的全體人民，才是真正的三位一體。

拾玖、聶峰兵的夢中哲學

【季明生在嘲諷王浴盆副科長的哲學觀點時，專門提到過聶峰兵「不喜歡床上的事情」。種種跡象表明，李司機的看法是正確的。聶峰兵在解釋自己為什麼要創立夢中哲學時說過的話，也可以為李司機的觀點做證：「我只喜歡床上的一件事情，那就是做夢。我只願意在夢中會見唯一一個女人。」聶峰兵的如許行為帶來了三個相關的後果。第一，他一舉成為當代隆慶府的聖人，深受現任太守的器重，目前官運亨通。第二，他的學說為崔建平的酒後哲學聲張了正義，並將酒後哲學推進了一大步。崔教授還在大談上帝、三位一體，聶先生卻率先宣佈：他在夢中見到的人既不是上帝，甚至不是天使。第三，聶峰兵的學說明顯違背了物質可滅理論，悲劇性地放棄了及時行樂，遭到了眾哲學家的批判。

令人費解的是，聶峰兵面對來自左、中、右三個方面的夾擊，居然我自歸然不動。這一令人驚詫的舉動，讓所有批判過聶峰兵的哲學家陷入了高度恐慌之中。他們不知道哲學界又將有什麼大的風波，這場風波會不會影響他們的生意。不過，在本書看來，聶先生的學說不過有些意淫，既談不上引起哲學風波，從而讓哲市崩盤，更不至於令人恐慌。聶先生不過是充分利用了古隆慶府精妙無比的邏輯學，把諸多完全不相關的東西搞到

【了一起，並給它們賦予了超級同一性。我本來想將夢中哲學更名為意淫主義，無奈轟先生堅決不同意。】

　　我又一次夢見了她。雖然我看見的只是她的側面，但我能肯定那一定是她。只可能是她。雖然我夢見她的次數並不多，然而多年來，我已經熟悉了她的面容、她的腰肢、她的三圍、她的⋯⋯眼神和皺紋。我甚至清楚地知道她會在什麼時候出現在我夢中。她的到來總和我的饑餓有關。每一次她都給我帶來了渴望中的食物：麵條、饅頭或者可以佐酒的花生米。但數量總是有限。昨天晚上她給我帶來的就是速食麵。她坐在野外一張破石桌上，神情從容、姿勢優雅地給我泡了一碗。而在我來不及下嚥第一口的時候，她就消失了。我現在唯一感到有意思的是，那是我迄今為止第一次夢見速食麵，純粹的工業製品。

　　我至今還記得她第一次來到我夢中的情形。那時我正遇見一隻從未遇見過的老虎。後者窮兇極惡，顯然已經把我當作了盤中餐、碗中肉。在慌亂中，我竟然沒有想到逃跑和反抗。這和我清醒時的行為剛好相反。正當我準備等死的時候，她出現了。隨之而來的是老虎的倏然消失。我現在已經搞不清楚，究竟是老虎看見她而逃跑掉了，還是她就是那只老虎幻化成的「白虎星」。我記得我好像問過她，但她只微笑，不說話。而有那麼一剎那，我似乎從她身上聞到了一絲老虎的腥味。

　　我從未見過她的裸體。我希望見到她的裸體。我想總有一天會看到她的裸體。我猜那可能是最勻稱、最光滑的裸體。但我在偶然間還是透過層層包裹的衣服看見了她的骨頭，看見了她的骨頭的眾多轉彎處。那麼多的骨頭團結在一起，團結在以她為核心的周圍，並最終組成了她。我甚至聽見了骨頭的拔節聲：清脆、微弱，但悅耳，像撞在我眼簾上的一絲陽光，隨即敲響了我日漸滄桑的眼膜。

　　從前夢見她時，她總是顯得很輕靈，似乎是飛行在離地五公分的天上。而現在，隨著變老變胖，她來到了地面，還給我端來了麵條、水和我喜歡的菠菜，甚至還有一小片珍貴的牛肉，像我相濡以沫多年

的妻子。是不是即便在夢中,由於我們逐漸熟悉,她的天使身份也會被消除?當然,我一開始就知道:她從來就不是天使。我也沒有聽她說過自己是天使或者曾經是天使。

我不配夢見天使。作為一個討生活的人,我多次提醒自己不配夢見天使。我夢見的都是次一等的事物、更次一等的事物、再次一等的事物:災難、從未謀面的狼、極度揮霍繁殖力的魚、荷花、兩分錢、永遠不願它到來的醒來、讓人恐怖的蛇,當然更多的是人,那些無聊的人。偶爾也會夢見天空的一角,像從某張風景照片上隨便撕下的一小塊。我從未夢見廣袤的天空、整體的天空。即使夢見天空的一角,也從來沒有作為點綴的星辰,那些珠光寶氣的星辰。奇怪的是,總有些來歷不明的光亮唆使我看見她的面容、她的腰肢、她的三圍、她的……眼神和親密團結在眼神四周的皺紋。

我逐漸變舊的夢的大門始終向你打開。隨著夢的年齡的漸次增長、變老,夢的大門的孔穴也在大門的不斷磨損中逐漸變大。就像通過過五條生命的偉大的陰道。所以它剛好能夠以相同的增長速度,適應你逐漸臃腫起來的身軀,為你多肉的骨架提供了進出的方便。

貳拾、路一達的統一理論

【路一達是當代隆慶府歷史上典型的頹廢主義者。此人成為頹廢主義者實在有些匪夷所思:他相貌英俊,堪稱隆慶府哲學史上數一數二的美男子;他聰明絕頂,十六歲就成為隆大哲學系的研究生,不到十年,就成為隆慶府當代哲學史上重要哲學理論的創始人;除此之外,他還是幾任太守的私人秘書,後來又一屁股坐在了隆慶府人事局局長的寶座上,成了著名哲學家、小車司機季明生鞍前馬後的服務對象。小車司機的服務要是不那麼周到,路局長還可以隨便踢他的屁股。按說,這等人物是絕對不應該頹廢的。但人家就是出你意料地頹廢了,你又有什麼辦法。

【路一達發明的哲學叫做統一理論，旨在總結當代隆慶府的諸多哲學體系。因此，統一理論又稱萬教歸一理論。路一達有的是錢，從來不去哲市，也不大看得起去哲市的人。他的哲學發表園地主要在酒桌上。因為他位高權重，人們也樂於為他發佈哲學消息。好在路一達是免費銷售自己的學說，甚至還要倒貼酒錢，眾哲學家也就原諒了他試圖總結所有哲學體系的狂妄。

路一達後來自殺了。他從陽臺上奮力一躍，就讓自己九九歸一了。哲學界為此十分震驚，紛紛將他看作隆慶府歷史上唯一一個言行一致的人。哲學界為他舉行了聲勢浩大的追悼會。太守還親自下令：不許騷擾路一達先生的墳墓。】

人太多了，地球太沉重了。我感覺到它已經大汗淋漓，已經有些轉不動了。多少個失眠的晚上，我聽見了地球氣喘吁吁的呼吸，像拉著破車的老牛。

地球深感沉重的原因並不僅僅在於人多，而在於人的慾望太盛。慾望並不是沒有重量的——早晚會有一種儀器被發明出來，用於稱量和檢測人的慾望。不僅活人有慾望，死去的人也有。古往今來，這麼多的人和這麼多的慾望不斷加諸同一個地球，地球要是不老邁，要是不累得兩眼昏花，是不可思議的。

拯救地球的唯一方法，就是根除人的慾望；根除人的慾望的唯一方法，就是讓人類絕種，從而讓地球休息、養精蓄銳。反正猴子、猩猩還大量存在，它們遲早會進化為人。等它們辛辛苦苦變作有慾望有重量的人之後，地球又有足夠的能力運轉他們。

貳壹、後記

本章篇幅僅僅二十餘萬字，卻斷斷續續寫了五年。為什麼會是斷斷續續的五年，原因太多，此處就不講了。現在，又一個十年過去了。十五年間，按照各種學說的教唆，照例發生了很多事情。其中不少還和本書有關。此處擇其要者，簡述如下：

　　第一，王問海下臺了。換了太守，王問海自然應該下臺，這是古今通例，沒什麼稀罕。王浴盆的政治哲學早已道出了個中貓膩。但民間傳言說，王問海培訓的敢死隊隊員，基本上已經挖完了隆慶府積攢了八萬餘年的墳墓；資源已經耗盡，他當然也就失去了用場，下臺更是免不了的事情。我在本書中早已寫出、後來又刪去的「卸磨主義」，也講清楚了個中貓膩。民間傳言還說，他王問海天良喪盡，歷經五任太守還我自歸然不動，腦袋居然好端端地長在褲襠上，已經算是便宜他了。王問海下臺後，隆大各系科的課程，又復辟到了前王問海時代的模樣。我又開始有課要上。因為現任太守要肅清王問海的流毒，哲學系的課程便顯得特別繁重，這部小史的最後定稿也因此被拉了下來——隆慶府靠哲學起家，當然也要靠哲學肅清流毒，這更沒有什麼價錢好講。

　　第二，由於換了太守，毛菜的盜墓主義、鄭元的詩歌哲學，甚至嚴體勇的邏輯實證主義、戚世三的性快感本體論、路一達的萬教歸一理論，又成了違禁品。我聞聽之下，冷汗直冒，覺得自己的著作毛病太多，即使從原來的二十萬字，一刪再削到如今三萬字左右的篇幅，在發表方面恐怕還是凶多吉少。於是心灰意冷，懶得在這上面再花工夫。我從此開始像我的導師崔建平教授一樣，也愛上了酒精，整天日爹罵娘，將已經刪削好的書稿束之高閣，一任它遵循物質可滅理論的基本要義，慢慢腐爛。

　　第三，幾年前，我娶了一房老婆。儘管她的長相賽過豬八戒的乾媽，腰身直追老黃忠的胯部，年齡僅僅小我媽十歲，但到底還是老婆。不過怎麼說，我沒有去喝西北風，已經算揀了大便宜。當年癩蛤蟆想吃天鵝屁地想當副教授，不就是為了討一房福晉嗎？既然有了老婆，寫書和出版書的激情也就當場虛脫。

　　第四，經過好幾年的不懈努力，我終於給自己續上了香火。感謝現任太守，將毛菜的異端邪說列為違禁品，我兒子日後不會為找不到祖墳嚎啕大哭。我現在凡事都得為香火考慮。於是一邊感謝太守，一邊拿出塵封多日的書稿。只是幾年前癡心妄想為了出版該書而刪去的十幾萬字，再也不可能復原了。

　　重新拿出這部手稿的目的很簡單：我要把這本名為「小史」實為斷章殘簡的「小書」，留給我兒子。我想讓他知道，他爹為了吃香喝辣，為了一房漂亮老婆，秉承著市場經濟的原理，當年上窮碧落下黃泉，確實努力過。只不過時運不濟，只給他討了一房醜陋的媽咪，以致於嚴重影響了他五官的健康和大腿的修長。我還想讓他知道，當年的隆慶府確實如我所述，出現過許多旋起旋落、方生方死的哲學體系。它們大都能賣上好價錢。我更想讓他知道，正因為出現了太多的哲學，隆慶府的人民群眾才狡猾之至、詭詐之極。這本手稿，就算我給他留下的人生寶典。他長大成人後是否會上當受騙，全要看他如何揣摩他爹留下的墨寶了。

　　如果他日後註定要上當受騙，我願意提出最後的建議：到豬市找口飯吃吧。豬市的臭氣，只是人間的臭氣；哲市的香味，永遠都是天堂的騷味。

　　　　　　　　　　　　　　2004 年 1 月 7 日至 25 日，北京豐益橋

色塊的長征[1]

壹、初試身手

1934 年夏天的某一個星期日,當北平《世界日報》的兼職廣告設計師、北平美專國畫系的學生張仃被國民黨憲兵隊抓捕歸案時,年僅區區十八歲。很快我們就會看到,在「罪犯」的年齡和「罪犯」的犯罪事實之間,構成了一種強烈的反諷關係,顯透出一種強烈的喜劇效應——十八歲的幼小「罪犯」,實在不大可能「犯」那種性質嚴重的「罪」。不過,從當時嚴酷的歷史語境的角度看,張仃被抓捕的原因其實又相當簡單,考慮到國民黨自 1911 年「雙十節」就開始的慣常性的神經衰弱,也確實相當有道理。

這位來自東北的小個子、北平美專國畫系半工半讀的學生,十分不滿意當時美專的藝術教育。在小個子張仃看來,在一個國破山河在、日本人已經侵佔了東三省——那是張仃的家鄉——的危急年頭,再像美專教導的那樣畫那種言不及義、遠離國計民生而又毫無力道的高冠貴冑和病態仕女,實屬徹頭徹尾的墮落。因為這種飽具士大夫腐朽性質的畫風和慘烈的社會現實之間,構不成絲毫有效的摩擦力,除了純粹技巧上的意淫和心理上的意淫式滿足外,幾乎毫無用處。而相對於當時亡國滅種的嚴峻形勢,這種意淫式畫風確實含有濃厚的不道德成分。當張仃質樸的心靈認識到這一問題的嚴重性質後,於是自作主張,幾乎是在無師自通的狀態下,畫出了一組多達三十餘幅諷刺時弊、時政的漫畫。這些作品和張仃在美專受到的藝術教育,幾乎談不上任何干係。

---

[1] 本文是祝勇先生給的題目,是為大象出版社某套叢書的撰稿,我寫成了初稿,後由祝勇先生經過修改後由大象出版社出版(2005 年)。此處收錄的是我的初稿,由本人單獨完成,如有錯誤,完全由本人負責。

　　當這些漫畫在北平某中學的一間教室裏展出後，既在社會上引起了較為強烈的反響（因為當時頗有影響的《京報》「副刊」對此專門作了報導，還選登了張仃飽具諷刺意味的作品《有吏夜捉人》），也引起了共產黨地下組織對於張仃的興趣──當時的地下黨組織對反政府、反主流意識形態的人士向來嗅覺敏銳。於是它們很熱情、也很自然地邀請張仃為共產黨的地下刊物《潮水》搞編排設計。《潮水》是左翼刊物，有趣的是，內憂外困的國民黨當時正患有極為嚴重的恐左症，生怕在一不留神之間，某一根善於惹是生非、不安分守己的稻草會打翻自己的千秋偉業。因此，憲兵隊抓捕和共產黨地下組織有所接觸的張仃，似乎是情理之中的事情。

　　魯迅曾經非常幽默地說起過張仃所生活的那個年代的荒唐事：「革命，反革命，不革命。革命的被殺於反革命的，反革命的被殺於革命的，不革命的或當作革命的而被殺於反革命的，或當作反革命的而被殺於革命的，或並不當作什麼而被殺於革命的或反革命的。革命，革革命，革革革命，革革……」（《而已集．小雜感》）在另一篇文章中，魯迅還用諷刺的口吻──其諷刺口吻和張仃漫畫的諷刺口吻大異其趣而又異曲同工──說到過另一種「怪事」：「有公民某乙上書，請將共產主義者之產業作為公產，女眷作為公妻，以懲一敬百。」（《而已集．擬豫言》）在這種充滿高度赤色恐慌的大背景下，在不知不覺中已經和共產黨「有染」的張仃要是不被國民黨抓捕，倒反而有些說不過去了。不過，和魯迅所說的「有在朝者數人下野；有在野者多人下坑」的嚴峻事態相比，張仃僅僅是被抓（這件事本身就具有某種喜劇色彩），既不存在「下野」之虞，也無緣享受「下坑」之待遇，可謂「幸運」極了。

　　就在畫出那組多達三十餘幅的漫畫作品之前，對國民黨面對東三省的淪陷採取不抵抗政策、轉而一心一意收拾共產黨的行徑心懷不滿的張仃，早已和另外兩個美專同學一道走出了校門，從北京奔赴山海關東北軍的前線駐地，憑著一腔怒氣和熱血，又是演講又是畫宣傳畫，試圖鼓舞士兵們收拾舊山河的鬥志。由於張仃和他的兩個同學的姓氏按照國際音標，其發音的頭一個字母都是「C」，於是他們就稱自己小

小的組織為「三C戰地宣傳隊」。這幾個少不更事的年輕人哪裏知道，他們為自己充滿正義和良心的行動小組的命名，剛好犯了大忌：「三C」是蘇維埃共產黨（CCCP）的拼音縮寫！當他們知道這個名號和自己的身家性命有著嚴重的厲害關係時，嚇得直吐舌頭，連稱自己命大。不過，現在看起來，這個巧合也許是無意的，但它卻為張仃其後的人生運程預先定下了基調：在激動、激憤、焦慮和衝動中，嚮往國家的富強，並以畫筆作武器，為水深火熱之中的祖國搖旗吶喊。這個巧合性質的事件，也為張仃的畫筆為革命所借重和利用，預備了人生邏輯上的胚胎。從張仃一生的所作所為來觀察，這個胚胎的發育從其開端處就堪稱正常、準確和正確。

但在1934年夏天遭逮捕的張仃，並不是共產黨（張仃加入共產黨尚在許多年以後）。他對共產黨也所知不多，甚至連共產黨的德國老祖宗馬克思的大名都似乎沒有聽說過。張仃那時的主要心思確實集中在學習美術上。考慮到他還是一個未成年人，這的確沒什麼好說的。這也有旁證。據說，北平美專有一位從法國回來的教授，當他偶然之中看到張仃充滿赤色風味的漫畫時問過張仃：「你是馬克思的信徒吧？」張仃覺得很詫異，但還是滿不在乎地說：「什麼馬克思，馬蒂斯吧？」的確，前「三C戰地宣傳隊」小戰士張仃畫漫畫諷刺時政、時弊，僅僅出自一個有良心、有血性的中國人，在危機關頭對自己的祖國和人民的質樸感情，並無黨派政治的背景。只不過張仃的質樸感情，與共產黨的宗旨有些不謀而合罷了。雖然國民黨抓捕張仃顯得有些勉強和僵硬，但確實符合神經衰弱的國民黨的一貫作風，也符合神經衰弱者的內在心理邏輯。在這一點上，古今中外，從來如此。

平心而論，在所有形式的美術品類中，漫畫差不多是對時政、時弊與國事民瘼進行發言的最直接方式。漫畫的如許性質，與張仃的質樸情感倒也很自然地有了交叉點和契合點。這也是不謀而合的事實。有些巧合（？）的是，張仃從小就酷愛卡通畫。這一愛好也許為張仃的牢獄之災，正好預先準備了理由。據張仃的傳記作家王魯湘先生記載，張仃從小就對東北故鄉用於超度亡靈、畫有十八層地獄和十殿閻羅的水陸畫著迷──實際上，張仃的許多漫畫在技法上就受到過水陸

畫較為嚴重的影響。王先生記載過童年張仃的一件趣事，這裏不妨提一提。據說，張仃有一個舅舅，是算命先生。此人為了招攬顧客，也為了打敗同行中的競爭者，別出心裁地餵了一隻鳥，專門給前來算命之人叼簽。除此花招之外，他還想給自己的攤位弄點醒目的設計，以便更徹底地打垮那些較為有力的競爭者，從而壟斷別人的命運消息。此人於是找到了張仃。張仃雖小，畫畫在鎮上已頗有名氣。於是張仃參照大人從城裏帶回的包點心的舊畫報紙上的卡通漫畫，設計了十二生肖，全用擬人法，獸頭人身。「比如子鼠，就畫了一個打洋傘穿裙子的鼠小姐。十二生肖圖往舅舅的算命攤兒上一掛，果然轟動，生意於是看好。」（王魯湘《大山之子──畫家張仃》，河北教育出版社，2000年，第 8 頁）有著這種童年記憶的北平美專國畫系學生張仃，在國家生死存亡的緊要關頭，選擇「藝術為人生」的理念，拋棄言不及義的意淫畫風從而選擇漫畫，既為時代留下了不失誇張和真實的見證，又為同時代的同胞提供了誇張的、醒目的現實，提醒他們在國破山河在的緊要關頭，不要忘記作為一個中國人的責任，應該說是相當自然的事情，並不需要黨派政治背景作為支撐。而說到底，漫畫的功能之一就在於：它能夠把現實生活中的某些部分給抽取出來，通過漫畫特有的誇張技法，讓被抽取出來的部分更顯眼、更能刺激人的心靈，從而讓現實在對現實已經麻木的人心中留下深刻的印象。漫畫即提醒，漫畫即抗議，漫畫即強調，這無疑是熱血沸騰的小張仃在創作漫畫時所遵循的總綱。但這也無疑觸動了神經脆弱的國民黨當局和它的執法機器──憲兵隊。

張仃當時最崇拜的人物是魯迅。後者對漫畫有過相當精闢的陳述：「漫畫的第一件要緊事是誠實，要確切的顯示了事件或人物的姿態，也就是精神。」漫畫在除了誇張之外，還必須真實，魯迅接著說，正「因為真實，所以也有力」。（《且介亭雜文二集·漫談「漫畫」》）魯迅所理解到的漫畫的精髓，在小張仃那組用於參展的三十餘幅漫畫中，其實都具備。早在被捕入獄之前，張仃就畫了一幅具有高度誇張色彩又不失真實的漫畫──《焚書坑儒》。張仃畫這幅畫的背景是國民黨執政府在上海龍華槍殺了柔石等「左聯」五君子，以及丁玲的遭逮

捕、魯迅的遭通緝。據王魯湘先生介紹，《焚書坑儒》的處理方式很有
創意：張仃採用了中國傳統的水陸畫形式，在填得很滿的畫面中，把
蔣介石畫成閻王，並且高高在上，此人座下的幾個小鬼，卻被張仃處
理成拿著牌子追趕魯迅的丑類，而丁玲則被關在近旁的一個籠子裏，
望著外邊的自由空氣和鬼類世界愁腸百結。這幅漫畫在張仃的創作譜
系中不能說有多麼重要，但它卻很好地表徵和暗示了張仃其後漫畫的
幾乎所有特色：凝重、真實、鋒芒畢露、畫面填得很滿而又略顯古拙；
當然，一般漫畫畫面中應該包含的幽默感，卻是沒有或很少有的。

　　張仃被捕後被判刑三年有半。因為不滿十八歲，有關方面「念其
幼小無知」，也因為各類監獄早已人滿為患，實在沒有張仃的位置，只
好將張仃送往蘇州的「反省院」了事。張仃調皮、聰明、個子又小，
再加上他年齡尚幼，正處在發育中，怎麼看都是個孩子，讓任何人都
難以將他和壞人或者「赤色份子」掛上鉤。因為在三十年代國統區的
許多人眼裏，赤色份子就是壞人，最不濟也是馬克思在《共產黨宣言》
裏所說的「幽靈」——即一般中國人心目中的鬼類或神祕之物。對三
十年代國統區中的絕大多數人來說，赤色份子是傳說，是謠言，人們
僅僅是在風聞中聽說過它。而傳說中的幽靈，無一例外總是張牙舞爪、
青面獠牙和兇神惡煞的形象。但蘇州反省院中的張仃，卻是一個瘦小、
白淨、滿臉稚氣的孩子。張仃的如許形象，很快就使看守們放棄了應
該具有的警惕，更有甚者，張仃還很快和反省院的看守結成了要好的
「哥們」關係——這差不多算得上一個「剿匪」不成反被匪「剿」的
小小的、成功的戰例。這一有趣的成功戰例，使張仃即使在反省院也
未曾放下過畫筆。當 1935 年他被保釋出反省院時，居然大搖大擺、堂
而皇之地帶出了創作於監獄的三、四十幅漫畫作品。

　　事情說起來還真是有趣。就是在蘇州的反省院裏，張仃平生第一
次接觸到了上海著名漫畫家張光宇、魯少飛主辦的漫畫雜誌，尤其對
雜誌中張光宇的漫畫作品印象深刻。張光宇的漫畫甚至在一定程度
上，影響了張仃後來尖刻、犀利的畫風。這恐怕更是「剿匪」者意想
不到的事情：他們將張仃誤作赤色份子、革命志士抓進了監獄，卻沒
有想到後者徑直把監獄處理成了自己的大學，而且還有人管吃管住，

站崗放哨，享受的竟然是高等學生的待遇。這是一件非常具有幽默性質的事情。我們甚至可以誇張地說，張仃的漫畫雖然毫無幽默感，或者很少具有幽默感，但他的漫畫經歷、人生經歷，卻從來都不缺少幽默感。蘇州反省院中發生的事情僅僅是一個開端罷了。

張仃帶著他的漫畫從他的「大學」畢業出來了。但此時此刻漫步在街頭的張仃，除了那幾十幅漫畫，早已身無分文。生計問題又一次被擺在眼前，成了必須要妥善解決的頭等大事。聯想到自己是左派，自己也是以左派的名義被誤關進局子裏去的，張仃於是就將一幅以水災為主題，一幅以罷工為主題的漫畫，寄給了當時相當有名的左翼刊物──黃士英主編的《生活漫畫》。一方面是想找「同志」（假如同志真的存在），另一方面，也是更為重要的方面，就是為了糊口。沒想到最後左翼拒絕了左翼：看來國共兩黨在左翼的標準問題上，和在其他事物的標準問題上一樣，還相當的不一致，還需要長久地切磋、商榷和談判。

這種情況的出現並不特別難以理解。當時的共產黨正處於地下狀態，蔣介石正在拼著吃奶的力氣圍剿共產黨的「蘇區」。而在國統區內，共產主義份子被統稱為「赤色」人士。在國民黨的宣傳中，這夥人實行的是「共產共妻」的政策。相較於正常的人性，相較於國統區內絕大多數正常中國人的文化傳統，這確實有些駭人聽聞，也確實有些大逆不道。因此在國統區內，許多人聞赤色變。而「赤色」人士這個「雅號」的得來，排除其他所有可能的原因，很可能就是因為共產黨的黨旗是紅色的──一件事物的外表的顏色總是最打眼、最直觀的，哪怕它僅僅是一個象徵物的顏色。確實，共產黨的黨旗和國民黨頗具中國特色的青天白日旗在顏色上恰成比照。雖然張仃漫畫畫的是水災和罷工（這是地下共產黨最喜歡的題材），但張仃擅長的黑白色塊，卻使他的漫畫太具有悲愴的氣質，和紅色所顯透出的邀請語氣、煽動性質和蓬勃激情大相逕庭，也和純正的紅色所要求的戰鬥精神大相背離。張仃被革命的、火紅的《生活畫報》拒絕，似乎也就是情理之中的事情了。

張仃漫畫的主色調不符合革命或者革命語義的要求。它們確實太灰暗了，儘管它們確實太真實了。魯迅精闢地說過，真實是漫畫的命

脈，正如毛主席在幾十年後正確地說水利是農業的命脈一樣。魯迅還說，正是因為真實，所以漫畫才有力量。但力量作為一種觀念產物（而不是自然物），在不同的人那裏從來都有不同的解釋、不同的涵義；力量希圖達到的目標，在不同的人那裏，也從來都是不一樣的。有的人想利用它改朝換代，有的人想借助它攻克碉堡，有的人不過是想仰仗它混一碗好飯，甚至是討一房福晉。而革命的宗旨和遠大理想首要的、初步的目標就是改朝換代。既然如此，革命從來就不需要悲觀和悲愴。悲愴的力量不是革命的力量，甚至不是革命所需要、所特別倚重的力量。悲愴的力量只是革命力量的「偏師」和補充。它的性質與革命力量的性質，如果不是背道而馳的，起碼也是有較大距離的。因此，《生活漫畫》代表革命語義拒絕張仃的漫畫，也就是相當有道理的了。

迫於嚴重的生計問題，在萬般無奈之下，張仃只好將這些畫投向了「資產階級」的「右翼刊物」——著名漫畫家張光宇先生主持的《上海漫畫》。沒想到很快就被重點採用了，而且兩幅畫都被製成彩色珂羅版。這件事情讓張仃覺得太有幽默感了。直到幾十年後接受筆者的採訪時，已經年逾八旬的張仃還對此念念不忘，也禁不住輕微地搖頭。他感到了不可思議。但他是否也感到了這件事對他的人生運程具有的某種提示？在採訪中，我們沒有問過他。

但這件事對於張仃卻是一個重大的轉機。正是著名漫畫家張光宇和他主編的《上海漫畫》，適時地接納了和推出了一個新人，也是張光宇和《上海漫畫》將小小年紀的張仃，推到了漫畫家的位置上。這不僅一舉解決了張仃的生計問題，還使張仃借助這個轉機，把自己逐漸修煉成中國漫畫史上——又豈只是漫畫史上——一個不可或缺的人物，一個重要的人物。

貳、職業漫畫家

張仃在 1936 年頗富戲劇性地一夜成名後，在漫畫界一些前輩畫家——比如張光宇等人——的幫助下，開始成為職業漫畫家。他馬不停蹄地為《扶輪日報》和《中國日報》畫時事漫畫；一方面發洩了心

中的憤懣，另一方面，也為糊口找到了一條符合自己愛好的渠道。另一個值得一提的重要收穫，就是認識了後來的張夫人陳布文小姐。但張仃的職業漫畫家生涯只持續了短短兩年時間。迫使張仃中斷職業漫畫家生涯的原因是日本人的大舉入侵，以及日本軍隊對南京（那是《扶輪日報》和《中國日報》的所在地）、上海（那是漫畫家和漫畫雜誌最集中的地方）的佔領。但就是在這短短的兩年內，不足二十歲的張仃以凝重的筆觸，畫出了一大批頗具影響力的漫畫。《春劫》（1936 年）、《玩偶大觀》（1936 年）、《看你橫行到幾時》（1936 年）、《同志》（1937 年）、《乞食》（1937 年）、《休息》（1937 年）、《野有餓殍》（1937 年）、《日寇空襲平民區》（1937 年）、《蹂躪得體無完膚》（1937 年）、《戰爭病患者的末日》（1937 年）、《獸行》（1937 年）……就是其中的代表性作品。在這些漫畫中，「現實主義精神，單純的寫實加上強烈的誇張變形，黑白色塊的對比濃重，衝擊力極強。」（王魯湘《大山之子──畫家張仃》，第 22 頁。）這些漫畫構思巧妙，形象獨特、打眼，畫面非常擁擠，頗有民間水陸畫的風采，幾乎沒有多少剩餘的空間，毫不猶豫地給人一種極其強烈的視覺效應。但絕無絲毫快樂的成分，就更不用說有閑階級願意欣賞到的狂歡和具有搞笑性質的幽默感了。

　　黑白色塊是世間最常見的顏色（假如白色能夠被稱為顏色），但也是互相「敵對」的顏色。它們都是顏色中的極端份子。將它們放在一塊，對比也就分外強烈。張仃用這兩種顏色作漫畫，雖說是受了墨西哥畫家維拉和珂弗羅皮斯的影響，也部分地接受了德國畫家喬治・格羅斯和美國畫家威廉・格羅拜的啟示，但更重要的原因也許恰好在於：身處一個國破山河在的慘烈年代中的畫家，尤其是一個有正義感、有血性的憂心如焚的畫家，似乎不大可能動用更鮮豔的色彩來描寫現實。因為現實首先就是昏暗的、悲慘的、暗無天日的。雖然太陽每天都照常升起，但那是正在變黑、變暗、走向衰亡的太陽；雖然月亮每逢十五就圓，星星仍然在天際擺出一副天女散花的架勢，但那是慘澹的、打上了悲慘時代中人濃墨心理底色的月亮和星光。它們在心理效應上幾乎就等同於鬼火。因此，在張仃那裏，顏色不僅具有視覺心理學上的意義，更具有視覺倫理學上的意義：該種倫理學要求一個真正

的、誠實的、願意憑著人性的基本要義介入現實的畫家,真實地描寫現實。這種描寫容不得一丁點粉飾。相對於慘烈的現實,五彩繽紛確實是不道德的。

張仃漫畫的這一特質,幾十年後在他夫人陳布文先生的筆下,得到了真實的、質樸的描述:「一般說來,觀畫應是一種欣賞,常能使人在精神上得到休息與享受。但是,看張仃漫畫,卻令人一下子回到黑暗時期的舊中國,感到異常的沉重與窒息。」這就是真實裏挾而來的力量,它能讓人越過時間的長河,仍然感受到當時的暗無天日和慘澹無光。

雖然現實生活內容進入藝術的文本空間──哪怕它叫漫畫──,從來都有著多種渠道,但畫家最終選擇哪種具體渠道,則和畫家本人的天性、稟賦和氣質關係重大;雖然現實生活場景進入藝術空間需要多重轉換,但怎樣轉換、按照何種方式轉換,卻需要畫家的心靈進行過濾。也就是說,需要一種特殊的、精緻的、對藝術有效的心理機制。那時張仃年輕、衝動、偏執、易怒,像幾乎所有的同齡人一樣(他還不足二十歲!)。所以張仃在職業漫畫家階段所畫的漫畫,幾乎每一幅畫中的人物、場景、車輪、手勢、步伐、面容、服飾、某些可詛咒的人士的獠牙甚至空氣、陽光(假如它存在)、街道、土地……都充滿了漲鼓鼓的力量,似乎要衝破畫面直立行走。它們都是飽滿、充沛、充盈的形象。在這些畫面中,無論是被畫家痛斥的對象(比如《看你橫行到幾時》中的日寇),還是被同情的對象(比如《野有餓莩》中饑餓的城市貧民、《休息》中在路邊沉睡的黃包車夫等),都是黑色的,都充滿了漲鼓鼓的仇恨。甚至連懶洋洋的沉睡者(比如《休息》中黃包車夫)也肌肉僵硬,隨時準備沖起來為生計趕路。但這首先是年輕氣盛、精力充沛、情感亢奮的畫家內心的仇恨:是畫家面對現實所產生的巨大內心張力,使畫面中的各色人等、各色場景、各式道路和各種線條都充滿了力量。這不是一般的力量,而是憤怒的力量,悲愴的力量,同情的力量,痛苦的力量,仇恨的力量,但同時也是關於憤怒的力量,關於悲愴的力量,關於同情的力量,關於痛苦的力量,更是關於仇恨的力量,它是張仃向這個非人的、地獄般的世界投出的黑白交

加的詛咒。這是真實的詛咒，但首先是因為現實比現實應該得到的詛咒更真實。正是因為真實，所以才擁有了穿透紙背的力道。

但這種力量在紅色的、具有爆發力和衝擊力的革命力量眼中，也許只能算是革命的前奏力量，革命的準備力量。它是革命力量的萌芽。在這一點上，拒絕過張仃的左翼雜誌《生活漫畫》無疑是正確的：因為這種憤怒的力量、悲愴的力量、同情的力量、痛苦的力量、仇恨的力量在其來源上，還只不過是對悲慘現實的真實觀察和描摹，而反抗這種現實、改造這種現實的力量，還處在密謀狀態、萌芽狀態。它只是革命力量的胚胎。但並不是說這種胚胎狀態所具有的力量就是無力的力量，實際上，它只不過是另一種力量而已。

張仃在漫畫中大量使用黑色是正確的，也是相當準確的。從某種意義上說，黑色是最悲哀的顏色，幾乎沒有人在葬禮上穿大紅大紫而要穿黑色的服飾，也許就不失為一個有說服力的證據。對視覺的心理效應進行過哲學論證的休謨和貝克萊，深知這中間的貓膩，我們在有空閒的時候也不妨向他們諮詢。而張仃的三十年代的中國，恰好是悲哀的中國。至少張仃在蘇州反省院的獄友艾青，就是這樣來描寫他們的中國的。只不過艾青使用的是分行文字。但那仍然是黑色的分行文字——艾青在他的詩歌中就多次用「黑色」來指稱中國和中國的土地、人民、山川、樹木、獨輪車甚至太陽。在艾青的詩中，這些事物一忽兒被冠以「黑色」的名號，一忽兒又被授之以「悲哀」的徽章。在這個重要的參照系下，我們可以下結論說，張仃使用黑色描述他眼中的中國、他的中國，確實是準確地對應了現實生活的悲慘境遇。

而黑色同時又是最痛苦的顏色，是最豐腴的顏色。在三十年代的中國，在色彩的大家族中，或許只有黑色才能準確描寫中國人最豐富的痛苦。這種痛苦的豐富性，按照古波斯詩人的話說就是：「論災難，我們自有取之不盡的源泉。」在這種情況下，作為表達反抗現實的力量的密謀狀態，黑色完全對應了張仃作為藝術家的誠實、正義和良心。他對得起他賦予給色彩的倫理學基因，因為他的漫畫從骨骼到面孔都是真實的。

　　在〈漫談「漫畫」〉一文中，魯迅曾經就說過，這一類的漫畫在中國一向就很難生存，因為早就有一些上等人和正人君子說過，他們最討厭人使用顯微鏡。因為顯微鏡能照出現實的「隻手」上隱藏的、肉眼看不見的細菌。張仃的漫畫是顯微鏡嗎？但張仃的漫畫不是顯微鏡嗎？

　　在〈漫談「漫畫」〉一文中，魯迅還說過，歐洲先前在討厭顯微鏡方面也並不兩樣。「漫畫雖然是暴露，譏刺，甚而至於是攻擊的，但因為讀者多是上等的高雅人，所以漫畫家的筆鋒所向，往往只在那些無拳無勇的無告者，因他們的可笑，襯出雅人們的完全和高尚來，以分得一枝雪茄的生意。」在短暫的職業漫畫家階段，張仃筆下的人物可以大而化之地分為兩類：一類是有「拳」有「勇」的「有告」者，比如《獸行》中窮兇極惡的日本人、《玩偶大觀》中中國的官方上層人士以及國際上的法西斯主義者；一類是無拳無勇的無告者，比如《乞食》中那個饑餓狀態下的貧民、《休息》中那個疲憊之極的三輪車夫、《日寇空襲貧民區》中那個喪妻喪子的欲哭無淚者。在黑白兩種顏色的籠罩下，這些人物連同他們身處的場景，雖然只存在於各自的畫幅之內，但如果將這些漫畫完全置於張仃整一的作品譜系當中，無疑形成了極其鮮明的對照：有拳有勇有告者的存在，恰恰是無拳無勇無告者的存在理由和根本依據。

　　作於 1936 年的漫畫名作《玩偶大觀》，代替張仃很好地表達了這個意思。《玩偶大觀》在張仃職業漫畫家階段的諸多作品中，之所以格外打眼，一個重要原因是它的「白描」性質。《玩偶大觀》不像張仃的其他作品那樣濃墨（但不重彩），而是純粹用黑色線條勾勒了許多玩偶式的人物，主要角色有：玩弄滿洲國傀儡的日寇，玩弄女人的腐朽的中國官僚階級，玩弄法西斯的國際兇神惡煞們……正是這些線條式的玩偶之人，造成了《乞丐》中匍匐乞討、瀕於死亡邊緣的孤苦無告者，《野有餓莩》中的白骨和白骨旁邊正要變作白骨的骷髏之人，《休息》中依在搖搖欲墜的牆壁睡覺的另一個貧窮的骷髏之人……總而言之一句話，正是那些玩偶之人，以自己的生存促成了這些悲慘人民的悲慘的黑色現實。真實的、「白描」的、準確的《玩偶大觀》，不僅為那些

無拳無勇無告者找到了他們的身份在現實中的來源，也使張仃在職業漫畫家階段的所有作品，有了整一的邏輯遞進關係。假如我們說，張仃的黑色色塊所顯透的力量，僅僅是革命的前奏力量，但反過來，這種前奏性的力量，不也預示了革命力量的到來幾乎是順理成章的嗎？

　　黑白色塊──主要是黑色色塊──的過多加入，使張仃在職業漫畫家階段的作品幾乎沒有任何幽默感。或許是因為年輕、易怒、善於衝動，因而在面對這等人間慘境時有著過多的怒不可遏，才使得幽默感在張仃的漫畫中毫無藏身之地。而有關張仃的好衝動，這裏可以舉兩個小例子。王魯湘先生在張仃的傳記中講到過兩個故事，其中之一是「腦袋事件」。說的是在東三省淪入敵手，而政府又採取不抵抗的政策時，北平美專國畫系學生張仃因此苦悶之極，後來連行動都變得有些反常，看上去頗有些瘋瘋癲癲的意味。這倒與他悲憤、感情充沛的作品有共同的一面，但也與他冷靜、清醒和客觀的作品有恰成比照的一面。而美專不少同學不理解張仃的怪模怪樣，還拿這個逗他開心。「北平的冬天很冷，到處有積雪，同學們常在宿舍的屋簷下曬太陽、聊天。有一次一個同學故意激張仃，指著院子陰面一人高的雪堆，問他敢不敢絮進去。張仃二話沒說，一頭絮了進去，趴在裏邊死活不肯出來。後有好心的同學死拉硬拽才把他弄了出來。」（王魯湘《大山之子──畫家張仃，第 14 頁。》）第二個是「紅墨水事件」。這說的是已經成為職業漫畫家的張仃因為畫漫畫賺了幾個錢，給自己買了一件白色麻紗西服。有一次，他穿著這件衣服去大量採用過他作品的《中國日報》社。有人故意逗他：「張仃你怎麼也抖起來了？」張仃一句話沒說，抓起桌子上的一瓶紅墨水──這是他的漫畫中迄今為止還從來沒有用到過的顏色──，順著衣領就倒，白西服即刻就成了花西服。諸如此類的事情，使張仃獲得了「神經病委員會委員長」的稱號（參閱王魯湘《大山之子──畫家張仃》，第 20 頁。）。這兩個故事在旁觀者看來，很可能飽具幽默感，而故事的主角一定不會承認這是幽默。對於這樣一個極其容易衝動的人，在面對他天天存身其中的慘烈的生活內容時，幽默感的退場，應該不是什麼不可理解的事情。因為在一般情況下，憤怒幾乎是不能用幽默的方式來傳達的。

有趣的是，就在張仃成為職業漫畫家之前，著名作家林語堂曾大力提倡過幽默文學，不僅如此，林語堂還煞費苦心地創辦過《宇宙風》、《人間世》等雜誌來承載他的倡導。林先生的意思是中國人一貫缺乏幽默感，所以也就失去了做人的大半樂趣，因此有必要由他來倡導倡導幽默，以改善中國人的人生狀況。林先生對幽默的大力倡導引起了一些人的呼應，也引起了一些人的批判。批判者持論的依據是：這不是一個幽默的時代；在這個時代，幽默是一種奢侈品。在採訪中，我們沒有問張仃是不是也這麼看待林先生倡導的幽默文學。不是我們忘記了問，而是沒有必要問。

因此，職業漫畫家階段的張仃的作品，就合乎邏輯地具有了一個極為鮮明的特色：諷刺與幽默之間關係的嚴重失衡。作為張仃漫畫的見證者，張夫人陳布文先生生前在替張仃整理漫畫稿時，意味深長地寫過一段話：張仃「剛開始創作漫畫的時候，就帶有極其痛苦與沉重的心情——這使他的畫，也太沉重，太嚴肅，甚至是太嚴厲了。」「有人批評說，張仃漫畫，沒有幽默只有諷刺。」陳先生深有感慨地說：「說實話，把張仃的漫畫翻閱到這兒，真願意能有幾幅富於幽默感、十分有趣的小玩意插進來，可以使觀眾長籲一口氣，輕鬆一下。」根據現存的張仃的漫畫來看，陳先生的評述堪稱準確。但諷刺與幽默之間的嚴重失衡，卻從另一個方面得到了補救，這就是過多的仇恨和過多的同情因素的加入。

一個偉大的藝術家，總有著正確的情感，有著對人性正確的理解。張仃也是這樣。千萬不要以為張仃只有憤怒和仇恨。有一件事很能說明問題。據說自從當上了職業漫畫家，張仃也開始有幾個錢了。有一次得了十五塊大洋的稿費後，他買了一件黑呢子大衣。就在穿上大衣的那天，在回家的路上，張仃碰到一個老乞丐，凍得瑟瑟發抖，他心中一動，就想脫下大衣披在老乞丐身上。後一轉念，沒有脫大衣，掏出剩下的十大洋塞進乞丐的手裏，頭也不回地走了（參閱王魯湘《大山之子——畫家張仃》，第 22 頁）。張仃把生活中這種真實的舉動，援引到了他的漫畫創作中。無論是對日本人的仇恨，還是對普通民眾的同情，都在他充滿強烈對比的黑白色塊的籠罩下達到了極致。

而漫畫，從人性的本義上說──倒未必是從漫畫的本義上說──，總是無權者對有權者的抗議，弱勢者對強勢者的憤懣，也是對平等、友好和溫暖的呼籲和吶喊。對於抗議和憤懣，諷刺是最好的方式；對於呼籲和吶喊，真實的、用心的、寄予同情的描述，就是最佳手段。而諷刺和描述不一定非得和幽默有染，在最基本的層次上，只需要有力就行了。在張仃的時代，幽默確實是一件昂貴的奢侈品。而張仃的「太沉重，太嚴肅，甚至是太嚴厲」，其實正好正確地體現了漫畫的這一「本義」，也是對於時代堪稱最正確的回答。

參、抗戰漫畫

短暫的、充滿激情和焦慮的職業漫畫家生涯結束後，從 1938 年開始，年僅二十歲的漫畫家張仃，用漫畫為武器、為工具，走向了抗日的第一線。張仃和葉淺予、張光宇等師友們一道，組織過旨在抗日救亡的「漫畫宣傳隊」，舉辦過「抗日漫畫展覽會」，出版過《抗戰漫畫》雜誌，籌建過抗日漫畫培訓班，搞過抗日漫畫巡迴展……二十掛零的張仃是這些活動的主角之一和重要組織者之一。正是在這一系列活動中，張仃的足跡邁過了鐵蹄下的中國的許多山山水水，而滿目瘡痍的現實，更給張仃留下了難以磨滅的印象，也給張仃的心情打上了厚重的底色：他更加堅定了對黑白色塊的使用。

上述系列漫畫活動，都是以抗戰為主題展開的人生敘事。如果說，在職業漫畫家階段，張仃主要是在為謀生而畫漫畫，是自發地表達了正確的情感（比如同情、仇恨、悲哀和憂鬱），他的漫畫創作基本上屬於個人行為，那麼，在這一階段，張仃已經把漫畫強化為反擊日本帝國主義的武器，是自覺的行為，也是集體的行為。

隨著日本人漸次攻克南京和上海（這兩個地方都是職業漫畫家階段的張仃的臨時駐足地），對於自由主義思想濃烈的漫畫家們來說，集體生活開始成為一種必須。這首先是因為戰爭改變了漫畫和漫畫家的角色先前所擁有的美學涵義和倫理學涵義。現實生活不僅始終是藝術的直接來源，也充當著藝術家的教師爺角色。藝術歸根到底是個人的

行為，這當然不錯，但在某種慘澹、嚴峻的關頭，現實生活卻會在具有共同志趣和共同血性的藝術家之間充當紐帶，把這些星羅棋佈、散見各處的藝術家們聯為一體，迫使他們中間的每一個人都要按照時代和現實的需求，貢獻出自己的才華，貢獻出才華中所蘊藏的正確力量，從而成為一個集體，一個具有更大力量的集體。在這個集體中，漫畫家們所充當的美學角色也得到了改變：不僅要描述現實，不僅要誇張、凸現現實中的「噁心主題」，不僅要諷刺、陳述現實中的黑暗部分，更要反抗現實，替現實吶喊。

儘管張仃仍然一如既往地在漫畫中使用他鍾愛的黑白色塊，但他適應著新的形勢和新的心理需要，又給他所鍾愛的黑色賦予了更加積極的涵義：這就是反抗。但這歸根結底是慘烈的現實，通過漫畫家的感知教育了色彩，修改了色彩的美學涵義和倫理學涵義。而反抗在三十年代的中國，則分明帶有了濃厚的悲壯色彩。因此，如果說張仃在職業漫畫家階段的作品有著濃郁的悲劇色彩、悲哀特質，有著濃厚的仇恨心理，「抗戰漫畫」階段的作品，則有著濃厚的悲壯色彩，也有著揮之不去的樂觀神色。這相當完好地體現在張仃的代表作《收復失地》當中。

這幅篇幅較大的作品在「抗敵漫畫展覽會」上展出時，引起了極大的轟動。畫面仍然由黑白色塊組成。在畫面中，占主體地位的是一位一手執長槍、一手執大刀的中國軍人，軍人的腳下是長城，身後是黑色的土地和田野，高高舉起的大刀則與蒼穹連為一體。圓張的嘴唇表明了畫中軍人的怒吼與吶喊。這是一幅感人至深的戰地宣傳畫，一洗漫畫家張仃在職業漫畫家階段的悲哀和憂鬱。《收復失地》也在一個生死存亡的緊要關頭，適時地表達了一種黑色的希望，與田野一樣顏色的希望。

黑色在這幅畫中被賦予了新的涵義：畫中黑色軍人的吶喊，因為黑色而有了音色上震撼人心的厚度，因為田野而有了情感上和心理上的堅強支撐，因為長城而有了戰鬥和戰鬥意欲達到的目標。儘管在畫面中，黑色仍然是悲哀的底色，但悲哀在此時卻給了吶喊以足夠的支撐：正因為悲哀，所以才起而做出有希望的反抗。這是符合心理邏輯的畫面。誠如魯迅所說，不在沉默中爆發，就一定會在沉默中完蛋。

黑色在這裏充當的就是一種爆發的色澤，行動的色澤。二十歲的矮個子畫家張仃聽從現實境遇的旨意，修改了黑色的涵義，也給黑色灌注了一種反抗的力道。

　　黑色在這裏還表徵著希望。黑色也被強行修改為有關希望的顏色，它和爆發的色澤、行動的色澤，有著驚人的內在一致性。因為黑色是凝重、厚實的顏色，所以希望也是凝重、厚實的希望；因為黑色是悲哀的顏色，所以希望也是凝重、厚實、悲哀的希望；因為黑色是痛苦的顏色，所以這裏的希望也必將是過多的痛苦之後經過吶喊和戰鬥換回的一點點狂歡的希望。正如多年後張仃的同輩人、詩人公劉面對開國大典時所寫道的那樣：「為了這一天，我們奮鬥了一生！」而所有這一切，都通過畫面中的軍人圓張的、誇張的大口給表達出來了。

　　但「抗戰漫畫」階段的張仃並沒有一味沉浸在虛幻的希望之中。希望也許有，但還需要時間、戰鬥、流血和反抗。因此，張仃一如既往地揭露了日本人的獸行，以及日本人獸行之下悲慘的中國人與中國人的悲慘生活。1938 年元旦，武漢出版的《抗戰漫畫》第一期上，《獸行》就登在雜誌的封面。這意味著，在漫畫家張仃眼中，在當下中國，希望是與日本人的獸行緊緊聯繫在一起的：在那個緊急的時代，所謂希望，就是打敗日本人，爭取到民族的解放；所謂獸行，不過是激發中國人希望的誘餌而已。這是一種特殊形式的希望，也是一種極端的、需要用絕望來作底色的希望。遇到這種悖論性慘境的人，確實需要比活在其他境況中的人更多一些的力量、忍耐、意志、嚴肅和沉重。幾十年後，當我們回過頭來再看這些漫畫，我們能夠看出：張仃沒有愧對他的時代，他做出了一個中國人在那個年代應該做出的事情。

　　基於這樣的境況，黑色在這裏被更加複雜化了：它不僅承載了性質慘重的希望，而且還是希望的底色，是需要再生和破繭而出的底色。這種底色正在呼喚另一種顏色和另一種顏色的幫助。如果我們把《蹂躪得體無完膚》、《獸行》和《收復失地》聯繫起來觀察，這種底色的嚴重性就昭然若揭了。《蹂躪得體無完膚》說的是日本人在如何踐踏旨在限制日本人為非作歹的「九國公約」，在如何肆無忌憚地行兇作惡；《獸行》則通過畫面上口中銜刀子、雙手繫皮帶（那是因為剛剛發洩

完獸欲）的日本人在如何姦淫殺掠。《獸行》的內容算得上是對《蹂躪得體無完膚》所表達的主題的具體化。但《收復失地》正是對這兩者的抗議。有意思的是，《收復失地》作於 1938 年，前兩幅漫畫則作於 1937 年。這個時間序列，也許正好反映了張仃從職業漫畫家階段走向「抗戰漫畫家」階段的心路歷程。也就是說，希望是殘酷現實生產出的寶貴「遺產」，不管這個希望在眼下是如何的渺茫和虛幻，但它作為中國人的昂貴食物，須臾不可缺少。這同時也表明了，從前悲哀與憤怒的職業漫畫家，現在已經成了一位戰鬥著的漫畫家。

如果說，職業漫畫家階段的黑色在漫畫家張仃手中的「美學效應」更多在於真實，在於真實地描述和傳達那個年代中中國人民悲哀、悲慘的生活，在抗戰漫畫階段，黑色則成了具有悲壯色彩的希望，它的目的在於反抗，而且以其色彩上的黑，指明了這個希望的悲壯氣質。這全部的意思不過是：抗戰漫畫的黑色，繼承了職業漫畫階段的黑色的全部語義學遺產，但又將前者向前推進了一大步。這使得張仃這兩個階段的作品之間也具有了邏輯上嚴謹的承傳關係。

任何一個有成就的藝術家，其藝術都有自身的生命，而這個生命是自然而然地到來的，是水到渠成的，容不得一丁點「強扭」的成分。時代和漫畫家集體的火熱生活教育了漫畫家，也教育了漫畫家心目中的黑色，更教育了漫畫家心中的黑色所具有的倫理學，使從前悲愴、憂鬱的倫理學，一躍而為充滿希望的倫理學。這或許就是「自然而然」和「水到渠成」的真實意思。

張仃的漫畫有一個值得特別一說的特性：那就是畫面始終填得很滿。這似乎有些違背向來強調「含蓄」的東方美學精神，也似乎是在和向來追求「神似」而不是「形似」的文人畫唱對臺戲。無論是職業漫畫家時代的絕大多數作品，還是抗戰漫畫階段的幾乎所有主要作品，基本上都無一例外。這使張仃的漫畫給人一種強烈的、不由分說的視覺效應。畫面填得很滿，排除張仃在漫畫藝術上的風格追求不論，僅從心理學的角度看，恐怕正是因為他有太多的話要說、太多的情感需要宣洩所致。這也不難理解。因為那畢竟是一個發生了太多「事故」、產生過太多悲慘「故事」的年月。這些「事故」和「故事」，需要一些

有良知和正義感的藝術家對它們作出解釋、評注、判斷和理解。從這個意義上看，張仃幾乎毫無剩餘空間的漫畫畫幅，確實滿足了眾多「事故」和「故事」的籲請。羅蘭·巴爾特認為，藝術風格是一種心境蛻變的結果。假如巴爾特的看法是正確的，那麼我們也不妨匆匆下結論說，張仃將時代「事故」和「故事」的籲請，轉換為一種美學風格，也是「心境蛻變的結果」。在他的藝術心理和時代內容之間，確實達到了一種精確的共振，也確實有著驚人的同一性。

在這段時間裏，作為武器的漫畫，在張仃那裏也得到了空前的利用。無論是抗敵漫畫巡迴展，還是籌建漫畫速成班，其目的並不在漫畫本身，而是要盡力將漫畫置換為喚起民眾的工具。沒有必要諱言，作為漫畫家的張仃，也許從一開始就不是一個純粹的畫家。這不僅僅是因為時代反對純粹的藝術和藝術的純粹，也不僅僅是新文化運動以來，一切藝術形式都有著工具論的傳統，更是基於藝術家的良心本身。在水深火熱中求生存的人，是不在乎求生存的方式是否優美，他們毋寧更看重這種方式的有效性。這種方式也必須要與時代有及物的上下文關係，必須要努力和自己的時代之間產生足夠大的摩擦力，從而讓自己變的更加有力、有效、有用和有意義。與張仃那個時代絕大多數的藝術家一樣，張仃為藝術賦予了過多的工具意義。藝術被理解為一個非純正的空間。但這歸根結底是時代強行賦予藝術的責任和良知。

漫畫作為一種外來的藝術形式，秉承其傳統，也一向被認為是各種美術形式中，最能面對現實直接發言的形式。在時代內容與漫畫的根本內涵之間，確實有一拍即合的地方。張仃在這一方面是幸運的：通過他的藝術天分，他照顧到了漫畫本身的特性，賦予了漫畫相當高的藝術性；通過他的血性和良知，也讓漫畫適時的、恰當地承載了時代內容，以及時代所需要的心理指標。也就是說，在民族革命與漫畫創作之間，從自發到自覺的轉換過程中，張仃很快就找到了契合點。而通過的方式，就是讓色彩改變涵義──無論是美學上的涵義，還是倫理學上的涵義──，讓色彩說出它在一個嚴峻時代應該說出的話。民族革命的嚴正要求，也因此在黑色中得到了近乎完美的體現。這是張仃的幸運，也是他所鍾愛的黑色的幸運。

肆、包裝革命生活

職業畫家的短暫生涯消失後不久，在 1938 年，張仃做出了一個對他的一生有著決定意義的選擇：像許多同時代的熱血青年一樣，他投奔了火熱的革命聖地延安。那確實是一個火熱的、在視覺上充滿了紅色的地方，是共產黨的黨旗遍地飄揚的處所。在斯諾的《紅星照耀中國》一書中，延安被描述為一個盛行「紅色機器舞」的地方。人們扭著秧歌，揮舞著長矛，而長矛上總不忘系上紅巾。後者象徵著革命火紅、熱情、喧囂和聲勢浩大的莊嚴氣氛。而在那片貧瘠、廣袤、堪稱荒涼的黃土地上，紅色無疑是最有視覺衝擊力、最能激發人們戰鬥慾望的顏色。一個在國統區內用黑白色塊進行漫畫書寫的憤怒的漫畫家，能適應這種具有巨大衝擊力的顏色嗎？事實上，雖然初到延安，並在魯迅藝術學院美術系做教師的張仃過得並不太愉快，但他還是選擇了長久地留在這裏。他給了自己另一個任務：盡可能適應這種顏色，因為這種顏色確實比他所鍾情的黑色更表徵著希望，更有熱情，也更為樂觀。他年輕的靈魂也需要這種顏色的蕩滌。

但投奔延安，至少給畫家張仃帶來了兩個問題，卻又不可不提：作為一個有著濃厚自由主義傾向的、有著烈火一般熱情的年輕人張仃，幾乎很難適應延安高度政治化、紀律化、軍事化的氛圍；而作為一個在文藝政策上強調歌頌而較為反對暴露的地方，延安熄滅了漫畫家張仃繼續「漫畫」的熱情。

因為不管怎麼說，也無論漫畫怎麼變，諷刺和誇張總是漫畫最重要的特性，漫畫也總要針對主流社會造成的後遺症發言。從根本上說，漫畫是徹頭徹尾的自由主義者。人們之所以在眾多的美術品類之外，還要發明一種叫做漫畫的東西，其實正著眼於漫畫的自由主義特徵。這是美術自身的幽默：當其他的美術品類被主流意識形態——招安和收編時，美術還可以仰仗漫畫的自由主義精神，保持自身的尊嚴。從某種意義上說，漫畫就是美術預見性和幽默感的直接產物。而現實的情況是：無論在任何地方，只要有人存在，就肯定會有主流社會和主流意識形態。正是在這個意義上，在延安，漫畫如果不被紅色同化，就

一定會和紅色的主流意識形態發生衝突。這種衝突的強烈，並不比它在別的地方產生的衝突力道更小。有意思的是，早在張仃去延安之前的 1937 年 9 月，毛澤東就已經在全黨範圍內做了《反對自由主義》的報告：

> 革命集體組織中的自由主義是十分有害的。它是一種腐蝕劑，使團結渙散，關係鬆懈，工作消極，意見分歧。它使革命隊伍失掉嚴密的組織和紀律⋯⋯這是一種嚴重的惡劣傾向。
> 自由主義的來源，在於小資產階級的自私自利性，以個人利益放在第一位，革命利益放在第二位，因此產生思想上、政治上、組織上的自由主義。
> ⋯⋯我們要用馬克思主義的積極精神，克服消極的自由主義。
> 一個共產黨員，應該襟懷坦白，忠實，積極，以革命利益為第一生命，以個人利益服從革命利益⋯⋯

這絕不能僅僅理解為巧合。而更有意思的是，張仃對自己身上的自由主義傾向也有著很深的認識。張仃這樣描述過自己：「延安七年，我一直未入黨，心裏一直很矛盾。我雖然信仰共產黨，但覺得自己是個散漫的藝術家，不夠格，入了怕給黨添麻煩，自己也受束縛。」（王魯湘《大山之子──畫家張仃》，第 46 頁）在這種情況下，有著濃厚自由主義素質，已經習慣了黑色以及黑白色塊混用的張仃，放棄自由主義成色濃厚的漫畫創作，也就是不難理解的了。這似乎也有旁證。

1942 年 2 月 15 日至 17 日，延安美協在延安軍人俱樂部舉辦了一個「諷刺畫展」。當時的《解放日報》對此作了較為謹慎的，但十分合乎漫畫根本品質的報導：「作品共七十餘幅，內容為對延安新社會中所殘存的某些弱點，作廉正之指出。」有些令人驚訝的是，這些諷刺畫中，沒有一幅出自短短幾年前還是漫畫界風雲人物的張仃之手，它們的作者是華君武、張諤、蔡若虹三人。據說毛澤東在看了這個畫展後，說過一番意味深長的話：「對人民的缺點不要老是諷刺。對人民要鼓勵。」

　　也許是因為土法上馬的漫畫作用太小，造成的衝擊力不大，也可能是延安對線條式的東西沒有對文字性的東西那麼看重，總之，這些「有廉正之指出」意味的作品，沒有像文字性的〈三八節有感〉、〈野百合花〉那樣遭到猛烈批判，僅僅是受到了毛澤東輕描淡寫的批評，它們的作者也沒有王實味那樣的悲慘命運，應該說是相當幸運的。張仃沒有趟那趟渾水。除了其他方面的原因（比如工作性質等），也許是他深刻地認識到了，他慣用的黑色與聖地延安之間存在著十分嚴重的衝突，從而使他免去了因漫畫帶來的個人厄運。

　　事實上，除了剛到延安為一些友人——比如艾青、蕭軍、丁玲——畫過肖像漫畫，並被有些人斥之為有意「醜化革命作家」外，張仃再也沒有畫過漫畫。因為漫畫的諷刺特性、自由主義行為，和革命以及革命的赤色邏輯產生了廣泛的衝突。革命甚至不需要個人之間偶爾流露出的友善式幽默感。紅彤彤的延安和張仃擅長的黑白色塊在顏色上也產生了對立。這對視色彩為生命的畫家來說，確實的致命的。張仃很識相地收起了畫筆，將自由主義藏在了心中。應該說，在延安，張仃很快就有效地克服了對於黑色的熱情。他降伏了黑色對他產生的心理衝擊力。實際上，呼應著抗戰漫畫階段的黑色的內在要求，張仃正在努力尋找一種新的替代色，準備為聖地延安更好地服務。

　　但年輕、熱情並被紅色所強烈感召的張仃，並沒有因此完全放棄創作。他把主要精力放在了工藝美術上。正是工藝美術，使張仃在藝術與革命之間找到了一個非常微妙的平衡：既宣洩了他創作的衝動，又讓這種衝動盡可能地滿足了革命的要求。漫畫的自由主義之火熄滅了，因為它對革命有害；代之而起的則是對延安、對革命有利、有用的其他方式，是從單純的筆墨紙張、色彩線條和黑白色塊，走向了純粹的實物形式：木頭、椅子、土陶、氈子、麻繩、壁燈、屏風、匾額、南瓜、冬瓜、勞動模範等等，這就是工藝美術設計和佈置勞動成果展覽。工藝美術和勞動成果展，既向延安展現了火熱的革命色彩和這種色彩帶來的輝煌成果，也向外界展示了革命的要義和革命的樂觀主義、革命戰無不勝的紀律性。

　　在延安，張仃主持設計了很多「工藝品」。其中有幾件特別值得一說。首先是裝飾「作家俱樂部」。按照王魯湘《大山之子——畫家張仃》的記載，情況是這樣的：「裝飾作家俱樂部時，張仃就地取材，利用本地的木材、土陶、土氈，把它弄得儘量古樸高雅。座椅全設計成折疊式的，裏面繃上麻繩，外面蒙上灰毛氈，再用土藍布絮上兩道藍邊，燙上作家俱樂部的徽記。壁燈是倒扣的娟制蔥蘿，樣式很別致。本色木條做成長方格子的屏風，糊上土紙，往牆角一放，顯得很洋氣。張仃還在進口處設計了一個酒吧，蕭軍的愛人王德芬就在酒吧後面賣酒，也就是本地的土白乾。……張仃還給作家俱樂部設計了會徽——一團熊熊燃燒的烈火中的一把金鑰匙，還配上了一條標語：作家是人類靈魂的工程師。」讓張仃感到意外的是，這個創意又引起了一些非議，有人責問張仃：究竟黨是盜火者，還是作家是盜火者？究竟誰有資格成為人類靈魂的工程師，是黨還是作家？（參見王魯湘《大山之子——畫家張仃》，第42頁）

　　這個反問確實非常有趣，也相當符合革命語義的內在音色。它說明，儘管張仃完全放棄了漫畫，並儘量在工藝美術設計中，剔除漫畫所具有的任何自由主義因數，但並不能完全讓革命或者某些具有吹毛求疵癖好的革命者滿意。不過，這樣說，並不意味著革命和某些革命者錯了，而是意味著：在藝術家的自由靈魂和革命的紅色教義之間，始終存在著某種偏差。它們之間要想達到完全的平衡狀態，幾乎是不可能的。但張仃的努力卻是有意義的：他在用自己的「手藝」為革命服務，實際上也就間接地打擊了、痛斥了他在職業漫畫家階段的漫畫中所表現出的地獄般的人間生活，也把抗戰漫畫階段用黑色透露出的厚重的希望，給進一步地昇華了。

　　這差不多是在說，張仃給了這種希望一件紅色的外衣。這種希望洗去了黑色所沾染的任何悲哀、悲愴的成分。「作家俱樂部」會徽上熊熊燃燒的烈火，就是這件外衣的形象。這束火苗基本上燒毀了張仃職業漫畫家階段的所有悲愴、憂鬱和悲哀，也徹底照亮了抗戰漫畫階段有著濃厚悲哀底色的希望。當然，更重要的是，這束火苗還在較長一

段時間內，消除了張仃對黑色的興趣。他所鍾愛的黑色將會遭到壓抑，直到晚年才有機會再一次勃發。

到延安後不久，幾經周折，張仃到了「聯政」宣傳部做美術組長，負責軍隊成果展覽設計。張仃後來對此有過相當愉快的回憶：

> 抗日戰爭進入相持階段，十分艱苦。在戰爭中八路軍、新四軍得到了很大擴充發展。國民黨對邊區實行封鎖，邊區自然條件貧乏，軍民非常困難，我們便遵照「自己動手，豐衣足食」的方針，軍民展開了大生產運動，開荒種地，畜牧紡織。部隊的生產程度驚人，三五九旅開墾南泥灣就是這時進行的。收穫過後，每到冬季便搞一次生產成果展示會。組織上連續幾年派我負責這個展示會總體設計。
>
> 第一次，在延安南門外舉行，規模很大。為防日寇飛機轟炸，我利用靠山而挖的數十個窯洞，在洞外搭建長長一路席棚，棚外張貼大幅標語，標語內容為：兵強馬壯，準備反攻，抗戰到底，爭取勝利。還為革命領袖、英雄模範畫了一系列巨幅畫像懸掛在會場。我按照政治部的展示提綱做出總體設計方案。……展品全是部隊生產、部隊送來的。有特大的南瓜、土豆、玉米、大白菜、圓白菜、蘿蔔、黃瓜、粗布、粗毛呢……等等。要知道，在黃土高原那樣貧瘠的山地，種出了那樣大的蔬菜，土法手工織出布和毛呢，實在是奇蹟，大家十分振奮。在席棚和窯洞裏用粗糙的木板搭展臺，展臺上擺放展品。展臺後面牆上掛有圖表和英雄事蹟的連環畫。圖表由我繪製，我和臨時調來的美術幹部一起下連隊，採訪那些英模，把他們的事蹟編成故事，編成連環畫展示……

假如說張仃在裝飾「作家俱樂部」時還受到了某些人的質疑，到了設計成果展覽會時恐怕就有些大獲全勝的意思了。這表明，一個諷刺性的漫畫家在火熱的革命生活中得到了改造，其諷刺的天性為革命的「歌頌主義」所取代，其自由主義因數為高度的革命紀律性所置換，

但同時也表明了：藝術在革命的年代只有為革命服務、於革命有利，才會得到展示，才具有合法的身份，藝術家也才可能找到自己的努力方向。正是在延安，張仃才由一個諷刺人間地獄的漫畫家，成了一個包裝延安進而包裝火熱革命新生活的高手。延安改造了張仃，教育了張仃早已習慣了的色塊，也修改了張仃對於希望的定義：戰鬥意味著一切。

　　隨著革命形勢的向前發展，也隨著革命語義的不斷豐富，張仃的被改造進程仍然處於持續之中。在延安時期，毛澤東以革命巨人的身份，向全體革命藝術家發出了「向工農兵學習」的號召。其大致意思是：藝術家必須要通過工農兵喜聞樂見的藝術形式，既要向工農兵普及藝術，也要向工農兵普及紅色的革命思想，甚至紅色本身。而所謂喜聞樂見的藝術形式，在當時的語境中，就是民族形式。毛澤東在一系列鴻篇巨制中充分地、徹底地表達了這個理念。而這一主張也得到了張仃的認同。因為早在幼年時期，張仃就特別喜歡具有高度民族特色的民間水陸畫、年畫，還臨摹過這方面的畫譜。張仃一直對他童年時期在民間藝術中看到的猴子形象念念不忘，就是明證。那些從《名人譜》上描下來的猴子，母親剪紙的猴子，藥店門口石柱上蹲著吃桃子的猴子，還有許多江湖畫家筆下的猴子……這些民間藝術中質樸、生動的猴子形象，一直在張仃的腦海中閃現。因此，張仃認為民間藝術形式自有其活潑和充滿生命力的一面，就是太自然不過的事情了；而對它們進行改造和利用，可以更好地為革命服務，也能更好地表達革命語義所要求表達的東西，也就是順理成章、水到渠成的事情。他認同毛澤東的號召，自然就更在情理之中。

　　從 1942 年起，張仃把主要精力從工藝美術上撤退下來，徑直投入到了對陝北三邊剪紙的搜集整理上，並自製了許多年畫。張仃的這一紅色美術行動，既滿足了革命語義的嚴正要求，也滿足了張仃個人內心的需要。這是革命語義和個人語義完美結合的一個例證。抗戰勝利後，張仃到東北擔任《東北畫報》社總編輯。利用職務之便，他大力提倡新年畫運動。就在這一時期，張仃創作了不少新年畫，《人民翻身立家立業》（1947 年）、《保衛果實，學習文化》（1947 年）、《喜氣臨門》（1947 年）等作品，就是其中的佳作。

　　「新年畫」在張仃手中，也和當年的漫畫一樣，走的是直接介入現實的路子。當然，除了在這一點上有相似性外，新年畫與漫畫之間也就沒有任何相似的地方了，反而有著天壤之別。和早期悲觀、憂鬱、憤怒和吶喊的漫畫相比，新年畫則充滿了樂觀、積極、喜悅的情緒，十分符合革命的胃口，也十分符合革命的樂觀主義精神。尤其重要的是，漫畫中黑白色塊的對立，也完全被新年畫中色彩繽紛的色塊所取代。而在新年畫中，紅色作為主色，紅色作為色塊中的總司令，卻是顯而易見的。

　　紅色被許多人理解為生命的顏色，尤其是被理解為生命處於上升期的顏色。它和血液是同一種顏色。所以，革命語義選中紅色來標識、象徵和指稱自己的身份，確實非常有道理：因為紅色很好地對應了革命階級努力的方向和戰鬥的熱情，也很好地對應了一個處於上升期的革命階級的心理和情緒。同時，紅色也把革命的力必多給色彩化了。力必多是狂歡的、充滿生機的。紅色正是在這一點上，很好地顯透了、表達了革命的力必多那狂歡，那熱情，那樂觀，那始終充滿希望的力量。

　　因此，張仃用紅色全面取代黑色，應該不難理解。而且火熱的革命生活始終在呼喚新的色彩，新的情緒。但它首先是修改了曾經的漫畫家張仃本人對色彩的認識，重新分配了張仃對色塊和內心情緒的意識，也使張仃找到了正確的藝術方式、色彩句法、藝術語言，從而繼續包裝和渲染新質的革命生活。早年在漫畫中展示的悲慘現實，隨著紅色的大面積降臨，似乎早已被重新照亮；早年漫畫中所揭示出的病態生活，隨著革命語義的照耀，隨著新年畫中樂觀、健康、朝氣勃勃的新生活的到來，似乎也有望被全面根除。而這首先是革命的勝利，也是革命語義修改了一位藝術家的靈魂、思想、手藝和眼光之後的產物。至少對於張仃，漫畫的時代似乎真的結束了。

伍、包裝新中國

　　隨著新中國的建立，從火紅的延安走過來的張仃又承擔了包裝新中國的任務。按張仃後來不無戲謔的話說，就是為國家辦「紅白喜事」。

（參閱王魯湘《大山之子──畫家張仃》，第 57 頁）在建國初期，昔日激憤、悲觀和憂鬱的漫畫家，也沉浸在革命成功的大喜悅中。他看到了山河一片大紅的祖國，也看到了欣欣向榮的希望。也就是說，張仃早在抗戰漫畫階段所表達過的沉甸甸的希望，經過多年的努力終於實現了。張仃於是在興奮中，愉快地承擔了設計中華人民共和國國徽和政協會徽的重任。政協會徽是張仃主持設計的，這從來都沒有疑義；有意思的是，國徽的設計卻頗多爭議。實際上，從現在能見到的材料看，國徽的設計過程充滿了戲劇色彩──它是爭論、修改、協商和爭取之後的產物，是不折不扣的集體智慧的結晶。現在當然早已塵埃落定。我們可以說，參與國徽設計的人很多，但主要人物應該是梁思成、張仃和高莊。至少現存於中央檔案館和全國政協檔案處有關國徽設計的第二份說明書，就是張仃所為。現將相關內容摘抄如下：

國徽應徵圖案設計含義
一、紅色齒輪，金色嘉禾，象徵工農聯盟。齒輪上方，置五角紅星，象徵工人階級政黨──中國共產黨的領導。
二、齒輪嘉禾下方結以紅帶，象徵全國人民大團結，國家富強康樂。
三、天安門──富有革命歷史意義的代表性建築物，是我國五千年文化，偉大，堅強，英雄祖國的象徵。

現在看起來，張仃當初的構想大多數都體現在沿用至今的國徽上。此處沒有必要去討論誰是國徽的設計者，或誰是主要設計者。這裏想說的僅僅是，張仃從一個諷刺性的漫畫家，慢慢成為一個包裝新現實、包裝新中國的裝飾設計師，其實有著非常深刻的原因。這個原因是：當年諷刺性的漫畫所追求的理想現實，正是今天的現實；當初通過黑白色塊表達的希望，已經成為今天紅彤彤的現實。這對一個有正義感、熱愛和平與自己的祖國的畫家來說，這種轉變並不難理解。

尤其值得注意的是，國徽設計中用到的主色調之一還是紅色。這一方面說明紅色在漫長的戰鬥之後，終於取得了壓倒性的優勢，合乎

革命邏輯地成了色彩中的總司令，革命的力必多也全部、徹底地達到了它的目標，另一方面也說明，張仃這位使用黑白色塊的昔日高手和老手，對紅色的理解，較之延安時期也加強了許多。他從更高的層次上，終於理解了紅色之於中國、紅色之於中國革命的巨大意義——無論是象徵的、隱喻的，還是現實的。如果說，他早年賦予黑色以視覺倫理學上的意義，主要在於真實地描寫苦難中的中國人、中國人的生活以及中國人的心境，主要是為了表達一種厚重的希望、有巨大仇恨心理支撐的希望，現在，他所使用的紅色的視覺倫理學的意義、政治學的意義卻是革命賦予的。張仃只不過是經過長期的革命實踐，認同了這些意義而已。

秉承對紅色的理解，秉承對紅色的政治學意義和倫理學意義的認同，在設計完國徽和政協會徽以後，張仃在其後的日子裏，又馬不停蹄地主持設計了《中華人民共和國成立十周年》的系列郵票（1959 年）、《偉大的十月社會主義革命四十周年》的系列郵票（1957 年），主持了德國萊比錫國際博覽會中國館的總設計（1952 年），主持了巴黎國際藝術博覽會中國館的總設計（1956 年）。在這種鞍馬勞頓、旅次頻催之中，張仃也把自己整個兒地融進了紅色。他成了紅色的一部分，他是構成紅色大海洋的一部分。他成了一粒歡騰的、興奮的紅血球。

肩負著這種經過長期修煉和實踐才得來的色彩身份，在巴黎藝術博覽會上，為了展示中國古老的文化，也為了向世界展示一個古色古香的古國是怎樣慢慢變成一個紅彤彤的新中國，張仃於是把中國館搞得像一座中國園林，一座莊嚴的宮殿：「花壇、假山、溪流，古代建築展廳前兩旁銅獅對峙，既威嚴，又大方。……在絲綢展廳，張仃把唐代畫家張萱的《搗練圖》放大，又在黑色人造大理石上刻上金線，作為絲綢廳的背景，效果非常好，也吸引人。中國館鮮明的中國民族風格吸引了巴黎市民，開館那天，觀眾如潮，旁邊的美國館倒顯得很冷落。閉幕後，還有人想看，有個巴黎花店的老闆還想把這個序幕廳的中國花園全部買下來，以供巴黎人長久觀賞。」（王魯湘《大山之子——畫家張仃》）這是張仃的藝術的成功，但歸根到底是紅色的成功，是紅色假借張仃之手，才讓張仃獲得了成功。

　　而在萊比錫博覽會上，張仃意在展示紅色新中國的政治、經濟、文化、農業與工業等方面取得的巨大成就，意在直接展示新中國燦人眼目的紅色本身。於是他把展臺設計成中國園林中的長廊形式，從而體現了新與舊的統一，古老文化與新生事業的統一。而在此設計理念中，張仃也就把紅色之得來的原因與紅色之運動的結果，一併給擺了出來。

　　從建國到文化大革命爆發前，張仃除了將少量時間用在了國畫創作外，將大量時間和精力都用在了包裝新中國上。他包裝新中國的方式不僅僅體現在設計國徽、政協會徽、郵票和布展上，也體現在被時人稱之為「畢卡索加城隍廟」風格的裝飾畫上。而所謂「畢卡索加城隍廟」，就是將畢卡索畫風中的有益成分和中國民族畫風中的有益成分結合起來，亦中亦西，亦古亦今。順便說一句，早在延安時期，張仃就對畢卡索充滿了欽佩；建國後，他和畢卡索還有一面之緣，甚至提出過授予畢卡索榮譽中國公民的動議。而「城隍廟」所代表的民族風格，更是張仃自幼年以來的鍾愛之物。不過，這一大批令人耳目一新、具有開風氣之先性質的「裝飾畫」，其目的卻一如既往地要盡力展現新中國積極、樂觀、健康、清新和奮發向上的新生氣質。

　　這是一種以紅色為底色的火熱氣質，儘管紅色在此時已經被較好地掩飾起來了，但它作為新氣質的支撐，卻又無處不在。畫於六十年代初的《獵手》、《蒼山牧歌》、《哈尼族女民兵》、《夏日──北京門洞》、《諦聽》、《洱海漁家》等作品中，無論畫面中的「主人公」是男人還是女人，是小孩還是大人，是靜物還是「動」物，都無一例外地體現出樂觀、積極與奮發向上的調子。這是充滿喜色和樂觀的畫面。在這些作品中，色塊既不是職業漫畫家階段的黑與白，也不是火熱的、充滿革命特色的延安時期的那種紅色。主色調已經一躍而為黃色和橙色。色塊的變化，充分表達了時代的變遷和藝術家心境的變遷。如果說職業漫畫家時期的黑白色塊象徵了暗無天日的人間地獄，象徵了畫家悲觀、失望的憂鬱內心，如果說延安時期和新年畫時期的紅色象徵了革命語義的顏色，象徵了革命汪洋恣肆的力必多，象徵了畫家內心沸騰的鮮血，那麼，金黃色、橙色或金黃色與橙色有比例的雜融，則

無疑象徵了革命語義在取得勝利後，為畫家允諾的累累果實的全面來臨。

這是真正的快樂，因此黑色無處藏身；這是大面積的快樂，因此即使有黑色線條和色塊的出現，也不過是出於藝術技巧的考慮，當然也被天然地打上了喜悅的氣質。這非常符合情理。因為我們很難想像，一個面對豐收的人，會大面積地使用黑色色塊；也很難想像，在面對豐收時，有人會不把黑色也處理成豐收——當然，這是更豐腴、更厚實、更厚重的豐收。黑色在這裏只是，也只能是希望的翻翻。

這一時期的張仃是幸運的，他已經心悅誠服地為新中國開足了馬力，用畫筆、色塊、線條，為革命語義取得巨大勝利的產物——新中國——貢獻了自己的力量。

……從文革的九死一生中幸運復出後，張仃又用自己的熱情包裝重新獲得新生的中國。只是這一次包裝的方式不再是設計郵票、國徽、展臺，而是壁畫：為獲得新生的中國增加新的色彩。如果說，在此之前的包裝主要是精神上的，或弘揚精神的（比如設計國徽、郵票），那麼壁畫則是物質上的，或直接針對物質的。

從文革復出後，張仃主持過首都機場的壁畫製作、長城飯店的壁畫製作……也許是重新獲得了解放的原因吧，張仃在首都機場那幅氣勢宏偉、酣暢淋漓、汪洋恣肆的《哪吒鬧海》（1979年）的長卷中，使用的主色調就是紅色；而在為長城飯店設計的壁畫《長城萬里圖》（1983年）中，金色是景色眉宇間的主要氣質。色塊的鮮豔、打眼，體現的正是一個被解放者的好心情。

《哪吒鬧海》完全可以看作是紅色的海洋，紅色的大狂歡。畫面中的海水是紅的，鬧海的哪吒是紅的，哪吒手中的兵器是紅的，哪吒的衣服是紅的，甚至連空氣都是紅的。紅色翻騰、喧囂，表徵著熱鬧、新生、速度和熱情。張仃這一次所使用的紅色，已經和表徵革命力必多的紅色大為不同，這是對一個九死一生的新生國家的祝願，是對再生的新中國重新擁有騰飛的速度的渴望，也是對鳳凰一樣在烈火中再生的中國的熱情歡呼、謳歌。總之，這個時期的紅色表徵的是新的希

望，新的理想，或者新的革命。不用說，在這裏，黑色照樣是沒有多少存身之地的。

壁畫是物質性的。牆壁堅硬、冰冷而又熱情的質地，很好地說明了這一點。如果說張仃在此之前對新中國的包裝具有濃厚的精神色彩，具有濃厚的意識形態特點，這一階段的包裝則是物質性的。它表徵著一個正準備騰飛的再生中國向現代化邁進的步伐。正是在這個意義上張仃才會說：「當你面對一堵牆時，你一定要把他看作一塊紀念碑。」這是為了讓物質性的牆壁寄託更深厚、更堅實的希望——比黑色所承載的希望更厚實的希望——，是為了讓物質性的牆壁，而不是讓純粹「精神性原子彈」，來作為我們的生活背景。

陸、黑色的回歸

革命者被人革命，是古今中外常有的事情（比如丹東，李岩）——這絕不僅僅是個狡兔死、走狗烹的問題，更是對革命的不同理解的問題；革命藝術家（無論他以前是什麼性質和身份的藝術家）在革命語義的感召下，重新選擇自己的色彩、語調、姿勢、線條、句法、神色，也是古今中外常有的事情（比如張仃）——但絕不僅僅是個隨大流的問題，同樣是對革命不同理解的問題。上述事實雖然常見，但也並非不令人歎息——因為它造成了許多真實的人間悲劇。雖然每一個藝術家，隨著時間的流失都會改變自己的藝術風格，但在革命語義的教育下變更風格，和在時間的嚴正要求下變更風格，或多或少還是有些區別。

張仃在文革中吃盡了苦頭。這不僅僅是說他失去了自由，遭到了人身侮辱，尤其不能忍受的，是一些無知的「革命者」從他的繪畫作品中，找到了所謂的反革命「證據」。這中間還不乏對他有所瞭解的人。據說，文革中，張仃所供職的中央工藝美術學院把張仃那批「畢卡索加城隍廟」風格的裝飾畫集中在一起，開了一個「黑畫展」。「《蒼山牧歌》人體變形比較厲害，就有人責問：『為什麼把傣族姑娘的腳畫得那麼胖——不，是水腫，這不是影射少數民族生活艱難嗎？』院裏有位

老幹部，也算是魯藝美術系出來的，數十年與張仃共事，他用心更不一般，居然發現了《油燈》裏沒有油：『油燈裏沒有油，這不是攻擊社會主義窮嗎？』對《大公雞》，他的解釋是：『公雞看上去那麼好鬥，赫魯雪夫攻擊偉大領袖毛主席，說他是好鬥的公雞，這不是呼應赫魯雪夫嗎？』他對靜物畫《向日葵》的解釋，最為陰險歹毒。向日葵明明是插在一個彩陶罐裏，他硬說成是骨灰罐。那麼，骨灰罐裏插向日葵，又有什麼比這更大逆不道的呢？」（王魯湘《大山之子——畫家張仃》，第 132 頁）而在繪畫作品中尋找反黨、反革命證據的過程中，自然也伴隨著人格、人身的侮辱。

上述種種，使得張仃對他從延安時期就開始鍾愛的紅色也有了相當程度的反感。張仃的傳記作家王魯湘先生這樣寫道：

> 張仃無法理解這場所謂的「文化大革命」，也無法判斷所發生的一切。他只感到深深的厭倦，一生中從來沒有過的厭倦。他開始厭惡顏色，特別是紅顏色，一想起喧囂翻滾的「紅海洋」，他簡直就想嘔吐。到後來，他連被子和床單上的顏色都不能忍受，乾脆將它們全翻過來，眼不見為淨。（《大山之子畫家張仃》，第 136 頁）

有趣的是，在張仃漫畫生涯的「迴光返照」時期——即四人幫倒臺、文革結束那段時間——，在他畫出的諷刺性漫畫中，也隱隱用到了紅色。在畫於 1976 年的《女皇夢》、《女巫的賭博》、《孫悟空三打白骨精》、《金猴》、《淨土變》中，我們都能看到紅色的萌動，紅色的胎記。橙色和金黃色的交叉使用，則又對紅色構成了反諷。這個時期的紅色與新年畫運動中的紅色也構成了反諷。因為這些漫畫中的紅色再也不是革命的顏色，而是某些人的野心的顏色：野心（假如它還是「心」，當然它也確實是「心」）在跳動過程中，輸出的血在顏色上，和我們正常人的血非常相似，並沒有多少視覺上的差別。張仃故意用一種色彩上混淆視聽的方法，也確實包含著一種幽默。這是他的漫畫中不多見的幽默。

張仃在停止漫畫的幾十年後，又重新拾起畫筆，實在有些意味深長。這說明，即使像張仃這樣一個由革命語義哺育大的人（張仃初到延安時僅僅 20 掛零），在革命開始不可遏止地走向它的反面時，仍然會揀起自由主義性質的漫畫，揀起漫畫上寄居的諷刺和誇張，以表達一個無拳無勇無告者的憤怒。而關於張仃這段時間的漫畫的上述特徵，以及這種特徵的由來，王魯湘先生有著生動的描繪，轉抄如下：

> 1976 年 10 月，江清、王洪文、張春橋、姚文元「四人幫」倒臺，在中國人民慶祝「解放」的口號聲、鑼鼓聲、鞭炮聲中，還戴著「黑幫」帽子、沒有被「解放」的張仃異常興奮與激動。一天，他忽然說：「我要畫漫畫了。『四人幫』是絕好的漫畫題材。」《孫悟空三打白骨精》──他的第一張批判『四人幫』的漫畫就令人拍案叫絕！但是他的漫畫還不能發表，他還沒有資格參加揭批「四人幫」的任何活動，他還是個「黑人」。1976 年 10 月 6 日，「四人幫」被捕的前夜，他還被拉去批鬥。所以，他畫「四人幫」的漫畫，都是在晚上，獨處斗室之中，自己畫，自己和家人以及少數摯友看，完全是一種地下活動。他的老朋友、作家郁風回憶說：「當他第一次拿到我們家的時候，畫頁一打開，我們就驚服了。不僅由於它的高水準，不僅由於漫畫技巧和形式的完全創新，最主要是他的構思、設計，廣泛採取各個時代各種藝術特徵，深刻揭示四個丑類的野心和殘暴，使我們大大的解恨！他說他就是為了解恨才畫了這套畫，自己題了『立此存照』四個字是仿魯迅之意，為了留給孩子們看和保存，永遠記住歷史上有這麼一樁大蠢事大恨事！」這組《立此存照》的漫畫，成為張仃漫畫的收山之作。（王魯湘《大山之子──畫家張仃》，第 28 頁）

也就是說，人類在各種美術品類之外，再發明一種旨在反抗和籲請的漫畫，不但在緊要關頭維護了美術的尊嚴，也能讓一個（或一群）孤苦無告的人獲得做人的尊嚴，哪怕這種尊嚴僅僅處於密謀狀態、在

野狀態和地下狀態。漫畫之中隱藏的如許特質，給一個嚮往自由與美好生活的人，提供了必要的屏障，無論是心理的還是現實的。在這種嚴峻的時刻，對於弱勢者來說，漫畫不僅僅是武器，同時也可能是——宗教。

　　張仃的創作生涯極其漫長，也極其多變，更嘗試過多種類型的創作：漫畫、工藝品、裝飾畫、新年畫、新國畫以及焦墨畫等等。現在我們已經看得很清楚，張仃在各種類型與各種形式的美術創作上，都達到了相當高的水準。但他一生的最高成就，以我輩之愚見，卻應該是他晚年所鍾情的焦墨畫。這是張仃藝術生命的大噴發，也是他所鍾愛的黑色自身的大噴發。

　　所謂焦墨畫，就是純用玄色的焦墨作畫，而不攙雜或很少攙雜其他顏色。它是純粹的黑，是徹底的黑。依王魯湘先生的介紹，張仃對焦墨的發現，是經過了漫長的人生痛苦，並以之為代價換來的補償品。王先生說，張仃在文革後期艱難的日子裏，「發現了焦墨，發掘了焦墨，表現了焦墨。這一年他五十七歲，他的焦墨生涯自此開始。以後，他將與焦墨結下後半世的情緣，他將通過焦墨更深刻地發現自我，通過焦墨更深刻地發掘自我，通過焦墨更深刻地表現自我。張仃和焦墨將互相成就，融為一體，共同書寫中國山水畫新的篇章。……用焦墨這種最冷峻、最樸素的語言來抒發張仃此時的胸臆，再恰當不過了。回過頭來看，張仃雄強樸實的人格，同焦墨原本就有一種微妙的契合。正如他後來說的那樣：焦墨好比音調中的黃鐘大呂，樂器中的鋼琴，音樂形式中的管弦樂和打擊樂，極宜表達藝術的陽剛之氣和雄性之美。殘酷的人生打擊，竟成了藝術發現的契機。這種藝術上的辯證法，真是意味深長。」（王魯湘《大山之子——畫家張仃》，第155頁）

　　這是張仃對自己一生的總結，也是張仃一生的經歷對張仃的提示。詳細解讀和評價張仃的焦墨畫，不是本文的任務，何況筆者根本不具備這種功力——無論是人生的功力還是藝術的功力。這裏想說的僅僅是：在張仃漫長的創作生涯中，從他鍾愛的黑色開始，中經對黑色的克服並替代性地忘我於紅色之中，然後再厭倦紅色，最後再一次發現了黑色的偉大功用，確實是大有深意，也令人感歎。張仃在色彩

的變遷之中，也彷彿走了一個大圓圈。但這不是一般的圓圈，而是一個巨大而漫長的圓圈，充滿追求的圓圈，也是一個痛苦的圓圈。這個圓圈在純粹的藝術追求之外，表徵了張仃那一代藝術家（又豈只是藝術家！）的心路歷程：痛苦、尷尬、追求、奮鬥、失望、希望、覺悟、驚醒……這種種因素始終緊緊扭結在一起，構成了他們多姿多彩又讓人唏噓不已的人生。但幸運的是，張仃最後在這個由各種色彩所包圍的圓圈終端，終於找到了自己的根基，找到了屬於自己的「本色」。張仃創作了大量傑出的焦墨作品。它們是張仃貢獻給自己祖國的藝術珍寶。

　　眾多的焦墨作品——它們往往也是氣勢宏大的作品——，表明了顏色的長征最後究竟昭示了什麼涵義。焦墨畫是一個提示，它們冷到極致的色澤，符合我們對古老中國在色澤上的認同。中國是黑色的，豐腴，痛苦，而又始終不失希望——張仃晚年的大量作品，通過它們自身的氣勢和語調，向我們表明了這一點。

2003 年 4 月 7-11 日，北京豐益橋

臺灣版後記

　　這些亂七八糟，時而朝別人做鬼臉、時而向自己臉上吐口水的文字，即將和臺灣讀書人碰面。對我來說，這是一件毫無信心的事情，儘管我確實期待這次碰面。因為我深知，自己的文字很不優秀，尤其是這些文字訴說的很多事情僅僅關乎我自己。一個中國大陸的小知識份子，斗膽把這些不成器的文字輸送到已經和大陸有較大文化差異的臺灣，肯定很難得到認同。但我還是願意厚著臉，期待大陸對岸的「一小撮人」（這是中國大陸政治術語體系中的貶義詞，意指一小部分自絕於人民的壞人），能夠對它感興趣——當然，連這也很可能只是我的奢望。

　　我閱讀過很多臺灣學人的文字，給我留下深刻印象的人很多。這裏出於個人興趣，單提張大春先生的名字，別的名字等以後有機會一一道來，比如錢穆、李濟、臺靜農甚至李敖，但絕不包括余光中。張先生的《小說稗類》真讓我眼界大開並拍案叫絕。在我眼中，這是一部世界水平的關於小說的巨著。我閱讀這部書不下十次。依我看，張先生的這部大著既可以當學術著作讀，也可以當隨筆讀。無論當作學術還是隨筆，它都是極品——我不願意瞎貶人，但也不願意亂捧人，何況我同張先生素不相識（我至今不認識任何一位臺灣作家），他的小說更是一部也未讀過。之所以提到他和《小說稗類》，僅僅是想說：我對這本書在「一小撮」臺灣讀書人那裏懷有的「奢望」，歸根到底很可能只是癡心妄想。

　　本書雖然雜亂無章，但也有大概的中心：快感和欲望一直是我業餘關心的問題——在寫給大陸讀者的〈自序〉中（也見於本書），對此已經有過申說，此處不再贅言。我要補充的是，無論古今還是中外（更不用說一衣帶水的臺灣同胞了），人都差不多：有同樣的欲求，有大致相同的心思。所謂差異，僅僅是同中之「異」或求大同存小異的那個「異」，本質上並沒有什麼不同。如若不信，盡可以去諮詢達爾文的《物

種起源》。就這個角度看，這本粗陋的隨筆，也許可以得到海峽對岸的讀者的理解。

感謝尊敬的蔡登山先生和本書的責任編輯藍志成先生，正是他們對本書先於臺灣讀者的理解，才導致了本書在臺灣的出版，才讓我對「奢望」不至於完全滑向「癡心妄想」心存一點點「希望」。

2009 年 2 月 22 日，北京魏公村

國家圖書館出版品預行編目

頹廢主義者的春天：敬文東隨筆集 / 敬文東著
. -- 一版. -- 臺北市：秀威資訊科技,
2009. 03.
　　面；　公分. --（語言文學類；PG0235）

BOD 版
ISBN 978-986-221-183-0（平裝）

855　　　　　　　　　　　　　98003527

語言文學類　PG0235

頹廢主義者的春天
——敬文東隨筆集

作　　者 / 敬文東
主　　編 / 蔡登山
發 行 人 / 宋政坤
執行編輯 / 藍志成
圖文排版 / 鄭維心
封面設計 / 蕭玉蘋
數位轉譯 / 徐真玉　沈裕閔
圖書銷售 / 林怡君
法律顧問 / 毛國樑　律師
出版印製 / 秀威資訊科技股份有限公司
　　　　　　臺北市內湖區瑞光路 583 巷 25 號 1 樓
　　　　　　電話：02-2657-9211　　　傳真：02-2657-9106
　　　　　　E-mail：service@showwe.com.tw
經 銷 商 / 紅螞蟻圖書有限公司
　　　　　　臺北市內湖區舊宗路二段 121 巷 28、32 號 4 樓
　　　　　　電話：02-2795-3656　　　傳真：02-2795-4100
　　　　　　http://www.e-redant.com

2009 年 3 月 BOD 一版
定價：360 元

讀 者 回 函 卡

感謝您購買本書，為提升服務品質，煩請填寫以下問卷，收到您的寶貴意見後，我們會仔細收藏記錄並回贈紀念品，謝謝！

1. 您購買的書名：_____

2. 您從何得知本書的消息？

　　□網路書店　□部落格　□資料庫搜尋　□書訊　□電子報　□書店

　　□平面媒體　□ 朋友推薦　□網站推薦　□其他_____

3. 您對本書的評價：(請填代號　1.非常滿意 2.滿意 3.尚可 4.再改進)

　　封面設計____　版面編排____　內容____　文/譯筆____　價格____

4. 讀完書後您覺得：

　　□很有收獲　□有收獲　□收獲不多　□沒收獲

5. 您會推薦本書給朋友嗎？

　　□會　□不會，為什麼？_____

6. 其他寶貴的意見：_____

_____

_____

_____

讀者基本資料

姓名：_____　年齡：_____　性別：□女 □男

聯絡電話：_____　E-mail：_____

地址：_____

學歷：□高中(含)以下　　□高中　　□專科學校　　□大學

　　　□研究所(含)以上 □其他_____

職業：□製造業 □金融業 □資訊業 □軍警 □傳播業 □自由業

　　　□服務業 □公務員 □教職　　□學生 □其他_____

秀威與 BOD

BOD（Books On Demand）是數位出版的大趨勢，秀威資訊率先運用 POD 數位印刷設備來生產書籍，並提供作者全程數位出版服務，致使書籍產銷零庫存，知識傳承不絕版，目前已開闢以下書系：

一、BOD　學術著作—專業論述的閱讀延伸
二、BOD　個人著作—分享生命的心路歷程
三、BOD　旅遊著作—個人深度旅遊文學創作
四、BOD　大陸學者—大陸專業學者學術出版
五、POD　獨家經銷—數位產製的代發行書籍

BOD 秀威網路書店：www.showwe.com.tw
政府出版品網路書店：www.govbooks.com.tw

　　永不絕版的故事・自己寫・永不休止的音符・自己唱